五狼关

刘明琪 著

作家出版社

第　一　章

　　拂晓枪响那刻，保安队鲍队长正搂着邻家女孩在镇公所里睡觉。之前鲍队长对他的小情人说："这山里头的夜真他妈的难熬，咱们除了做这号事情，还真想不出有啥别的东西，能打发这漫漫长夜……"

　　这话才刚说过，"啪"的一声枪就响了。

　　鲍队长不像往日，遇有紧急情况，一个鱼跃便会蹦下床去；人都走到屋门口了，手在屁股后面，顺便就摘了墙上的盒子炮。鲍队长还会立在院子白蜡树下，朝旁边那个大窗口吼叫："集合了集合了，紧急集合！"然后挨个儿瞅看下属脸颊，看谁跑在前头，又看谁稀稀拉拉磨蹭到最后一个出来。鲍队长的敏捷、利落以及严厉、苛责，是谁个都晓得、谁个都领教过的。

　　可是这一次鲍队长硬是窝着不肯动弹。不动也还罢了，一会儿竟自又一回趴在女孩身上，用他阔大的嘴巴堵严了她的嘴巴。那女孩以为鲍队长又要跟她亲热，遂做出一个姿势欲予以配合，鲍队长嘴里则呜呜着摆头，原本是提示和限制她不得随便说话，就这么老老实实、悄没声儿地躺着才是上策。

　　鲍队长如此行事自有他的道理。

　　今儿个是中秋节，昨日傍晚喝完汤，鲍队长心里一热就把弟兄们放了。只留四个人值勤，两个在镇子南头盐店街尾老石桥上轮哨，一个在镇子中间文昌阁广场，一个在镇子北头半边街的洵河岸上。鲍队长是山外头蓥屋县哑柏镇人，早年父母双亡，家里只有妻子和一对孪生小儿。

这个节日只得一天空暇，他自己原本就不想来回匆促折腾，加之这厢又有小情人牵着扯着，以为难得有如此清闲好好儿地苟且一回，所以就留下带班当值了。

四个人的流动岗哨自然是形同虚设。枪乍响，接下来不见第二枪、第三枪，鲍队长便知道老石桥上的哨兵八成儿让人家毙了。紧跟着街巷里脚步混乱，人声嘈杂，临街的窗户下面似乎还撒了临时警戒，又断定不是"九井十八盘"来了劫财土匪，而是早有风闻、由鄂北地界突围出来的王胡子的队伍流窜过来了。

鲍队长化了装，天亮时从后门悄悄儿溜出，又若无其事装模作样拐到文昌阁广场那儿，果然就见王胡子的队伍充斥了整个镇街。

王胡子的这一支虽是"流寇"，他们前有大军堵截，后有强敌追撵，满打满算只在五狼关待了一天，却还要坚持秋毫无犯，不扰一户一民。他们卸了身上的背包在人家屋檐下歇息，在街角或者河道沙滩上架火煮饭，吃的用的都是他们随身带的东西。他们还在文昌阁、魁星楼、关帝庙几个地方讲演；把他们的政治、军事主张编成口号写成标语，一时间贴满了街巷两旁的木墙和廊柱。他们对镇公所也没打砸抢烧。其时鲍队长掩身镇公所斜对面的围观人群里面，眼看着他们从那扇大门出出进进，也只是抱走了一堆文件和一捆长枪。

鲍队长庆幸藏了他的盒子炮和一兜儿几百发子弹。

王胡子的队伍才离开天就黑了。鲍队长摸索着进了他的屋子，从床下野猫洞里掏出他的枪和子弹。他尽管知道大屋那边已被洗劫一空，可还是跑过去瞅了一眼，再回来，便傻坐床头一言不发，一动不动。

一会儿，一整天逃得无踪无影的三个保安队员都回来了，衣衫不整，形容狼狈。其中一个抖动着手指为他们队长点亮了罩子灯，然后随另外两个规规矩矩地站着等候发落。

鲍队长无意于责怪他们，两相比较，他知道他的失误、罪错比他们严重多了。鲍队长只说："一整天都没吃啥了，肠子饿得拧麻花哩！你们去外面看看，看哪家店面还有啥东西能填饱肚子。"

趁他们几个离开这当儿，鲍队长破例去了邻家女孩屋里，见那人儿短裤短袖在灶膛前烧火，映着火光的脸庞红扑扑地更加迷人，抬头时还朝他灿烂一笑；她的爹娘白日里都安然没受什么惊吓，那老两口儿，对他的到来好像也没什么反感，还招呼他们的女儿为他让座、端水，心下一时间就不是十分地沮丧了。

岂料在镇公所吃东西时，跟几个下属说起此番变故和大小损失，心情突然就坏到了极点。

一个说："这回也不能全怪咱们鲍队长。他镇长大人不也带了婆娘伢子，早昨天晌午就跑回乡间跟他的老爹老娘吃'团圆'去了！"

一个说："谁料想王胡子的队伍突然来了，这可是正儿八经的大部队，咱一个镇公所，势单力薄的，这也是迫不得已、没啥办法的事儿。"

说这些鲍队长还算受用。

另一个少眼色，边嚼东西边说："死了一个弟兄，连尸首都给水冲走了，还丢了十几杆枪。耿县长那儿，平日里说话看起来之乎者也，文绉绉、酸溜溜的，可要处置起人来，残火得很……"

"他妈的个×！"鲍队长突然用山外话骂道。

隔会儿又喊："此仇不报，我鲍某人誓不为人！"

鲍队长当然不敢辱骂人家耿县长，说复仇，指的也是王胡子的队伍。说毕摸过手枪扳了枪栓，朝着天花板和墙角胡乱打了七八发子弹。

幸亏是在屋里，暴突的枪声被墙壁和紧闭的门窗包裹着、来回碰撞着不易传出，不然整个五狼关镇街，还以为王胡子的人又打回来了。

王胡子的这支队伍，看似风风火火在五狼关闹腾了一天，其实出了镇街，从洵河上头垭口子那儿一拐，连他们也不知往哪儿行进最是合适。不独如此，自打中原突围从鄂、豫、陕边境一路过来，除星星点点抛下一些重伤号和染病女兵，将他们藏于深山老林或者老乡茅屋，还在秦岭深处的丹江岸边和紫荆关隘口，跟政府军和保安团连续打了好几场恶仗，死的伤的和走散的官兵亦不是一个小数。

这就叫兵败如山倒，谅谁摊上这倒霉事儿，怕也是徒叹奈何。

越明日，本县县长耿其昌忽发一纸通令，其言灼灼，其情也真，说的就是王胡子和他的这支队伍：

惊悉匪军王部过境，无所不至，无恶不作，其昌戚戚然夜不能寐。日来经刘峙大将军奋力追击围剿，匪部已然成丧家之犬与散兵游勇。然，国家兴亡，匹夫有责。当是国难之际，外有夷敌侵扰，内有异党觊觎，凡我境内之民，不计农工商士艺学诸业，概应争先恐后，勠力剿杀。维丙戌仲秋忧心忡忡之日，宁县愚昌，乃设泉金以助尔等功成，决无戏言！

随县长通令还有县保安团具体的奖赏细则：活捉一人赏大洋八块，杀死一人赏大洋十块；提供信息助捕一人者奖三块大洋，助捕三人以上者奖五块大洋。当然也有警示、告诫：凡窝藏匪部伤兵或为其提供吃食、药品、衣物乃至方便者，无论有意无意，或男或女，一律格杀勿论！

县长手谕一下来，五狼关这边就数鲍队长最为活跃了。平日里都是镇长李元奎给鲍队长派遣差事，这一回却是鲍队长向李元奎进言或者请缨了。鲍队长一路小跑进了镇长屋子，也不管李元奎正跟商会孙秘书交谈甚欢，抖一抖手中布告，咧大嘴巴说："耿县长命令下来了，真个是说干就干，雷厉风行，镇长不知你看到没有？"

李元奎转过头睁大眼睛瞪着鲍队长，鲍队长又说："耿县长是要咱们大家通力搜捕王胡子的伤兵和走失人员，还说要重奖有功之人哩！"

"好极了！"李元奎猛然一拍桌子，竟将一旁的孙秘书吓了一跳。

又说："鲍队长这事正好归你们保安队负责，你就看着去办吧。"

鲍队长嘿嘿一笑，难为情说："办法我倒是有了，可是这得一笔花销。"

又解释说："咱们这儿是子午谷的咽喉地带，王胡子的人在这儿出现的可能最多。我意咱们就不等耿县长的大洋了，咱提前筹措钱款，说兑现立马兑现！"

"这个不难。"李元奎笑道，"正好商会孙大秘书今天也在这里，我想这笔开销先由商会那边垫付着，待事后再去县府跟耿县长要钱不迟，想必孙秘书跟他们马会长不会拒绝我吧！"

孙秘书连连点头，学李元奎说话："这个不难，这个不难！"

鲍队长这时又逮住机会了，他明话暗讲，激逗孙秘书说："我才进来时候，见孙秘书在镇长这儿，就知道商会也接到县长命令了，琢磨着孙秘书不来不说，来了，一定是跟镇长商谈咋么个剿匪、咋么个出钱的事儿哩！"

孙秘书正色道："李镇长和鲍队长恪尽职守、殚精竭虑保五狼关一方平安，商会和各家字号是受益者，自当有所作为，以尽绵薄之力。"

"孙秘书精神可嘉，精神可嘉哩！"鲍队长连连赞叹，还轻巧而又夸张地朝对方拍指尖鼓掌。

李元奎亦兴奋不已："你们两个就不要说客套话了。你俩一个出钱，一个出力，到时候把王胡子的残兵败将一网打尽，我不单为你们摆酒庆贺，我还要亲自去他耿县长那儿，为你们请功邀赏……"

鲍队长从镇长屋里一出来就偷着笑了。

鲍队长这是转忧为喜心情疏朗。保安队自打前几日被王胡子的队伍抱走枪杆，鲍队长为此可是没少犯忧愁和耗费脑筋。他和他的保安队要想重新获得足够的武器，单是时间，少说也得十天半月天气。一靠县里保安团拨一点儿，二靠打马去西安或汉口买一点儿，三呢，实在不够，还可在民间搜腾一点儿。偏偏这个时候耿县长的通令来了。拿到那张布告，鲍队长大脑一片空白。随后他把自己关进屋门变成困兽，也就一个两个时辰，他的嘴角就有燎泡生出来了。

鲍队长是个明白人，他知道清匪不比拿木托上校场操练，亦不比列队上街以虚张声势，保安队若是手中无枪，凭什么去跟王胡子的那些个手下较劲？还有就是中秋那天明确了是他带班当值；倘若这回因武器缺失清匪不力，李元奎难免会把自己洗得干干净净，把责任全推到他保安队长身上！鲍队长为他的过失和不能及时补救，一时间苦恼极了也惶恐极了。

也许是苦于耿县长的赏罚通令也得之于这个通令，鲍队长正愁眉不解时，忽然想到了一个绝妙对策，心想我为何不能以子之矛陷子之盾：你耿县长能号召民众，辅以大洋、刑责，我保安队也可照葫芦画瓢，让自己变被动为主动呀！

于是急不可耐先去镇长李元奎那里要钱，不想歪打正着，居然如此轻松就能拿到手了。

第二天午时得到商会捐助后，鲍队长让人写了镇公所和保安队的告示，跟耿县长和保安团的通令紧挨着贴在文昌阁的大墙上面。所不同的是，耿县长和保安团的通令仅仅是一纸空文，他们那是不见兔子不撒鹰；鲍队长这边却在自家告示下面摆了桌凳铺了布单，将白花花映着阳光的崭新银圆，先行摆了三行四十八摞！

　　还挑起长长竹竿，清脆响亮地燃放了一挂鞭炮。再叫来镇街"荣胜班"的乐队师傅，一整天在那儿击打一种叫"风搅雪"的锣鼓点儿。

　　鲍队长偶或会亲自过来看看。他一来就跟在场的人高声寒暄，给乐队师傅、保安队员和看热闹的大伙一一散发烟卷。他的笑脸是真正的喜形于色。

　　鲍队长和他的保安队不曾端着长枪去乡下清匪，他们坐收渔利，玩的就是心计和洒脱。

　　其实，在保安队于文昌阁广场渲染气氛时候，鲍队长带着两个随从，当即就奔乡间督察去了。

　　鲍队长对这回清匪其所以如此上心、投入，说到底就是为了拿得头功，以弥补和遮掩折人丢枪的意外、过失。他料想耿县长因匪患骤起没顾上收拾他，可事后一旦提起，那家伙一定会下令把他这个保安队长撸了，保不准还会把他遣返原籍，叫他回簪屋出力流汗种麦子苞谷去。鲍队长难舍保安队长这个肥缺，难舍邻家女孩明亮的眸子和温软的身子。鲍队长自家若是眼亮，就该虑事周全把事情做在前面，否则失之算计，抑或检点不到，之后单靠亡羊补牢和磕头作揖怕就来不及了。

　　当然还有对王胡子的切齿仇恨和满腔怒火。

　　鲍队长约见的大多是各保甲的保长和甲长中的要紧人物。鲍队长对姜河口宋保长和一堆甲长说："姜河是咱五狼关主河道洵河的唯一支流，王胡子的人要是从姜河口跑脱，会逆着河谷一直逃到俺老家簪屋的老林子里去。你们的主要任务就是严丝合缝把住这个河口，不能随随便便就让他们从这里跑了。谁要是疏忽放掉一个匪兵，老子的这把盒子炮明说了就不认他！"

　　宋保长给鲍队长表决心："鲍队长你放心你尽管放心好了，姜河口不就是这大个口子，不要说是伤兵，它就是一只老鸹一只兔子，也休想从我宋安志的眼皮子底下过去！"

"姜河口就这大个口子？"鲍队长骂宋保长说，"你狗日的能这样讲话，就说明你麻痹大意，把事情没当事情，到时候我看非出娄子不可！"

宋保长赶紧改口："这咋可能呢，这咋可能呢！五狼关谁不知道鲍队长交代的事儿，哪个敢马马虎虎？"

在下河川的九里沟、四亩地和韭菜滩，鲍队长跟保长甲长说话就温和多了。更多的是拿银圆刺激。说话的目的是发动民众都起来打过街老鼠。

"让乡党爷们没事了都到镇街文昌阁看去，大洋一摞一摞地在那儿摆着哩！"

"君子一言，驷马难追，我姓鲍的说话向来算数着哩！"

又逐个儿叮咛，凡散落沟底、背梁和溪涧的人家，都须把话带到，一户一丁也不要落下。

鲍队长到最后才去拜见左家花屋的左焕然先生。搁到最后，是说他最看重的就是左家花屋。

左家花屋不光在五狼关乃至县域势力强大，左家三代嫡传左焕然先生耕读治家惠泽乡里更是声名远播。然而这一回鲍队长不倚重这些。鲍队长心仪的是左家花屋当下有十数个精壮家丁和十余杆快枪。不过鲍队长知道左焕然并不待见他，具体原由却是不得而知。平日里鲍队长不好与花屋尤其是花屋主人较劲，人前软话说过，人后软事做过，暗地里却醋妒着、空落着，久而久之，竟酿成一块心病且挥之不去，对其能躲避则尽量避而远之。

可眼下态势有了微妙变化。眼下大敌当前，重任在肩，鲍队长纵是心存芥蒂，也绝不能忽视左家的这股力量。如是则一举两得，鲍队长既利用它为自己增加了筹码，合作得好还能消弭隙隔增进情谊，鲍队长又何乐而不为？

结果鲍队长还是吃了闭门羹。

鲍队长与随从沿水塘走向左家花屋时，远远地就感到了那座大宅的威势。鲍队长每走前一步，不是他靠近它，而是它巍巍然荡荡乎朝他压来。

及至立于花屋朝门下了，鲍队长仍感觉出气已然粗了许多。

门口家丁进去报告，一会儿花屋姓康的管家出来，说是左先生正伺候左老太太解手、洗浴，时间不会太短，今儿个鲍队长怕是见不上了。康管家说："鲍队长你知道我家先生向来都是自己伺候老人哩。昨日夜里老人家有点儿不适，清晨起来就喊肚子有点儿阴凉，到午后还稍稍有些疼痛，一连去了几回茅厕。这阵儿好不容易弄清爽了，左先生免不了还要为老人家洗浴、更衣，安排她早早儿歇息下来。鲍队长若不见外，就请明日来访好了。"

鲍队长说："我不见外，我不见外。"却是立在门口一侧不走。为了避免尴尬，又装成要欣赏朝门雕刻和书法的样子，心里说："我今儿个就在这儿等着候着，看你个老家伙出来不出！"

其时太阳已架在西山梁上，因为柔和红润又有绚烂晚霞相伴，一瞬间把左家花屋照得一片辉煌，把整个下河川——河水、卵石、池塘、稻田、树木以及东面山坡和南面山脊都照得十分鲜润、亮丽，时间却是离天黑不很远了。

鲍队长和左家家丁互不答话，互不相扰。一个来回移步装模作样，一个持枪笔立装模作样。鲍队长的两个随从呢，则跟他们稍稍拉开一段距离，表情冷淡、木然，静待事情的进展、变化。

后来天还真地黑了。换下岗的家丁传话进去，一会儿康管家二次出来，替花屋主人打问鲍队长有何贵干，有何吩咐，并说左先生不是不愿接见鲍队长，而是孝道使然，这一刻依然是腾不出手来。

鲍队长没别的闲话可说，就把县府和镇公所的通令、告示以及期盼左先生参与其中的想法跟康管家说了。

康管家煞是认真地抱怨："这个嘛鲍队长一开始就应当跟我讲清，要不也不会劳您在这儿久等……"

康管家再次出来时，传达左先生的回复只有八个字：义不容辞，悉遵明令。

鲍队长往回走时，不知何故一点儿也不为吃了闭门羹沮丧。有这心态连他自己都有些讶然。事后鲍队长曾多次琢磨、回味，原是此行既已达到目的，以彼时彼地之情怀，自然是兴奋者多，懊恼者少，也就不管自家的身份和颜面了。

那天夜里鲍队长从乡下返回五狼关时，在他身后就已有了血腥味了。四亩地六甲的光棍儿魏金榜，一大早赶几里山路，原本是来镇街捉猪崽的，路过文昌阁广场，看见那边条桌上堆积如山的银圆，两只眼睛立时就瞪得直了。接下来魏金榜便忘了半边街家畜交易市场。他先是立在人群外面看了一阵儿热闹，随后索性挤到前面，脱了麻鞋垫在屁股底下，坐在最前头一排数看那些闪闪发光的银圆。魏金榜不管锣鼓家伙在耳畔震天价响，也不管后面有人动不动就撞了他的后脑勺了，他自己跟自己说，妈呀，啥时候咱见过这么多的大洋呀，到啥时候，咱才有里头的一块两块呢？

魏金榜在文昌阁人堆里整整坐了一天，吃干粮时，连起身找碗水喝都顾不上，散摊时围观者都陆续离开，保安队员也收了银圆撤了桌凳，他还在文昌阁的空地上傻坐了一会儿，是那种意犹未尽、割舍不下的样子。到了傍晚，魏金榜沿着河岸往回走时，脑子里不是那些一摞一摞、闪闪发光的银圆，就是一个一个穿着土灰色衣服的王胡子的士兵。

魏金榜顺手折了一根手腕粗的杂木硬棍，一边走一边扫打身旁的灌木或青草棵子。魏金榜奢望着能像驱赶獾猪那样从中赶出一个两个伤兵来。又知道这是白日做梦哩，是痴心妄想，因而便一路讥笑自己，动不动还会嘿嘿地笑出声来。

岂料走到自家茅屋跟前，顺手将拎了一路的棍子往柴垛上一扔，竟真的惊动了王胡子的一个伤兵。

那个伤兵藏在魏金榜家柴垛后面，大约已有了一段时间；发现魏金榜时，一瞬间举起一把手枪，两只土灰眼睛直直地瞪着魏金榜看。

魏金榜吓得一步一步往后退去，柴门口一块卧石绊了他一下，魏金榜一屁股跌坐在泥草地上。

于是那伤兵放松了警惕。他唤魏金榜老乡，期望魏金榜救他或给他水喝，跟着支撑不住又昏了过去。

魏金榜就在这时再次抄起那根杂木硬棍，上前去只那么几下，就将那伤兵的脑壳打得开花了。

魏金榜用绳索将面目全非的死尸绑缚在他的手推车上，连同那支手枪，当天夜里就一并送到了镇公所里。鲍队长依据手枪和伤兵身上的文档，判断这个人大小还是个官儿，大声喧哗说："光棍哥呀光棍哥，你这是立下头功立下大功咧呀，这下子你成了五狼关的功臣咧！"

鲍队长不食前言，当下就给了魏金榜十块银圆，想想又加了三块，说是对魏金榜缴获匪兵武器的特别奖励。

魏金榜杀人时手没抖索，这一刻却抖得拿不住那些银圆了。

鲍队长不放急于回家的魏金榜回去，第二天在文昌阁广场，又当众把奖赏重新演示了一遍。围观的人山呼海啸拼劲儿鼓掌、跺脚。魏金榜魏光棍儿，一下子就在五狼关出了大名了。

接下来便不断有各样消息传出。

九里沟大猫、二猫兄弟，手持钢叉和铁锹追撵一名掉队士兵，从沟口一直追到左旁的山梁上面。那兵崽在前头拼死逃窜，跑一阵回身放出一枪，跑一阵又回身放出一枪。大猫、二猫不管不顾，任凭子弹在耳畔或胯间呼啸而过，直追到那士兵打完所有枪弹，才猛扑过去将他死死地摁在了石块上面。事后大猫低头时才发现裤管早被鲜血染红了。那颗子弹击中的，幸亏是大腿根的皮肉而不是裆里的那个东西。二猫直到领了奖赏，跟他哥大猫在半道水边歇脚时，才感觉耳朵梢儿有点儿疼痛，手一摸，竟是被子弹射穿了一个洞孔。

韭菜滩的唐得印老汉，大晌午在院里拴挂生涩柿子，听见有人亲切地呼唤老乡，拉开柴门一看，发现是王胡子的两个伤兵。得印老汉窃喜这下有银圆花了，却按两个伤兵的请求给他们水喝，又把他们让进石头屋里，给他们盐巴、熟水、干净布子，让他们一个给另一个疗伤。得印老汉撤身反锁了屋门，又出奇来了牛劲儿，将屋阶下面一块大石头抱了堵了门板，然后径直去镇街报告消息。镇公所随得印老汉来了五六个保安队员，岂料石屋门口除了那块石头，一时间门扉洞开，屋里头竟无一个人影。保安队里挑头儿的不相信得印老汉，说是你的门板朝里开着你不清楚，你拿石头堵啥堵哩，遂一连扇了得印老汉三四个耳光，把得印剩余的三颗牙齿又打掉了两颗。

还是韭菜滩，柳家圪的柳七九几个后生夜里打麻将出来，不经意捉住王胡子的一个女兵，看装束行囊好像是个卫生员。他们把她塞进一间屋子锁了，然后聚在隔壁屋里商量处置办法。几个人很快分成了两方。一方主张图个快乐轮番将那个女兵弄了算了，其中一个还溜过去掐了掐那女兵的脸蛋腰身，回来说别看那娘儿们脸脏，其实长得蛮漂亮哩；人也不是很瘦，够咱哥儿们几个折腾一阵儿了。一方主张领取奖赏最是实惠，是死是活都不要紧，但不能脏了人家身子遭李镇长、鲍队长训斥，一怒之下不赏咱们大洋了。这屋和那屋隔着的是半截石墙，这边说的那边无疑是都听到了，待他们再次过去察看，那女兵拿随身携带的刀子割了手腕咽喉，已经自戕身亡了……

抓捕的消息持续不断。抓到的人送至镇公所经过清点、登记，差不多都被鲍队长他们拉到镇街西边背沟里毙了。

那阵子从乡间往镇街绑送抓捕到的伤兵多了，保安队他们来不及处置，鲍队长就跟镇长李元奎商量，立地就将规矩改了：今后凡抓到王胡子的人，一律就地杀掉掩埋，立功者只需割其两只耳朵即可来镇公所领赏。

此举一出，人间和天体一时间都怪象丛生。

有将人挖坑活埋的。有将人推下深沟或涧底用乱石砸死的。有将人塞进笼子绑了石块沉入水潭的。也有人割了人家耳朵，一时心下不忍，到夜半又将人家放了。还有人折腾了半天，仍不能处死一个莽汉，遂将权利交于邻居或者路人，说是这个人我不要了，你拿去处置领赏吧。等等，等等。

血腥和恐怖气息真真切切在屋舍、沟谷、河川、山坡乃至镇街的大小巷子覆笼着、弥散着。

不独如此，有天天空白日高照，白云舒缓，四周的山头明明也是一片瓦蓝，五狼关包括下河川一带，却一连炸响了十几个响雷。

不见暴雨，亦不见山洪，洵河和姜河于午后忽然暴涨起来，且波涛翻滚，激扬的全是黑色和红褐色的浪花。

到了夜里就更加恐惧了。山间林涛全不似往日那么激情澎湃，肆意喧哗，而是游丝般的，扯不断，理不清，像怨妇哭泣，像饿狼呜咽，像厉鬼悲鸣，而且会从人家屋檐下面或窗牖隙缝钻入，在屋宇一角不停地旋转、缠绕。

还有就是川道和山林间的飞禽走兽也不安生了。有人看到山猫和土豹大白天窜到平川里来了。有人看见黑熊一个跟着一个围着水塘不停地直立行走。青蛇和花蛇钻出草丛缠绕成一坨一坨的样子，见人驱赶也不跑开。井底的青蛙原是轻易无动静的，这时候跟池塘和稻田里的青蛙遥相呼应更是鼓噪得厉害。山坡上各样鸟儿都成片飞起又成片落下。红嘴老鸦则立在人家风牙子或屋檐角上，隔会儿哇地叫唤一声，隔会儿又哇地叫唤一声。

所有这些，一时间弄得人心迷离，不知今夕何夕。

有一天商会孙秘书不经意碰见了鲍队长。孙秘书跟鲍队长开玩笑说："鲍队长呀我向你请教高明哩，你说只要拿两只耳朵就算一个人数，那要是王胡子的人，有谁天生就一只耳朵呢？或者说，有谁在上次交火中，就已经被炸药炸掉了一只耳朵？"

鲍队长不以为然，揶揄说："孙秘书你的脑壳真够聪明，竟能想出这样奇妙的话题来。你这不是明明跟人抬杠哩嘛！"

稍停又自己跟自己说："天下要是真有这样碰巧的事儿，那就是出了他妈的天大的怪咧……"

鲍队长说话并不完全占理。其实就在当天后晌，在他鲍队长眼皮子底下，还真的出了一件说大不大、说小不小的"天大的怪"。

四亩地桃花坪的陈耕地和他儿子狗子，为得镇公所十块或八块大洋，打一开始就用心搜抓王胡子的零星士兵。每天早上就数他们起得最早，夜里歇息就数他们睡得最迟，而且近处山谷跑了，远处山冈也跑了，结果却是一无所获，还害得陈耕地老病复发，一眨眼躺倒在炕头不说，连吃饭喝水都有些困难了。

陈耕地的女人也是个病身子，他感觉他陈家一时间陷进泥坑里了。

陈耕地把儿子狗子叫到跟前，郑重说："他姓鲍的不是说抓一个奖八块银圆，杀一个奖十块银圆么？"

狗子回答说："是的。"却惊讶他爹的明知故问。

陈耕地又说:"到后面不让送活人了,说是割了耳朵就能兑现银圆?"

狗子说:"是的。"

陈耕地说:"那你把我的耳朵割了,拿去换十块大洋回来。"

陈耕地说得明白、坦然,狗子听了却大惊失色。

"咱家的光景是过得寒碜,可要有了十块大洋呢?"陈耕地劝导儿子,"有了十块大洋,赶明日我就是死了,你也能给我买具棺枋。接下来给你说门亲事,你和你妈往后的日子也好过些……"

狗子一时无话可说。

狗子拎了他爹耳朵去镇街兑换银圆那刻,五狼关里里外外没谁知道那耳朵是陈耕地自己割的,还是他儿子陈狗子割。总之狗子进了镇公所后,没等多久就把十块大洋拿到手了。

破绽和漏洞就出在不意间的一句闲话上面。

一个保安队员问狗子说:"狗子我问你,你收拾的'王胡子'是个男的还是女的,是当官的还是当兵的?"

说者无心,听者有意,狗子没想好怎么回答,脸色先一纸苍白。

这情形被一旁鲍队长看在眼里,遂施以鞭刑,未几,诈骗者陈狗子便稀里哗啦全都招了。

鲍队长处置陈狗子仍不忘他的盘局。他们押狗子到文昌阁广场,先让他当众交出十块银圆,然后伸出长枪刺刀,将狗子一双耳朵血淋淋割了。

狗子双手捂了脑袋,蹲在地上爹呀娘呀地叫唤,鲜血从指缝间流出,很快就将脖颈和衣领糊了。

鲍队长手指狗子冷笑说:"娃样子,娃样子!"

又厉声朝众人喊话以示告诫:"各位乡党爷儿们都给我听好了,谁以后胆子大再敢哄骗我鲍某人,这狗子就是谁的娃样子!"

接下来还真的再没人敢虚报功劳冒领奖赏了。

这之后,鲍队长还亲自枪毙过一个窝藏匪军的老妪,但他不会知道由这位老妪管其吃喝,由老妪给其疗伤,给其缝缀,然后放走的那个李姓人物,在政权更迭后三十余年,会当上共和国的国家元首。

鲍队长还将王胡子的三个谈判代表秘密枪杀了,又监督半边街朱大个子几个，把尸体埋在了洵河岸边的沙塄上面。鲍队长也不知其中那个十多岁的小通信员，会是后来毛姓国家首脑的侄儿。

鲍队长此一役大获成功。

第 二 章

在五狼关人人嗜血如命、杀人如麻的那段时间，坐落于下河川洵河北岸的左家花屋，其日子跟以往那些个岁月并无明显差别。

照例是鸡鸣即起，问安，洒扫，喝茶，做富有本埠特色的汤味早点。毕了雇工们由长工曹二带着下大田去了。左家的田地不光有川道里的近千亩水田，对面白云山上，左旁翡翠岭头，以及花屋后头那面缓缓的不见起伏的山坡，拢共还有七八百亩旱地，两厢里加在一块，夸张说占宁县全境可耕地十之一二一点儿也不为过。其实曹二他们无须出力流汗，他们是田地的守望者和管理者。他们每天早早地下到田里，先是分散各处用心察看，再把非做不可的事情跟花屋佃户交代了，叮咛他们勿忘节气时令，不忽略每一垄田地每一棵禾苗，就万事大吉心安理得了。当然他们个个都是行家里手，播种育秧，耕耘犁耙，收割碾打，晾晒如廪，十八般武艺说起来可谓是样样精通，做起来是件件得心应手。

账房宁先生则坐在窗户下面拨拉他的算盘珠子，从早到晚，无论忙闲，他都喜欢坐在账房临窗的桌子跟前。左家花屋以农为本，却也在重庆、汉口、上海以及本埠五狼关镇街开有商号，经营金银玉石、名贵药材和皮毛山货生意等。宁先生除了精打细算佃户们地租的收缴与亏欠、花屋一大家一日里的吃穿用度，还要归拢外埠生意场上报回的收售明细和汇兑的钱票、实物。宁先生做账有个特点，这一季若是租子欠缴了，外埠生意又不尽如人意，他会挺身坐在窗前，早晚里把几绺算盘珠儿拨得噼里啪啦作响。若是进项收入好呢，他就于结账后几天，每天午后趴在账台上打鼾以解近来疲乏。宁先生的呼噜不单声音洪亮，而且婉转悠扬，听完整了，好像还有一个大概的不错的旋律。宁先生的呼噜是左家花屋的福音，也是人们经常提起的一个谈资。大家喜欢宁先生的呼噜，便是若干年后，左家花屋被佃农瓜分一空时，那里面还有早先的俚语流传，说是"不怕宁先生打鼾，就怕宁先生无语；宁先生鼾声响起，有钱，有布，有米"。

左家花屋另一个重要角色就是康管家了。康管家主要负责花屋内务和应酬接待，有时候也插手田野耕作、字号经营甚至家长里短，但依康管家的心性，他向来只听命于花屋主人的嘱托，甚至在有些时候有些事上，他是提早有了自己的想法，然后再把这想法变成花屋主人的见识和说辞。至于花屋主人的日常生活和出行，更是由康管家亲自安排、照料，康管家管家，是连花屋主人也要一起管的。花屋主人左焕然在家时候，每到夜里子时，康管家都要去东花园"蝴蝶翅膀"那儿他的书房，问他对明日一应事务有何叮咛，有何特别要求。左家上下都知道左焕然伺候老太太歇息之后，有临窗而坐，伴流水、松涛披览圣贤书的习惯，因而在黄昏至夜半一段时间里，谁也不去他的书房下面嘈杂、叨扰。康管家则另当别论。康管家每次先轻轻叩门，再轻轻推门进去，总是说："时候不早了，先生该歇息了。"有时还要加上一句："明日又是高隍寺进香的日子，老太太那边怕要唤她早起呢。"左焕然知是康管家进来，回转身便跟他交代事情，康管家自是唯唯；多数时候则一抬手，说："知道了，老康你也歇息去吧。"

康管家对花屋其他成员当然也毕恭毕敬，包括老太太和大太太、二太太、三太太她们。对几个小姐、七八个丫鬟用人一样十分客气。康管家安排内务时候，从来是和风细雨，却不容哪个违拗。也没谁轻易违拗，因为大家都知道，在他们沉入梦乡之后，康管家是每每都要去左焕然书房；康管家说的，往往都是他和花屋主人商定过的。康管家还有一个"撒手锏"，那就是，凡是花屋里的人，无论是主是仆，谁要跟他犟嘴或是提非分要求，他只说出"先生不允"几个字，对方便悄然不再言语了。

此外十余个家丁亦归康管家调遣。左家的家丁一律都是干练、精明的年轻后生，又都配有长枪、大刀。家丁头儿拴牢人高马大，早先在"九井十八盘"跟神团练得几手拳脚，识得几套路数，功夫自然是十分了得。他们平日里不事稼穑，只做些站岗、巡逻和操练事体，但左家花屋悦意养着他们，他们跟左家花屋相互依傍相互引以为荣。

镇公所鲍队长前来造访那个黄昏，康管家跟鲍队长说的全是实情，其时左焕然确是在里面伺候老太太呢。在这个时间点上，慢说是花屋主人鄙夷的保安队鲍队长，纵是镇长李元奎或者县长耿其昌来了，左焕然也不会扔下母亲去跟他们说东道西。

左焕然见不得鲍队长的粗鄙、奸猾，尤其是在百姓跟前的不可一世和颐指气使。他以为他和他左焕然在心性、脾气上差异太大。

鲍队长几个人走后，左焕然当夜无话，大家该做什么便做什么，该歇息了便去各自屋里歇息。只是到了第二天晌午，左焕然忽然要康管家打开中院大厅一旁的祖宗议事厅堂，又要康管家把账房宁先生、长工曹二和家丁拴牢喊来，说是有要紧事情要在一块儿合计合计。

选择祖宗厅堂这么一个地方，又是把大家召集齐了说事，这在左家花屋多年来并不多见。

左焕然开门见山说："近来王胡子的队伍动静不小，他们几番过境，又被穷追猛打，落下的和负伤的肯定不是一个小数。你们除了刻刻小心，安排人力护好宅院护好老少之外，有机会还要主动出手，能抓几个就是几个，能杀几个就是几个。"

又说："'天下兴亡，匹夫有责'，还有'位卑未敢忘忧国'等，都是历代先贤承继先生衣钵之名言警句，我辈自当铭记于心，不得忘怀……"

左焕然所说的"先生"，是指亚圣孟轲孟老夫子。

康管家说："鲍队长的意思，是想让咱们跟保安队联手。我看这小子是瞅上咱花屋的枪和人了……"

拴牢接康管家话茬说："就是的就是的！这两天几个人都跟我讲，保安队的武器差不多全叫王胡子他们抱走了。"

左焕然说："他是他，我是我，我跟他姓鲍的井水不犯河水。"

宁先生建议说："拴牢那儿的火力该加强了，年时咱们从汉口购得的机关炮，就让他们架到塔楼上去。另外每人多配发十发子弹，夜里再增加几个流动哨，以防有什么不测和意外发生。"

左焕然点头称是。

这时曹二跟拴牢说："抓人和杀人是你们家丁的拿手好戏，拴牢你这回可有机会立头功大功了！"

拴牢说："咋的就是我立大功了？我的职责主要是看家护院，保咱家先生和老太太、太太们的安全。你们长工短工，加起来少说也有二十几个哩！"

曹二说："我没说咱长工短工只看热闹不出力气，咱能当好配角就给你拴牢当好配角。你骑马，我给你坠镫；你吃肉，我啃骨头喝汤。"

左焕然看着俩人斗嘴，笑呵呵跟曹二说："曹二你怎么就只能当配角了，你为啥不能请缨当主角呢？"

又说："我听说四亩地就有光棍汉赤手空拳打死了一个当官的，还缴获了一把日式手枪呢！"

曹二连连点头，说："这个我明白，这个我明白……"

康管家也戏谑曹二："拴牢说得对，你曹二是在花屋外面做事哩，最有可能跟那些人相遇，若论机会，保不准立头功的不是家丁而是你们。"

曹二说："真要是这样，我曹二就不客气咧！来一个拾掇一个，来两个拾掇一双，任他是张飞、关羽、赵子龙，也休想从咱左家的地界上跑了。"

左焕然笑道："当然还要注意智取，不可蛮干伤了自身。有道是'抗兵相若，哀者胜矣'，他们既成伤兵、流寇，在在都是急红了眼的……"

议事议到黄昏，连午饭都推迟吃了。

长工曹二没料到花屋主人和康管家说的话，在他身上还真的应验了。

那天黄昏从花屋祖宗厅堂出来，曹二并没把搜捕王胡子伤兵的事搁在心上。不是他不看重花屋主人的叮嘱，他也想逮一二匪兵回来，不求去镇公所或县府请功领赏，单是回报左先生对他的恩泽和信任，在他也是求之不得的。曹二的想法是实实在在的：逮一个活人，尤其是逮一个当兵的带枪的大活人，难道真的就那么容易？即便容易，比如像抓兔子或抓田鸡那样没啥大的风险，这样的好事偏偏就能让你遇上了？

曹二尽心做着他该做的事情，一连几天都平静如初，有一阵他甚至都要把那个王胡子丢到脑壳后面去了。

这天晌午，曹二从翡翠岭上下来，顺便来到洄河岸边雇工们临时烧水歇脚的庵子屋里。短工石头在草檐下拿树枝刮他鞋上的泥巴，刮一下甩一下，再刮一下，再甩一下，有一坨泥差一点儿就甩在了曹二的肩膀上面。

曹二趔趄了身子喊叫："石头你小心你小心，你看你个狗日的……"

石头抬头见是曹二，也不道歉也不赔笑脸，只说："曹哥你来了，你来了正好，你来了正好！"

石头拽住曹二胳膊把他拉到庵子屋背后，未曾说话，嘴唇和一双手先是抖抖索索地停不下来。

曹二说："石头你不着急，有啥事情慢慢儿再说。"

石头便不着急，努力咽一口唾沫，尽量使自己平静下来。

石头向曹二报告，说是在这个晌午，在洄河那边的杨树林子里头，一直有几个神秘的人影乍隐乍现的，他们大多时候隐没不出，但有时也会站在树林边上，明明白白朝花屋和庵子屋这儿指点，看样子像是近来传得最多的王胡子的人。

石头说："我就是趴在莲菜池子那边盯他们时候，才踩了一脚稠泥。"

曹二听罢当下头皮就绷紧了，失急慌忙问道："你看清楚了，你真的看清楚了？"

石头说他实实在在、千真万确地看清楚了。

曹二于是就和石头进了庵子屋，跟五六个雇工轮流着扒住窗台往河那边瞅看，可是大半天过去，河的那边和这边都没啥新的动静。

后来大家就懒得再看了，都说点火吧，熬粥吧，肚皮饿得都快贴住脊梁骨了。

这时石头又喊叫起来："曹哥你看你看，索桥上有人朝这边来了！"

果然有个人过河来了，而且穿土灰色军装，戴软檐儿军帽，腰里头好像还别着一把手枪。

曹二二次走近窗台，跟石头脑壳挤着脑壳看着外面。曹二感觉得来石头的手和腿脚又颤抖起来了，他自己也按捺不住心的跳动，却是紧张和兴奋两样滋味都有。

曹二知道自己立功受奖的机会就要来了。

那个人过河后端直往庵子屋这边走来，一进门小心地看看这个，又看看那个，大家都屏住呼吸板着面孔，只有石头一个把目光迎了上去。

来人操外地口音说："老乡呀，我们有几个人，有两天没吃东西了，能不能向你们讨点儿吃的喝的？"

"我们这儿说是有锅灶哩，可是没啥好吃的东西！"石头回复人家说，"要吃饱饭你最好到花屋那边去，我们东家可大方了，凡是要到门上的，过路歇脚的，鸡鸭鱼肉白米干饭，都保管吃饱吃好！"

事后石头跟人说，那会儿他其所以对那人说那样话，是惧怕他腰里别着手枪。他想打发他去花屋那边，花屋人多，刀刀枪枪的也多。

来人表示不必去远处了，就此胡乱有啥东西充饥都行。还说："我们队伍有纪律，不亏老乡一块门板、一捆稻草。我们吃了老乡的，拿了老乡的，一时没钱，会打条子给老乡。等我们将来成功了，我们会加倍偿还、报答……"

曹二从一旁冷漠观之，心里头却急遽翻腾着。待拿定主意了，才插话安排说："石头是这，你去里间锅灶上熬些粥去，不要太稠了，让长官和他的人跟咱们一块儿喝粥，既解渴又解饥！"

又对来人说："长官呀实在抱歉得很，你看我们这儿就这点东西，你们能凑合就凑合一下好不？"

来人也不客气，一连声说："好的，好的，喝粥就好，喝粥就好！"

又拧转身走到河边，朝对岸摇手中布带，一会儿，河中索桥上又出现了四个穿军装的人影。

到跟前，才发现其中一个还是个孩子，细眉毛，亮眼睛，两腮黄毛未褪，最多也不过十四五岁。

先前到来的那一个向一位满脸胡楂的高个儿敬礼报告，说这儿的老乡很热情，现正熬粥准备给大家充饥。

络腮胡子抓住曹二一双手说："谢谢你了老乡，谢谢你和大伙！"

曹二自然待他们十分热情，又是让座又是问候，一会儿还跑到里屋看粥饭熬好了没有。

曹二再次出现时，在他身后，有四个雇工分别端了大把儿老碗，其中稀粥滚烫，一律冒一缕袅娜热气。

惨烈和尖叫就在随后发生了。几个雇工递过大老碗时，几乎同一瞬间往上猛地一掀，一碗滚烫的稀粥，立地就糊住了一个不速之客的脸颊。

这都是曹二在背影里出的点子。

几个当兵的只能抱头在地上打滚、惨叫。其中两个挣扎着爬起来，枪也顾不得拿了，瞅着亮色胡乱往外面跑去。

一个才跑到田埂上面，就被追上来的石头一锨板扣在了水田里面。一个眼睛还好使些，跌跌绊绊都跑到索桥石桩跟前了，却被两个短工拿木棍击中腿脚，生生儿让人逮了回去。

庵子屋那边也大功告成。只是曹二俯身绑缚络腮胡子时，一旁的那个孩儿忽然猛扑过来，拼命用拳头捶打曹二的脑壳、背脊，一会儿还转身四处察看，看有什么能当武器抓在手中。

曹二不管不顾，将俘虏绑缚结实了才立起身子。

曹二一掌将那孩儿击到墙角，又踢一脚说："小屁孩你他娘的不知好歹，老子没拿滚汤烫你，就念你是个娃娃还没长成身子。你不记老子好处也就罢了，你凭啥还打老子哩！"

那小子不仅不曾畏缩，还拿仇恨的眼珠瞪住曹二。曹二心里头隐隐有点儿发怵，却不知这人儿往后去会成为他的冤家对头，给他平添许多麻烦和隐忧。

曹二后来曾后悔当初为啥没把这小子一块儿拿汤粥烫了。

其时，曹二和石头他们将四个捆好的成人拎起来扔在墙旮旯里，又逼那孩儿走过去随他们蹲下身子，然后着人快快去花屋向左先生报告情况。

这里曹二几个把玩缴获的两把手枪两支长枪，一时间紧张得了得也得意得了得。石头举起一把手枪冲曹二做瞄准状，嘴里说："曹哥呀，你说这东西真的能打响不？"话才说完，竟啪地扣出一粒子弹，紧贴曹二的脖子打在对面墙上，立地就是一个深邃的洞孔。

石头吓得脸色苍白。曹二也脸色苍白，稍顿却哈哈大笑，并不因差点儿丧命冲淡了得胜的张狂。

一会儿康管家带着两个荷枪实弹的家丁过来了。康管家传达花屋主人话说，缴获的武器先由康管家悉数带回，抓到的人由两个家丁就地轮岗看管；至于这几个人最后如何处置，康管家说得等左先生思虑好了再作打算。

曹二说："就这样了？"

康管家说："就这样了。"

一伙人说散也就散了。

夜里繁星上来，曹二睡不着，就从花屋属于他的屋子出来，打算到外面随便走走。曹二居住的屋子名叫"朵云轩"，因为门楣和窗牖跟花屋别的房子一样精美、漂亮，后来被挂上"长工屋"的名牌，由人们指点言说了数十年之久。

厅门家丁看见曹二，笑笑地跟他打招呼说："曹哥，都这时辰了，你这是干啥去呀？"

曹二说："睡不着，出去溜达溜达。"

朝门家丁也跟他招呼："曹哥，都这时候了，你这是干啥去呀？"

曹二说："睡不着，出去溜达溜达。"

曹二在院坝一隅回头看了一眼。此时已是子夜，天宇高远，银河灿烂，夜色里的左家花屋，比白日更加地巍峨，更加地荡人心魄。

越过墙围和错落交叉的屋脊屋檐，隐约可见花屋主人的书房里亮着灯光，却不知花屋主人是一如往常在读书，还是在思量白天里发生的那件事儿。

再往前行，便发觉今晚的河川异常地安宁。山还是那山，一动不动地矗立着，高耸着。水还是那水，虽潺湲依旧，但那响声却比以往似乎大了一些。还有那个庵子屋，更是悄无声息卧在流水一边和星空下面，不知情者，大约不会看出那里会有大事甚至命案发生。

短工石头因兴奋和后怕也没睡着。曹二拉他从庵子屋石炕上起来，俩人逆着河水走了好长一段路程，才拣一处光洁石岸坐了下来。

曹二和石头从头到尾只一个话题，就是左家花屋抓了王胡子官兵之后，接下来又该如何处置，如何了结。

曹二说："四个大人，一个娃娃，加一块五个活口哩！"

石头小心问曹二说："曹哥你说，天亮后，左先生会不会让咱把他们拉了送镇公所去？"

曹二说："这不可能！左先生不会把功劳记在姓鲍的账上。姓鲍的算啥东西？左先生压根儿不把他放在眼里。"

又问："那直接绑到县上去，交县长亲自审问处置？"

"这也难说。"曹二咂一咂嘴唇，又摇一下下巴，"依左先生的脾性，他这人向来不做表面文章。"

"你是说……"石头不敢往下讲了。

曹二也不吭声。俩人沉默片刻，曹二才说："看看再说吧。这会儿，左先生怕也是睡不好喀。"

忽然想起什么，又问："石头你给他们吃东西没有，给水喝没有？别烫的时候没烫死，饥渴时反倒渴尿死咧！"

石头就回答曹二，说是午后散了以后，未到傍晚，左先生就差人送来了饭菜汤羹。一个伤重一点儿的不肯下咽，其他几个多少都吃了一些。

曹二说这事儿他还不大清楚。又问那个孩子，石头说："那伢子可精明了，他自己不吃不喝，可是不停地给几个大人拿馒头米饭；吃毕饭后，还给那个络腮胡子擦脸包伤哩！"

曹二"哦"了一声，接下来就不再言语了。

曹二和石头起身时，有凉意已浸入他们肌肤了。曹二临走又特意去庵子屋看了看他的俘虏，发现他们被持枪家丁好生看守着，人也没有逃跑的迹象和能力，这才回花屋他的屋子和衣迷糊了一阵。

翌日早晨，左家花屋像以往那样在曙光和黄鹂的鸣叫声中醒来。打扫庭除者打扫庭除，磨豆浆者不停转那小巧石磨，众丫鬟则分头去老太太和太太们屋里整理被褥，擦拭桌椅几案和送上洗漱温水。护院家丁虽说少了几个人，但一样沐着晨曦雾气，早早地就在院坝上走步、打拳、拼刺。大家只说太阳从翡翠岭头上来，花屋繁忙而又平庸的一天又要开始了。

早点时分，大家聚在西院厨屋都说到了花屋主人。说是左先生打从昨日黄昏上了东院书房，到现时仍在那里待着。当夜太太们无丝毫察觉。大太太以为左先生在二太太或者三太太屋里，这是很平常的一件事儿。二太太以为在三太太屋里，三太太则以为在大太太或二太太屋里。康管家子时倒是去了东院书屋，照例说："先生歇息吧，时候不早了。"左先生照例回话说："知道了，你也歇息去吧。"

康管家说他那刻见先生一脸肃然，没跟他强调今天要做什么，他自己不便多问也就退出来了。

将气氛弄得紧张的是老太太的贴身丫鬟麻雀。麻雀说先生每日早起必来老太太屋里请安，临走要亲自端了老太太的便壶儿倒掉，这是大家都知道的；可今日偏偏儿意外，老太太都起身半天了，还未见先生过来，问她麻雀，她也感到不同寻常。

麻雀跟大家说："先生今早没来奶奶这边，奶奶操心先生是不是伤风着凉了，还说要我问问先生。"

大太太说："那你还不快跟毛女上先生书房看看去！"

毛女是花屋主人的伺候丫鬟，但多数时候左焕然并不让她伺候。

麻雀说："太太你知道先生从不允许俺去他书房，就是毛女，也只能在先生不在里头才能进去收拾屋子。"

末了还是康管家解了大家心疑。康管家说："大家各自都忙各自去吧，我想左先生不为别的，是为昨日抓的人发愁呢。这事情是叫他闹心，是得费尽思量不是？"

康管家的一句话安抚了一大群女人，却让原本紧张的几个男人更加地紧张了。

长工曹二完全赞同康管家的判断，说他夜黑里跟短工石头就是这么说的。账房宁先生也没别的不同看法。三个男人于是扎成一堆立在中院通向东花园的月亮门下，一律沉着脸色，焦急地等待左焕然自己从他的书房里下来。

三个人没一个说让我上去看看，或者你上去看看，问一问左先生到底怎么处置那些个俘虏。

更难挨的是，他们都为花屋主人的揪心而揪心着。

有一阵，长工曹二实在憋不住了，自顾自说话道："别看左先生说得痛快：能抓几个是几个，能杀几个是几个；可真正要杀人了，依先生的仁爱、慈悲，还真的下不了这个手喀！"

这回是宁先生附和曹二："曹二兄弟说得对，这个决心是难下，这件事也实在难为左先生了。"

康管家接口说："既如此，咱们就耐心等一等吧。"

这一等就等到晌午端了。

后来，花屋主人终于有了一个明确的说法和指令。

吃过午饭，由长工曹二牵头去处置那几个俘虏。曹二带了两个长工五六个短工，一帮人先是在庵子屋那儿会合，一时间锹呀镐的，锤呀杠的，人人手里都有了一样家伙，然后嘻嘻哈哈、大大咧咧过索桥往洵河那边去了。

其时正是佃农歇晌时刻，川道里很静也很空旷，看上去似乎比夜晚还要安宁。曹二他们在河的这边和河的那边，一路上都没碰见一个村寨里的人。

再穿过俘虏们最初出现的那片杨树林子，便是一个更加僻静、更加隐秘的很小的山坳。

石头说："曹哥，就这儿了？"

曹二说："就这儿了！这儿好，这儿安静得连个鬼影影都没有。"

一帮人于是丢剥了衣服，开始挖一个一丈见方的深坑。他们拿镐头刨开草皮，用铁锹铲去虚土，再用撬杠撬起一块一块石头，吭哧吭哧喊着号子把石块码在一起……来时这一隅还有一坨阳光照着，坑挖好后，已是日沉暮落时分了。

不大一会儿，又去庵子屋那边押来五个俘虏。曹二命他们沿大坑一溜儿站定了，然后从腰里摸出几条黑布，分别蒙住了他们的眼睛。

几个大人没怎么拒绝，那个孩儿因为未缚手臂，曹二才给他蒙上布条，他一把便把它扯了下来，再蒙，又一把扯了下来。曹二嘿嘿一笑，还是之前那句老话："老子这是为你好，你他娘的别不知好歹！"索性不再蒙他眼睛了。

不想那孩儿捡起脚下黑布，自己把自己眼睛蒙上了。

他还摸索着走到络腮胡子跟前，将脸颊贴住络腮胡子胸膛，跟他抱紧了做无所畏惧状。

络腮胡子也抱紧他的儿子，一双手却是索索地发抖。自打昨日被烫了头脸绑了手脚，他是反复设想了要逃跑的；他还多次暗示他的伢儿找机会自个儿跑开，但都没有成功。现在他自己倒是不怕如此窝囊地死掉，可要他的伢儿跟他一起赴死，他的心抽搐着立地就要碎了。

石头他们七八个长工短工则将铁锹紧紧攥在手里，只待曹二一声令下，他们就会把俘虏推下深坑，然后挥锹铲土将他们全部埋掉。

月黑风高之夜，正是杀人灭迹的绝好时机。

这时候，花屋主人在康管家和账房宁先生陪同下突然赶了过来。

在这之前，左焕然一直没露脸儿。还是午饭那刻，大家见他仍待在书房里不肯下来，免不了都有些着急、惶恐。随后连老太太也听闻了，问起大太太，大太太便安排毛女去书房给先生送茶，要她看看究竟是怎么回事。

左焕然却传话要康管家、宁先生和长工曹二上他书房里去。

康管家他们推门进去时，心里头都不由咯噔一惊。他们大约不敢相信，一个人在如此短的时间里，会发生如此大的变化。才刚刚一天，左焕然居然像换了一个人，头发干燥蓬松，眼窝干涩凹陷，眼白布满血丝，原本清癯、瘦削的脸颊，这时候越发地清瘦、憔悴了。

三个人立于书桌一侧听花屋主人吩咐。左焕然只几句话便把事情交代了。左焕然气定神闲说："这事由曹二具体去办，拴牢他们家丁就不要掺和了。曹二你千万记好了，不要让他们太遭罪，也不要让他们死得太难看，末了呢，能给他们合着留一个坟头最好。"

曹二说："先生，我记住了。"

那一刻康管家试图安慰花屋主人："左先生你不必过分忧心，这也是没办法的一件事儿。"

宁先生也说："他们是匪军，跟政府、跟咱们不共戴天……"

左焕然突然叹息道："这正是我的切肤之痛——切肤之痛哪！"

良久才说："你们都去吧，接下来我就不再过问这个事了……"

现在，曹二按照花屋主人的叮咛才要处置几个俘虏，却没料到左焕然居然亲自跑过来了。

四下里立时一片寂然。

左焕然撇开康管家和账房宁先生的帮扶、尾随，先是认真察看了场地，那个行将吞噬活人的大坑，显豁而且张狂地裸露在星空下面。

回转身又审视束手待毙的俘虏，一个，两个，三个，四个……最后立在那个孩儿跟前，大半天过去了，才轻轻去掉了他的蒙眼布条。

一瞬间，康管家，宁先生，曹二，以及在场的长工短工，都发现左焕然的眼珠灿亮地闪动了一下。

那孩儿倒是没怎么慌乱。稀疏的头发，稚气的脸庞；细长睫毛下面，一对大眼睛闪闪眨眨，既藏着恐惧，也藏着仇恨，还藏着疑惑和一缕求生的盼望。

左焕然静静地看着那双眼睛，情之所至，有一霎他甚至伸出手去，轻轻地抚摸了一下那孩儿的脸颊。

"曹二呀，他还是个伢子，"左焕然回头跟曹二、也是对现场所有人说，"你看看，他还是个伢子呢……"

又说："先生说了，老吾老以及人之老，幼吾幼以及人之幼。这伢子咱们既不能杀他，也不好随便将他放了，那就由我左焕然左希圣带着他、养着他吧！"言毕即转身走离开去。

康管家和宁先生心领神会，赶紧搀架了那孩儿跟了上去。

这里曹二继续组织、实施他的刑法。一个俘虏被推下去了，又一个俘虏也被推下去了。四个大活人跌入坑底时，或轻或重都栽了一个跟头，但末了又都挣扎着相继站了起来。

石头他们一伙依曹二交代没用石块去砸这些行将毙命之人。之前他们是准备了大量石块的，那些暴突尖刻、大小适当又便于执握的石块，这一刻就堆在大坑周围和他们脚下。

"先生不允！"曹二学康管家说话，"左先生说了，咱不能让人家遭罪，咱最好让人家死得体面一些。"

一帮人于是挥起铁锹，耐心地朝大坑里抛土，一锹，两锹，三锹……在林子外头，已随花屋主人离开的那个孩儿，突然声嘶力竭叫喊起来：

"爹爹——"

"爹呀！"

声音撕破深沉夜幕，尖厉，冷硬，凄凉，许多年都在五狼关的河谷和山林间回响。

第 三 章

　　左家花屋是块风水宝地。早前左家的先人选择这块宅基时,特意请来了汉口老家的风水先生。那天天气很好,是雨后一洗如碧的清新景象。一行人登上南边白云山巅,往北往下浏览整个下河川时,突然就有人喊叫:"快看快看,那儿,那儿,那边那个小山包底下,是不是一只蝴蝶?"

　　其实是片矮树和花草间杂的十数亩大的林子,就卧在洵河北岸的山包底下。平日在下面见惯不怪,现时登高俯瞰,果然像一只翩翩欲飞的硕大的蝴蝶!

　　就是它了!风水先生异常兴奋,一时手之舞之,足之蹈之。又跟大家讲解说,你们看,在它前面和左右两旁,都是裸露的沙石地,唯独它树木葳蕤,鲜花绽放,说明它上承雨露滋润,下接甘泉涵养,天时与地脉俱佳;背后又依托一平缓山包,是个肉肉山,依本埠人居忌讳,绝非什么险山恶水;在它东边就是翡翠岭了,太阳每天从岭头升起,霞霓披照,屋脊生辉,可谓紫气东来;还有西边洵河上游那个垭口,牵流水逶迤蜿蜒而来,恰从门前经过,昭示着财源滚滚,真个的家业兴旺,永世发达。

　　何况那地儿是只蝴蝶,多美的一幅画面呀!

　　经打听,林子的主人是个叶姓土著,跛腿骈足,人称瘸子叶三,就住在林子后面的茅草庵里。

　　一个细雨初霁的早晨,左家先人拎着礼品去茅屋造访了。瘸子叶三不识来者真面目，头回见面，隔着柴门就把不速之客打发了。左家先人并不气恼，离开时将茶叶、点心置于石垒墙头，说是改日再来拜访。越明日，仍是放下礼品，仍说改日再来拜访。如此三回四回下来，瘸子叶三便不好再拒绝人家了。

左家先人在瘸子叶三的茅屋整整儿待了一个白天。黄昏时分瘸子叶三送客人出来，两个人都面带笑意，并执手走过一段不短的路程。

下河川没谁知道买卖双方是如何成交的。总之没过多久，瘸子叶三一家五口就搬离茅舍住到五狼关镇街去了，而且盘了临街铺面，做山果和木耳生意，日子眼看着一天天红火起来。

左家先人的做派并未到此为止。有了"蝴蝶"没几天，又把林子前面的那片沙地买下来派作院坝用场。

接下来一边盖屋，一边以高出行情三倍的价格，蚕食院坝前方和左右两旁更为广阔的水田和旱地。

那一阵，左家的先人春风得意，在在轻狂得了得。附近的农户更是争先恐后，趋之若鹜，巴不得都把自家的那点儿田亩沽与左家，心甘情愿做佃农为左家耕田缴租。

与瘸子叶三相距不远的邹姓人家，在河畔有两块水田，一块栽种稻谷，一块用来培植莲藕、荸荠，顺带再养些田螺、田鸡、鱼蟹等等。起初邹家只答应将那块稻地卖给左家，左家先人也不强求，两家人依乡俗都写好契约了，不料邹家人睡了一夜醒来，又表示愿把莲藕池塘一并卖与左家。左家先人说你把你家田地卖光了就不怕你卧病在床的老爹心疼。邹家人说他心疼我不心疼，他心不疼了，我的心就别别地疼哩。左家先人笑着说你这池塘我还真的不敢要，否则你的老爹因此气死了我怕我们老左家担待不起。又说这事咱以后再说吧，以后你的病爹升天了咱们再签契约不迟。邹家人说那你现在就给我写个东西，别到时你又说你不要了。左家先人哈哈大笑，痛快说写啥东西呢，写啥东西呢，我现在就把一半地钱给你你这下该放心了吧，说得邹家人张大了嘴巴大半天都没合拢。

韭菜滩有泼皮外号叫滚刀肉者，他的一小块久弃不耕的洼地正好在大田中央，那儿杂草丛生且拔地而起，在水平如镜一片翠绿的稻秧田里，远远看去十分地刺人眼目。这块地滚刀肉只是小时候跟他爹来过几回，他爹顶着烈日在水里插秧或者薅草，滚刀肉就在旁边唯一的一棵苦楝子树下捉蛐蛐打斗，看公的蜻蜓和母的蜻蜓勾连一起在田塍草丛间时飞时停。后来他爹因他游手好闲不思成家，还跟人家几个小媳妇不清不白被活活气死，滚刀肉就再也不肯下田作务了。滚刀肉平日里从不管别人说三道四。若是有人意欲购买或代为耕种，滚刀肉便提无理或苛刻要求，日子久了自然再无人问津。只是这一回滚刀肉感觉机会来了。滚刀肉找到左家，跟人家说我的那块良田好地你也想要是不。左家先人见来者不善，心里头提防着面儿上却说是想要哩是想要哩。滚刀肉说那你得给我双倍价钱。左家先人说一样的田地一样的规矩，凭啥你要双倍价钱。滚刀肉说你想想我的地在大田中间，你不买就得给我留路，留的路说不定比地还大。左家先人窃笑滚刀肉的算计，不容置疑说我不能多给你一分一文，我也不会多给你一分一文，不然咱们就把规矩破了。滚刀肉说那你得给我留路。左家先人说，行，我给你留路，随后还真的为滚刀肉留了一条通道。滚刀肉于是立于地头，咬牙切齿说左财东算你狠，算你狠，我这地我不要了你拿去算屄咧！

有财、有福兄弟住在下河川上头九里沟里。当初兄弟二人分家时，老二媳妇鼓动自家男人占了屋后十亩山坡地，硬将川道里五亩水田给了老大两口，嘴上说川道里水田好一亩得顶两亩，实情是怕路远大晌午不愿给自家男人送饭送水。现时老大的五亩水田让左家就近买去了。老二媳妇见老大两口得了白花花一把银圆，还有理气长地做了财东家的佃户，夜里睡觉时候又把男人臭骂了一回。老二有福不愿说反悔话跟老大两口闹翻，却要二杆子脾气跟左家先人较上了劲儿，每天跑到人家盖屋的地方，也不管主人在不在场，都要立在"蝴蝶"的翅膀尖上大喊大叫。老二有福喊得最多的是"湖北佬你财大气粗你瞅红灭黑"，有时也喊"湖北佬你不要我的地我跟你没完"。有石匠或木匠说你那地在沟里头路太远人家要它没用，老二有福便说我管它有用没用哩，反正他湖北佬不要，我老婆就跟我闹个没完，我这日子就没法过了……

这样的故事多了，于是镇街里外私下里都在谈论一个蹊跷之事：五狼关做桐油生意的左家先人，明明是流年不利，关张大吉，连日来却在乡间置地建屋，且极尽铺排，难不成是一时发了横财啦？

左家先人的确是发了一笔横财。

左家先人初来秦地时，五狼关及下河川一带还是一片不毛之地。《宁县厅志》记其时景象说：

> （五狼关）山疆阔远，地土亦广，未经开垦之地，以手指脚踏为界，往往有数两契价买地至数里十数里者。开荒之费谓之苦工，压租之资谓之顶手。苦工顶手之价重，地土之价轻，兼其赋税不多，种植亦易，本省视为荒山，外省转而视为乐土，所以川楚各省民人源源而来以附其籍。统计烟户，大约楚蜀人居十之五六，土著者十之一二，间有晋豫及甘陇之饥民迁入，不足为计。有资本者，买地典地，无资本者，佃地租地，耕作谋生。楚民善开水田，所虑者，临河之田，时被水冲。蜀人善开山地，所虑者，山水陡发，冲击地皮，仅余石山耳……

左家先人即是五狼关附籍之人。左家因兵荒马乱自汉口来到下河川后，最先在翡翠岭下面沿洶河拐弯的岸边踩倒荒草占了一块田地，又搭建两间茅舍，就算是将日子安顿了下来。

左家先人选中的地方还真是旱涝无保。旱时河岸崚嶒高峭，几亩水田只能靠篓斗汲水方能维持。涝时水涛拍岸，涡漩连连，秧苗或稻穗"时被水冲"，难怪在左家到来之前，那块地便一直闲置着，裸露着，连山狐和野兔也不愿在那儿持久安家。

为求生存，左家先人不辞艰难劳顿，硬是从翡翠岭上背了三年石头，才将一段河岸凑合着加固好了。但是若遇干旱，生产和生活仍无法安顿、保障。

左家先人幼时在汉口乡下，农闲曾随父亲去城里表叔的杂货铺子玩耍，那里的街衢店铺林立，市声喧嚣，还有就是表叔一家殷实的衣食起居，都给他留有深刻印记。因此某个早晨从睡梦里醒来，左家先人忽然一个念头，跟妻儿顾不得打声招呼，便急急匆匆奔五狼关镇街去了。

经探问和反复比对，左家先人最终选择了桐油生意，并在比邻关帝庙的小巷里租了廉价铺面。

这一干又是三个年头。其间左家先人起早贪黑，废寝忘食，一刻也不敢松弛消闲；兼其货真价实，童叟无欺，购进售出最讲"谦让"二字，生意不意间竟发达起来。最红火时候，"左记油坊"有三间铺面十间作坊，十数人在其间早晚忙碌，另有数十人分布乡间广收桐籽、糙油，一时间车马辚辚，你来我往，只说照此下去，左家比肩药材周氏和绸缎吴氏，于五狼关呈三足鼎立态势已然指日可期。

左家先人不比他爹是个阳性子脾气，大伙忙碌时他是一会儿铺面，一会儿作坊，扯开了嗓子吆喝了这个又吆喝那个。闲暇时他又是双手捂一只小巧的紫砂茶壶，一个人立在街角屋檐下消停地咂吮，即便里头没丁点儿茶水了，他也要把壶嘴儿弄出吱吱的响声来。

只是这红火来得快去得也快。最初缘于一场兵燹，镇街上的字号无一能得幸免；继而又是一场大水，"左记油坊"连带遭灾已然伤了元气。加之此后雨水渐渐沥沥一直下个不停，别家的铺面勉强还能维持，唯独"左记油坊"的顾客日见稀少，渐渐地竟没几个顾客光顾了。

"左记油坊"关门大吉那个早晨，左家先人将最后两篓桐油用竹木扁担挑了，然后踽踽地往乡下茅舍走去。

那天倒是一个极好天气。蓝天白云，苍山翠竹。林子里不时传出众鸟的啁啾。更有河水一路哗哗作响。空气湿润且略略夹带一丝儿清甜。

但是左家先人的心情却糟糕到了极点。

左家先人走出镇街拐进另一段河谷时，不由回过头朝来路看了一眼。想到数年的心血已付诸流水，这五狼关镇街以后再没心思，甚至再没脸面来了，当下鼻子一酸，竟有两滴清泪挂在了脸腮上面。

接下来便一步一挪、一步一颤地赶路，不单腿脚沉重，肩上的担子沉重，心思也一步一步越发地沉重了。

那块石头是走进下河川西垭口时遭逢上的。其时左家先人已远远看见翡翠岭了，岭下的茅舍虽被树木和岚霭笼覆着，却一样荡人心魄，让人五味杂陈。正踟躇挪步间，前面的油篓忽然撞在河边一块突出的顽石上，里面的桐油噗的一下，一多半都洒在杂草里了。

于是伸手去抓前面那根钩子，不想又将后面的油篓摆荡起来，只三下两下，里面的桐油差不多也抛洒了一多半儿。

左家先人热血冲顶，啪的一下撇了肩上担子，又气急败坏，无头苍蝇一般，一连在原地转了三个圈儿。

还仰头对着无边天空，嗷嗷地长啸了一气。

左家先人百思不得其解，人一旦背运了，怎么连石头也相欺阻绊呢！

这个白日左家先人有许久瘫坐在泥草地上。一坐下就骂那块石头，反复说："娘来个×，连你也欺负人呢！娘来个×，连你也欺负人呢！"

末了就去掀揭石头，一边用力一边喊叫："狗日的我让你绊我油篓！狗日的我让你绊我油篓！"随之将石头咕噜咕噜滚下河里去了。

这时候，左家先人突然睁大了一双惊恐的眼睛。他是实实在在地被吓着了。

石头下面怎么会是一大坛子黄金？石头下面还真是一大坛子黄金！

（这件事过去很久了，左家先人一直颇费思量：那个地方，不就一大路边上，怎么会埋有金子呢？数十年百余年过去，左家的亲朋好友，左家的后人，左家后人的亲朋好友，还有搞文史资料的，研究明清建筑的，采撷风土人情的，下乡收购文物的，等等，等等，凡由左家花屋说起又提到这件事的，免不了都要说：那地方不过一大路边上，一流水岸边，怎么会埋有金子呢？

其实这里是子午谷，是川陕通衢大道，而这路径早在汉末和三国时期就已有了。千百年来，这条可以叫做"国道"的大路，不光走过军队、土匪、马帮、挑夫、流民、工匠、乞丐、囚徒、妓女，逢着过年过节，高官和商贾亦是你来我往，不绝如缕。其间斗转星移，世态变幻无常，真个是什么事情都有可能发生，什么奇事怪事也就不足奇怪了）

左家花屋用了整整十年时间才建成完工。

左家花屋最大的看点是，这座壮阔、雄伟、繁复的富家豪宅，其最初的规划和设想，居然是左家先人这个门外汉提出来的。此前左家先人从未涉猎造屋或其他工程，唯一的一回，就是从翡翠岭上背石头补了一段洮河堤岸，那是怎样一个不堪回首、不值一提的施工经历呢？

左家先人说："围墙就照蝴蝶的形状盘垒。房屋是从蝴蝶的头尾看一条轴线，由低到高建四座挑空大屋，六排厢房楼阁，留大小一样三个天井。蝴蝶的两边翅膀就是东花园和西花园；花园里头，在蝴蝶翅膀的主筋骨上，跟主楼连着再各盖一阙阁楼，一边做男孩子书斋，一边做女孩儿闺房。花园仿苏州园林，留园、怡园也行，沧浪亭、狮子林也行，总之要有亭台廊榭，有奇石假山，有各样花草树木，有养鹅观鱼的池水。这水呢得是活水，咱就从洵河上游高处把水引来，让水从西花园穿过，流到东花园，再流到下面洵河里去。"

又说："当然朝门（大门）和门楼最为要紧，既是脸面活儿，那就得有气魄，有威势。另外门楼和门道两侧，还有门楼里的照壁，用材和雕刻都要十分讲究……"

一群远近闻名的工匠艺人围着左家先人听他说话。打头的设计者回话说："东家的想法我听懂了，这几日我先画个草图出来，请东家看过咱再定夺。"

左家先人带笑说："这图呢画不画不那么当紧。这图我心里有，我一说你心里也就有了。我相信你心里的那一个一定比我这个更好，更完善。"

"是在心里头，是在心里头呢！"设计者连连点头，像鸡啄米一般。又跟大家感叹说："东家一直说他是外行，可他的这个见识，比内行还要内行许多呢！"

左家先人又是微微一笑，自己心里明白，在这之前，他远远近近究竟跑了多少个去处，看了多少家豪宅、园林；夜深人静时候，又把自家的宅屋在眼前勾勒、幻化了多少个回合。

接下来一经开工，动土的宅基、备料的屋场、烧水做饭的厨棚以至整个河川，便一下子热闹起来了。

先后请到的艺人计有石匠、铁匠、木匠、瓦匠、篾匠、画工、刻工、漆工等多达二十余个行当。他们有下河川乡间的，有五狼关镇街的，有邻县咸宁、长安、鳌屋、蓝田以及省城西安的。还有不少是外埠匠人。其中一个来自左家老家汉口，一个来自重庆北碚；父子俩人的来自河南开封，兄弟两个的则来自浙江绍兴……左家的工场早晚里是南腔北调，此起彼伏，听起来倒也十分热闹、有趣。

厨棚那儿除了五狼关有名的炉头郑大胖子和几个跑路的男人，余下清一色全是女人。下河川所有佃户和即将成为佃户的人家，其中凡能洗菜、濯米、蒸饭的女人，差不多都跑来帮忙了。

十年里除过雨雪天气，每日都有二三百人在那儿挥汗劳作，最多的几天，单是普工就有六百九十余人。

建屋的石料就地采自九里沟。九里沟底里偌大一座石头山包，因石质坚实柔韧适合雕琢，一天，两天，三天，一年，两年，三年，硬是整个儿被左家开采平了。

所有立材隔县境从凤州猫儿岭购买。家中一应家什摆设多用楠木，木材从云南远运而回，油漆家具的退光漆则购自上海租界由法国人开办的"里昂商行"。

至于房屋的筑建质量，一百多年后的五狼关还口耳相传几个细节，人人听了人人啧啧称奇。

说是左家花屋盖屋夯打基础时，每人每天只打十个夯窝，夯窝实在不实在，夜里头凭浇水检验，翌日一早若是有渗漏则必须重打。房屋用砖全部水磨加工，每人每天手脚不闲但只能打磨三块，如若不平亦必须另行打磨。花屋的石缝砖缝使用白灰加糯米汁儿浇灌，所用糯米多达六千多石；这数字是多大一个数儿，也就是一百个人吃一生也难以把它吃完。

房屋建成入住后，最惹人眼目的是房上房下、门里门外的砖雕、石雕、木刻。屋顶的风牙子、门楼的飞檐子和照壁、檐墙、门楣、窗棂、几案、桌椅尤其讲究、繁复。雕刻图案除风俗人物和狮象牛羊外，本地山岭之鹦、鹤、雁、燕、莺、隼、雉、鹳、鸲、鸽、鹃、鸮、鸳、鸯、鹅、雀、猬、鼹、鼠、蝠、兔、犬、熊、鹿，等等，等等，无不生动逼真，惟妙惟肖。

奇花异草跟飞禽走兽一样寓意深邃：刻翠竹象征气节，刻苍松象征多寿；牡丹芙蓉，荣华富贵；旱莲玉兰，金玉满堂；瓶中月季，四季平安；石榴蝙蝠，多子多福；梅花喜鹊，喜上眉梢。另有兰草、连翘、墨菊、蜜桃、海棠等等，凡一草一木，图必有意，意必吉祥。

左家花屋连后来由长工曹二居住的"朵云轩",其窗牖之构想亦取天圆地方之意,刻有祥云、新月、桂枝、玉兔、麋鹿、翠鸟图案,经百年风蚀日晒,仍玲珑剔透,风采依然。

十年里这一隅因动静大,说辞多,县域之内早已传得甚嚣尘上了。房屋落成之日,十里百里的乡绅官员都来恭贺。所送牌额跟左家先人请西安、汉口名人题写的牌匾,于大厅中央与门楣之上交相辉映:"雅气和晖""蔼若春风""古之遗爱""世德绵长"……还有随处可见的柱联、家训,说不尽的典雅庄重与书卷气氛。

左家先人最喜爱最看重的是"五王出国"四个大字。为求这帧墨宝,左家先人先是跋山涉水走出山林,于次日夜半踏进西安书院门一家客栈,听人说醴泉县宋伯鲁先生的柳字最是周正、俊逸、大气,天不亮又坐马车去了醴泉乡下。回来的时候,左家先人在岭北石羊关遭遇强风暴雨,为保护怀里的宣纸不被弄湿,他自己斗胆立于危崖下面,宁愿冒性命危险也不肯朝前挪动一步。结果是风停雨住才刚离开,那块突出的山石便訇然坍塌了。

左家先人让刻工将"五王出国"一笔一画仔仔细细读解三日,这才一刀一錾镌刻在朝门门楼上面。左家先人跟人解释说:"我老左家虽说盖了这座庄园,可我不希望我的子孙既生于斯又长守于斯。我期盼他们中间有人读书做官,走出深山老林去闯外面更大的世界!"

与之相应和的是门道廊柱上的一副大篆对联:

勤以补拙,俭以养廉,处身世须留心两字
书能破愚,诗能益智,愿儿孙常励志三余

左家先人话音才刚落地,他的唯一的孙儿也呱呱落地了。

为庆贺花屋落成和喜得男孙,左家先人在院坝建起一座临时戏楼,一气唱了三个月的大戏。

又放舍百日,由此揭开左家睦邻友好、惠泽乡里之崭新一页。

跟左家花屋一起诞生的伢儿,就是五十年后的左焕然先生。左先生他爷给他起官名左焕然,意谓左家由此飞黄腾达,焕然一新。稍长他自号"守仁",别署"野萱"和"洄水渔人"。后又增一别号"希圣",圣者,也就是亚圣孟轲,意即希冀自己能像孟轲孟老夫子一样,追求至大至高即完满的人生境界。

小焕然五岁时候,他爷给他请来五狼关知名老秀才钱先生做塾师。钱先生家学渊源,人情练达,科举中途如若不是害有眼疾黯然退出,慢说一个廪生名分了得,便是参与乡试、会试,弄一个"桂榜高中"或"进士及第"也未可料知。那天左家花屋都请人家钱先生喝过拜师酒了,焕然他爷还在中厅左侧的祠堂牌楼前给人家封了十两银子的束脩,可轮到焕然行叩头礼时,这个生性顽劣的家伙偏偏儿不听指点,再被他爹他娘强行摁住,也只磕了两下脑门,没凑够数儿就挣脱跑掉了。

还边跑边喊:"老秀才是个独眼龙,老秀才是个独眼龙!"

老秀才当下没说什么,但焕然他爷面目尴尬心里头腻歪。他让儿子儿媳把孙儿捉拿回来,他自己顺手抓了老秀才身旁戒尺,硬是将小焕然左手右手各打了二十多下。小焕然吱里哇啦叫喊,两只小手立时紫胀并有血渍渗出来了。

这一打,左家公子两年都不曾好好儿背诵诗文。钱先生见学生是因了自家的相貌挨了他爷笞责,他自己私下里避讳,两年间便一次也没动用那把戒尺。

这年春暖花开,老秀才因为安葬亡妻有月余时间没来左家花屋。忽一日,左家主仆上下一大早醒来,忽然发现小焕然捧了书册,一个人在东花园水塘边朗声诵读《孟子》,仔细听了,方知读的是这样几句:

> 尽其心者,知其性也。知其性,则知天矣。存其心,养其性,所以事天也。

小焕然摇头晃脑读得如醉如痴。琅琅书声随晨风和花香传来,他爷和他爹他娘都选了看得见的窗口,睁大了眼睛朝东花园那儿张望。他们把心肉提在嗓子眼上,把惊异、猜疑和兴奋涂满了眉梢眼角,又都暗自慨叹:咿呀,这日头咋从西山头升上来了!

到早点时，大人们只要不唤那人儿回厨屋用餐，那小子沉浸其中，就好像不知到了申时酉时。

清明节过后老秀才从镇街回来，着学生背诵千字文，临虞世南小楷一帧，一时惊讶不已，跟焕然他爷连声说："真个是浪子回头金不换——孺子可教，孺子可教也……"

焕然他爷回老秀才话说："天知道这小子冥顽不化，这阵儿咋的又迷上书本本了？"却是一脸的得意颜色。

再过两年，也就是焕然才刚十岁时候，钱先生便开始指导他为科举做准备了。四书五经是得烂熟于心。童试、岁试、科考须中小三元，否则不仅难获举人考试资格，甚至连廪生即秀才名分也不易获得。至于院试、乡试、会试乃至殿试，其中涉及诗论、策论、经义之论等，亦须略知一二，早作打算。为此师徒二人拂晓闻鸡即起，夜来高点明灯，此情此景，就差一个头悬梁、锥刺股给左家人看了。

有一阵花屋是人人小心大气不出，连走路也是轻抬轻放蹑手蹑脚。焕然他爷不许家人在庭院里高声说话，更不许有谁越过偏门走近东院书房一步。他还给他的孙儿鼓劲打气，说是不吃苦中苦，怎能做了人上人，不信你往人世上看嘛，有哪个功成名就者是他爷他爹空手送给他的？

却忌讳说他生意不成，在河岸杂草里白白捡了一大堆金子。

岂料这里废寝忘食、夜以继日地苦读苦求，那边慈禧太后却下诏废除所有乡试会试，各省岁科考试也立即停止，还严饬府、厅、州、县赶紧设立新式蒙学，钱先生和焕然师徒的科举美梦才刚做起立地又跌得粉碎了。

左焕然连童子业也不曾操起，便是得一廪生即秀才名分也不能如愿，更别奢望举人、进士什么的了。好在他喝了一肚儿的墨水：经史子集，四书五经，汉时大儒，宋明理学，诗经汉赋，唐宋诗词，晚清小品，等等，等等。对孟轲孟老夫子尤其情有独钟，黄卷一册，早晚执之于手，经斗转星移和寒来暑往，已然是滚瓜烂熟、了然于心了。

之后在一个冬天，少年焕然连着送走了两位逝者。一个是其祖父即左家家业和左家花屋的奠基者，一个是他的启蒙老师即五狼关的老秀才钱老先生。前者于弥留之际已不能语，却还是将孙儿唤到床榻跟前，眼目迷离硬是久久不肯移开。少年焕然紧紧抓住祖父手指，表白说爷呀爷呀，孩儿我没能参加科考求得功名，但耕读治家之心不泯，报效国家之志犹存。孩儿的父亲体弱多病，母亲贤淑良善，孩儿自当以孝顺为本，视事亲为大。左家睦邻友好、惠泽乡里蔚然已成家风，孩儿亦当浸淫其中，得其要旨并发扬光大。至于孩儿自己，此一去更应谨记先贤教诲，志于仁义，存心向善，恒存忧患，重耻知辱，达，则不离道，不达，亦不失义！

一番话，字字珠玑，句句真情，言罢就见左家先人带笑闭目，中气飘逸，欣欣然撒手人寰去了。

后者钱老先生故去时，焕然从乡间赶至五狼关先生屋里，为先生守灵长达七天七夜。白天他是披麻戴孝，匍匐于地，频频为吊唁者叩首还礼。夜里他与长明青灯为伴，与先生无言相对，纵是睡眠也是踞于蒲团之上。出殡时候，少年焕然更是抚棺饮泣，长跪不起，令现场乡亲无不动容，都说左家花屋的这个少爷，真个是知书达理、知恩图报的一个人儿。

焕然真正主政左家花屋，已是十余年之后的事了。其时外强入侵，时局动荡，世间的事故已发生诸多变化。焕然所做的第一件事情，就是向抗日前线捐粮并行募捐，说是左家花屋虽然无力捐献一架飞机或者一艘舰船，但倾其粮仓所有，折价购买三门五门大炮还是绰绰有余。不仅如此，焕然还鼓动他的佃户捐献余粮，你一斗，他三升，加起来虽不及左家花屋的一个零头，可焕然乐之不疲，一连多日在下河川河谷和坡岭间颠来跑去，匆促间都要忘却自己的东家身份了。

那个白天送走运粮车队，到夜半不能成寐，焕然于灯下铺开六尺徽宣，欣然写下肺腑之言：

> 倭贼猖獗，九州天裂；
>
> 白云垂泪，洵水呜咽。
>
> 沪上壮士，悲歌未彻；
>
> 喜峰台儿，频传大捷。
>
> 虽不能至，心向往之；

躬耕垄亩，犹怀激烈。

身在江海，思接魏阙；

众志成城，中华不灭！

毕了推开窗牖，让明月清风铺洒进来，让一腔热血朝山野尽情激荡开去。

左焕然的第二个举动便是搭棚放舍。

左家放舍最初是因左焕然的出生，其祖父一时心血来潮所为，后来渐次成为传统则出自天灾人祸。左焕然来到这个世界的第二年夏天，也就是那年的六月七月间，五狼关一带一连下了十八日的连天暴雨。下河川除了左家花屋和少数几户人家不曾遭灾，山坡和沟涧的茅屋棚舍差不多都被山洪卷走或被冲刷得东倒西歪了。洵河里罕见地漂浮着木檩、禾秆、藤蔓和猪羊乃至人的尸体。汛期过后，失去家园和收成的人们，一边拾掇支离破碎的房屋，一边于三、六、九几个特定的日子，像赶集一样，疙里疙瘩、摩肩接踵去左家花屋接受施舍。

左家花屋在院坝支起三口大铁锅熬制粥饭供灾民充饥。

又搭了厨棚，专门为不能前来受舍的老弱病残发放馒头、蒸糕。

左家花屋的义举一经传开便不好收场了。越明年，五狼关一带的春荒才刚起了一个头儿，就有乞丐、泼皮和游手好闲者聚在左家花屋跟前，冲着朝门喊叫放舍饭喽放舍饭喽，末了还把虚虚假假的消息传扬开去，迫使左家不得不再起炉灶施舍，并渐渐形成一个默契——只要遇到天灾或者歉收之年，左家花屋都会在春二三月支锅垒灶，接济四邻乡亲和南来北往的乞丐、旅者。

左焕然继承了左家花屋的这个传统，并由此牵出跟长工曹二的一段交集。

那年秋天南山里头旱是旱了一点儿，洵河水眼看着也比以往瘦浅了许多，但川道里的稻穗依然肥硕、饱满，多数都是沉甸甸的样儿；山坡上的土豆早前收获时也是丰产，两厢合并计算，显然能弥补之后玉米和豆荚的歉收。

山外则是另外一番情景。先是夏粮严重减产，继而又遭遇百日酷热、不雨，玉米、谷子、黄豆、芝麻等一应作物，大多还是青秆就被农户拔掉当柴烧了。

才过中秋，从山口到五狼关再到下河川的一段山路上，零零星星就有长安、户县、盩厔一带的灾民进山寻觅吃食来了。说是攀摘野生的核桃、五味子、橡子果，其实是什么能吃就攫取什么，包括山坡上残留的粮颗、人家屋檐下的柿子，以及涧底水洼里的娃娃鱼和青头蟹。这样的情景持续到冬日里头，山里人渐渐都不大出门了，更多的山外灾民不顾大雪将要封山，仍滞留五狼关镇街里外，三个一堆、五个一伙的情形随处可以见到。

间或还会发生谁家院坝被偷、小摊小贩被空腹者哄抢的事儿。

左家花屋在自家院坝搭棚垒灶时候，头把火尚未点着，七零八落就有人聚拢过来了。左家的家丁如临大敌，他们有长枪大刀在手，虽不致让饥民冲进朝门抢了宅院，却还是加强了岗哨，时刻防备不敢掉以轻心。

正式放饭这天，左焕然一大早就走下了他的书房。左焕然不是没经过这等场面这番嘈杂。早前左家先人主持这件事时，每一回小焕然跑出来瞅看热闹，不多一会儿就会被钱老秀才喊叫回去。焕然他爷倒是不怎么反对孙儿凑这个热闹。撅着山羊胡子的瘦老头儿大肆渲染说，看看好，看看好哇，我就是让我家伢子观识这个阵势呢，于是还要牵了小焕然手指，意气风发地绕院坝走过一圈又是一圈，其自鸣得意与良苦用心，直到今天左焕然才似乎有所体悟。

现在左焕然巡回视察饭棚时，跟儿时相比心态已大不一样。他除了总体把控当日的局面，把自己的发现、想法乃至担心跟康管家一一叮咛过了，还得注意许多个细枝末节或特别之处。比如汤饭这边雇工少了一些干粮那边人手多了一些。比如大锅烧火要注意柴火的干湿和院坝上的风向，不要让烟灰呛你也咳嗽我也咳嗽。比如排队时候，稍后一些的饥民可延长至院坝一侧的道路上去，不要在饭棚跟前曲里拐弯扭成一片，以防发生混乱，避免热汤热饭烫伤了哪个老人、孩子。

在五狼关镇街结伴讨饭的安宝和槽头，得到风声早早就赶来了。安宝是个瘸子，槽头是个瞎子，他们两个能走到一起且须臾不可离分，全在于两个人的取长补短和配合默契。平日他们歇在关帝庙外面靠山墙搭建的茅庵子里。到了饭时或得到谁家红白喜事消息了，俩人便扯一竹竿，瞎子槽头在前面走，并拽扯竹竿给瘸子安宝以力量，瘸子安宝紧随其后，嘴里头往左、往右、快点儿、慢点儿地喊叫指点，倒也心有灵犀，从来不出差错、闪失。逢着春来花开或冬日暖阳，只要不是饭点儿，他们有时会掉个个儿，瘸子安宝在前，瞎子槽头在后，俩人悠闲地走在宽阔溜直的街巷抑或松软舒适的田埂上面，远远看去，竟是一道别样的风景和风俗画儿。

花屋主人左焕然对这对瘸子瞎子的组合再熟悉不过了。早先焕然他爷亡故以及后来他爹的夭逝，他们的殡葬和头周年、三周年忌日，安宝和槽头都会不约而至。槽头虽是瞎子，但个子很高块头也大。花屋的厨师端来大碗的饭菜或者馒头，没人跟槽头争抢，槽头也会两手抓了拼命往嘴里塞填，常常会堵噎得伸长了脖子，两只白眼珠子往上翻着，还要呃呃呃、吭吭吭地呻唤，却是不肯有片刻停歇。那时候焕然的小妹年龄尚幼不谙世事，每逢槽头吃得堵噎住了，就在一旁跳脚拍手："吃呀，快吃呀，快吃呀！"少年焕然于远处看见了，却是别一样滋味漾在心头。

现在安宝和槽头都已老了。左家花屋既是施舍放饭，饭菜的质量自然不能跟红白喜事那刻相比。但是槽头依然吃得很香很急。这情景被花屋主人很快又发现了。这个晌午，左焕然打老远奔走过去，脸凑脸朝槽头喊道："瞎子叔你不要着急，你慢慢儿吃。"隔会儿又说："瞎子叔我是这儿的当家的，你慢点儿吃，没谁和你争抢，我保证你吃得饱饱儿的！"

便派人从花屋里头拿来主人食用的十几个肉馅包子给安宝、槽头。给槽头的由左焕然自己端着，槽头每从容吃掉一个，左焕然才肯把下一个递到他的手上。

大锅那边有一爷孙俩儿，那爷想必是个性情中人，都八十多岁了，看见花屋主人如此伺候瞎子槽头，竟朝众人喊道："善人哪，善人！左先生是个大善人哩！"言毕又摁住孙儿脖颈，让其跪伏于地，打老远给左焕然磕头、致敬。

类似的感人场面随后几天还出现过几回。

长工曹二那阵儿是一个半大小伙，说是孩子也还是个孩子。左焕然其所以关注这个曹二，是因为曹二每天天不亮就来排队了。曹二在大锅这边排在前面先吃一回，然后又去末尾，趁排队消化了一些，第二回能多吃一点儿是一点儿。曹二达到目的后，还会跑到干粮大棚那边排队，一旦拿到馒头或者烧饼——这时候差不多已是午后了，便会像兔子一般嗖地跑离开去。曹二在田埂和河堤跑动的身影一直牵着左焕然的目光，直到化成一个黑点在洵河上头西垭口子那儿消失。

曹二再来时，左焕然便让康管家将他唤到跟前问话。

先是康管家说："你知道这儿定的规矩，是吃了不拿，拿了不吃。你为啥连着吃了两回粥饭还要拿馒头烧饼？"

曹二勾着头一句话不说。

左焕然这时说话了，声音也是十分委婉柔和。先是对老管家说道："他能这个样儿，怕是有他的隐情哩。"

又安抚、开导曹二："小兄弟呀，我猜你一定是遇到什么难处了。你若是不介意的话，就跟兄长我说说根由，看我能不能帮你想想办法。"

曹二有两行眼泪立地就流下来了。

原来这曹二是山外大曹村人，一个月前随其母来山里乞讨生活。起初一直是老母亲关照儿子，不料几天前那母亲说病突然就病倒了，现就躺在五狼关背山的一个小山洞里。曹二年少没经过如此变故，他除了拿蘸湿的布巾替母亲擦拭、遮敷滚烫的额颜，还得给他们娘儿两个搜寻吃的喝的东西。曹二指望着母亲能扛过几日就背她回山外村子里去，不想母亲的病症却是一天比一天重了。

曹二说："我妈烧糊涂了……"

呜咽一阵又说："我妈怕是活不长了……"

左焕然听罢当即就要带人去那边探视。左焕然跟身边人说："这事不能再耽搁了，闹不好发生不测，那样你让这么一个孩子怎么收场？"

康管家说他这就去准备轿子，左焕然却是二话不说前头走了。一行人赶至那个山洞，将病人轮换着背到镇街怡心堂求医。怡心堂坐堂郎中麻先生把脉说，是急性肺炎连带深度高烧，如不及时救治，只怕活不过三天甚至两天时间。

经过三到五日的治疗，曹二搀扶大病初愈的母亲回山外大曹村去了。

这件事情过去不久，左焕然就将它淡忘了。这年过了春节，眼看就到"龙抬头"了，忽一日门口来报，说是山外大曹村的曹二给东家拜年来了。曹二一进中厅就给左焕然跪下了，左家上下左右都劝曹二赶紧起来，左焕然也说快给咱们的小客人让座，可曹二跪伏在地就是一动不动。

曹二给花屋主人磕过头说："左先生呀，今儿个曹二我来了就不走咧。我给先生当牛做马，今生永世、永世今生报答先生的大恩大德！"

曹二还说："从今往后我还是先生的一条狗，永远听先生和先生一家使唤！"

左焕然被客人曹二逗笑了："小兄弟呀，你一会儿牛，一会儿马，又一会儿狗的，你是说狗比牛比马更加忠诚？"

曹二说："左先生你知道狗不光忠诚，狗还特别特别地聪明！"

花屋主人当即拍板留下了少年曹二。

这之后，花屋的日子红火而又悠长。左焕然在自己连娶三房太太不久，又给长大成人的曹二说了媳妇，让那人儿在大曹村尽心伺候曹二年迈多病的母亲。曹二则在花屋带领一帮长工短工做事，只在节日抑或一些特殊的日子，才回山外探望他的母亲和他永远的新娘。

曹二这一干就是整整十年。

第 四 章

　　五狼关的全民清匪兴亦突然止亦突然。某个白天人们才刚吃过午饭，西安城里隶属战区司令长官的一个团突然开进了五狼关镇街。打头的官长骑着高头大马，一身呢子军装和两臂的肩章映着阳光分外地惹人眼目。紧随其后的士兵则抬着钢炮和重型机枪，进了半边街后一律迈着正步，一时趾高气扬得了得。后来，长长的队伍一头都停在文昌阁广场中央了，一头还没完没了地拖在半边街那头，像是一条正在游走正欲盘结的蛇蟒。

　　团长岑兴高将团部设在文昌阁里，看中的不单是文昌阁有大殿有厢屋还有庭院。岑团长更喜欢大门外面的那个广场。这广场小是小了一点儿，但平平坦坦一直延展到了姜水岸边，在一个山区小镇已是十分难得。岑团长立在文昌阁高大的门楼底下，目光越过对岸盐店街鳞次栉比的屋顶和风牙子，五狼山上满坡满崖的白松高大挺拔，苍翠连绵，连同山头的天穹云絮直入眼帘、胸怀，真个是赏心悦目的一幅画儿。

　　岑团长跟镇长李元奎说："既然我岑某人的队伍来了，地方上的清匪剿匪就到此为止吧。"

　　又跟保安队鲍队长说："老子的这个团乃是胡长官手下有名的精锐之师，将士最是骁勇，装备最是精良，若指你几杆破枪和一群乡巴佬来收拾王胡子的残兵败将，那不让人把我们胡长官拿下眼瞧了！"

　　却不说胡长官熟读兵书，韬略在胸，派他重兵扼守五狼关关隘，自有其当下的识见和长远的打算。

岑团长的队伍不比王胡子的过路败兵。岑团长他们不用露宿街头，不用宣传群众，亦无须做秋毫无犯状以换取人心。他们理直气壮地朝镇长李元奎摊粮摊物，端着美式钢枪在街头雄赳赳气昂昂走路。他们跟百姓说话时总是一副居高临下姿态。他们于文昌阁广场集合或者操练时，但凡一阵口号喊起，世上的一切于那刻都好像不复存在了。

　　其实岑团长不是不看重民情，也不会漠视与地方上的沟通和默契。最初几天，岑团长除了带领一帮营长连长登上南边五狼山和西边牛背梁察看地形，分布各营各连驻防，下山来还专门安排副官段春天去搜集镇街的方方面面和各样信息。岑团长自己也于黄昏在镇街里转了一圈，半边街，关帝庙，老石桥，以及老石桥这边的两条街巷和那边的盐店街、魁星楼，他都一步一个脚印地踏踩过了。岑团长认真瞅看每一个商铺的牌额、幌子，俯身询问小摊小贩的物品、价格，仔细端详关帝庙和魁星楼的建筑样式。其间他还退到一旁给一群暮归的山羊让道，将一位八旬老叟搀扶着送上屋檐底下的石阶。他的随侍的两个卫兵和团部文书，都感叹他们团长的细致、耐心和亲民风范。

　　由此便渐渐知道了，五狼关不光山势险峻，位置显要，为历代兵家必争之地，而且人来车往，商贾云集，向来是山里山外、岭南岭北的中转与集散重镇。即以当下而论，五狼关约略就有银号一家，山货三家，皮革两家，绸布一家，油坊两家，盐店九家，肉铺三家，木器两家，竹器两家，铁匠铺子两家，木匠铺子三家，棺材铺子一家，水烟一家，药材七家，诊所三家，饭馆八家，茶馆四家，客栈六家，澡堂、理发一所，学校一座，剧班一个，金石字画一家，邮差电报一家，另有挑夫、篾匠、鞋匠、瓦匠、货郎等游走各处，可谓衣食住行，五行八作，应有尽有。

　　还知道众商号里就数左家花屋的"天成铭""天成合""天成恩"最为昌盛。天成铭为左家银号，专门经营金银珠宝首饰，天成合经营水烟，天成恩在药材里头只收购售卖麝香、熊胆、牛黄、鹿茸、天麻、党参等为数不多的几个贵重品种。其中来钱最快、赚钱最多的便是天成合水烟铺子。

　　其次有商会会长马守义经营山货的"南山牧"、商会秘书孙梦蛟统领盐店街的"百味首"、名医麻景灏处方兼司药的"怡心堂"……

岑团长再怎么霸气十足虑事缜密，免不了还是在镇街最大的饭馆"隆盛和"订了酒桌，并以当地风俗发了折叠知单，延请地方政要、商界翘楚和民间贤达相聚相识。一时知单送出去了，一时知单又带回来了，举凡所请之人，其名下无一人回写"谢"字，大多都是"知""到""奉陪"一类字样。谢，就是不便参加或不愿参加的意思。只有左家花屋的康管家替主人别一样写了一个"病"字，没说来，也没说不来。

岑团长一看有点儿着急，跟副官段春天说："左焕然先生若是不到，那咱请的是个什么鸟客嘛！"

送知单的文书李绍文赶紧说："要不我再跑一趟花屋问问？"

岑团长多少有点儿沮丧，却说："算了吧！宴席如期举行，权当咱们多了一个由头多喝一回酒水。"

宴请当天，日子恰逢九月重阳，五狼关乃至下河川一带真个是艳阳高照，秋高气爽。只是岑团长一行出现时，忽然在"隆盛和"前面撒了两个持枪侍立的岗哨，厅堂里和楼梯拐弯处也各撒了一个腰挎短枪的流动哨。"隆盛和"掌柜陈捷三从来没经过这等场面，一时心里头空虚、悚然，却又不得不做出十分热情、殷勤、周到的样儿来。

岑团长他们才在厅堂大门里站定，不多一会儿，没想到在客人里头，花屋主人左焕然竟是头一个到了。

岑团长起初还矜持地立着，经人附耳介绍后，赶紧迎上前去，跟从鹦哥轿里下来的左焕然先生握手，相互通报名姓字号。言毕见左焕然一直由康管家和长工曹二搀扶着，知其确实病了，马上又接手扶过，两人一块儿缓缓地走上楼去。

不久，镇公所的李镇长、鲍队长，商会马会长、孙秘书，怡心堂长子麻郎中，高等小学堂的顾校长，还有几位乡贤，镇街里的朱老先生，下河川的吕老先生，郑家岩的郑老先生，以及姜河口、九里沟、四亩地、韭菜滩的几个保长，都陆陆续续地来了。

岑团长的致辞由大到小，由远及近，涉及时局、国防、战略、治安、民生、教育、生产、生活，以及军政关系、军民关系、兵商关系等等，既头头是道，又言简意赅。岑团长感谢诸位名流的赏光莅临，提到花屋主人左焕然，一时竟有些激动、兴奋。

岑团长颤声说："……尤其是左焕然左先生，今日里他是抱病来赴我这个酒席的，为此鄙人不单诚惶诚恐，内心的感激更是不知从何说起。请左先生接受本团长的敬意和感谢……"说时啪的一下就是一个标准军礼。

又提高嗓门说道："我想有左先生这样的贤达名流支持，有在座各位的热诚捧场，在下和一八一团在驻守五狼关期间，就一定不负总统先生教诲，不负胡长官的苦心意旨和殷切叮嘱！"

言毕带头拍手鼓掌。

这桌酒吃得郑重而又热烈。岑团长首先给左焕然敬酒，牵带副官段春天、镇长李元奎等人都起身跟花屋主人交替碰杯。左焕然酒热头脑并不发热，他自己今日虽不便饮酒，间或却也端了青花瓷盅，跟在场每一位主客寒暄、问候，还夸"隆盛和"的菜肴地道、可口，说岑团长情意绵绵赛过了杯中美酒。

席间差点儿发生了一个误会。好在结果只是虚惊一场。

岑团长再敬左焕然时说："兴高才来五狼关时，就听说左先生之前不久清除了四个匪军，其中一个大胡子，少说也是一个营长甚至是个团长，可是事情过后，左先生并未去县府耿县长那儿领受嘉奖？"

左焕然坦言道："事亲至孝，事国至忠，这是希圣应该做的，既无须张扬，亦无须借此沽名钓誉。"

岑团长哈哈笑了，又说："我还听说左先生收留了一个匪崽。这事要是搁别人身上，本团长弄不好就会定他一个窝藏匪卒的罪名。"

左焕然不明白岑团长是什么意思，当下虽不致乱了方寸，可是因病虚弱的脸色一下子更显虚白了。

此番情形使得举座无一不大惊大骇。

"可是左先生是何等高人？"岑团长又面向大家，自顾自说，"左先生以慈善为怀，想必看那匪崽尚是一个孩儿，一时生出恻隐怜爱之心；左先生家道昌盛，又熟读诗书，往后去定能教之化之，让那孩儿及早归于正途，成为国家和社会有用之材……"

岑兴高岑大团长差一点儿就把大家吓着了。

左焕然在卧病期间，除了强撑着参加了一回驻军团长的宴请，其他更多时间就不与外界来往，也很少过问家事了。左焕然从早到晚都无言无语，一日里只在午时挣扎着去书房转转，或到下面水池边见一见太阳。镇街怡心堂的麻先生虽已垂垂老矣，听说是花屋主人左焕然病了，便不顾儿子外甥和几个店员劝阻，执意要去花屋亲自看个究竟。

麻先生跟家人说："我不是看他左家家大业大，左家花屋在方圆十里百里都有名声。我是说十年前那个讨吃女人，你们都知道的，要不是由左焕然连夜送来，怕是活不了几天就得死掉……"

麻先生坐在一辆木质独轮车上，由他儿子和外甥俩人轮换推着来到花屋为左焕然瞧病。花屋里康管家、宁先生和几个太太围在跟前，厨屋老王头和麻雀、毛女则立在稍远一点儿地方，大家都提心吊胆地看着麻先生的一举一动。

麻先生把脉时不言不语，处方时亦不言不语，所开药方仅为生地黄五钱、夜交藤五钱、茯苓四钱、炒酸枣仁三钱、五味子三钱、远志三钱，外加合欢皮温水濯足、百合银耳汤早点，及至出了花屋朝门都要走离院坝了，仍跟殷切送行的康管家、宁先生和几个女人，没提说花屋主人到底患的是何种病症。

随后几天里头，左焕然亦是不言不语服药、濯足、喝汤。毛女每回滗了药汁放温和了端来，他都是欠身接过，只几口就将汤药喝了。泡脚时大太太会不时拿手指试探并往铜盆里添加热水。早晨的汤点则由二太太或三太太送来以示关切。但是左焕然从不多言，她们见状也不好询问他的病情。

却时常操心那个逃过一劫、被他带回花屋来的伢子。

起初花屋上下都不知该如何称那孩儿。问他叫什么名字，多时是不理不睬，问得急了，最多拿一双好看的大眼睛看你一下，那里头有生疏，有防戒，还有一点儿怯惧一点儿怨怼。于是私下里都呼他匪崽，但绝无歧视甚至有几分亲昵藏在里头；若直接跟他说话，就按五狼关一带的习惯叫他伢子。

匪崽被花屋主人安排在中院上房西侧的卧房里，跟左焕然和大太太的卧房就隔一个大厅，为的是往左去东花园方便，往右去西花园方便，左焕然的几个女儿来看匪崽跟他说话玩耍也方便一些。左家现时有一个儿子三个女儿。大太太给左焕然生的儿子叫瓦片，瓦片打小不会说话，又得了软骨病不会走路，是个残破智障伢子。二太太生的两个女儿，一个叫早秋，一个叫晚秋。三太太生的女儿唤作惜秋。瓦片三岁时，左焕然见其已然不可救药，便专门为瓦片请了刘妈，让刘妈将瓦片看在后庭一隅，或早或晚两个人都不许出来，因而七八年里瓦片从未在人前露面，现在当然也不会让他到前面来凑这个热闹。但早秋、晚秋和惜秋就不同了，平日里她们几个女孩儿在一起惯了，猛不丁来了这么一个哥哥，一时间都稀罕得了得，忍不住扎着堆儿跑过来探看，她们你推我搡、嘻嘻带笑的样儿，给这件事儿平添了几分热闹、情趣。

　　匪崽刚开始还算听话，让洗浴便洗浴，让换衣服便换衣服。丫鬟里麻雀和毛女被指派兼管匪崽的衣食起居，两个人收拾房间整理床铺时，一旁站立着的匪崽也没见有什么抵触，说是你让一下，就让一下，说是你过来帮着把这枕头被褥抱一下，人家也就把枕头被褥抱在怀里了。只是到了末了，长工曹二用托盘端来饭菜，是一碗白粥，两个馒头，一份青椒肉丝，一份木耳豆腐汤，很清淡很可口的一顿饭食，而且腾腾地冒着热气，可匪崽却怎么也不肯动那筷子。

　　麻雀说："快吃呀，你没吃饭都有好一会儿了。"

　　毛女也说："是呀，你这阵儿一定肚子饿了，快趁热吃了它！"

　　可匪崽仍一动不动，只拿仇恨的眼珠瞅看曹二离去的背影。

　　这天晚上匪崽还真的饿了一回肚子。

　　翌日早上，匪崽被麻雀带到西院餐屋里跟大家一起用餐。大太太、二太太、三太太都热情招呼匪崽，她们除了让麻雀毛女伺候匪崽就座，为他摆放餐具餐巾，她们每个人还往他的碟儿里夹了一回小菜。大太太眯缝着眼睛笑吟吟打量匪崽，眉目间不时就有母性的爱怜流溢出来。

　　也许是众人过于殷勤了，也许是生疏和局促然，大半天里匪崽还是不动汤匙、筷子。几位太太都有些着急，一时却不知如何劝慰他、开导他。消息被毛女传到花屋主人屋里，一会儿，左焕然在毛女搀扶下就到餐屋这边来了。

左焕然看了一眼当下场面，稍作停顿才开口跟匪崽说话，说的却是十分严肃、十分沉重的话题。

左焕然说："孩子呀，我知道你心里难受着呢，可那是成人间的争斗，你和我谁也没法子抗拒。你一个伢子，往后去跟谁记仇也罢，不记仇也罢，总不能不顾身家性命饿死自己呀！要说我跟你是一样悲伤，这些天也是茶饭不思，夜难成眠。可咱们都要从长计议才是，眼目下先吃饭，先活下去，其他的一切事情，都搁以后慢慢儿再说……"

左焕然话没说完，匪崽就有两颗很大的泪珠滚在脸腮上了。

此后几天，除过足不出户的老太太，花屋主仆跟匪崽差不多都混得熟了。大太太喜欢匪崽自不必说，那伢子从早到晚在她的眼皮底下，她远远瞧看他时那种爱怜的神色，见了面她不由就想抚摸他的那个动作，都说明这个伢子的到来，她是要多喜悦有多喜悦。二太太、三太太也从各自住处到这边来看望匪崽，一见面便嘘寒问暖，拉拉杂杂说了这个又说那个。三太太间或还会捎些自个儿喜爱、料想匪崽也喜爱的东西给他。麻雀和毛女伺候匪崽时尽管手脚不闲，却也做得轻松、怡然、小心，就好像是在关照一只羔羊或者猫咪。有时两人替匪崽扯平掖好睡觉时蹬脱的被子，待轻掩门扉出来，还会相互做个鬼脸或吐一下舌尖。几个小姐除了早秋稍大一些不太黏着匪崽，其他两个动不动就拉住匪崽手腕，要他带她们去东花园看大白鹅和黑红两色的鲤鱼戏水，去西花园草木间捕捉蝴蝶、蜻蜓。有时她们还和他在天井里玩一种叫"跳块块"的游戏，匪崽一时若是做不好或者最后输了，晚秋就咯咯笑他，惜秋也跟着笑他，还得意喊叫："小哥哥输了，小哥哥又输了！"欢闹声从屋檐和窗牖传进大太太屋里，不光大太太听了喜不自禁，病榻上的左焕然也是眉头舒展，脸颊上渐渐地也有了些许颜色。

花屋主人的病情因此大为好转。

不过也有不顺耳的话语吹进左焕然耳朵里来。

传得最多的，是说匪崽常去东花园假山上面，在那儿的石块上一坐就是半天。左家花屋的假山不是一般庭院用风砺石或太湖石摆就，那种假山跟这儿的假山相比至多算是一个盆景。花屋的假山由挖掘鱼池时的碎土堆成，设计的水面多大，假山的根基就有多大。往上亦巍然峨然，山体间间以白石、绿草、小树，几近乱真；山头则突兀、峻嶒，几乎要跟花屋的风牙子一样高了。

匪崽坐其上，目光越过莲池和蝴蝶墙围，往南可以看见洵河流水，看见河水那边才刚杀戮、血腥依旧的白杨树林，心思呢，却是越过峻峭高耸的白云山峰，去想南山之南遥远的衡阳老家，想他温和漂亮、被人欺辱跳崖投水的阿妈，想他自己如何投奔阿爹所在的王胡子的队伍，又如何跟着王胡子和阿爹他们从鄂北宣化店突围出来，一路拼拼杀杀，饥渴交迫，直至日前于林口子木同沟被伏兵打散，阿爹他们四人遭曹二一伙雇工坑杀。

当然，花屋主仆没谁察知匪崽的这些心思。麻雀和毛女之后倒是攀上假山看过，见匪崽常坐的石头跟前，有不少被揪断或者嚼碎的草梗草叶。

麻雀告大太太说："看来心思重得很哩，要不会是那个样儿。"

毛女也跟左焕然说："看来心思很重，八成儿是恨咱们中间谁哩。"

麻雀和毛女足不出户，对此前的杀戮之事浑然不知。

隔一天晚秋、惜秋又跟左焕然说到，她们跟小哥哥一起玩耍时候，不能提一个"爹"字，只要谁个说了，小哥哥就会走神，一个人傻傻地戳在那里，老半天都不肯吭声。

晚秋还说："小哥哥一定是想他的爹爹了！"

惜秋就问："小哥哥想他爹了，他爹爹在什么地方呢？"说得左焕然头皮一爹一爹地发紧发冷。

紧接着大太太也跟左焕然讲了一件事情。说是午饭时候，一家人正围着餐桌就餐，长工曹二忽然来餐厅说事。曹二跟康管家说话时候，大家都发现匪崽放下了筷子停止了咀嚼，只拿仇恨的眼睛瞪着曹二。毕了大太太留曹二跟大家一起用餐。大太太本是一句客套话儿，聪明的曹二也未必就跟主人一并儿坐下，不想匪崽这时候突然立起身来，只几步就跑到餐屋外面去了。结果匪崽午饭没吃成不说，到晚饭麻雀和毛女几次跑过去喊他，他也不肯从他的屋子出来。

大太太是在翌日早上将情况告诉花屋主人的。左焕然听说那伢子又是几顿没吃饭了，心里一急，当下就要撑着身子坐起，大太太赶忙近前帮扶，又喊来毛女抱了被卷垫靠在左焕然腰身后面。

左焕然跟大太太说："他恨曹二，是因为曹二的手上沾着他爹的鲜血。可他未必清楚，真正杀死他爹的并不限于曹二他们几个……"

大太太劝花屋主人说："焕然你不要想得太多……你对那伢子够仁慈够大度的了，你救了他的一条小命不说，你还拿他当自家伢子一样看待，这个大家都看在眼里，又都在心里记着。"

左焕然叹息一声，稍停又当机立断说："不行，这样下去不行！我要将曹二辞了，否则仇恨会遮蔽了这孩子的眼睛，往后去左家花屋也不会省心安宁。"

当即传话要曹二到他书房里等他。

这里大太太和毛女、麻雀搀扶了左焕然，几个人缓缓上了书楼，长工曹二已在楼梯口等候着了，才听见声音看见影儿，只几步就跑到拐弯处，蹲下身子要背花屋主人，却被左焕然轻摇手臂止住了。

左焕然才在书房圈椅里坐定，便示意麻雀和毛女退下，又对大太太说："你也过那边歇着，待会儿我让曹二唤毛女和麻雀上来。"

书房里一时间就剩下左焕然和长工曹二了。

四下里很静，花园里鸟的啁啾和一两声鹅的鸣叫却一下扑进窗来。

曹二低眉敛首在书桌一侧立着，不待花屋主人发话，他自己先开口说道："先生我知道你叫我来要说啥事……"声音一时有点儿嘶哑。

左焕然不曾言语，意思是让曹二自己明白道来。

曹二用山外话说："我知道你心疼那个土匪娃娃，在你眼窝里头，他比我曹二金贵多咧！"

隔会儿又说："我估摸先生是想辞退我呀！我心里明得跟镜面儿一样：这娃娃一来，往后去左家花屋里有我没他，有他没我！"

曹二自己跟左焕然又说了两件事情。

一是前日早上曹二来中院向花屋主人报告大田里事，这事左焕然是自然记得；只是曹二才一路进大厅，就跟从西屋出来的匪崽撞了一个正着。曹二临进东屋时候，凭余光看见匪崽顺手拿了几案上的鸡毛掸子，一时攥得紧了不说，一只手还在胯前抖了几抖。曹二出来时匪崽还在那儿站着，曹二走远了匪崽仍在那儿站着，而且手里始终紧攥着那根鸡毛掸子。

曹二说："他知道他拿掸子打不死我，我估摸他也不会拿掸子打我，他是发泄心里头的火气哩。"

二是昨日午时歇晌时，花屋里静得跟静夜几乎没啥差别。曹二吃过午饭就想打个盹儿再去大田做事，不料他越是急迫越是不能合眼。有阵儿曹二心里烦躁嘴里嘟囔说把他家的把他家的我不睡了还不成么，遂上前拉开门板，竟发现匪崽不知什么时候上了对面阁楼，正立在拐角转弯地方朝他的"朵云轩"探看，俩人目光相遇，都不由吃了一惊。

曹二跟左焕然说："左先生你知道不，那一瞬间他不害怕，是我怕得啪啪哩！你想想他瞅识我的门窗不知有多少回了，有一天他要是端块石头啥的立在我的头顶，我一出门刚好不就叫他砸屎死咧！"

左焕然见曹二把话说得透彻，还举一二事例佐证，他自己便不好再说什么了。左焕然的确没作一句解释。他只是告诉曹二，说他会让账房宁先生封一笔重礼给他和他的母亲妻儿，还会安排康管家帮他收拾好行头行囊，明日一早就辖马送他回山外大曹村去。

末了说："回去后好好儿伺候母亲，跟媳妇恩恩爱爱过好日子。这么多年，还真的难为你和她们婆媳俩了！"

曹二不说话，只跟左焕然点一点头。

曹二没按左焕然之前说的去叫麻雀、毛女。曹二跟左焕然说："左先生是这，咱就不叫俩丫头上来搀扶你了，我背你回楼下歇息！"

左焕然泪眼蓬蓬，又嗫嚅笑着答应了。

长工曹二离开之后，左家花屋立地平顺、安宁了许多。有一阵大院里甚至还显得有点儿空旷、冷清。不过这氛围正适合花屋主人调养生息，也适合哀怒中的匪崽尽快地安生下来，以适应花屋的人际关系和一日生活方式。

事实也是，才过半个多月，花屋主人虚弱的身子差不多已恢复如初了。大太太将功劳归于怡心堂麻老先生的一剂良药，却不知麻先生那处方有也罢，无有也罢，左焕然的心病终须自个儿拿心来医，说到底这才是麻老先生的玄妙之处。

匪崽那儿则是另一番情形。一日里再不见他拿大眼睛瞪谁，又少了某一时刻的痴呆傻愣，就是偶尔爬到东花园假山上去，也不像此前那样狠着劲儿地揪扯、咀嚼草梗草叶了。经过一场变故和一阵突兀的龃龉，待一切都平息下来，花屋上下忽然发现了，这个不期而至、捉摸不透的匪崽，其实还是一个沉静、乖觉甚至有点儿腼腆的伢子。

这期间，大太太曾带匪崽去过一回老太太屋里。自左焕然卧病之日起，老太太的起居日用就由大太太指点几个丫鬟照顾了。老太太一旦缺失了儿子的伺候，有一阵还不大适应、习惯，又惦着儿子的病情、饮食，因而早晚里都是愁眉不展和中气不畅。可是老太太看见匪崽立地像换了一个人儿似的。她把匪崽一把揽进怀里，除了鼻呀眼呀地夸赞，心呀肝呀地怜惜，还抓住匪崽一双小手，眼目对着眼目要他叫她一声奶奶。老太太大约不曾想到，一旁的大太太更是不会料到，匪崽在稍稍迟疑之后，还真的乖觉地叫了一声"奶奶"。老太太一时间快乐得都要晕过去了。

当然最看重匪崽变化的还是花屋主人。

左焕然病愈之后，最喜欢带匪崽去他的书房。他把书柜里凡能启蒙的书册，不管他识不识得，都拿出来让他翻看。还让他看《芥子园画谱》，看绢本《清明上河图》和《古今图书集成》等相对简单易懂的东西。左焕然无意于做匪崽的塾师，更没想过要备一把戒尺用来惩罚他的这个学生。他是以一种复杂的心态喜爱着眼前这个伢儿。他乐意坐在一旁，静静地、会心地看他在那儿认真地翻书。每回处于这样一个情境，他都感到自己的心和眼目，一下子就会清亮起来。

左焕然还喜欢带匪崽去逛五狼关镇街。五狼关平日里人来人往，熙熙攘攘，每旬三、六、九日逢集就更加地喧嚣、热闹。左焕然当然不去凑这个热闹。他会避开那些个日子，于某天清晨或者午后，他和他执手相牵的伢儿，忽然间就在老石桥那儿出现了。

左焕然带匪崽去镇街从来不愿坐轿，他以为，沐着秋日融暖的阳光和清风，他和他，一对机缘巧合中人，肩靠着肩、脚并着脚走在水边或者崖畔，那是他一段时间里头最惬意、最幸福的一件事儿。一路上他还能跟身旁的伢儿指点山川，讲属于五狼关的历史典故和一地风情。最初几回，康管家强调左先生大病初愈执意备了轿子，一行人才到洵河上头那个垭口，左焕然就牵了匪崽下来，打发几个轿夫顺原路回花屋去了。

两人进了镇街，免不了先要去左家字号里看看。"天成铭"的邹经理、"天成恩"的王经理和"天成合"经理小武子见东家来了，个个都是毕恭毕敬、热情洋溢地迎接，接下来便要报告近来的经营和收益情况。后来渐渐都看出眉目来了，知道花屋主人来店铺视察不假，可心思好像更多在一旁那个匪崽身上。先前不是这样。先前若是逢了饭时，左焕然必定要跟三家店铺中的一家店员一块儿用餐，这会给大家不少的温情、鼓励，哪怕是一粥一汤，一个毫不起眼的蹲姿或者坐姿。现在呢，却是带了那个伢子，不是去关帝庙旁边的酒楼上头，就是去半边街邻水一方的小吃摊儿。因此左焕然再来镇街再来左家字号，他们都不敢慢待那个小人儿了。

不长时间，五狼关镇街凡是有名的菜肴和差不多的小摊小吃，还有本土特有的鲜果、干果，左焕然都让那个外来的伢子品尝过了。

（五十年甚至六十年后，五狼关尚有耄耋之人提到左家花屋，讲说时无论是夸夸其谈，还是娓娓道来，免不了都会提及当年花屋主人一人一孩往来于镇街乡野的身影。那是一幅用情意和爱意敛染的风情画儿。那画面一经反复出现并经目睹耳闻，便永久留存于五狼关和下河川的历史记忆中了。）

当然心思并不在一地吃食上面。

"隆盛和"掌柜陈捷三头一回见到花屋主人领着匪崽来他店堂里用餐，忍不住渲染着问道："左先生你这是带的谁家伢子呀，咋的就满目灵气，就这么俊样、心疼呢？"

二次又说："左先生呀，我看你待这个伢子比他的亲爹还要亲哩！"

三回四回就不再说什么了。私下里却嘀嘀咕咕，兼之又听到一点儿揣测、风声，料想左焕然是将匪崽当儿子养了。

而且三街六巷，五行八作，凡识得花屋主人的头脸人物，都跟隆盛和有了相似的看法、说道。

这是镇街。在乡下花屋那边，主仆间的揣度、嘀咕也有一段时间了。大太太因为生的瓦片是个异常伢子，二太太、三太太因为没给左焕然生下儿子，心思难免都要沉重一些，便琢磨，左焕然是拿匪崽当儿子养呢，还是一俟匪崽长大一些，花屋里几个小姐也长大一些，然后拿其中一个招他做入赘女婿呢？康管家、宁先生和一帮雇工、女佣，有时也会动一动念头，只是他们不像几个太太太在意这件事情；又因了身份、地位的差异，他们在人后尽管也悄悄儿议论，但人前绝不把不确定的事儿挂在嘴上，也不把疑惑和好奇随意地写在脸上。

但是长工曹二偏偏儿想得要多一些，而且瞅准某个机会，索性无遮无拦把担忧跟花屋主人说了。

那天黄昏左焕然牵着匪崽从五狼关那边回来，隔着一坨半高不高葳蕤茂盛的秋禾，远远看见一个人影在庵子屋那儿一闪，又很快不见影迹了。左焕然疑是曹二并未离他走远，当时心下不说什么，回到花屋一个人进了书房，当即就把康管家和宁先生叫了过来。

左焕然才一提起，康管家和宁先生就把事情的根根梢梢跟花屋主人讲了。

康管家说："曹二不愿意离开先生回山外头去。他说他待在花屋里不遂人愿，那他就搬到庵子屋去住，他说他在那儿一样能给先生效命、卖力。"

宁先生说："曹二把先生给他的三十块银圆一个不差都退了回来，那个包钱的包袱我还原样儿搁着，单等先生哪天知道了再做处置。"

左焕然没责怪康管家和宁先生为什么要瞒着自己。他知道个中因由不在他俩身上而在曹二方面。太阳落山月亮升起以后，左焕然一个人漫步来到庵子屋前。一帮长工短工吃过晚饭还不曾上炕歇息。曹二见是东家来了，从人堆立起后招呼左焕然，面目上却不见一丝儿惶恐、尴尬。

曹二说："先生我头回没听你的话，你不会怪罪我还要惩罚我吧？"

又说："这事儿我是反复思量过咧，我琢磨我不能离开花屋，尤其是眼下这个时候更不能随便离开。我要是真的走了，我怕咱花屋在有的事上会出娄子！"

曹二说完这些，啪的一下就给左焕然单腿跪下了。不过曹二的下跪不是乞求是热血意气使然。曹二慷慨激昂说："先生呀，我曹二生是花屋的人，死是花屋的鬼！这个我往后改变不了咧，先生你怕也是改变不了咧……"

左焕然不说什么，任由曹二跪在那里铺排、表白。末了他扶曹二起来，俩人踩着月光又往花屋那边走去。

一路上左焕然仍然不多说话。

曹二说："左先生我知道你在那娃娃身上咋么想哩！我知道你烧的是文火，下的是慢悠功夫。"

见左焕然转过脸来看他，又说："眼目下咱首先得防着他偷偷儿跑了。这几天我不敢离开下河川一步，最害怕最操心的也就是这个事情。"

曹二返回庵子屋时，还告诉花屋主人，说他白天黑夜都在四下要紧处布了点儿，雇工们是既劳作，又提防那娃娃逃了，现在的下河川，以至整个五狼关，可以说是密不透风，无一丝一绺儿缝隙可钻。

曹二还说："先生你带他去镇街上转悠，每一回我都在后头撒人跟着哩！"

第 五 章

　　左焕然是在匪崽身上有了想法又想到他的瓦片的。左焕然在镇街和花屋被人谈论和揣测久了，他自己也似乎觉得匪崽成了他的亲生儿子。他知道他和花屋在早秋、晚秋、惜秋之外还有一个瓦片。那伢子被他锁禁这么多年，先不说花屋外面不知道左家有这么一个儿子，纵是花屋里头，渐渐地已没谁提起或想起这笔旧债了。但是左焕然不能将他从脑际抹去。夜深人静时候，左焕然偶或会想起瓦片和看护瓦片的刘妈，内心的无奈和复杂只有他自己才能体味得出。

　　左焕然锁禁瓦片纯属心性和饱读诗书使然。早前左焕然将大太太娶进花屋时候，因他多年病弱的父亲才刚去世不久，左焕然遵母命没大操大办。他们母子寄望于一个小生命的诞生。做母亲的跟儿子说："等花屋的孙儿出世再说吧！到时候给伢子做满月挂铜锁，左家花屋要摆十天'磨盘席'，把下河川和五狼关的乡亲全都请来吃酒。咱花屋不弄啥不说，要弄就好好地热闹一番！"

　　就是这样一个愿望不想竟然落空了。

　　大太太九月怀胎临近分娩，左焕然差人从韭菜滩请来接生婆为其察看身子。接生婆在大太太床前折腾了许久，立起身给老太太和左焕然回话，说是你家这孕妇胎位不正，为防立生和脐带缠了脖子，得做一种叫"朝天撅"的游戏，并当场指点孕妇如何跪伏，如何屈臂低头，如何朝高处撅起屁股，旁边人又该如何帮扶料理，早晚里做几回做多久，说得十分仔细、认真。左焕然丝毫不敢怠慢，余下的十多天日子，他是从早到晚守在大太太跟前，除了陪她说话让她排遣恐惧，然后就一块做那个大太太说起来好笑、他自己从一旁也觉得好笑的游戏动作。左焕然在天气和暖、无风无雨时候，偶或还会扶大太太到东花园和西花园里走步以活动活动身子。左焕然憧憬着将为人父的自豪、喜悦，又逗大太太开心，说她挺着高高隆起的肚腹，其威风凛凛与无视一切，就像是一位凯旋归来、骄傲十足的开国将军。

大太太真正分娩时倒是十分地顺利，既不是立生，也没发生脐带缠绕脖子的事儿，而且遂了老太太心愿是个伢子。但是诞下的婴儿始终不曾哭泣，接生婆就是把他倒提起来拍打屁股，他也没朝这个世界哭叫一声两声。

接生婆出来时没跟守在门口的左焕然道喜。接生婆轻摇下巴说："这伢子不哭不闹的，怕是先天有啥毛病哩！要不咱们把他搁盆里溺死算了。"

那时康管家才来花屋不久，对左焕然的脾气秉性还不甚了解。康管家也说："溺了也就溺了，在咱们这里，生下的伢子一旦有病有啥缺陷，不诚心抓养的也不是一家两家。"

左焕然当然不能接受这个事实。左焕然避开接生婆跟康管家说："我就不信我左焕然生的是个残破伢子！左家花屋怎么会生下残破伢子呢？"

再过几天，说是那伢子眼睛是睁开了，但一直不能吮吮母乳，得靠大太太将奶水挤了拿汤匙喂他。大太太奶水原本不足，有时还要熬一点儿米汁或者烫一点儿藕粉才够哺乳。

又说到给伢子起名儿一事。大太太分娩那个夜晚，有风在花屋的屋脊间呼啸，有雨在屋檐和墙檐滴答滴答地跌个不停。刚好在那个当儿有一页瓦片从房上掉了下来。提起当时情景，老太太就说给俺小孙儿起小名瓦片得了，赖名儿好养，比叫猫呀狗呀和石头门墩还要轻贱三分，至于将来叫啥官名，还有字呀号呀啥的，那就是焕然和瓦片自己的事了。

瓦片得了好养赖名儿并没有健康成长。瓦片出月时候，左焕然跟老太太思忖再三，最终还是将瓦片的满月酒免了。瓦片长到两岁三岁时候，按说早该说话早该走路了，偏是不能走路不能说话。大家心里犯着嘀咕，面儿上却是谁也不愿说破，直到有一天左焕然一咬牙请来怡心堂郎中，才判定瓦片害的是软骨症，之后又看"中和堂"和"增盛祥"，所言几乎跟怡心堂一模一样。

左家花屋由此地覆天翻，一日生活，农耕商务，包括私下心态和人际关系，一切都得重新调整，重新安排。

先是老太太跟谁也不招呼，独自拎了包袱迈开小脚往高隍寺烧香拜佛去了。老太太在翡翠岭头一待就是十天半月天气，回来后即张罗为儿子娶回了二房太太。之后二太太一连为花屋生了两个丫头，老太太心下不甘，又鼓动儿子娶了一房太太，而且出自殷实人家必是知书达理必是聪慧漂亮之人。左家花屋自此多了不少吃饭活口，兼之后来左焕然农商并举苦心孤诣，一时间又是雇工又是丫鬟、家丁啥的，这日子眼看着是既红火又繁复、既舒心又闹心的了。

好在每到静夜，左焕然都有圣贤和圣贤书作陪。

当然，左焕然作为花屋主人，他必须对花屋的每一件事情操心、负责。当初断定瓦片不能走路不会说话时候，左焕然是懊恼极了又固执到了极点。他避开众人把康管家和长工曹二叫到书房，跟康管家感叹说："看来接生婆说得没错你说得也不错，这伢儿才生下时就该把他溺了！"

康管家试探着问道："先生，你是说……"

左焕然自顾自说话："但是咱们既然将他生了下来养了下来，那咱们就得善待他，爱护他，不能让他吃一点儿亏，受一点儿委屈！"

又说："我相信只要花屋有我左希圣当家，我的傻伢儿瓦片就不能比别家伢子差到哪儿去！"

随后便跟康管家和曹二把要做的事情交代了，却把自己进一步的心思暂时搁置起来。

第二天一早，长工曹二带人拉来石块拌了石灰砂浆，在中院通往后院的甬道尽头垒起一堵高墙，进出的小门则开在后屋厅堂的屏风后面，这样偌大的一个花屋里头，又有了一块隐秘的不为他人进出的独立天地。

左焕然亲自去四亩地请来了长年寡居的刘妈，由刘妈专门经管瓦片的睡觉穿衣和吃喝拉撒。又给刘妈和瓦片收拾了专门的屋子，盘垒了专门的锅灶，准备了专门的生活用具，一切安顿妥帖停当，花屋主仆上下都说左焕然虑事细致、周全，对一个痴傻儿子，真正地做到了关心备至。

只是到了夜里，左焕然挨至拂晓都辗转反侧难以入眠。

平心而论，左焕然对瓦片的怜惜无丝毫虚假无半点折扣，这符合他的心性和处事方式。但他知道他还有一个更深一层的想法，这就是：在五狼关乃至宁县境域，他左焕然无论如何不愿以瓦片示人，更不愿人们在艳羡、妒忌左家花屋的同时，对这里还有一个痴傻伢子而说三道四。这同样合乎他的心性，也合乎他饱读诗书之后对现实和现世的一贯追求。

便是在花屋里头，除了老太太和他自己，他一样不愿有谁早晚看见他的瓦片，继而为左家花屋和他左焕然的日月、前景发愁。

那时正是初冬时节，锁禁瓦片的后院常常融暖地铺洒着半院阳光。午时刘妈喂过瓦片之后，总要抱着瓦片坐在石阶上晒暖。这时往往也是左焕然来看刘妈和瓦片的时间。左焕然跟刘妈说："大姐呀，我把瓦片就托付给你了。你待瓦片好，心疼他，爱护他，左家花屋永远都记着你的一份人情！"

这话起初左焕然间或说过几回，再说刘妈便把他拦挡住了。刘妈说："左先生你莫要见外，打我一进咱花屋院子，我就当瓦片是我的伢子了。我这辈子命里无孩，瓦片是我的伢子；我这辈子命里就是有孩，还不就是瓦片这个伢子！"说得左焕然大半天都泪眼哗哗的。

这一晃竟十年过去了。十年后的这个初冬时节，花屋里因了匪崽的介入，左焕然再到后院探视刘妈和瓦片，心境与之前已是大不相同了。

左焕然和匪崽的出双入对和早出晚归，一段时间已然成为花屋的一个常态。有谁不意间将这一情形说与老太太知晓，老太太嗫嚅着嘴唇一笑，权当是一件有趣、可乐的事儿。老太太跟丫鬟麻雀说："由他去吧，他这是没见过聪明灵醒伢子，烧的！"又说："现在咱这花屋，是他在当家，他咋说就咋做，有啥事我只能给他吹个耳风。"这话传到左焕然耳朵，左焕然听罢也是微微一笑。

不久到了老太太的生日，虽说这次是个小年，左家花屋没邀亲戚朋友也没请附近佃户喝酒，但花屋里头还是尽兴地热闹了一回。午时吃长面时气氛最是热烈，大家不分主仆长幼，一律聚在中庭大厅里，又把老太太搀出在正北椅子里坐了，由老王头带几个助手打老远送来面条和臊子，一碗一碗分盛了送到每个人手上。老太太的喜悦自不必说，她是不动眼前的碗筷，任由碗里的热气香气袅袅升起拂过面颊，又眯着眼睛，笑笑地看大家哧溜哧溜、咝拉咝拉地吮吸面条，感觉声音愈是响亮，她老人家愈是悦意、快乐。

饭毕依惯例要给老太太叩首唱寿，老太太还会给孙儿孙女包括几个丫鬟封赏。一时间早秋、晚秋、惜秋三姐妹嘻嘻笑着做了，麻雀和毛女也都嘻嘻笑着做了。老太太清楚孙儿瓦片平日不知钱为何物，可她仍用红颜色丝绳穿了两串二百文铜钱，让左焕然拿去后院给瓦片挂在脖子上面。左焕然反身回来时见老太太又要给匪崽赏钱，赶忙拉匪崽过去要朝老太太磕头。但是匪崽立在老太太跟前，大半天过去了都不曾弯下腰去。老太太宽厚一笑，说是伢子是远乡伢子，十里乡俗都不尽相同；再说伢子才来花屋不久，不熟悉不习惯这儿的讲究，咱就不要为难他了。

夜里敬了天地祖先，除过老太太需要早点儿回屋歇息，大家还聚拢一起享用各色点心、茶果，说说笑笑直到子时才各自散去。

翌日一早，左焕然照例去老太太屋里请安，他为母亲倒了便盆，回来后见母亲梳洗既毕，又扶她在脚地软椅坐了等候麻雀一会儿送早茶过来。这当儿左焕然便寻思跟老太太说点儿什么，不想老太太让他在她对面坐了，说是有几句要紧的话儿要跟他郑重谈谈。

老太太一开口便说："焕然你把那个外乡伢儿留在花屋，少说也有仨月四个月天气了吧，我思量这事儿你有你的打算哩。今儿个这里没外人就咱娘儿两个，你把你的心思跟为娘的说说，让娘也好给你出个主意做个帮衬。"

左焕然见母亲问得突然问得直截了当，心下也就不相瞒了。左焕然说："娘呀，我是想让他当儿子呢，也就是说，让他给你老人家当个小孙孙，给咱左家花屋做个顶门杠子。"

老太太听罢半天没有吱声，少顷挪挪身子，又浅浅笑了一笑。

老太太说："这伢子长得心疼好看不说，还十分聪明灵醒。先不说你从早到晚跟他不离不散的，就是我这个大门不出二门不迈的老朽婆子，大半天不见他也要念索念索哩！"

左焕然说："娘你说得对，这伢子是特别招人喜爱。"

"不过焕然你得告我实情，"老太太突然变了一个口气，"左家花屋有了这个称心如意的伢子，往后去你该不会嫌弃咱家瓦片吧？"

又说："我不反对你留下那个外乡伢子，可你得善待咱的瓦片才是。以往咱们对瓦片的心思已经淡了许多，我怕有了这个外乡伢子，咱瓦片就越是碍眼越是惹人嫌了。"

说着连眼睛都要湿了，声音也有些哽咽、发颤。

"瓦片这伢子可怜哩！按说他不该到这世上来，可他偏偏就那个样子来了你又有咋个办法？瓦片是个活物儿，能吃能喝还能来回挪动，咱总不能像扔抹布一样，随随便便就把他扔了吧！"

左焕然告白说："娘呀我担心的恰恰就是这个。这俩伢子，有了这个我怕把那个冷落了，老想那个我又怕笼络不住这个，我这是左右为难，真的不知如何是好。"

左焕然既已把话说破，他感觉一下轻松了许多，一个久藏于心的念头，不仅不曾消逝，反倒明晰地蹦跳出来，大半天停伫脑际都挥之不去。

这个早晨老太太还跟左焕然说了她的想法，她是盼她的儿子能跟他漂亮的三太太再生一回最好，她不信她一连给儿子娶了三房太太，他和她们却不能生一个聪明伶俐的伢子出来。左焕然临走时候，老太太还特别叮嘱他说："赶这个冬天过去，山上的冰雪化了，我要你陪了我，我要上观音庙，给送子娘娘烧高香磕长头去呀！"

瓦片是寒露那天看见狗熊的。那天晌午左焕然陪老太太到后院晒暖，不想瓦片摆脱刘妈的监视从门槛里头哧溜一下爬了出来。瓦片跟他奶一块儿卧坐在屋阶青石板上照晒太阳。像是讨好，瓦片先是冲老太太嘿嘿一笑，跟着又朝一旁站立着的左焕然嘿嘿一笑，然后便双手托了下巴颏儿，细眯着眼睛看前头屋脊上面那枚融暖的太阳。

有一阵后院里十分安宁，阳光慵慵懒懒照在脚前，老太太有点儿暖醉左焕然也有点儿暖醉了。就在这时，瓦片嚅动喉脖忽然很响地咕噜了一声。左焕然不曾防备竟然吓了一跳。老太太跟着也吓了一跳。左焕然走过去抓了瓦片手腕要拉他起来，瓦片软成一团仍朝左焕然嘿嘿傻笑，嘴里咕哝说狗熊，狗熊，狗熊。左焕然愣怔着松开了他的手指，琢磨着你开口说话不叫爹不叫奶奶叫什么狗熊呀。老太太莫名其妙更是吃惊不小，虽说老眼昏花却把一对眼眶睁得老大老大，好像看不清什么偏还要看透什么似的。这时的瓦片旁若无人继续卧在那儿看天，而且每隔一阵就喊一声狗熊，这就给突然寒冷下来的后院又添了几丝寒气。

那天过后瓦片就迷上只属于他的狗熊了。每天一到那个时候，瓦片无论是在屋里还是屋外，都要爬到屋阶石条上去看天空的太阳。瓦片看天的神色极为专注极为怪异，他是大睁了他的眼睛，一动不动一眨不眨，好像屋脊上的太阳明丽也罢，晦暗也罢，都不能刺痛他使他眼目迷乱。刘妈曾在午饭后堵住瓦片不让他出去，还吓唬瓦片，说狗熊从天上下来了，狗熊张大嘴巴伸出舌头要舔人的屁股蛋儿哩，谁知刘妈才要转身去刷洗碗筷，瓦片就哧溜一声爬过门槛，像往常一样卧在了门口的石阶上面。

如此挨过几日，有天瓦片忽然不再看天不再冲着房上日头呼叫了。但他见人就笑。没谁理他也罢，有谁一旦看他一眼或朝他走近一步，他便冲谁咕哝一声狗熊狗熊，然后就睁大眼睛企盼人家的响应。

瓦片跟刘妈独处时是这个样子，左焕然和老太太偶或来后院看他，他依然是这个样子。

左焕然最初并不在意瓦片的这个反常举动。他知道狗熊是山里常见的物儿，在左家花屋后头，在那座圆圆的山包那边，有条拐弯的山沟就叫"狗熊谷"，无论春秋冬夏阴晴雨雪，狗熊谷的丛林或石滩都会有老熊和熊崽儿出没。瓦片今日耽迷狗熊自在其中，到明天不定又会关注别的什么东西，像狐狸兔子獾呀鹿呀的也未可料知。左焕然不让刘妈多想也不让老太太多想。左焕然跟刘妈说："瓦片念念不忘狗熊，一定是你给他讲狗熊讲得多了。"

左焕然还逗他的瓦片："傻伢子，你要是真的喜欢狗熊，想知道狗熊长什么样儿，爹哪天背你到狗熊谷看狗熊去！"

不想一个匪崽的到来，兼之后来左焕然时常要带匪崽去五狼关玩耍，渐渐地他的心态竟有了微妙的变化。

左焕然不喜欢看见瓦片的一意孤行和变本加厉。

也不喜欢他自己和匪崽在一起时有谁破坏了他的心境。

那天左焕然又一次带匪崽去五狼关逛街，返回时都走到花屋院坝跟前了，他的心思意趣还耽在之前镇街的情境和氛围里头。"隆盛和"掌柜陈捷三的溢美之词让他很是受用。左家字号的经理和雇员的小心殷勤让他甚感成功、自豪。还有就是众人的热情关注和满目艳羡，常常是让他心也酥了浑身的筋骨也酥软、舒畅了。

因此两人走出镇街走进洵河河谷时候，左焕然是看天天蓝，看山山绿，看水水的喧哗就像人的情思一样潺潺向前流淌。

有时忍不住就要摸一摸身旁伢子的肩背、头发。

有时还想牵住了他的手指一路走去不要松开。

更多时候，他是让那伢儿走在他的前面，这样他就能从他的身后端详他，而当他眯缝着眼睛细细打量他时，一种别样的情愫就会持续地漫溢出来。

偏偏这时候一脚踏进花屋朝门，往里走到中庭天井里头，左焕然忽然看见他家瓦片。瓦片软成一堆坐在门口雕花石墩上面，左焕然才要惊讶这是怎么回事，刘妈和家人怎么就让瓦片"跑"出后院"跑"到中庭来了，瓦片突然就朝他响亮地笑了起来。瓦片还朝一旁的匪崽傻笑，嘴里嘟囔着狗熊狗熊狗熊，弄得匪崽一时也傻愣着不知如何应对。

因为事情来得突然，因为瓦片和匪崽两厢里反差太大，左焕然的心境一下子就被弄得一塌糊涂了。左焕然当下不说什么，待匪崽被麻雀和毛女接走，瓦片这里还要嘟囔时，他便压低嗓门却是十分恼怒地吼道："狗熊狗熊，狗熊个屁！你再狗熊狗熊地叫喊，我就把你扔到狗熊谷让熊瞎子舔了！"

左焕然在这个午后发泄了郁闷释放了烦恼也就罢了。这不奇怪，下河川乃至五狼关一带，有咒骂儿女比左焕然难听的无以数计，更何况瓦片对他的苛责麻木无知毫不在意，临了仍冲他一笑又喊了一声狗熊。

左焕然提起瓦片将他送还刘妈时没再多想，一个白天过去也是匆忙地做着别的事情，不料夜里躺在床上，一个念头忽然闪过眼前：既然瓦片那么迷恋狗熊，何不戏言真作将他交与狗熊山谷，把一块心病就此一笔了了!

左焕然为他的这个想法一时间惊异极了也后怕极了,为此他是辗转反侧几乎一夜未眠。

第二天一早起来,左焕然心情郁结总想找个人诉说诉说。他把花屋从上到下从里到外齐齐捋抹了一遍,老太太,三位太太,康管家,宁先生,老王头,还有镇街字号里的几个经理,但思来想去,还是觉得跟长工曹二说来要稳当一些。左焕然没打发任何人去帮他唤曹二过来,他自己悄没声儿走出朝门,先是往庵子屋那儿去碰曹二,没碰着,又去翡翠岭上转了一圈,下岭时经过下河湾时,看见曹二和石头跟一帮佃农在那儿搬石头垒堰,个个都忙得黑水汗流的。左焕然朝曹二招手说:"曹二,曹二,你过来一下,你过来!"

曹二一边跑一边拍打着手指和衣襟,到跟前,气喘吁吁说:"先生有啥事呀,咋的还由你亲自跑过来咧!"

左焕然说:"曹二你不急你不急,你先干活,完了你来花屋来我书房一趟。"

想想又说:"你还是天黑以后再来,免得被那伢子撞见……"

"我知道咧,先生。"曹二说,"我等天黑严了过去。"

曹二一个白天一个黄昏都在琢磨左焕然有什么重要事情找他。傍晚喝过粥汤又看着天黑严实了,曹二如约来到花屋主人书房,果然就见左焕然沏了茶水在专门候他。左焕然不似平常那样坐在书桌后面,而是坐在茶几旁的竹椅里,将另一个竹椅为他曹二留着。

一只茶盅才刚揢在手心,左焕然就把心事和难处掏心窝子跟曹二讲了。一旦说到要将瓦片交与山林交与狗熊峡谷,左焕然的嘴角突然就哆嗦起来,两只手也跟着啪啪颤抖。

不想曹二并不反对他的主张。

曹二看花屋主人一眼说:"依我看,当初大太太生下瓦片时候,先生就不该勉强把他留下!"

曹二是何等聪明之人。他说这话看似批评了花屋主人,究其实却是对他既定想法的响应和支持。这也合乎他的地位和角色。

又问:"先生以前有没有想过将瓦片送给旁人去养?"

左焕然说："己所不欲，不施于人。瓦片这个样子，送谁谁肯要他，又怎么养他长大成人！"说时越发地难受、伤心。

曹二安慰花屋主人说："我打老早时候就听过狼孩的故事，进山来也听过熊孩的事情。狗熊吃东西喜欢吃植物和小虫虫，它是轻易不伤害娃娃，也不会随便伤害咱的瓦片。"

曹二坚决表示由他将瓦片背到狗熊谷去，力劝左焕然不必为此犯难，往后去也不要为瓦片再多操心、忧虑。

狗熊谷在左家花屋后面高高的山包那边。左焕然背负瓦片在山间小径攀爬时候，下河川和左家花屋还裹在黎明前的岚霭和宁馨之中。上山的路径曲折而又漫长，一会儿一截被抛在身后了，一拐弯，另一截又会缠缠绕绕披挂于崖畔或藤萝里面。左焕然攀爬得认真而且耐心。他的脚踩在枯枝败叶或裸露的根茎和碎石上面，有时不堪重负，有时轻飘得好像要飞起来。

之前在山下花屋，当长工曹二去后院跟刘妈讨要瓦片时候，左焕然自己则来到老太太窗下。老太太烧香拜佛闻鸡即起，这时已盘腿坐在了床榻中央。左焕然不打扰老太太，他在心里跟母亲说话。左焕然说："娘呀你要理会焕然宽恕焕然的罪孽呢！我这是为左家花屋的基业着想，也是为你老人家着想呢。咱老左家家业兴旺三世发达，可到时不能没人给你'送亮'没人给我'引灵'呀！我承认因为有了那个伢子才扔咱的瓦片呢，没有了瓦片整天在眼前晃动，咱们对那个收留的伢子就不会三心二意七上八下了……"

左焕然在这个拂晓对老太太说了许多话儿。有些话他之前跟她说过，这时候忍不住又说了一回。最后左焕然哭了。左焕然把头抵在庭阶的廊柱上面，肩臂抽搐无言啜泣一如一只带伤无助的鸟儿。左焕然哭了好长好长一段时间。花屋里除二太太之外，此前此后从未有谁见过左焕然的大伤大悲；二太太趴在斜对面窗牖的棂格上面，见是左焕然在那儿痛心抽泣，周身不由一阵战栗，一时间惊悸得都要魂灵出窍了。

长工曹二那边进展得并不顺利。曹二敲开屋门时候，刘妈就堵在门槛里头不让他进去。曹二打了花屋主人的幌子要强行进屋，刘妈抢先一步扑到床前，像老鸡护雏一般拥住了睡梦中的瓦片。刘妈还跟曹二说："曹二我不许你动瓦片一根指头，要不我就死给你看！"

刘妈还拧转头来，拿仇视的眼光瞅看曹二。曹二没见过一个女人的眼睛如此地冷峻、凛冽，一时竟有些发怵，也有点儿不知所措。

之后左焕然也到后院来了。左焕然到来时曹二还跟刘妈对峙着，僵持着。左焕然见状跟曹二说："曹二你回你屋里去吧，今儿个这事你就不用管了。"

曹二认真看过左焕然一眼才转身走离开去。

曹二走后，左焕然再来瓦片床前时，刘妈犹疑了一下还是给他让开了。

左焕然认真端详睡梦中的瓦片。瓦片白日里不谙世事大愚若智，此一刻扯长了身躯躺在木板床上，仍是一副大彻大悟的态势。瓦片不知道他的命运，左焕然抚摸他的额颅时，他居然舒畅至极十分快活地哼唧了一声。

左焕然在瓦片床前停伫片刻，然后扯起瓦片的两只胳膊，他自己则转身坐在床的一角，一弓脊梁一声叹息便把瓦片驮上了肩头。

左焕然摸黑出门时候，不想被刘妈拦挡住了。

刘妈说："先生你背瓦片这是到哪达去呀？"声音沙哑突兀，左焕然听了脊梁不由一阵发冷。

左焕然说："刘妈你别多事，我有我的主意，你别多事好不？"

刘妈有点儿难过，说："先生我不多事，我不多事……"

稍顿又说："先生，我梦见狗熊了，夜里睡觉我梦见狗熊了。"

左焕然于是不再谴责刘妈了。他用心将刘妈审视、打量了一番，这才穿过屋厅沿着甬道往花屋偏门那儿走去。

这个早晨左焕然背着瓦片都走出好远好远了，还发现刘妈一直跟在他的后面。刘妈始终与左焕然拉着一段距离。左焕然走得快时，刘妈就走得快些，左焕然一时走得慢了，刘妈也就跟着放慢了脚步。

末了左焕然在半山腰一个拐弯处等候刘妈。左焕然说："刘妈你不要再跟我了你还是回屋去吧。我知道你带瓦片久了心疼瓦片、舍不得瓦片，可瓦片他是我左家的伢子呀！"

见刘妈一声不吭一步不愿挪动，又说："刘妈你知道我的脾气，凡是我要做的事儿我一定就要把它做了，何况这也是没有办法的办法……"

左焕然说毕就不理会刘妈了。左焕然再往山头攀爬时，他知道刘妈还在半山坡立着。但这回左焕然不再回头了。上山的路径还很长很长，左焕然需要气力，更需要排除怯懦和狙击反悔——他发现他差点儿就被刘妈拽回去了。

左焕然在太阳露脸时分攀上了山头。这时候瓦片在他的脊背上也醒了过来。瓦片一睁眼睛就喊了一声狗熊。左焕然知道瓦片看的幻影说的谵妄之言，但他还是腋下一冷，忍不住朝山下的峡谷和两旁的山梁睃看了一眼。

现在，左焕然将瓦片放在身旁草丛里，他自己则坐在一块石头上冷漠地看山。他看见山石嵯峨峡谷幽深树木一片森然。还看见阳光穿透雾障穿透遮拦，在谷底的盘石和流水间一闪一闪放光。左焕然心想这就是狗熊谷了。一会儿又喃喃自语这就是狗熊谷了，这就是狗熊谷了。有一阵，左焕然眼前一片空白大脑也一片空白。但他一直就那样纹丝不动地坐着。后来左焕然一个激灵醒转过来，拧身去抓瓦片，不想瓦片已朝下山的路上爬出好长一截了。

左焕然再次背起瓦片时瓦片显得十分兴奋。瓦片在左焕然头上不停地摇动手臂，一对脚丫在左焕然腰际连踢带撞像两只吊线木槌。瓦片大约没忘他心仪的物儿，他在左焕然耳旁咕哝狗熊狗熊狗熊，就像跟他叙说一个亘古不变不曾破译的图腾。左焕然由着瓦片在身上折腾。他用沉默与瓦片交流，在沉默中感知瓦片的存在并向他的痴呆儿子忏悔。有时候瓦片闹腾得紧了，他最多把他往上颠挪一下，或者蹲下身子把他重新背得妥帖一些。就这样左焕然断断续续走完了下山的路程。左焕然背负瓦片背负青天深入狗熊谷的时候，他感到差不多就要走到生命的尽头了。

左焕然将瓦片放在沟谷溪水边一片空旷的石滩上。这片石滩贴近山崖无遮无拦，左焕然早在山包上就看在眼里了。左焕然放下瓦片只在石滩上站立了那么一小会儿。他是认真看了一看瓦片，这足以让他把瓦片的样子刻在心间；瓦片也回应他朝他灿烂一笑还说了一声狗熊。之后左焕然便转身迅疾离去，且一路都不曾回头。

　　左焕然深入狗熊谷时没见到一只狗熊，返回小山包时依然没见到一只狗熊。这个白天发生的事情似乎就这样结束了。末了左焕然坐在山腰一块石头上再次歇脚。他打算最后再看一眼狗熊谷，还有那片裸露的石滩和他的儿子瓦片。就在这个时候，左焕然忽然看见狗熊了。最初只是一只熊崽，左焕然从高处远远看见它时，它刚从一旁的白柳棵子里钻爬出来。小熊崽笨拙艰难地在乱石滩上蠕动，快到瓦片跟前时，就把两只前爪举在胸前，屁股一蹲便坐在那儿了。接着从白柳棵子里又蹦出了三只熊崽。它们跟前面那只熊崽一样，一旦爬动过来便围住了石滩上的瓦片。在小熊拱手打坐围看瓦片的那段时间里，左焕然瞪目结舌头脑木然，一时对它们的举动尚难做出判断。他想小熊崽不可能撕扯了他的瓦片，它们最多只是看看他嗅嗅他而已。但是接下来发生的事情就难以预料了，七八头黑熊一并蹦上石滩一并嗷嗷叫着围住瓦片那刻，左焕然感到山崩地裂眼前一黑，就什么也不知道了。

　　那个早晨，就在左焕然反身再次攀爬山包那阵，太阳仍鲜亮鲜亮地照着群山。还是来时的那条草径，左焕然再攀爬时，却两膝酸软步脚也有点歪斜了。他知道瓦片难逃黑熊的舔舐，从他背负瓦片走出花屋伊始，有一种场景他已在脑海演绎过许多回了。不过左焕然并不愿看见狗熊，他希望离开时他的瓦片仍趴卧在谷底石滩上面，这样他的记忆也许并不那么残酷，他的灵魂也许会安宁一些。可是左焕然偏偏看见狗熊了。不仅如此，左焕然在山腰立起身子那刻，他还看到了群熊并立朝天祈祷的一幕。

　　难道狗熊也会像人一样祈祷？

　　"狗熊也会祈祷么？狗熊也会祈祷么……"左焕然一路跌跌绊绊嘟嘟囔囔，等到走上山头再要下山时，他忽然发现他是不能再朝前行进一步了。

　　左焕然来不及歇息片刻让喘息平息下来，立定后来不及看一眼那边山下的左家花屋，就又折转身往这边山下的狗熊谷跑去。

　　因为体力几乎使用殆尽，因为膝盖发软步脚沉重，他是扑倒了一回又扑倒一回。

他的膝头、肘弯和手掌都因摔倒被摩擦破了。膝头和肘弯弄破的是裤子、衣裳，手掌弄破的则是皮肉，有血渍混合着脏土渗成乌黑一片，他却是一点儿也不知道疼痛。

左焕然奋力冲进河谷冲向乱石滩时，他的突然出现和无所畏惧，还有就是他的声嘶力竭的持续的呼啸，惊得大小所有狗熊防无所防，随之一个跟了一个，很快就隐没在岸边的杂树荒草之中。

瓦片毫发未损，他像之前一样若无其事坐卧在一堆碎石上面，看见左焕然过来，还朝他傻傻一笑，嘴里头喊叫说："狗熊，狗熊……"

左焕然却是难掩心中伤痛，他跪伏于地把瓦片揽到他的胸前，又用双手捧住瓦片脸腮，脸对脸跟瓦片说："傻伢子呀傻伢子，你真的是个傻伢子，你爹我都不要你了，你还这样狗熊狗熊地傻笑！"

又把瓦片紧紧搂在怀里，跟着两行泪水滚滚而下。

左焕然哽咽说："孩儿呀，爹错了，是爹不好……你是爹的亲骨肉，爹不能说扔就把你扔了呀！"

左焕然一时间苦泪流得多了，话也说得多了，然后就挣扎着起来，要背他的瓦片回家。

不想刘妈这时候就立在他的身后。

隔着一条小河，左焕然还依稀看见曹二在那边草路口往这儿探看。

刘妈跟左焕然说："先生把瓦片给我吧，我背瓦片回去。"声音很细很柔，却是不容左焕然违拗。

又俯下身子，笑呵呵跟瓦片说："瓦片咱们回去，跟刘妈回去好不……"拿手指轻轻儿抹去瓦片唇边的一点儿脏物。

左焕然鼻腔酸楚着，看着刘妈熟练地背起瓦片，蹚过河溪又把他交到曹二手里。左焕然这里要跟他们说点儿什么，嘴巴张了几张，却是哑然失声，这才知道他已是舌根发冷言语塞结了。

左焕然在后山和狗熊谷折腾够了，一个人疲惫至极回到花屋自家屋子之后，衣服顾不得褪换，午饭顾不得去吃，像放倒一只粮食口袋一样仰卧于床，直到黄昏暮落也一动不动不肯起来。

说睡着了像是醒着，说醒着又像是在睡梦之中。

满脑子尽是狗熊谷和狗熊、瓦片，是他持续的错愕和拼命的挣扎，且往复纠缠、折折叠叠又挥之不去。

长工曹二立在床榻一侧已有大半天了，左焕然睁开眼睛时惊奇地问道："曹二，怎么是你守在这里？"嘴巴是动了几动，却是不能发出声音。

曹二明白花屋主人意思，回话说："先生呀，我跟毛女说我有急事要跟你讲哩，毛女让我在这儿等你醒来。"

又俯下身子悄悄儿说："咱们从后山回来后，刘妈收拾了她和瓦片的东西行囊，把瓦片抱回韭菜滩她的老屋里去咧！"

"是这样吗？是……"

左焕然一个打挺坐了起来，他要曹二扶他下床，陪他一块儿去外面走走。

才出花屋朝门，曹二告诉花屋主人，说是拂晓时候先生背着瓦片在前头走，刘妈一直在后头跟着哩；刘妈在前头跟着先生，他曹二一直在后头跟着刘妈！

曹二说："刘妈要带瓦片回韭菜滩去过生活，我没拦她。刚开始我是打算给先生报告的，可是低头一想，我又把这个想法掐灭咧！"

又说："我是这样想的，往后去瓦片不在跟前，先生心疼那个外乡娃娃就不会分心了，别的人也不好说啥闲话。想想这还真是一个不错的选择。"

左焕然在夜色里用心打量曹二。

曹二说："我一个扛长活的，这大的事情我就敢拿先生的主意，我这事是不是做得过分了……"

还说他今后随时听从康管家安排往韭菜滩送米面衣物，让刘妈和瓦片衣食无忧，让左先生尽管放心就是。

"你做得对呢……"左焕然这时候似乎能发声说话了，"说"时仍像之前一样激动、忘情，"也真难为你了，曹二！"

这天晚上左焕然从外面回来，到夜半一直都在中庭大厅里坐着。花屋里无论哪个想要跟他说话，他都不予理睬。桌台上的蜡烛是麻雀从匪崽屋里出来顺带点上的。麻雀离开时试图跟左焕然说点儿什么，见花屋主人心绪激动表情肃然，话到嘴边又赶紧走离开去。

左焕然此刻是把心思从瓦片身上又迁移到匪崽身上了。

夜半匪崽睡着以后，麻雀过来为他替换暖脚的铜壶，不想左焕然也随麻雀进了匪崽屋子。左焕然一进门就跪伏在匪崽床前了。麻雀于是在一旁又一次点亮了蜡烛。麻雀大约明白了花屋主人想干什么，她端着烛台立在匪崽床头，让烛光既能照亮匪崽的脸庞，又不能太刺眼了将他从睡梦里扰醒过来。

左焕然于是便就着烛光打量匪崽，有时忍不住还要伸出手指，去抚摸匪崽好看的发丝、脸腮。左焕然看得细心看得痴迷了，他先是觉得匪崽是匪崽，瓦片是瓦片；后来又觉得瓦片就是匪崽，匪崽就是瓦片，瓦片是他的儿子呢，匪崽一样也是他的儿子！

有一霎左焕然热血奔涌忘却了时间空间，他认定匪崽是他所生是他的骨血，于是就一蹦蹦起老高，竟将麻雀和麻雀手中的蜡烛都吓了一跳。

左焕然还轻狂无比冲麻雀哈哈大笑，麻雀只见其口不见话语笑声，经仔细分辨，似有尾音沙哑凄厉从喉管曳出，游丝一般在夜色和屋宇间震颤、蹿突。

"麻雀你知道不，你知道不？"左焕然笑嘻嘻说，"这是我的儿子，这是我的儿子，这伢子是我花屋的儿子！"

第 六 章

　　这年的冬天跟往年相比似乎来得早了一些。头一场雪在寒露到来之前就裹了对面白云山头。川道里的落雪小是小了一点儿，而且飘飘摇摇下来，一经着地便很快融化掉了。可它毕竟跟人们报了时令说了冬的气息。不久山风就呼啸起来了。不久大路上便车少人稀了。

　　在期待年节围烤火盆的日子里，花屋主人左焕然除了教匪崽识字、临帖和背诵诗文——这是俩人每日必不可少的功课，逢着日头暖和，还要搀扶老太太走出高屋，陪她老人家一起说话晒暖。左焕然操持这件事情，就跟早晨为老太太倒便盆一样，每每都要亲力亲为，花屋上下在他不曾出门不曾留下空当时候，还没谁主动去揽这个差事。

　　有时就侍坐一旁，听老太太在那里虔诚地诵念经文。

　　老太太年轻时候，曾去翡翠岭高隍寺里拜过几回佛祖捐过几回功德。丈夫去世不久，又在住持和尚慧明主持下请了袈裟受了居士五戒，这样就成了挂单高隍寺的名正言顺的"优婆夷"。老太太每日诵念的当然也是佛家经典，一部《妙法莲华经》，执七卷二十八品在手，多年下来，竟然就念得滚瓜烂熟。言及"大千世界""小千世界"和"众生成佛"等等，也是有条有理，头头是道。那时候左焕然虽已熟读诗书，满腹经纶，却感叹《法华经》里，有的字词自己并不熟识，即便认识的，有一些老太太却与他读音不同，也不追究，知其是佛家之声，往往老太太都是对的。

　　左焕然自然记得，十年前老太太的那次受戒，说是老太太的皈依佛门，却也是他涉世之初一个重要的人生节点。

那年春天高隍寺因兵荒马乱已冷清许久了。左焕然和母亲左吴氏是开春以来第一拨朝觐者。高隍寺僧众见是山下左家花屋新晋屋主陪他妈进香来了，一传二二传四，一时间都兴奋得了得。住持和尚慧明青衣布袍白丝染鬃，虽也兴奋异常，却不至于喜形于色，一声阿弥陀佛善哉善哉，遂使庙院复又肃然、静穆下来。

慧明和尚邀左焕然母子去客寮歇息用茶。老太太不管山门规矩礼数，先自去大雄宝殿给如来佛祖点了高香磕了长头，又嘱儿子焕然解开丝绸包袱，将一摞银圆和一沓纸钞恭敬地置于功德箱上。喝茶议事时候，老太太开门见山向慧明和尚表白心迹，祈求能在高隍寺接受戒律，做一名皈依佛门、至真至诚的佛家弟子。慧明和尚知其烧香拜佛多年，今日又如此大方如此虔诚，便打破前例，当即召来当值和尚，嘱他从快、隆重布置法场，当天就把老太太的受戒仪式办了。

受戒仪式于正午时分在大雄宝殿举行。数百红烛一经点燃，便灼灼其华照彻了如来佛座和殿堂屋宇。数十僧徒席地而坐，先诵《法华经》历数大千世界小千世界，又诵《华严经》以求佛陀显灵佛光照耀。随后僧众分列两旁合手侍立，在鼓磬庄严的敲击声中，受戒者即被慧明牵至大佛脚下跪了。

慧明和尚为老太太取法名"妙清"，待老太太复述一回又用心记了，便开始诵念戒牒。慧明诵念戒牒时眼目清亮言语朗润，包括左焕然在内，众人心头立地就有一缕清风摇曳开来。

慧明说："佛陀住世，以佛为师；佛灭度后，以戒为师。防非止恶，戒为根本；转凡成圣，戒乃舟航。故《华严经》云：'戒为无上菩提本，应当具足持净戒；若能坚持于净戒，是则如来所赞叹。'"

稍顿睃巡全场，又说："本寺为绍隆佛种，续佛慧命，乃于庚申二月初五日在本寺谨遵佛制，严净道场，敬聘十师，传授五戒，居士戒，菩萨戒。今有求戒弟子法名妙清俗名左吴氏者，系本土五狼关下河川人氏，在高隍寺礼慧明皈依，幸遇圣缘，获登戒品。慧明告诫左吴氏说，汝既为佛子，当行佛事，护持净戒，精进修学；做如来使，光大法门；庄严国土，利乐有情；证菩提果，登涅槃城！"

老太太对慧明和尚的告诫不甚了了，内心茫然但表情肃穆，一副聆听教诲永铭于心的虔诚神态。左焕然则坐在大殿右侧靠后的擎天红柱下面。当值和尚为他在几案置有一盘糖果一杯清茶。左焕然不动果盘也不动茶钵，只专注听慧明和尚布道说佛。其间慧明和尚倒是不经意瞥了花屋主人一眼，两人四目相对，不觉都有些愕然惶然。

慧明继续说："自皈依佛，当愿众生，体解大道，发无上心；自皈依法，当愿众生，深入经藏，智慧如海；自皈依僧，当愿众生，统理大众，一切无碍。"不知是说给佛子妙清，还是说给她的儿子即左家花屋的新晋主人。

慧明又说："诸恶莫作，众善奉行，自净其意，是诸佛教。"遂将戒牒授予妙清居士，便宣布受戒仪式结束了。

这天午时老太太请高隍寺僧众用膳。说是居士妙清具名请大家吃饭，但饭菜还是寺院里的那些素食，只是花屋主人代其母再捐一份功德之后，慧明和尚便把老太太的籍贯、法名、事由等，以行楷墨迹落在昭告牌纸上了。慧明和尚书道稔熟书艺精湛，左焕然看罢心下不觉一惊。随后大家来到膳房用斋。膳房离客寮不远在寺院东南一隅，慧明和尚陪左氏母子来到跟前，左焕然就看见那面告牌已矗立那儿了。膳房门框上还有一副联句，道是"五官若明金易化，三心未了水难消"，看功底、风格，仍是慧明和尚所为。慧明和尚见花屋主人驻足欣赏自己的心迹墨迹，遂睿智一笑请左焕然指点，还提出膳后请他到寺庙各处走走看看。

饭后，慧明和尚先陪花屋主人看了大肚弥勒、十八尊者和天鼓雷音等，又徐步来到菩萨殿里。菩萨殿里明柱巍峨楹联交错亦非同一般。但慧明和尚似乎无意于此。他让左焕然领略香案座右文殊菩萨脚下的一幅帖表，左焕然揭开看时，但见上面写道：

善恶本从心生，利人是善，
害人是恶，动念须多审查
祸福原由自取，积怨成祸，
积爱成佛，做事宜细思量

左焕然看罢多少有点不悦。俩人再回客寮喝茶，左焕然按捺不住跟慧明和尚讲起了孔孟之道。亚圣孟子自然是其至尊。说"无恒产者无恒心"；说"由仁义行，非行仁义"；说反"经"行"权"、"义""利"稽求和人性之辨；还说"我善养吾浩然之气"，"至大至刚"，等等，等等。

左焕然说："诚然'君子莫大乎与人为善'，但'善恶'二字，断不是大师所言那般简单，那么绝然。乐施是善，利人是善，然止恶亦善，除恶亦善，不知大师意下如何？"

又说："孟夫子言，穷不失义，达不离道。大丈夫充塞于天地之间，就当培养其浩然之气。何谓浩然之气？至善，至信，至美，至大，至刚，至圣，而远非一个'善'字了得！"

言罢走至桌前，借慧明文房四宝，书孟轲箴言"尽心知性"四字相赠，说是只要尽心、知性进而养气，人人都可成为尧舜。

慧明和尚回赠花屋主人，落笔之处仍是一联：

> 不修不炼成仙，试问瑶池有几？
> 拼生拼死全节，遍搜历史无双！

毕了俩人相视一笑，都不再固执己见，也不再挑剔对方一时的偏颇、疏漏。

这个白天左氏母子离开高隍寺之前，身为佛子的妙清师太执意要拜尽所有佛像才肯下山回家。左焕然再来菩萨殿里接应母亲时候，见老太太跪伏于地持久不肯起来，不觉心头一热，跟着就有泪花在眼眶打转了。

左焕然静默看母亲焚香礼佛。

左焕然与慧明和尚的儒佛之辩多有差异、龃龉，可在老太太这里，这个皈依佛门的佛子怀揣戒牒之后，分明已被佛光照彻心灵，羽化飘飞了。

左焕然大约不曾想过，十年后他会陪母亲再一次去寺庙磕头烧香。

只不过这一次他们去的是另一座庙院，朝拜的结果也是大大地出乎他的意料。

这个冬天，左家老太太跟儿子焕然晒太阳唠嗑，其心境跟以往比较已有了微妙变化。

老太太知道瓦片由刘妈带回韭菜滩去养了，心里怅然有所失落，嘴上却说："走了好，走了好！一个瓜瓜伢子，眼不见，心不烦喀！"

却是见不得左焕然整日里跟匪崽黏在一起。

"焕然呀，娘看这外乡伢子越是聪明伶俐，越是招人喜爱，就越想有自家亲生亲养的一个孙儿。"

又说："咱老左家有三房女人哩，要说一个个都能生能养的，偏咋的就生不出那么一个伢子呢？"

左焕然欲言不能，欲罢不忍。说起来，他是跟大太太有许久不曾同衾了。间或去二太太、三太太屋里，也是多久一回才有的伦常之乐，想着若是哪一个有了身孕，生下来，难免还不是个丫头片子！左焕然不是妄自菲薄，其实在此之前，他曾专门请教过怡心堂的麻老先生。麻老先生不用望、闻、问、切，断定说如此这般纯属小概率事情，若是一定要跟他讨个说法，那么原因来由恐怕还在左先生一方，要说这已经超出他的能力和医术范围了。

麻老先生也试图写一个处方出来，却被左焕然笑笑地拒绝了。

何况之后花屋里来了匪崽，左焕然还真的有了别一样动念。

某一日太阳从屋檐一翼升起，暖暖地照在这边屋阶上面，老太太突然跟儿子说："焕然呀，熬过这个冬天，娘想去山岭那边的观音庙烧炷高香，听说那儿的礼拜很是灵验，咱求送子娘娘给咱老左家也送一个聪明心疼的伢子。"

又说："这么多年，娘把功德回回都捐给高隍寺了，观音庙那边倒是一回也没去过。"

左焕然说："高隍寺是正儿八经的佛家净土，观音庙那儿听说有点庸俗有点儿杂乱。"言下之意不主张老太太去观音庙磕头烧香。

老太太却说："这也是我多年疏忽的地方。不过佛家讲究心诚、心净，去了总比不去的好。你莫要太多顾虑，到时候只需备好香火、功德就是了。"

于是这个冬天就在期盼中度过了。

左焕然虽不看重去观音庙焚香，却还是用心记着母亲的叮咛。正月里花屋里外难免应酬多些，今日个你来了，明日个他去了，不过二月初二"花朝节"才过，左焕然就差人去了观音庙，告知老太太不日即来庙里进香，同时花屋还有一份不菲的功德捐献，要那里的住持和尚提早做好准备、安排。

老太太出门那天，花屋里外和主仆上下很是响动了一阵。左焕然照例早起为母亲倒了便盆，老太太梳洗穿戴时候，他还为她拢了鬓发掸了衣襟。麻雀和毛女最是殷勤细心，一会儿这个要带，一会儿那个要拿，临了还要将她们自己收拾打扮一番。四个轿夫更是精干利落精神抖擞，早早地就抬来轿子在屋阶前候着。康管家原本给左焕然也备了轿子，见左焕然不允，于是便跟他一样守护着老太太的轿子，一行人出了花屋朝门，浩浩荡荡地往观音庙方向去了。

一路上这支队伍沐着早春的阳光、暖风，下坡时小心翼翼，过桥时亦小心翼翼，却是威仪不减，鲜亮夺目，引许多路人驻足相望。

一时间走了一程又走一程。

翻过翡翠岭，走入另一条峡谷，往右再攀山间石径时，老太太却执意喊停轿子，要人扶她下来。

老太太原是自己要徒步上山。

左焕然说："娘呀，你看那庙屋在山顶顶上，还远得很哪！"

老太太偏说："不远，不远，一点儿也不远的！"

康管家也说："这山路曲里拐弯的，又陡又窄，你老人家还缠着小脚……"

老太太偏说："胡说啥呢？这路好着呢，好得很很！"

麻雀和毛女赶紧从后面赶前来搀扶老太太，也被老太太示意拒绝了。

老太太跟大伙说："你们都先回吧，让焕然陪我走上山去。"

康管家一听急了："这咋行呢！这咋行呢……"

"这咋不行？"老太太挺立山坡，豪情十足地笑了几声，"这朝山朝庙呢，就得讲个心诚、讲个吃苦受累不是？从我信佛礼佛以来，我还没见过有谁坐着轿子烧香拜佛的！"

又说："我有焕然跟着陪着，你们大伙不用操心。"

众人为老太太的言语和举动感佩不已。康管家不再拦挡不说，麻雀和毛女也是一副乖觉听话的样儿；还有几个轿夫，大家都原地立定，目送花屋主人搀扶老太太上山。

左焕然陪母亲往上攀走时，免不了要提醒她注意脚下和前方路况。

左焕然说："娘呀，你看这山路高低不平的，你脚底下小心着点。"

老太太说："谁说路不平来？平着哩，平着哩，平平儿的！"意在指责儿子，不许他说不利于朝山拜佛的话儿。

左焕然说："这路是难走得很，娘你不要着急嘛！"

老太太偏说："不难不难，要是怕难，今儿个咱就不来朝山了！"

左焕然愕然而且茫然，一时竟不知说什么是好。

岂料接下来发生的事儿更让他吃惊了，老太太才走出七步八步，忽然挣脱左焕然的搀扶，颤颤巍巍趴伏于地，跟着还在坚硬、粗粝的石板上磕了一个响头。

再走七步八步，又趴下磕一个响头。

如此一直走完了登山的路程。

这个早晨左焕然没阻拦母亲。老太太第一次匍匐在地时，左焕然始料不及大脑竟是一片空白。他是傻傻愣愣在原地站着，任凭老太太跪疼了膝盖弄脏了衣摆，还把额头在石板上咚地磕碰了一下。

左焕然是在母亲爬起时才上前扶了一把。老太太二次跪地时，左焕然虽说五味杂陈但还是由着顺着她了。这符合老太太的意愿、心性，也合乎左焕然一直恪守着的所谓的孝道。何况他知道拦也无用；拦和不拦，他都得忍受一个孝顺儿子的煎熬和心痛。于是左焕然就从一旁定睛看着母亲，看她跪地，匍匐，叩首，立起后复又跪地，匍匐，叩首。有一回他甚至连搀扶她起身都要忘记了。

山脚下，大伙儿人人激动不已，个个泪水盈盈。他们强压着心跳远远观望，料想花屋主人那边，其心绪更是翻江倒海，持久难平！

观音庙不大不小有正殿一座，前厅五楹，左右厢房六间。早先香火旺盛时，这里有和尚多达二十余人。后来因遭遇匪患，僧众们死的死，逃的逃，剩下几个年迈者，苦苦挣扎才勉强维持了一段时日。最不济时，寺庙里只有一个老僧和几个乡间老太逗留着，所做只是占卜问卦、为不孕或无有男儿者祈福送子一样事儿。十年前某个夏日的黄昏，现在的方丈忍朴和尚，不知从什么地方忽然来了。忍朴做事独断，能说能为，自他到来后，他先是生着法子撵走了几个善男信女，又在老僧圆寂之后，为他自己招揽了几个言听计从的沙弥。忍朴还以方丈名义，向地方上索回了原本属于寺庙的田课，拢共有一百老石山坡旱地和七八十石沟谷水田。此后忍朴仍做问卜求子一件事儿。随着时间推移，一是他的寺庙渐渐有了名声，焚香者和参观者亦日渐增多，以至由山里延及到了山外；二来因他倚重捐钱捐物者，观音庙不久就是富庙富和尚了。

因为热闹，因为拘泥于钱物，难免就有些庸俗、杂乱。

花屋老太太的进香仪式自然十分风光、体面。忍朴听闻左家一行人就要到了，早早地便停了佛事，又让庙里和尚把其他焚香者赶至两旁廊檐下等候，他自己则亲自迎到山门外面，将老太太搀扶起来直到大殿里坐定。忍朴拿清茶和干果招待左家母子，待老太太缓过气儿，脸色一时平和、润朗多了，这才钟磬齐鸣，烛火摇曳，弄香烟袅袅不绝如缕。

忍朴摇签时摇落的是一个中上签，说是：秀木可惜逢寒霜，如今宜在暗中藏；潜心且待风雨过，还君依旧作乾坤。忍朴解读签上诗句时，左焕然看见母亲已然是心花怒放了。

佛事既毕，又是一道清茶、点心。

自始至终，左焕然都拿冷眼观看这里的一切。他发现来这里进香的多是年轻的女人；也有少数老妪，她们不是来陪自己的女儿媳妇，就是像他的母亲一样，祈盼通过礼佛能抱上一个孙儿。香客里大都带着羁旅的劳顿，面目虽说疲惫，可眼神急切、焦虑，毕毕剥剥都闪射着强烈的希望之光。小和尚们则忙忙碌碌，进进出出，他们踩着碎步从人前经过，一律都呆头呆脑，表情木然，偶或有谁被香客拦挡住了，也只匆匆敷衍几句，全然不顾他人的急迫和人声的嘈杂。

最引人关注的当然还是住持和尚忍朴。忍朴礼佛时，左焕然隐隐感到他的心思有点儿游移。忍朴的表情缺少住持和尚应有的一份儿淡定。眉毛时展时蹙，鼻翼时有翕动。尤其是两只细眯的眼睛，间或会来回移动瞅看别的地方。甚至有一刻，忍朴招呼左家老太太膜拜时，还抬头往大殿外面张望了一下，见是康管家他们抬了许多东西进了庙院，慌乱中差点儿将礼佛的程序也要弄混乱了。

左焕然遵从母命往功德箱里投放银圆那刻，忍朴的目光才聚焦一处不再四处瞟移了。

这天佛事才一结束，老太太就由康管家和麻雀毛女他们簇拥着、抬举着下山去了。忍朴和尚刻意留下花屋主人喝茶聊天。忍朴和尚的意图十分明显，左焕然先生既然是一方贤达，那么他忍朴要想长此立足和功德箱满，不结识左先生这样的人物实在不可想象。左焕然这里亦不推辞。不推辞不是说他已有了什么想法，他凭的是一时的体悟、感觉。他自己感觉有必要留下也就留下来了。

左焕然不惧忍朴和尚跟他说禅论佛，以他的学识才思，忍朴纵使面壁十载深得其道他也能应对裕如。左焕然也不惧忍朴黏住他年年朝他索取钱物，他知道自打今日过去，他的母亲一定会在特定的节气嘱人前来观音庙捐献功德，因此忍朴完全没必要在这上面动啥心计。左焕然就是想留下来看看。看什么呢？看这个忍朴住持到底有多大能耐有多大修行！

这一看偏偏儿就看出麻烦来了。

其时，忍朴和尚与左焕然在殿内一侧品茗已有三巡了。两个人因是初次见面，又都各怀心思，相互间说起话来便难免有所戒备。

忍朴没跟左焕然说禅论佛，也没央求花屋主人持久地赞助他的寺庙。忍朴只是一味地赞誉左家花屋的兴盛和花屋主人的闻名遐迩，其溢美之词说得多了，某一刻连他自己都有了些许的尴尬。

其间忍朴还因故告辞出去了一回。

那刻忍朴都要跨过门口那道高门槛了，忽然转过身来叮咛左焕然说："左先生你在殿内随意转转看看，可千万不要敲打几案上的木鱼儿哟！"

左焕然回忍朴话说："哦，我知道了。"目光不瞅别的，却一意落在那只古色古香、硕大无朋的木鱼儿身上。

忍朴走后，左焕然在殿堂里随意走动以消磨工夫。看观音菩萨高踞宝座之上，一手白莲，一手如意宝珠，祥和、慈爱、悲悯，似在救苦救难，拔扶众生。看普贤、文殊骑跨白象，相向而行，一个何其智慧，一个何其威猛。

但真正勾心和吸引眼球的，还是那只卧如蟾蜍、不动声色的檀木鱼儿。

左焕然并没听从忍朴和尚的告诫，他在一瞬间摸起木槌儿时，连他自己都不清楚，他何以就那么急切地敲击那个玩意儿了。

事后有许多日子，左焕然还扪心自问：那一刻，我怎么执意要敲那个木鱼儿？我咋就真的敲了那个木鱼儿呢？

左焕然敲木鱼儿数声，不一会儿，就见一位年轻女子撩开佛坛旁的流苏帘儿，露出一张清爽、怯懦的脸来。那女子见左焕然不是住持和尚忍朴，旋即一闪又不见身影儿了。

左焕然走上前去察看，发现在那帘儿后面，原是有一个掩藏着的通往暗室的入口。

左焕然当下便明白了八九成儿，同时又惊出了一身冷汗。待忍朴随后回来再次坐定，左焕然不动声色地敷衍几句，便起身抱拳告辞了。

下山时左焕然腿脚有些发软，唯恐忍朴疑心泄其风流之事而加害于他。有一阵左焕然总感到身后有两个光头小沙弥跟着自己，却不敢回头证实，只管高一脚低一脚地走路，只是脚跟儿踩在石阶上面，牵带心脏也咚的一声，就连后脑也跟着一起颤动了。

随后不久左焕然就看见康管家和来接他的轿子了。这时再回身望去，就见才刚走过的小路蜿蜒曲折披挂在山坡上面，山风吹拂，野草摇曳，哪里还有光头和尚的影子！

观音庙的出名始于山外货郎妻子的焚香求子。

货郎老四的妻子翠宝婚后三年不育，不光婆婆人前人后埋汰她，就是妯娌里头，翠宝也没脸面说不起个硬话。翠宝三天两头地缠着货郎骑她，货郎老四为此力没少出，劲没少使，可翠宝就是收紧肚腹一直直挺着她的窈窕身子。

货郎家的大嫂是山里四亩地人。年头大嫂从山里娘家回来，跟翠宝说起观音庙的香火和灵验，她劝翠宝不妨也去那儿碰碰运气。

翠宝烧了热水把自己从头到脚洗了，又密密缝缀为自己赶做了新袄新裤新鞋。隔天翠宝还把两只鸡婆拿到集市卖了，连同货郎担子的一点儿盈余，很是备足了盘缠和香火、功德。

翠宝一路艰辛钻进深山拜佛求子，忍朴和尚见她脸蛋漂亮腰眼迷人，有硬物当下就在裆里挺了起来。忍朴色目迷离跟翠宝说："施主你听我说，你想求得贵子不难，但你得心甘情愿跟我上床睡觉。"

忍朴还说这是菩萨的旨意他得听从施主也得听从，正期待着，忐忑着，不想翠宝竟痛快答应了。

忍朴没拉翠宝上他的木床。他让翠宝当下解了衣带弯腰扶着莲花座台，他自己也急不可耐褪去裤管，然后在观音菩萨永恒持久的微笑里，像狗一样从背后将翠宝弄了。

忍朴跟翠宝说："佛让你生子，你一定就能怀胎生子！"

翠宝在观音庙里一共待了六天。六天里忍朴除了当着菩萨戏耍翠宝，停下来便自鸣得意抿着嘴角偷笑。忍朴还琢磨一个翠宝毕竟不能持久，若想后面还有十个八个"翠宝"，这就得挖一个暗道，好将她们藏于密室，对内对外都不致泄露了他的苟且风流。

在翠宝焚香礼佛滞留山林期间，山外的货郎老四倒是洒脱自在了一段日子。来年春天，翠宝还真的为货郎老四生了一个大胖小子。翠宝婆婆的欢喜自不必说，翠宝的男人货郎老四一时得意得了得，挑着货担游走四乡，把一只拨浪鼓摇得满街满巷窜响。

货郎老四也不管翠宝生的儿子是不是他的种，跟人们炫耀说："俺家翠宝前日夜里给我生了，是个带把儿的，七斤十三两重哩！"

货郎还宣扬说："南山里头观音庙的菩萨真灵，灵得很很！"

还说灵得太太，灵得乖乖，灵得不能再灵咧！

货郎老四是个跑虫。货郎老四这么一喊叫，七村六寨十里八乡都知道他婆娘翠宝烧香烧出大胖儿子来了，一时间跟男人同衾不上怀的，上了怀不生男娃的，生了男娃不灵醒、不健全的，都相约或由婆婆妯娌陪伴，竟至疙里疙瘩往山里烧香求子来了。

山外女人一来，一路上免不了要打问观音庙的地址、路程、时间，山里人见拜佛求子者持续不断情急心切的样儿，一时间也口耳相传，弄得是沸沸扬扬，无人不知，无人不晓。

山外有蓝田、咸宁、长安、鄠县、鳌屋，山里有镇安、柞水、石泉、安康；就连汉中和汉口城里的，都有人听闻后跋山涉水地来了。

　　即便热过两年渐次有点儿凉了，五狼关的观音庙比其高隍寺的香火还要旺盛许多。

　　在"广种福田"和密挖暗道暗室的日子里，忍朴和尚一直没有中止他的猎艳勾当。忍朴做事从不得寸进尺，亦不得意忘形。他坚守相貌平平者不问（丑陋者自不待言），相貌姣好有人陪侍者不问，相貌姣好独自一人但不够急切者亦不相问。忍朴据此屡试不爽，待暗室修成之日，经他戏耍的进香女子竟无一人拒绝，兼其虑事周密行踪诡谲，从头至尾竟无一回被第三者察觉。

　　替忍朴挖掘暗室的是觉印和觉心两个年轻和尚。为遮人耳目，说是观音菩萨的莲台经年累月业已潮湿、裂斜需要加固；挖掘多在子时续过香烛之后进行；挖出的湿土自然不会堆积，由觉印、觉心两个用畚箕端了，递过后院墙头，轻轻薄薄撒在山坡深邃的核桃林里。

　　偶或还会抬进几张木床几对桌凳，有置于僧寮客房的，也有拆卸开来悄悄儿放进暗室里的。

　　忍朴不吃独食。后来这几乎成为他笼络人心统治寺庙的不二法门。忍朴跟觉印、觉心说："你两个这一段辛苦劳累一点儿，待工程做完之后，师父我自有办法好生犒劳你们。"

　　忍朴的办法就是把他睡过的进香女子交与觉印和觉心再度蹂躏。觉印生性顽劣，出家前在沛县老家即负有命案，入寺后提心吊胆度日，日侍香火夜伴青灯，只说此生就如此打发了，不想忍朴明里威严暗里还有如此一手。觉印尝了女人滋味对忍朴感激不尽。觉印说："师父你放心你尽管放心好了，有我觉印在，往后去咱这寺庙没谁敢违拗你，也没谁敢挑你的刺儿敢翻腾你的是非！"

　　觉心因家境贫寒来寺庙混口饭吃，至今仍是一个童子身子。觉心初尝女人滋味多有慌乱、惶恐，又贪馋有加，因而对忍朴亦是言听计从，忠心耿耿。

　　事情当然不会回回遂愿。遭觉印蹂躏的一个女子名叫"倒过"，是山外咸宁地界引驾回人。倒过她妈之前一连生了四个丫头，到生老五倒过时期盼下回能倒过来，便给她起名儿"倒过"，谁知后来生了老六还是一个丫头片子。倒过虽说人样生得漂亮，但与其姐妹一样打小被她妈粗放养着，性情粗放像个假小子，长大嫁人后亦风风火火赛过一般男人。忍朴初次提出要弄倒过倒过是自家答应的，但是轮到觉印时倒过就有些醒悟了。某个黄昏忍朴对倒过欲再行不轨，倒过不单严词拒绝，还将两根留有指甲的手指戳到忍朴跟前，声色俱厉说："狗和尚你别过来，再过来我就抠了你两个眼窝！"

忍朴留倒过不能，放她离开又怕走漏风声。忍朴跟觉印交代说："明天早些时候你送她回家。"

觉印答应说："好的，明天一大早我就送她下山。"

忍朴说："我是说让你送她回家，不知你听明白了没有？"

觉印一愣，旋即又说："好，好，我送她回家，我送她回老家去……"

夜半山上雷雨大作。觉印于次日拂晓引倒过至半山腰上，趁其不备将她推入洪谷，并乱石击打，做失足遭巨石滚压状，然后回山上朝忍朴复命。

后来引驾回倒过婆家的族人倒是打上门来了。跟着又把官司打到县府施广厚县长那里。观音庙坚持施主是不慎落入山洪的，只赔两石稻谷十块银圆便做了了结。山里山外一时虽议论纷纷，但非议归非议，却是查无实据，仅留一些臆想、揣测便也罢了。

那个黄昏左焕然由震惊而怯惧，由怯惧而义愤，当夜不能成眠，翌日一早就往五狼关镇街寻找岑团长去了。

文昌阁大门洞开。站哨的士兵是个个儿挺拔的关中小伙，无论咋说都不让左焕然进去。

哨兵说："给你说过咧你咋不听？团长跟营长连长他们在开防务会议，这一阵无论是谁都不能打扰！"

左焕然说："我有急事……"

哨兵说："你的事急还是团长事急？"

左焕然抬高声音说："你跟里面说，我是花屋左先生！"

"你是花屋左先生？"哨兵瞅看左先生一眼，嘁地一笑，"你是洋房右先生也不成喀！"

这厢正吵着，那边岑团长自己倒是出来了。

岑团长见是花屋主人，只几步就奔到左焕然跟前，渲染说："哎呀呀，是花屋左先生来了！左先生大驾光临，快请里面坐，快请里面坐！"

又说："我这阵儿正开一个紧要会议，你先在我屋里喝茶，一会儿会散了我就过来陪你。"

左焕然不依，当下就要跟岑团长讲说事情。

那个哨兵在团长到来时啪的一个立正算是敬礼，这时候面不改色仍笔直笔直地挺立着。左焕然怕他听见说话拉开岑团长，转身时莫忘调侃一句："这孩子做事蛮尽职尽责。"

高个儿士兵憨傻地笑了。

左焕然和岑团长穿过广场立在姜河边上。有一会儿，左焕然低头看河水在脚下流淌，抬头看满坡白松在轻风中摇曳，以平息自己仍然急突的心跳。

终于还是将事情和判断跟岑团长从容说了。

"真有这等怪事儿？"岑团长是相问也是惊叹。

左焕然说："是有这个事儿。"

又问："你的看法没错？"

回答："我的判断无差！"

岑团长于是暴怒了，一进文昌阁便高声吼叫："二营长四连长！"

待俩人喊"到"出来，又伸手臂往斜刺里一指："马上发兵给我围了观音庙！如果证据确凿，立马把那秃驴给我毙了，把那破庙给我放火烧了！"

又对左焕然说："左先生你就不要坐你的鹦哥轿子了，跟我一块儿坐我的美式吉普。"

一队士兵包围观音庙并冲进庙堂时，忍朴和尚显然已做了充分防备。其时远方的香客还不曾到来，可在庙堂里面，却有十几个年轻女子于佛台下面跪成一片，由忍朴代为佛像拂尘、理表、焚香，又三叩九拜，念千篇一律的祈愿文辞。

再搜地下暗室，那里面大虽大些，但空空荡荡已了无一物。

带兵的四连长跨前一步质问忍朴和尚："老实说，你在这寺庙里头都做甚恶事了？"

两个士兵跟着端起长枪，用刺刀尖儿逼住忍朴的胸膛、咽喉。

又问："你一个佛家寺庙，庙院不大，你搞恁大暗室做甚？"

忍朴面不改色一动不动。跪伏的女子倒是肩膀抖索，一时间人堆里稍稍有点儿动乱。

忍朴看见左焕然在外围陪一个更大的长官站着，知道是他发现他的破绽又行告密了，却仍视同陌路，执意要行其单刀退敌心计。

"阿弥陀佛！"忍朴眼睑低垂双手合十，平和说，"本寺乃佛家净土和无量清静之地。施主捐也捐得，献也献得，唯付诸兵戈为佛家之大忌，亦为本寺和贫僧所不容。祈施主万勿叨扰香火迁怒佛祖，都——退去也罢！"却是字字铿锵，一句硬似一句。

左焕然被忍朴的淫亵、狡狯尤其是道貌岸然激怒了。他打老远怒视忍朴，目光如炬赛过了直逼忍朴的两把刺刀。

岑团长目不旁视，小声问一侧左焕然说："下面如何处置？"

左焕然提高嗓门答话："搜，搜，再搜！我就不信了，十几个人呢，难道就没一点儿蛛丝马迹？"

一下子就成了左焕然指挥团长，团长指挥连长，连长指挥士兵了。

十多个士兵于是搜了殿内又搜殿外，搜了庙院还搜墙外山崖山坡，结果还是没能拿到可资证明的东西。

忍朴于是就笑，是那种稍纵即逝、轻蔑而又心虚的嘲笑。

就连岑团长这时候都不知如何是好了。

左焕然并不惊慌。他上前挨个儿看那些跪伏的女子。他在她们每一个面前站定，迫使其抬起头来由他辨认过了，才能再次把头埋伏下去。很快左焕然就指定了一个女子。四连长命她站出来接受问话，那女子哪见过此等场面，不待听问，一张脸早已变成了一张白纸。

左焕然陈述说："昨日在殿里忍朴和尚不让我敲打木鱼，是说明他心里有鬼。我敲了几声木鱼呢，这女子就从暗室通道上来了。"

又跟那女子说："我看见你了，你也看见我了。你发现我不是忍朴和尚，一吃惊又赶紧躲暗室去了。"

忍朴这时接话说："施主不要在寺庙里胡言乱语。谁胡说，佛就惩罚谁！"却是说给那女子听的。

左焕然不急不躁。他先是心平气和问那女子姓甚名谁，今年多大了，家住什么地方，屋里都有哪些人呀，待她也心平气和了，这才说："姑娘你不用怕。我知道你是受人欺辱的，你也想早一天逃离虎口回自家屋里去。今天你把真相说开了，你跟这些姐妹也就得救了，他忍朴也就不能坑害别的姐妹了。"

那女子一旦开口说话，那边忍朴立地就瘫软在地了。

这些女子都是被忍朴和尚囚禁的进香客，多数来自石泉、盩厔、鄠县、长安等地。也有四川绵阳和湖北襄阳、樊城那边的。忍朴以早生贵子诱骗她们上床，然后将她们囚于密室，供他和另外几个心腹随时发泄淫欲。

昨日左焕然刚刚离开，忍朴还真的派了觉印和觉心紧随其后追杀，只是看到康管家一行过来才不曾得手。

岑团长下令前先要征求左焕然意见，左焕然只说了四个字——除恶务尽！

于是囚女皆释之，沙弥使散之，恶僧尽杀之，寺庙被付之一炬。

那把火，据说烧了三天三夜才渐渐熄灭。

第 七 章

观音庙杀了恶僧之后，驻军岑团长他们共得麝香八十七两、天麻三十二斤、烟土四十三斤、银圆五百九十九枚——其中含有左焕然替代母亲捐献的十二枚银圆。岑团长发了横财心里过意不去，遂报请县府耿其昌县长同意，以报案和协助除恶有功之名，将观音庙食奉一百八十石课奖与左家花屋，由左家佃户分别耕种并向左家如期缴纳粮租。

岑团长喜形于色跟花屋主人说：“左先生呀，我拿钱财，为我的官兵发饷，激励他们拼死沙场，保家卫国；你拿田地粮课，让佃农春种秋收，丰厚你花屋粮仓，咱们两个这是各取其便，各得其所。”

同样一件事，左焕然一点儿不比岑团长那般兴奋、得意。左焕然不拿那些田地也罢，拿了，反倒把他为民除害、痛快淋漓的心境给扰得乱了。

正犹疑间，县府通知左焕然参加参议会的大红聘书到了。早先因左家花屋捐大炮抗日，由资深参议、五狼关县立高等小学堂顾道明校长提名，议长许德庵和前任县长施广厚审查、认可，花屋主人左焕然被增列县府参议会候选人名单；后来因局势动荡，人事几经更迭，左焕然及几个为数不多的知情者只说不去想它了，没料到却在这个时候定了下来。

左焕然稍作准备，便急急赶往县城报到参加会议。

头天里耿其昌县长出席参议会议，除了大讲特讲如何加强本县的公民教育、如何践行总统先生倡导之“礼、义、廉、耻、忠、孝、仁、爱”外，还把左焕然观音庙除害、军政联名实施奖掖的事儿当众渲染了一通。会议间隙，耿县长邀左焕然在他的新式办公室小坐晤谈。左焕然直言不讳说："那块地，我原本是不要它的，你大县长如此一讲，事情传扬开去，倒让我不好主张了。"

耿其昌笑道："左先生不必自谦。先生德高望重，誉满乡里，今日里我奖你田亩粮课，到明天，我还要伺机赐你一额牌匾，'忠孝仁爱'四个大字，你左焕然先生受之无愧！"

左焕然从县长办公室出来，老参议顾道明在寓所已候他多时了。顾老先生约左焕然出去散步，俩人避开寓所前面热闹嘈杂的街衢，由侧旁一条小巷往后山小树林子走去。

攀登林中石径时，顾老先生明显有点儿体力不支，左焕然从旁搀扶他，他侧脸看左焕然一眼，便也坦然受了。到了山腰一处开阔地方，顾老还要左焕然扶着他再喘息一番，他自己又捶打捶打腰身，这才选一块光洁石头坐了下来。

话题即由此扯了开去。

顾老先生感叹说："焕然呀，我老了，这回这个参议会议，我顾道明怕是最后一次参加了。"

稍顿又说："我有一个意愿，搁在心里已有许久了。本县地处深山，地广人稀，全县只有县城和咱五狼关两所中心学堂。这么多年，在我教过的学生里头，有不少少年才俊，他们聪睿好学，志存高远，可是他们高小毕业后，除了极少数家境富裕的，可以升学到西安或外县读书，其他大都辍学回家了。"

顾老先生还掐着指头举了几个例证，其中两个还是左家佃户人家的伢子。

左焕然说："顾老你是说咱们商量着提个议案，促县府在县境之内建立一所初等中学？"

"然也！"顾老击掌道，"焕然呀，你我这是心有灵犀。我约你出来，跟你要说的就是这个想法！"

又说："焕然你有所不知，以往参议会议论的，多是县府函交过来的问题，什么派粮呀，派款呀、派壮丁、派民夫呀等等等，别说不提花钱办学的事儿，就是提了，我也是寡不敌众，孤掌难鸣！"

两人当下约定：由左焕然代笔拟一提案，尽述县境目前教育现状之不堪，详陈筹建中学堂之宗旨、规格、选址、师资、生源、经费乃至课目、校训等，顾老先生领衔做提案人，再鼓动城关一小廖承禄校长参与，三人联署向参议会提交议案，力争在随后几日议决，并敦促耿其昌县长鼎力推行。

　　左焕然和顾老先生一时都有些激动，又下山去会廖承禄校长。那刻廖承禄已经熄灯就寝，两个人硬是把人家从被窝里拽了出来。

　　"好哇，好哇！"廖承禄校长对顾老和左焕然的提议大加赞赏，表示要坚定不移支持他们的办学主张。

　　夜里顾老先生睡下之后，左焕然便开始悉心起草议案。在此之前，他是难抑激动情怀，一个人从寓所小院出来，沿街心河坝一气走到县城南关，过横桥从对岸又一气走回北关这头来。左焕然还拍遍南北两座横桥栏杆，让思绪随晚风与万家灯火尽兴飞扬。左焕然于灯下思索和斟酌文辞时候，间或会想到少年时代的远大抱负和鸿鹄之志，兼之窗外有明月高悬，有夜鸟啁啾，有林涛轻微起伏荡漾，他是自始至终沉浸于幸福之中，到拂晓终于写成一件称心提案。

　　不想议案呈报上去，一连两天都不见有啥动静。末了一天都要到午时饭点儿上了，议长许德庵才让左焕然他们最后一个陈述议题。

　　像是事前都已知晓似的，没谁说此议案可行，也没谁明言不行。左焕然头一回参与议会合议，以为后半日还有机会争取，不想午时酒宴结束，参议们居然陆陆续续都走离开了。

　　顾老先生十分生气，左焕然亦是气愤得了得。第二天一早俩人跑到县长办公室，把耿其昌堵在门口讨要说辞。耿其昌笑容可掬，热情有加，坚持亲扶顾老先生进屋里坐下，并呼其秘书沏了新茶才跟他们说事。

　　顾老先生脸色苍白不言不语。左焕然之前因县长已有眷顾，便也不拘礼节，连声抱怨说："岂有此理！岂有此理！他许德庵怎能如此做人行事？"

　　耿其昌又一次笑了："焕然先生不说也罢，若要说起，个中蹊跷恐怕还在先生自己身上。"

　　左焕然大惑不解。顾老先生也拿惊异目光瞅看县长。

"我听他们私下议论了。"耿其昌长舒一口气说,"有人说左焕然饱汉不知饿汉饥,眼下政府粮款缺口太多太大,教育方面维持几所小学堂已属不易,又遑论增建初等中学?还说左焕然醉翁之意不在酒,沽名也,钓誉也,如若遂其所愿,丁丁哐哐闹腾起来,岂不增大税粮,加重了百姓负担!"

又说:"此外还有人讲,左家花屋新近收有一子,以其年岁观之,不大不小恰在这个年龄段上——左焕然利己之心昭然若揭……"

"简直胡说八道!"顾老鼻眼都气歪了,"此事缘我而起,怎的要将污水泼在焕然身上?"

左焕然则说:"人既无名,何以沽名?人既不誉,又何以钓誉?他们诋毁鄙人,当然也包括诋毁顾老,他们这是以小人之心,度君子之腹!"

又说:"敢问如此妄念谰言,不知县长大人又如何置评?"

"这个嘛,本县长自当深恶痛绝。"耿其昌盯住左焕然说,"不过你们那个议案未经议会合议,不能如你意愿送达于我,本县长也是爱莫能助。"

左焕然一时意气激扬,于是就说了:"我和顾老这回是先奏不得其斩,那明日我要是先斩后奏呢?"

"悉听尊便!"耿其昌狡黠地笑了,又连声说,"悉听尊便,悉听尊便。"

左焕然毕竟不是官场中人,哪里晓得耿其昌奖他田课时就存有别的念头了。彼时碍于军方情面、压力,他是不得已而为之;此刻呢,左焕然他是捐出田地也罢,不捐田地捐款捐物也罢,总之一切都由他一县之长暗中布局。耿其昌乐意看到左焕然跟议长许德庵较劲、角力,至于他自己能否坐收渔利,那就只能棋看一步了。

左焕然决意把观音山庙产一百八十石课悉数捐出,以其每年粮租沽价和部分实物为岁出经费,用以解决教师薪俸、学校公杂和学生膳食灯火等;再经预算,拟出资二百大洋,将五狼关原太乙书院修葺、扩建一新;料想一个春天和一个夏天过去,新建的初等中学学堂即可接纳学生、弦音四和了。

太乙书院始建于清时乾隆年间，起初由宁县通判陈鹏翼捐款购置卢姓居民房屋一十三间，在今天书院西侧。嘉庆初通判尤观澜于东侧又建正厅五楹，前厅五楹，厢房六间，讲亭一座，以境内太乙山名谓其"太乙书院"。到了道光时期，同知吴伯镛又劝捐置地三处，每岁收租作为山长束脩和生童膏火之需。后来慈禧太后和光绪帝就废止科举了，书院即改为新式蒙学，再后来因兵乱弃置，庭院里一时狐奔兔突，由此便不再有琅琅读书声了。

最近十余年来，这里一直是镇公所的仓廪之地。

左焕然约顾老先生去太乙书院旧址察看。顾老先生虽说办学意愿强烈，但不赞成左焕然的作为，提醒说："焕然你不要心血来潮意气用事。耿其昌明摆着用的是激将法，他这是激逗你哩，你难道连这个也看不出来？"

又说："你捐粮捐款，劳心修屋，届时学校建成了，还不是他县长大人的口碑和政绩？他让咱跟许德庵较劲、博弈，他这是制造矛盾，利用矛盾，他自己好坐收渔翁之利！"

左焕然说："顾老呀，孟子曰：'舜明于庶物，察于人伦，由仁义行，非行仁义也。'晚生我虽不敢自比尧舜，但做事和他们一样凭的是良心本心。他耿其昌激咱也罢，不激也罢，咱把这学校建起来了，如亚圣所言，'得天下英才而教育之'，岂不是人生一大乐事，'何谓不豫哉'！"

顾老先生说："焕然说的也是，只是这屋子如此破败，咱得花多大力气、花多少钱财呀！"

左焕然说："顾老无须多虑，我家祖父当年能建左家花屋，咱今天也能重修太乙书院。跟老祖宗那刻相比，眼下这工程实在不算多大事儿。"

两个人在里面认真转了一圈。看管仓库的小老头儿识得顾老先生，只从厢房窗口探了一下脑袋便不管不顾了。

早先通判陈鹏翼捐置的房屋已荡然无存，空留一片荒草在那里随风摇动。中院这边，五楹正厅只有两楹藏有公粮，只是连年战乱，仓里的玉米稻谷被兵家轮番抢夺已掏空许多回了。其余三楹被蛛网锈斑蒙蔽了门户窗牖，靠边的高翘屋顶，有一角已然洞塌暴露出木梁檩条。两排厢房和整个前厅也是门窗松动破旧不堪，唯东院那座讲亭虽说旧样，仍岿然而立不减当年威仪。

俩人高一脚低一脚在庭院深处挪步时，看见有蛇，有兔子，有蟾蜍，有刺猬和黄鼠狼；还有红腹角雉和长尾金鸡突然从草丛中惊起并吓人一跳。

顾老先生知道左焕然的初步想法，试探说："我说焕然呀，你与其给他镇长李元奎在别处重盖一座粮仓，还不如咱们自己另寻地址另建校舍，你看现在这里这个破败样儿！"

左焕然说："咱要的就是一段历史，一种承继。顾老你看……"

便一一指点，说哪儿铲了荆棘杂草正好建一操场，哪儿平了瓦砾填了土坑好增盖宿舍，哪儿是厨屋，哪儿是花坛，哪儿是茅厕，再把正厅和前厅修缮了全做讲堂，等等，等等。

顾老先生乐了："焕然你这是眼前一个景儿，心里一个景儿！"

这天左焕然和顾老先生离开书院已是黄昏暮落了。看仓廪的小老头吃中饭时见他们在那儿指指点点，吃晚饭时还在那儿指指点点，便自说自话："这俩人想干啥一定是想得疯了……"

小老头的嘟囔不意被左焕然和顾老先生听见，一个说这叫不入虎穴焉得虎子，一个说这叫周瑜打黄盖，一个愿打，一个愿挨。

言毕都放肆大笑一通。

正式动工那天搞了简单的奠基仪式，几通炮铳响鞭放过，李镇长、马会长和驻军团副他们就离开了。顾道明老先生也由人搀扶着回了小学堂那边。长工曹二领着十几个长工短工准备拆旧，手臂一挥说声干活喽干活喽开始干活喽，老书院里立时人声鼎沸，灰尘飞扬，从旁看去一片混乱一派热闹景象。

左焕然虽说不用亲力亲为，但也迟迟不肯走离开去。他用快乐的眼光打量眼前的一切，有时还跑过去这里瞅瞅那里看看。曹二操心花屋主人安全，拦挡左焕然说："先生你还是回花屋歇着，这里拆门拆窗上房溜瓦哩，咱先不说安全也罢，要说也得小心脏了你的绸衫鞋袜。"却是咋说都劝不走花屋主人。

单是拆除和整理院落就用了十多天时间。

其间曹二白天里拼命做事，因天热、劳累，傍晚回到下河川庵子屋里，汗不擦饭不吃便倒头呼呼大睡。左焕然心疼曹二，他让老王头做了好饭好菜给他们送去，他自己跟着过去，在等候曹二醒来用餐时候，他还拿了蒲扇，亲自给曹二驱赶虫蝇，看得老王头泪眼哗哗的。过了几日，左焕然索性在镇街自家字号里腾了床铺供曹二他们歇息，每日里除了三餐热饭，还烧茶水和绿豆汤解渴消热。有时候左焕然也往工地上送汤送水，隆盛和掌柜的看见了跟他说笑，说是大财东大学者都当上小堂倌了，左焕然便朗声笑起，还用新名词儿说话："我这是当的后勤部长，又不干活又不出力，专做些婆婆妈妈的屑小事情。"得意之情溢于言表。

左焕然跟他祖父一个心性，虽是修缮，增盖的房舍也不复杂，偏要请了五狼关和县域县外最好的木匠石匠瓦匠。开挖地基时，瓦匠老杨见多识广，跟长工曹二开玩笑说："这里是百年老屋，咱们会不会像你家主子他爷一样有福，一镢头也挖出一大罐金银珠宝来？"

又说："我在山口喂子坪翻修老屋时，那家的山墙檩头下面，就藏着一窝银圆，数一数，一共有三十五枚哩。结果主家悄悄儿塞给我三枚不让我声张，免得分房另住的几个兄弟妯娌都跑来瓜分他的大洋。"

老杨的话把曹二逗笑了。曹二说："老杨你做你的好梦去吧！这儿原本就是一座学堂，凡学堂从来都是穷窝窝。平常咱们动不动听说这里被人抢了，那里被人偷了，但你啥时候听说过有土匪和绺贼打学堂主意的？"

这边话音才落，那边镢头还真的碰着了什么东西。刨开来看，却是一块一人高的黑色石碑。

一帮人围着碑石看了半天，却是大字不识几个。瓦匠老杨自称念过一年塾学，也是磕磕绊绊连不起一个完整句子。

曹二则高声吆喝石头："快叫咱家先生去，快叫咱家先生去！"

石头一走，又跟瓦匠老杨说："我家先生学问大得很哩，天底下怕是没他不认得的东西。"

左焕然闻讯赶来，用袖口轻轻拭去残存的泥土，一边念看一边感叹："宝贝呀宝贝，这真是宝贝里的宝贝呢！"

毕了告诉大家，这是通判尤观澜，也就是早前的县太爷为修书院撰写的"太乙书院碑记"。

又为大家完整地朗读一遍：

> 书院之以太乙名者，镇之南有太乙山，与豹林谷相近，即摩诘终南山诗所云太乙近天都是也。山之名奚起于太乙？其以山秀而耸，上矗云霄，与太乙老人星应，未可知也。书院为诸生读书而设，以镇之山，额镇之书院，而并与刘向校书天禄，老人星燃藜照读之义，有足比附。诸生肄业其间，果能顾名思义，争自奋发，百尺楼头，三更漏下，囊萤映雪，横经咕哗，安知藜光煜煜，不复从天而下也？以太乙名之，其属望于诸生者，意深远矣。诸生勉乎哉！

左焕然嘱曹二买红绸将石碑裹了，暂放天成铭库屋由专人看管，还警告此物不得丢失，不得碰伤或磨损一丝一毫。

说话间春天过去了，夏天眼看着也要过去了。

书院如期修葺一新。是个细雨初霁、阳光明丽的日子，左焕然从花屋那边过来，一路脚步不歇，过了老石桥走进镇街，有一段还会间杂着小跑几步，便是额头上的汗珠，也顾不得擦拭一下。

长工曹二带着短工石头和几位工匠立在高大的门楼下迎候花屋主人。曹二向左焕然报告，只说："先生，好了。"

左焕然说："好了？"

曹二说："好了。"

曹二说话平和，左焕然也平和、散淡。一会儿又自说自话："好了，好了……"手指却在胸前颤颤地抖动起来。

曹二眼明心细，察觉后跟工匠感叹："我家先生这是高兴……"

"是高兴，是高兴……"工匠们纷纷说，"左先生大功告成，咋能不高兴、咋能不激动呢！"

左焕然要曹二快快去把顾老先生请来。一阵儿顾老先生由曹二和石头搀扶着过来，左焕然就陪他立在当院，尽情地欣赏心仪既久的厅堂屋宇。

在顾老先生跟前，左焕然已然是手舞足蹈、喜形于色了。

左焕然还跟顾老先生扯起一个孩童式幽默话题。左焕然说："顾老呀，你说这校舍如期如愿建起来了，咱们第一个先告谁知晓呢？"

顾老明知故问："焕然，你说呢？"

左焕然说："先告耿其昌，让他县长大人小吃一惊！"

顾老说："先告许德庵，让那家伙睡觉也琢磨思量去吧！"

俩人都笑，真的像一对幼稚孩童。

接着又说到城关廖承禄校长。顾老先生说："你现在就差人去县城那边。你告诉承禄，要他抓紧时间，一个不少地造好毕业班学生名册，一俟秋天里这儿开学，立马就送他们过来。"

左焕然说："是呀，有房子有桌子板凳还不算学堂，有学生、有教书先生那才叫学堂呢！"

又说："我这就去电报局，先给廖先生发一封电报，早一天是一天，早一个时辰是一个时辰！"

左焕然去电报局发了电报，同是事情中人，廖承禄校长那边才过三天就传过话来，说他那儿毕业的三十八个学生，他一个不落都跟他们家长谈妥帖了。

廖承禄说："这中间有七八家缺失劳力，他们的父母不愿让伢子离家上学，我答应带我下面的学生帮他们春种秋收，他们这才勉强答应下来。"

还说："我这是效法左焕然先生哩，焕然他有钱出钱，我这是有力出力！"

顾老先生这边有二十九个学生毕业，两地生源合并，插花着可分为两个新生班；又打听到零零散散从外县转回有二十余人，可设置一个二年级班。

物色和聘任教员则相对难了许多。一段日子，在五狼关的大小街巷，在洵河流域开阔的川道和幽深的山谷里，五狼关的人们，时常能见到左焕然手持礼品、独来独往的身影。左焕然不需要轿夫抬轿，也不要任何人随从陪伴。他的不急不慢的脚步，平和和恬静的神情，让人觉得，这个放下架子、执着得几近蛮拗的花屋主人，一时间不做什么也罢，要做想必是一定能做成的。

九里沟的梁怀孝是个乡间郎中，早年间在汉口求学时，读的是医科专门学校。梁怀孝不光小病小灾的看得好，闲暇还喜欢研究化学和生物问题，他自制自购各种器皿试剂躲在小屋里试验、钻研，还真的搞出了一点儿名堂。九里沟人津津乐道有两件事儿，一是梁怀孝的婆娘见男人挣钱少贴赔的多，有一年一气之下把他的那些瓶瓶罐罐全给砸了，只留一个稍大一点儿的陶器，给她和她的小丫头做了起夜尿盆。一是有一阵梁怀孝跟武汉大学的一个教授打嘴皮官司，俩人争执辩论久了，那教授就把他们的争论写成文章，搁美国加州一家大学学报上刊登出来，据说后来不少世界级的名人，都介入其中发表了各自不同观点。

左焕然拜访梁怀孝那天天气很热，他一气走完十里平地九里沟涧再翻五里坡梁，待满脚灰土满头大汗立在梁怀孝跟前，把后者感动得直哆嗦嘴唇。

梁怀孝跟左焕然说："左先生捐资建校的事儿我早就听闻了。怀孝不才，能在先生一手筹办的学堂里教书，是怀孝莫大的荣幸和自豪！"

又说："慢说左先生礼贤下士亲临寒舍相邀，先生便是不动，赶明日我自己就投奔先生来了！"

左焕然得一化学教师亦等于得了一名校医，一时间信心满满心劲儿十足。

二道梁子的柴瑞生原本就是教书先生，现时迫于生计在山坡搭木桦子经管木耳。这天黄昏柴瑞生从外面回来推开自家柴门，见是山下左焕然先生登门造访，一脚门里一脚门外就愣住了。他娘说："左先生大晌午就来咱家了，说是一边陪我说话，一边等你回来。你看看，到这刻他都帮我剥了半蒲篮玉米棒儿了。"

姜河里头的宋登武在安康城里教书，探父病正好逗留在家。左焕然挖人家墙脚说："回来吧登武，效力桑梓，床前尽孝，此可谓一举两得，何乐而不为！"

宋登武于是就说："行，左先生，我听你的，我听你的。"

又翻过秦岭大梁去了盩厔、兴平、咸阳一带延聘人才，且一走就是二十多天，去时还顶着夏末的烈日，回来时山风吹拂已有几许凉意了。

到了中秋这天，左焕然和顾老先生聚在一起掐指头核计，国文、历史教师三人，地理、植物一人，数学、化学两人，音乐、图画一人，体育一人，居然都被左焕然聘请到了。唯"公民"一课暂时缺失，留待尚未上任的校长兼任。

谁知就是校长这个角色，让左焕然三顾茅庐而不能得。

此前左焕然曾以参议名义打报告给耿其昌县长。耿其昌批复说此缺仍由左焕然物色；"汝察之，昌任命"，连署名统共只有九个字儿。

左焕然借顾老先生具名介绍去访郑伯勋先生。

郑伯勋本名在芳，以字行，五狼关郑家岩人。在芳幼时读私塾两年，入五狼关小学堂学习三年，后考入省陆军测绘学校地形科，因学业优异，毕业分配至省测量局任一等科员，十余年先后擢升科长、处长、省府咨询员多职。其间因镇嵩军围城曾回到五狼关乡下，受顾老先生邀请做代理教师至回城复职。前年提前辞职返乡，据说是不满官场倾轧和恶语加身。现如今居祖屋潜心史书，平日里闭门不出，偶尔由夫人陪伴瞧病才会来五狼关镇街转转走走。

左焕然头回拜访就被郑伯勋直言谢绝了，一个人在人家堂屋立了好一会儿，尴尬得都不知怎么从里面出来。二回去其夫人称其有病不便相谈。三回四回过去，左焕然索性全吃闭门羹了。

开学典礼前夜，左焕然不能成寐出花屋散心，月光下于院坝一隅碰见长工曹二。曹二惊讶说："先生你咋不睡觉哩？"

左焕然说："你不是一样也没睡么！"

曹二嘿嘿笑了，说："自打先生不让我在花屋里头住了，咱每晚都得来花屋跟前转转，要不一整夜都睡不踏实。"

左焕然有点儿感动，沉思良久，便把请郑公不成的经过跟曹二讲了。又说："郑先生若不出山，这校长的担子就得由我临时挑着。人是分身无术，你知道，咱花屋这里一大摊子，还有省内省外的字号商铺，我多日已没过问打理了。"

"他姓郑的要得也太大咧！"曹二拿山外话说，"刘备请诸葛也不过三顾茅庐，先生都四顾茅庐咧，他还想咋？"

左焕然说："三回四回，都叫三顾茅庐，言其多，言其多的意思……"脑子却想的别处事儿。

不过曹二并不忧愁，他说他自有办法请"姓郑的"出来当这个校长。

左焕然于是就笑，说："你有办法？你能有什么办法！"

曹二劝主人说："先生你还是早点儿歇息去吧，明天搭台子'唱戏'，你还要演主角哩……"

余下的话就不再说出口了。

新建学校挂牌"宁县县立太乙初等中学"。开学典礼张灯结彩，人来人往，隆重而且喜庆。

左焕然立在大门口迎接各方来宾。他是忙里偷闲，特意去"雨润堂"沐浴并理了须发，又换上多久不穿的长袍礼服，胸前还别了红丝缎花结，兼之满面春风又满目谦恭，看上去是别一样的儒雅风采。

立在大门另外一侧的还有李元奎镇长。修建校舍李元奎不动一刀一枪不说，还要左焕然另买地址为他搭建仓廪，但此刻他比左焕然更像是东道主，动作显豁、夸张，说话高喉咙大嗓门，迎接客人时候总比左焕然早跨前半步甚至一步。

驻军岑团长倒是做了典型的客人，他和副官段春天都换了便衣，一经到来打老远便合手作揖，恭喜恭喜，祝贺祝贺，又被牵引至老讲亭坐了品茗。老讲亭经重新油漆、涂彩，现时又被草坪和花木簇拥着，成了校园一隅明丽一景。

还有商会马会长、孙秘书，保安队鲍队长，以及学生家长、镇街各界和乡保代表等等。他们来后或坐在专为宾客摆放的条凳儿上，或立在学生两侧和他们身后，兴致勃勃地等待典礼炮仗的炸响。

所有在册学生是如数到齐了。他们统一着装整齐划一立于会场中央，横看一条直线，斜看仍是一条直线。在典礼开始之前，他们都是上过茅厕的，这样不至于到时候出现乱场。也不能干巴巴站立不动，那样容易累着，又不好打发时间。他们在音画老师李丹白的指挥下唱《太乙校歌》，先唱一遍，隔会儿再唱一遍。这校歌由左焕然亲自写词，朴实、亲切、热情，唱的是：

白云山下，洵河岸边，

杨柳成荫，花卉争妍。

莘莘学子，共读共研；

济济一堂，时闻管弦。

唯我太乙，任重道远；

愿我师生，努力向前。

发扬时代文化，培育桑梓英彦。

　　这天耿其昌县长派其秘书和教育科长，于典礼预定时间过了三刻才匆匆赶到。曾秘书一进门就把左焕然拉到一旁人少地方，拿出一张空名委任书，说是耿县长一再强调：如果郑伯勋不肯出面，那么这个校长就得由左焕然先生自己来当。

　　"这可不行！"左焕然赶紧谢辞，"要当也要特别说明是临时担任……"

　　这厢正在推让着、商议着，那厢曹二带着石头和另外三个雇工一阵疾跑，已立在郑家岩郑伯勋的土墙外了。

　　昨夜曹二为左焕然打的主意就是：无论如何都得让郑伯勋当这个校长，即便是捆绑也要把他绑到典礼上去。

　　郑家两扇木门紧紧闭着。曹二示意石头翻过墙去，从里头将门闩扯开，大家呼啦一下就冲了进去。

　　郑伯勋这时才刚睡起，正坐在炕沿由其夫人试一双藤鞋，一时不知怎么回事，就被曹二石头他们拿绳索捆了。

　　郑夫人以为一大早来了土匪，吓得坐卧在地，瑟瑟发抖说："你们这是想干啥呀！俺这儿又不是左家大户，老头子也不是花屋主人……"

　　曹二不理睬哭泣着的女人，只跟男人说："郑先生今儿个对不起咧。我家左先生斯斯文文请你你不动弹，逼得我只能使这旁门左道了。"

　　又自鸣得意，鬼笑着跟石头他们说："这叫啥？用俺大曹村老家话说，这叫干梆硬脆，喀里嘛嚓！"

　　郑伯勋被绑缚抬到学校时，所有人立地都惊得呆了。

　　左焕然更是大惊失色，凌空里叫喊一声："胡闹，一派胡闹！"赶紧让人把郑伯勋身上绳索解了。

这时郑伯勋虽已松绑，仍像来路一般高声叫嚷。

郑伯勋愤怒骂曹二说："土匪，强盗！强盗，土匪！"还啪的一下朝曹二啐出一口唾沫。

又喊："竖子不足与谋，竖子不足与谋！"却是指桑骂槐，说与左焕然听的。

曹二知道自己做错了，也做对了。他顺手抹掉脸颊上的唾液，抹出的竟是一个灿烂笑脸。

左焕然斥责曹二："天地君师亲，老师处何位置，你知道不？你个混账东西，还不赶紧给郑先生赔礼！"

接下来无论曹二如何赔情道歉，众人又如何苦言相劝，都无法消解那个人的怨怼和胸中块垒。

是花屋主人的真诚感天动地，变局面于难堪和僵持之中。

左焕然借一片哑场高声说道："老师们，同学们，各位父老乡亲，郑先生既然德才兼备，深孚众望，那么太乙中学这个校长就非他莫属。众学子既然肯投于郑先生门下，那么就得尊师爱师，追随他用心苦读。希圣我辅佐顾老先生和廖先生既然办起了这个学校，那么在今天，我就是诸位学子和他们家长的代言人了。"

左焕然说到这里，先扫视一遍全场，然后又看住郑伯勋，诚恳说："郑先生今日在上，容希圣以旧式礼节，代五狼关太乙中学全体学生给先生一拜！"说罢遂双膝跪地，紧跟着还要叩首于郑伯勋脚下。

郑伯勋赶紧伸手把左焕然拦挡住了。

这天的典礼左焕然感慨万千却未置一词。他淡化他的主角身份，轮他讲话时，只说："太乙中学是顾老道明先生倡议办起来的，学校甫一建成，顾老却沉疴病榻，不能前来出席庆典，实在不胜遗憾之至。廖承禄先生人在县城那边，但心系'太乙'，其意深厚，其情亦真。请大家向他们鼓掌以致崇高敬意！"

又推校长郑伯勋代表校方讲话，嗣后让人抬出石碑，用白话将《太乙书院碑记》朝台下学生深情复述一遍：

"书院为什么要叫太乙呢？因为在五狼关南面有个太乙山，它和豹林谷相接，就是王维《终南山》诗句'太乙近天都'所说的：太乙山接近了天常的住所啦。

"山，为什么要用'太乙'两字来命名呢？莫非因为它秀丽高耸、上插云霄竟和太乙老人星相呼应吗？谁也说不清楚呵！

"书院是为了各位同学的读书和学习才设立的。用五狼关附近的山名来命名五狼关的书院，使它们交相辉映。这和昔日刘向在天禄阁校勘书籍，有黄衣老人燃着藜杖给他照明的意义是比较接近的。

"各位同学，大家在这里学习，在这里栖息，假如能够因为看了书院的名字，从而思索它为什么要用这个名字的言外之意，有感于心，你追我赶，勤奋学习；百尺高楼上，三更漏下时，同学们正一灯荧荧，刻苦研读，没有丝毫倦态，那么，也就很难预料那明亮的藜杖的火光不会从天而下来给你照读呢？用'太乙'二字做书院的名字，在同学们身上寄托的希望是既深且远了。同学们，努力学习吧！"

左焕然缅怀先贤，追昔抚今，一时间声音战栗，泪水盈眶。台上台下，所有人跟着也都热泪盈盈了。

第 八 章

五狼关盐店街上的商户崔省三打开始就不喜欢得个丫头。妻子怀孕才刚显形时候，崔省三就跟前屋铺面里两个伙计说："生下来要是个丫头片子，我立马就把她跟盐包一起送给过路买主了！"

九月怀胎一朝分娩，妻子果然给他生了一个女儿。

头天里接生婆让崔省三看过新生婴孩，崔省三当着妻子面便嚷嚷说："咋的这么丑呀，红不刺刺的，连她亲娘的样子都没法相比……"

谁知出了月子能往外头抱了，肤色已渐次变白，两只眼睛闪闪眨眨黑亮黑亮，竟是一朵美丽至极的人中花儿。

邻居莲心过这边串门，见女佣抱着孩子在厢房屋阶那儿晒暖，撩起遮掩孩儿的小花被一角，突然惊呼说："娘呀，这丫头咋的这么俊样哟！"

又跟不远处搓洗和晾晒尿布的崔省三夫妇说："生下女儿像爹爹，那话可是一点儿不假！难怪这丫头比她娘好看多了……"也不怕得罪了孩儿她娘。

莲心还挖苦崔省三说："兄弟呀，瞧你这样的眉眼鼻子，搁你一个男人脸上真的就算可惜了，不雄气，软塌；可长在这丫头脸上呢，啧啧，你瞅瞅，要多心疼有多心疼哩！"

跟着捉婴儿一只小脚丫放进嘴里，拿门牙一下一下咬着，也不管人家小丫头是笑了还是哭了。

崔省三正是因为大家都说女儿像爹他才不嫌弃她了。之后好几年里，崔省三每日里除了进货和照料生意，稍有闲暇便将女儿搁于膝头之上，手拉着手、额颅抵着额颅跟女儿逗乐戏耍。他让熟悉的过往客户在汉口捎买时兴花布给女儿裁剪衣裳，买只有西安和重庆城里的女孩儿才有的胭脂、发卡和绢帕。即便后来有了儿子门墩，崔省三仍是偏爱他的这个女儿。他跟两个伙计聊天，感叹说："你们知道，我原是喜欢伢子不喜欢丫头的，可后来也不知道咋么搞的就稀里糊涂调了一个过儿！"

崔省三给儿子起了个赖名儿，却叫女儿连香。连香是他乡下老家一种极为珍贵的花木，开粉紫色花，结金黄色果，三月里花团锦簇时候，满坡满岭都是浓郁芳馥的香甜味儿。

连香稍大一些，因了她的漂亮迷人，她爹崔省三就不让她随意走出街门一步了。崔省三动员妻子从他们在后屋阁楼上的住处搬了下来，雇人将那屋子按少女闺房认真修饰装扮了一回。施工期间，他自己一天几趟地跑上去察看，一会儿指指这个，一会儿指指那个，有时候还要亲自动手，跟雇工一块儿干一阵子才觉得心里头畅快。

夜里，崔省三正色跟妻子说："咱连香长得有点儿过分漂亮了，这样咱就得刻刻小心、时时防备着才是。不是说我一点儿不愿她出去，你看大门门口的石板路就窄窄一溜儿，却是省连省、州连州的交通要道，过路人谁要是稍微动个心思，顺手就把她塞进布袋拎着跑了。"

妻子知道崔省三一辈子胆小殷勤，却还是被他的话吓了一跳："你看你，净说些让人心惊肉跳的话儿。"

崔省三偏说："就是平常平安日子，巷子里也是乱哄哄脏兮兮的，门墩他们一帮伢子跑来跑去倒是无妨，连香一个女儿家的，跟着折腾又成什么体统？"

其实崔省三还有一个担忧没说出口。他是担心万一有谁起了心思会欺辱他的连香，这样的事儿他以前又不是没听闻过。那是他最不愿看到也不敢想象的事情。

连香独自住进阁楼那天，崔省三怕女儿不适应新的环境，便拉她走到窗前，指点说："香儿呀，你看那儿是姜河口，那儿是洵河湾，那儿是文昌阁广场，那儿是上街上的小学堂，你住这儿敞亮着哩，一点儿也不会感到憋屈。"

又叮咛说："你想下楼就在院子里玩耍，记住千万不要独个儿跑街上去！"

崔省三不让女儿出门的事儿不久便被邻居知晓了。大家偶或说起，相互间只是善意地笑笑，谁也没把这事当一回事儿。

偏偏莲心的男人爱耍爱笑。莲心的男人锁柱有天来这边串门，挖苦崔省三说："崔老弟呀，你把小侄女养在阁楼上，你这是小泥鳅端了个鳖架子。你看人家左家花屋也在阁楼养丫头哩，人家那叫啥？那叫琴棋书画，大家闺秀！再说了，人家左家有的是地方，前院转了转后院，东花园出来又进西花园，哪像你，咍！"

崔省三不应对锁柱的挖苦、调笑，只低头嘿嘿笑过。

过几天，崔省三不知从哪儿弄来了几本书册，一是《三字经》，一是《女儿经》，一是《百家姓》，另外还有两册是杂识类的通俗性读物。崔省三私底下跟妻子说："咱不学人家左家花屋，咱想学也学不来喀！我给连香弄几本书回来，是叫她岔心慌哩，没事时消磨时光哩！"

崔省三多少识得一点儿文墨，最初他自己教连香认字、写字，后来慢慢感觉教不了她了，就抱了书册跑到小学堂去请教顾道明校长。那阵儿顾道明正当盛年，尽管学堂里有各等事体要他招呼、料理，可只要崔省三一来，他就会放下手头的事儿，教崔省三认几个生字，念几句口诀，再说说其中含义。崔省三呢，返回家又把趸来的东西说给连香，囫囵吞枣，不求甚解，其实也不指望一定要搞个明明白白。

有几年，镇街里的男女常看见崔省三往返于小学堂和盐店街的匆忙身影，就作叹：盐店街的这个瘦弱汉子，为了一个黄毛丫头，真是费尽心机受尽把作了。

岂知连香在这种环境和氛围里长大，不仅不曾拘谨、怯懦、闭塞，相反刺激她更加地富于幻想，心性是既温柔又要强，做事是既小心又多有主见、胆识。

有一回，因为上山围堰遭遇瓢泼冷雨，崔省三夫妇居然都发高烧病倒在了床上，崔省三的妻子连带咳嗽还跟着犯了肺病。连香央使弟弟门墩守着爹娘敷热端汤，她自己则下了阁楼，打算去镇街怡心堂那边为他们问医抓药。

前屋里两个伙计劝连香不要出去。一个说:"连香你爹不让你出这大门,你一走,回头你爹怪罪俺两个哩!"

一个说:"连香你有啥事儿,俺俩替你去做……"

"我抓药!"连香抢白她家伙计说,"你俩跟俺爹一样就晓得盐的成色盐的斤两,你俩知道连翘治啥病呢,八爪龙和大黄猪苓又是治啥病呢?"

连香走出盐店街走过老石桥和文昌阁,往前去不长不短一段街衢,她是问了这个又问那个,等到进了怡心堂厅屋,五狼关的人们差不多都知晓了:盐店街小老板崔省三有一个漂亮的女儿;崔家的女儿咋的就那么漂亮好看呢?

这是早前几年的事儿。等到岑团长的队伍进驻五狼关时,连香已是一位年方二八、亭亭玉立的大姑娘了。

连香又一回在老石桥头出现之前,团副段春天立在文昌阁门楼底下,正看一个连的士兵在小广场上操练。

其时太阳很好。天蓝得有些轻淡,小南风徐徐吹着,树木摇曳略显慵懒,流水涌动奔流亦不作声。是一幅恬淡、闲适、优美的写意画儿。

那些个士兵的操练也有些慵懒、轻便。有拔正步的,有练匍匐的,也有拿木托代长枪刺刀做突刺状的。连长吴胖子则腰扎皮带,别着小枪,装模作样这里转转,那里看看,隔会儿便溜到河边草棵跟前,摸出纸烟点着了吸上几口。

越过士兵的一片头颅,段春天眯眼看对面五狼山头那朵白云,看它是一动不动的样儿,看着看着,一会儿又好像变了一个样态。间或有兰鸦鸟和风藻鹍衬着朵云掠过。段春天没别的事儿好想,就琢磨:那鸟儿在空中飞来飞去,若是其中一个屙下屎来,会不会刚好落在吴胖子的鼻尖儿上;吴胖子若是伸出舌尖舔了,不知他会尝到怎样一个滋味。于是竟得意地笑了一笑。

连香踏上老石桥那刻,吴胖子才刚打算收兵回营。士兵们见要散了,要吃饭了,突然都来了精神,听吴胖子一声吆喝,便迅速跑过去聚拢成一个九纵十余排方阵。

那一刻吴胖子是想讨好段春天呢。他留心段春天立在那儿已有好一阵了。他想让段春天在阵前露个脸儿，跟士兵讲几句训诫或者激励的屁话，这样团副段春天面儿上光彩，他连长吴胖子也落个顺水人情图个心情愉快。

吴胖子扯开嗓门朝队列喊道："稍息，立正！向右看——齐！"

士兵们全都踩着碎步，挪腾着，挪腾着，站齐后又"啪"地将头朝右旁一拧，于是一个连百十号人，差不多都在这一霎看见美貌无比的连香了。

吴胖子又发"向前看"施令，他这里握拳、提臂、弯腰，都准备跑向段春天了，却发现他的士兵全向右歪着脑袋，再喊，那一片脑袋硬直不动仍朝一旁歪着。吴胖子于是顺着士兵视线看去，这一看也是不得了啦，他自己居然跟他的士兵一样僵直了脖子侧歪了脑壳！

一个连的队列是由团副段春天走过来吆喝散的。段春天有一霎跟民女连香交臂而过。他是清楚地看见了连香的容貌，但他不敢用心多看那美人儿一眼。尽管他是过来人，有妻室儿女，在三原、泾阳和西安城里驻扎时也曾有过三几个露水情人，可他怕他跟吴胖子一样把持不住，末了也落个硬了脖颈歪了脑壳的难堪。

士兵们散去时自然不比从前了，很滑稽，很可笑，大家大都斜仄而行，且步履小心，既像漫过沙滩的一片螃蟹，又像在冰坨上彳亍移步的一群企鹅。

回到营房后还相互挖苦、攻讦。

一个说："让你向右看齐，又不是让你看人家漂亮女子呢。今儿个你偷看美人歪了脖郎，明日个再看怕要斜了眼珠哩！"

另一个回击说："你小子没歪脖子能咋？你没歪脖子，只能说明你个子矬没那个眼福！"

又飞沫垂涎地说："要是逮着机会把那人儿搂在怀里亲上一口，慢说是歪了脖子斜了眼珠，就是掉了脑壳丢了性命，这辈子也他妈的值咧！"

连长吴胖子则哭丧着脸跟团副段春天诉苦："这下如何是好？难不成明天的射击训练科目，一个个都得侧歪着身子瞄那个靶子！"

段春天思量一下说："这事还真的不敢怠慢，咱得赶紧报告岑团长去，要不他老兄事后知道了怪罪下来……"

"要去也得你段副官才行呀，"吴胖子拖着哭腔说，"你看我这阵这副熊样儿，团长见了还不把我一口吃了！"

段春天仰脖子大笑，连树上几只麻雀都被他惊得飞了。

团长岑兴高听了报告还真的火了，拍桌子吼道："妈拉个巴子！没见过女人不是？大敌当前，都这副德行，还怎么给老子冲锋陷阵？"

又警告段春天说："迅速传我命令下去，限他们明天一早都把那尿脑壳给我整治好了，不然我先把吴胖子的脖子拧断了给他们看看！"

段春天回来时，吴胖子正急得在屋里转圈，等听过团长命令，立地又吓出了一身冷汗。俩人商量过后去找随团医生孟昶永，孟昶永听罢叙说再瞧吴胖子一眼，不由扑哧一声笑了。

"这倒不是个什么事儿。"孟昶永手指不离书本，散淡说，"人在突如其来、兴奋过度的一霎，出现这种情况也属正常。"

却说他也没什么治病的良方。

吴胖子扭曲了脸颊说："孟医官呀，如果连你都没啥办法，那你叫我可咋尿弄呀……"

孟昶永走近前来，抚一抚吴胖子脖颈，又在他的肩胛捏了一捏，宽慰说："不打紧不打紧，回去让弟兄们相互按摩按摩，兴许很快就会好起来的。"

吴胖子从医务室出来，当即就安排一个连的按摩治病事宜。士兵们于是你帮我，我帮你，说咱这是老驴啃脖子哩，谁不欠谁，谁也不吃亏不占便宜，但终因都是些男儿坯子，一时间心浮气躁，又不得要领，末了不见成效只好都收手作罢。

其间有两个直脖儿士兵献殷勤要给他们连长效力，吴胖子正懊丧着，说他们跑来给他按摩是假，想看他的笑话是真，只几句就把俩人骂了出去。

这时连部勤务兵出主意说："在俺老家，凡是出现这种情况，都请怀娃婆娘拿擀面杖擀呢，一般说来都很灵验。"

连长吴胖子相信勤务兵了，立马组织十余人出去寻觅怀孕女人。先是镇街，再是乡下。吴胖子感觉此事非同小可，他自己随后带着勤务兵也跟着去了。

其间有两件事儿成了后来茶余饭后久说不厌的话题。

一班长田光庭因是队列基准，连长口令向右看齐时不用转头，因而是九个班长里头唯一的一个直脖儿班长。田光庭带两个士兵走出营房不远，就在关帝庙前看见了一个肚腹隆起的女人。他们尾随其后进了人家街门。那孕妇以为几个当兵的图谋不轨，在街上是胆战心惊小心翼翼，进了门胆子立地正了，转过身就将田光庭兜头臭骂了一顿。孕妇的丈夫和半大儿子闻声跑了出来，一个操起一把铁锹，一个抢起一把镢头，当庭就要跟当兵的拼命。田光庭赶紧就讲事情经过，说是去了积德行善不说，还能领他们连长三块大洋。孕妇不信，强调说我的儿子跟你们差不多一样高了，你们要我过去，就得叫我一声妈，不然我怕你们欺辱我，你们要是叫我妈了，你们欺辱我就是欺辱你亲娘哩。田光庭临困受命，二话不说就叫上了，还说："妈吔，你是我的亲妈，你真的是我的亲妈呢！"谁知跟他的两个士兵却不受用，他们笑他们班长，一时间笑疼了肚子，就蹲在地上哎哟哎哟呻唤，臊得一班长脸上红一块紫一块地发烧。

连长吴胖子当然不会在外面随便拦挡女人并问人家怀上娃娃没有。吴大连长有保安队鲍队长作陪。他们在四亩地找到一户孕妇人家。其时这家屋里只有婆媳二人，媳妇肚腹才刚显形，婆婆腰身佝偻看人眼力很弱很差。一行人先说明来意。吴胖子因为歪着脖儿，眼珠瞅着人家媳妇说话脸却对着婆婆。吴胖子说一会儿你出门别忘了带上你家擀杖。婆婆问我家案板上有俩擀杖我拿长的还是短的。吴胖子说又没说要你去你应答什么，脸面又贴着一旁鲍队长的脸面了。鲍队长和勤务兵心知肚明缄默其口。那家媳妇看出端倪不由抿嘴儿偷笑。谁知婆婆却不答应了，嘟囔说："你看这长官说话没边没沿的，明明是你让我去的咋又说不让我去了，这不是睁着眼窝胡说呢嘛。"吴胖子一急，带气说："我们要的是怀娃婆娘，你都七老八十的了，你看你想怀娃怀得上不！"转身一抒腰带先自走了。

那个黄昏吴胖子他们统共找来了十七八个孕妇。这些女人轮番为歪脖儿士兵擀压肩胛、脖颈，起初是轻轻地滚动，清凉、酸麻，稍稍有点儿疼痛。士兵中有咝咝吸气的，有嘿嘿傻笑的，还有互相打量、挤眉弄眼的。接着就使劲儿，却不说疼，还直喊舒服、舒服，真他妈的舒服、痛快。后来天就黑下来了。后来夜风就刮起来了。河谷里流水尽情奔涌喧豗，山坡上林涛恣意吼叫嘶鸣。营房这边一时赶犹不及，便抡起擀面杖乒乒乓乓击打脖颈肩胛，其声激越，其声亦妙，又跟河谷流水和山岗林涛响成一片，一阵儿你强我弱，一阵儿此起彼伏，都尽着性儿朝远山和空宇铺排开去。

五狼关因此彻夜不能成眠。

几天后，有关一个美少女和一连士兵的故事，很快就在镇街里外传播开了，说滑稽便是滑稽，说美妙便也有几分美妙，总之人们于茶余饭后津津乐道，乐之不疲，又都作叹崔家女儿的魅力，竟使人如此痴迷如此地神魂颠倒了。

盐店街里的崔省三晚迟才得到消息，却是大惊大骇，说倒下就訇然倒下了。崔省三昏天黑地一连躺了三天三夜，眼虽闭着，嘴里则不时蹦出几句糊涂话来，有时又会猛地坐起身子，茫然四顾又糊里糊涂倒下头去。第四天头上崔省三终于灵醒过来了，醒来后依旧眼目迷离神思飘忽，转来转去搜寻的都是他的女儿连香。

崔省三的妻子知道男人心里悸恐什么，宽慰说："省三你不要担心，连香在楼上她的屋里，浑身上下都好好儿的。那些个当兵的都在文昌阁那边，没见谁一个影影过石桥到盐店街这边来。"

又把女儿叫到跟前，让男人拉着连香手指，看着女儿的一双眼睛跟她说话。

崔省三不见女儿有许多心思，见了一时却不知说什么是好。

连香多年独处养成了自家脾气，跟她爹说："爹你不要胡思乱想好不，他当兵的有谁敢欺负你家女儿，看我不把他眼珠子抠下来拿给你看！"

崔省三不以为然。他避开女儿时候跟妻子唠叨："连香她一个丫头家懂得什么，年纪又轻。那些个当兵的整天聚在一起，光棍挨着光棍，从早到晚火烧火燎的，论起来都是些狼虫虎豹！"

妻子大约不赞同崔省三的看法，想跟男人说点什么，崔省三拦住她道："你就不要说了！当兵的才见连香一回，近百号人差不多都歪了脖子，这要是往后去呢，天长日久的，你敢保证他们里头有谁不做歪事、恶事？"

崔省三于是严正告诫他的妻子、女儿，在对岸队伍撤走之前，绝不允许连香走出家门一步。

末了又劝慰女儿，说："孩儿呀，听爹的话没错，你就忍一忍，这帮人，在五狼关不会待长久的。"

连香说："那他们要是不走，你就让我在这屋里窝一辈子？"

又说："爹呀，我咋感觉你越是不让我出去，我偏偏就越想出去看一看呢！"

连香说的原是一句气话，不想崔省三却把它当真了。随后几天里，崔省三饭吃不好，觉睡不好，去前屋招呼生意，挨不多久心里就空空落落的。一个伙计见他神不守舍，小心说："掌柜的你气色不好。你才病愈几天，快去歇息着，这儿有俺两个呢，你就不要多操心了！"

崔省三正好借机离开，去后面察看连香有什么动静。

到夜里，崔省三睡不好觉，一个人便提了马扎坐到院子里数看天上的星星。看着连香窗户上温馨的灯光，听着连香熄灯之后细微匀称的呼吸，他的焦虑的心思才会渐渐平静下来。

拂晓崔省三也是第一个醒来，起床披衣先去街门外面看看，又转到宅屋后面，看他家墙头有无他人攀爬翻越的痕迹。

崔省三暗影里观察女儿久了，发现连香并没有走出家门的迹象，他家的宅院也还平稳、安宁，心里头这才踏实了一些，又暗里自嘲，想是自己多疑多虑了，才闹得一家人从早到晚不得安生。

谁知有天傍晚，他一人送走伙计才要关闭街门，忽然看见老石桥那边，影影绰绰好像是几个当兵人的影子，不急不慢往盐店街这边来了。

崔省三插紧街门门闩，一个人钻进食盐铺子，扒着临街的铁格窗子往外窥看，心里头怦怦地跳个不停。

崔省三的确没有看错。那些个歪斜了脖子的士兵尽管已经好转了，连长吴胖子和八个班长也挨了队前批评罚了十日饷银，但是有关一个美人儿的话题却甚嚣尘上一晚也不肯停歇。他们抱着自己的胸腔谈论人家的鼻子眼睛腰眼屁股，有人都黏黏糊糊迷瞪住了，还要强挣着应答一旁的戏谑问话。连长吴胖子夜半出来查哨，见窗户里有人嘀嘀咕咕不停说话，便扯了嗓子骂娘，骂得还非常难听。

此前歪过脖儿的士兵跟直脖儿士兵打赌说："那人儿真他妈的那个迷人，你老兄要是见了，我保你虽不至于跟我一样拧了脖郎，最起码俩眼珠子直了，两只脚肯定走不动路了。"

直脖儿说："你是你，我是我，我不会像你一样没有出息。"

俩人当下约定好了要赌一回，赌头儿却是谁输了谁给对方洗裤头袜子，每天夜里瞌睡前为对方挠三遍脊背。

于是两个打赌士兵和一个作证士兵利用晚饭后有限的一点儿时间，往盐店街这边碰运气来了。

崔省三不知其情慌乱到了极点。他看见他们三个快要走到他家门前了，而且嘻嘻哈哈，你推我搡，其中一个好像还朝他家房屋指了一指。崔省三生性怯懦，他不敢随便作声，也不敢随便挪动脚步，却是恨得咬牙切齿，一连声在心里骂道："狗日的你过来，我砸碎你们脑壳！狗日的你过来，我砸碎你们脑壳！"

又瞥见墙角立着一根铁杠，想象着一步蹦跳过去抓在手中，然后呼啦啦冲出街门，再抡起那根硬物，将三个士兵个个打得脑浆迸射，立地就软在街巷里了。

但想象归想象，两只脚却沉得像灌了铅水一般。

三个士兵来到崔省三门口没敢停留，大约是心里头空虚，抑或是一时难为情也罢。他们往前走到镇口魁星楼跟前止步，折回来再朝崔家宅院这儿指指瞅瞅，见巧遇美人儿无望，便满脸沮丧、相互怨责着回老石桥那边去了。

第二天傍晚来的还是那三个士兵。这一回他们显然胆大了许多。他们坐在斜对面人家屋檐底下，掏出烟卷你为我点上一支，我为他点上一支，不长时间脚跟前便丢了不少烟蒂。后来还是文昌阁那边晚点名号声响了，三个人这才猛地拾起身子，撒丫子赶紧跑回营房里去。

第三天、第四天仍是那个时间和那三个人影。

崔省三坐卧不宁一时又没了主意。可这回他不跟妻子女儿再说什么了。他脸色苍白跑到隔壁人家，朝莲心男人锁柱诉说隐忧并讨要办法。

崔省三说："再不敢这样下去了，再这样下去非出大娄子不可！"

隔会儿又说:"兄长呀,我是实在没啥招儿了。又不能跑去跟人家当兵的说,你们不要来我这儿了,也不要打我家女儿主意。说这话不是熄火是逗火哩。"

锁柱见不得崔省三的慌张,嘿嘿一笑说:"办法我倒是能想出一个,就看你愿不愿意去跑这个步脚。"

崔省三赶忙洗耳恭听。

锁柱说:"我听说左家花屋跟驻军团长交情不浅,你不妨去乡间花屋找找左先生,让他跟人家岑团长说说,好约束士兵不要做啥伤天害理事情。"

崔省三说:"你前头不是都说过了,人家是人家,我是我。我去了人家左先生不认我咋办是好?"

"这回又是你错了!"锁柱呵呵笑道,"左先生疏财仗义尽人皆知,你去了,只要进得了他家那座门楼,我保他不会让你失望而归!"

崔省三说他心里虚空仍然没底。

锁柱说:"要不我明天陪你去跑一趟?"

这回轮崔省三笑了:"我要的就是兄长一句话儿。我知道你跟花屋那边很熟,你带我去我心里踏实。"

却不知去了带什么礼物是好。

锁柱说:"带什么带,你就是把五狼关三街六巷搜腾遍了人家也不稀罕。依我看,你就把你店铺里上等的青海湖盐拎上一包,咱是盐商,拿包精盐最是妥帖、最是自然不过了。"

崔省三连连点头,说:"这个好,这个好,拿这个最好。"

崔省三跟随锁柱走出五狼关往下河川去的时候,一路上想的说的都是人家花屋待见不待见他。崔省三的额颅上有一层细密的汗珠,不是他手拎盐包赶路热了,是偶有郁结、心里不够踏实使然。

远远看见左家花屋大屋顶时,崔省三又说:"锁柱兄你说,左先生真的不会把咱挡在大门外头?"

锁柱说:"我讲过好几回了,你咋就不信我的话呢!"

崔省三说:"我信,我信,我信哩。"仍蹙着眉头瞥那巍峨屋宇。

锁柱再次宽慰崔省三说:"老弟你不必担心,依我看左先生的为人,他平日窝在花屋里头不见达官贵人,不见那些有权有势之人我信哩。咱两个是谁?平顶子老百姓一个!咱们小人物有了难场求他,我反倒觉着他不会将咱拒之门外!"

到跟前通报了名姓因由,两个人果然被客客气气迎了进去。

花屋主人在中院大厅接待镇街里来访的两个客人。左焕然从书房下来时候,丫鬟毛女已沏了茶羹端了进来,康管家待主客先后坐定也跟着退了出去。

左焕然热情招呼锁柱和崔省三喝茶,说是他们一路走来,头上都冒汗了,先喝点水解解渴再说事情。

左焕然跟锁柱说:"这茶是西乡茶商托人捎来的清明茶,这半年一直搁地窖拿冰块镇着,跟新茶一个样的。"

又抱怨说:"柱子有多久你没来我这院子了?想当初天成铭天成合开张挂牌时候,你前后照应跑上跑下出了多少气力,你柱子忘没忘我左焕然不得而知,我左焕然可是一直记着你李锁柱呢!"

锁柱在一旁嘿嘿笑着,并不说话。这里崔省三知道了俩人的一点儿由来,又见花屋主人说话随意、亲切,心里头当下就轻松了许多。

到正式说事时,崔省三尽管有点儿紧张、磕绊,言语间也难免重复、琐细了一些,但到底还是把事情和托请都说清楚了。

锁柱在一旁给崔省三帮腔,末了嘻嘻哈哈笑着:"左先生你是不曾见过,他家那个丫头确是长得太漂亮了。"

"是吗?"左焕然不由微微一笑。

又对崔省三说:"岑团长那里,我可以去跟他说一说;我想我说了也一定会起一点儿作用。不过话说回来,队伍上有严明纪律,他们一级一级都得模范遵守才是。那些士兵看见你家丫头生得好看一下子歪了脖子,隔天里又三三两两跑到你家门口往里探看,我想他们这是惊异和好奇使然,而真正图谋不轨的,想做下流勾当的,依我看未必就那么张扬、显豁。"

又说:"《孟子·告子上》里说:'食色,性也';孔子的学生子夏又言:'发乎情,止乎礼义。'更何况爱美之心人皆有之。就说汉代吧,其时有一首乐府民歌叫《陌上桑》，这歌谣不说别的，专门讲一个名叫罗敷的少妇的美丽、迷人。这罗敷有多美呢？歌谣里说：'行者见罗敷，下担捋髭须；少年见罗敷，脱帽著帩头；耕者忘其犁，锄者忘其锄。来归相怨怒，但坐观罗敷。'意思是说罗敷长相出众，无人能比，罗敷从村前经过时，路上挑担的，田里劳作的，不管是老的少的，都被她的美貌痴迷住了。这与你们说的崔家女儿的情况是一个理儿。"

崔省三听了连连点头。锁柱则接左焕然话头说："左先生所言极是！先生就几句话儿，赛过我昨晚给他讲了一夜、今儿个给他讲了一路！"说得大家都笑。

仨人正说话着，左家小女儿惜秋抓着匪崽的衣裳角儿进来，使性儿说，她要小哥哥带她去外面池塘里捉蝌蚪螃蟹，可是大门口那个小家丁不允。她要爹爹同意他们去外面玩耍。

左焕然连声说："好好好，好好好。"便起身往前面交代事情了。

这里锁柱用心打量那个伢子，崔省三也用心打量那个伢子。此前左家小丫头和匪崽进来时，他们两个的眼睛都不由闪过一坨光亮。

锁柱悄声跟崔省三说："这就是左先生收养的那个伢子。前些日子我听镇街里有头有脸的人说，左先生八成已拿这伢子当亲生儿子养了！"

崔省三感叹说："多出色的一个后生！多有福气的一个后生！"声音一大，竟让那匪崽听出了是在夸他。

左焕然再回来时，锁柱和崔省三就起身告辞了。花屋主人也不相留，却坚持送客人到大门口才转回身去，这就让谦卑的崔省三又感动感叹了一回。

两个人出了花屋朝门来到院坝一角，若再往前过了铁索软桥，就是下河川通往镇街的沿河堤坝了。锁柱脚步兴奋继续在前面埋头赶路，崔省三却是立于原地，大半天不肯再挪动一步。

崔省三朝锁柱背影儿喊道："锁柱你不急我跟你有话要讲！"

锁柱折身回来，抱怨说："还说啥呢说！慢说左先生受咱托请跟岑团长打招呼哩，就是不讲，我想左先生方才一席话语，也该解你心疑让你睡个踏实觉了！"

崔省三却是一点儿也不含糊："锁柱我的意思是，我想请你再进去跟左先生说说，由你做媒，我想把俺家连香说给左先生那个伢子做媳妇。"

"你疯了！"锁柱大声喊叫说，"你以为你是谁呀，以你那点家当和本事，你想高攀人家左家花屋？"

崔省三说："我不管！反正俺家连香生得俊样，左先生不见不说，见了肯定会答应这门亲事。"

又跟锁柱交底儿说："俺连香要是进了花屋成了左家媳妇，我早晚也就不再为她提心吊胆了。"

"你的这个想法倒是不错！"锁柱不由戏谑地笑了，"不过我告诉你崔老弟，那伢子个头不矮是事实，可你没看见人家还是个娃娃相，依我看比你家连香最少也要小个两岁三岁。"

"小两岁咋啦？小三岁咋啦？"崔省三固执说，"你没听人老几辈都说，女大三，抱金砖哩！"

锁柱拗不过崔省三，只好硬着头皮往花屋朝门里走去。这里崔省三耐心等待锁柱得了口信出来，却是不能自抑，一个人在院坝一隅不停地转圈儿走动，惹得朝门下面那个家丁翻眼看他他也不管。有一阵他还拿脚跟研踩地面，硬是将泥土弄成了一个坑儿仍不肯停住。

锁柱再次出现时崔省三不敢问他结果。锁柱也不急着说话。两个人都走到洵河堤坝上了，锁柱才说："老弟你也不问问我进去左先生咋说来？"

崔省三说："咋不想问？我是想问呢，可我就怕人家一口把咱回了。你摸摸，我这心这阵儿还咚咚跳哩……"

锁柱停下脚步看住崔省三："左先生没说行，也没说不行。"

崔省三勾着头，黑着脸，不看锁柱看他自己脚尖。

锁柱说："依我说也就一句话：人家八成不大情愿喀！"

第 九 章

匪崽在衡阳老家叫豆伢子；在五狼关左家花屋这边，左焕然近日给他起名儿"左南生"，意即打从南方灵秀之地翩然而至的一个可心后生。

南生头一回谋算着离开左家花屋是出逃，而早前豆伢子头一回离开家乡应该叫做出走。

豆伢子才刚长成一点儿体力时候，就帮娘去冲底山冈上打柴了。豆伢子不是不想跟小伙伴们扎成一堆玩耍，摸鱼，捉蟹，抓雀，套獾，抑或去凤凰坡上的石垒间打闹，去五丈崖下的深水潭里由着性子游水。豆伢子的篱笆院里只有他和娘俩人。爹爹长年不在家里。爹在鄂北王胡子手下当兵，先是排长，再是连长，到后来豆伢子见到他时他已当了营长了。

那个春天温暖而且漫长。豆伢子每回背着柴火从外面回来，娘在家就将午饭蒸焖好了。娘喜欢坐在井台旁边的芭蕉树下等候豆伢子回来，纳鞋底，缝缀夹袄，或者绑扎需要晾晒的芥菜苋菜。娘每回看见豆伢子撞开柴门进来，总要腾开身子奔蹿过来，一边为豆伢子卸下柴捆，一边心疼地抱怨："给你说过多少回了，不要心狠弄得太多，你总是不听！"

娘给豆伢子盛饭时候，豆伢子有时候也会说："娘你也不要太累，从早到晚伢子就没见你手脚闲过。"

娘说："等你长大娶了媳妇娘有了帮手，兴许就能歇下来了。可这得等到啥子时候呢？"

娘说这话时笑得春花灿烂，原本好看的脸庞，一经有了两坨红晕，便越发地滋润、好看了。

那阵儿这个院落还算安宁、温馨。爹虽说在王胡子的队伍里头当兵，冲里头的保长、甲长，还有左邻右舍的男男女女，私下里差不多都拿他娘俩当匪属看待，但因娘性情温和，从不惹谁恼谁，所以也没谁在娘和豆伢子跟前说刺耳话，做过头事。娘说爹有爹的想法、志向，爹想干啥娘从来就不拦挡，娘一年下来纵是再苦、再累，心下也不跟爹赌气、抱怨。

豆伢子依稀记得，有一年有一天黄昏，爹披一身尘土一身雾气突然回家来了。那天夜里是娘和豆伢子最快乐的一段时光。娘把下蛋正欢的鸡婆杀了给爹和他熬汤。娘和爹有着说不完的话儿，豆伢子瞌睡前他们盘腿坐在土炕上唠嗑，豆伢子拂晓醒来撒尿，见他们还盘腿坐在那儿唠嗑。天不亮爹又出门去了，娘拉豆伢子送爹到冲口溪水拐弯地方，爹不让他们再送，娘和豆伢子就看爹一步一步走远，走远之后这些年来便再也不曾回来。

没爹的日子复又归入了平静、琐屑。

一池波澜是打谷雨之后挟风而起。冲里殷实人家的公子，名叫曾子英的，原本在县城替他爹照看生意，近日回到乡下，硬是有几回来茅屋叨扰娘了。曾子英在城里有妻子儿女，妻子洋气漂亮且出自大户人家。曾子英说他成家前就一直拿娘做他娶妻的样本，尽管后来他自己一方一再努力了，也跟他爹一方坚持抗争了，却始终没能如愿。

曾子英头回来就跟娘说他喜欢她已有很久了。曾子英跟娘说："阿嫂我不瞒你我城里有女人哩，可她花里胡哨脂粉气太浓我一点儿也不感兴趣。我就喜欢你朴素、整洁、清清爽爽的样儿，咋看咋让人心里头愉快、舒坦。"

曾子英二次来给娘带了城里头才有的暗花绸布，送豆伢子两包缠金裹银的美国奶糖。娘知道曾子英别有用心因而不收受他的礼物。娘跟心怀叵测者说："子英呀，咱们两家说是在一个冲里住着，可无亲无故没啥来往，你送俺娘俩值钱东西，就不怕人家背地里说你闲话？"

见曾子英不语，又说："子英你知道豆伢子他爹在那边队伍里头，你往这儿跑得多了，左邻右舍都是眼睛，要是有人告你通匪，你一时半会儿能说清楚不？"

娘把绸布和糖果硬是塞给曾子英。曾子英违拗不过，将东西放在院子石桌上赶紧撒身走了。

娘不愿豆伢子看见曾子英的绸布和糖果，一会儿把它藏在这里，一会儿又把它藏在那里。她打算瞅个机会一定把它还给它的主人。

曾子英再来时，说话就比先前两回多了许多，末了挑明说："阿嫂我也不知为啥迷上了你一个乡下女人。我给你实话实说，我就想跟你亲热一回，只这一回，我就圆了我的十几年的念想了。"

娘始终不言不语。娘起身去屋里拿来绸布和糖果放在曾子英面前。她这是坚决拒绝他了。

曾子英就在这时来了蛮狠劲儿。他一把抓住娘的两只手腕，继而又强行将娘揽进他的怀里。娘愈是拼命挣扎，他愈是把她搂抱得紧些，最后索性猛一使劲把她摁倒在芭蕉树下了。

曾子英像一堵墙一样骑跨在娘身上，压迫她一时动弹不得。

娘没叫喊也没哭泣。娘只是睁大了眼睛怒视着曾子英。

曾子英跟娘脸贴脸说："阿嫂你知道我不是个坏人。我原本是要你心甘情愿的。你不允，我只好这个样了。这不由我，真的由不得我……"

于是就撕了娘的衣胸扯了娘的裤绳。慌乱中又褪去自家的两条裤腿。

娘这时终于说话了。娘说："曾子英你说你不是个坏人，可你做的是坏人才做的恶事、丑事！"

曾子英这回不再辩解了。但他手劲儿不松，稍作迟疑还要蛮横地动作起来。

娘这时忽然高声喊道："曾子英你滚，你还不快滚！你不松手就不怕砍刀砍了你的脑壳？"

娘说话自有娘的因由。娘是仰面躺在地上，娘那刻看得见的东西，曾子英未必就能看到。

一刹那果真有砍刀砍了下来，砍中的不是曾子英的脑壳而是他的背脊。曾子英侧身挣扎时，第二刀便砍破他的脑壳了。

横握砍刀挺身站立的是才刚冲进柴门的豆伢子。

豆伢子后来每每回忆往事，都感觉那天注定了是要出一点儿事情的。那天晌午豆伢子还在山冈砍柴时，晴光日影里，眼前偏偏儿总是晃动着一团挥之不去的阴翳。一个少年的心绪从来也不曾如此毛乱，而且大半天过去，豆伢子不仅没砍多少荆柴，还差点儿劈伤了自家的臂腕。

他是看见远山一块烧红的云团想到鲜血的，心想我今天不杀个猫呀狗呀的，就非砍了我的手脚不可，便知道今日这山柴是无法再继续打下去了。

下山那阵，豆伢子不像往常那样架背着柴火和砍刀。他是将砍刀垂直着拎在手里，进冲后便一点儿一点儿攥紧了刀的把柄。

豆伢子没想到他会杀人；他年龄尚小，还不曾接受血与火的洗礼。他看见曾子英光着身子娘也光着身子时，他在柴门那儿傻站了足有一万年之久。

豆伢子扔掉柴捆拎着砍刀移步芭蕉树跟前。娘仰面躺着，一动不动怒视着曾子英。曾子英骑跨在娘的腿腹间，此前也是一动不动。但是豆伢子才刚立定曾子英便忘乎所以了。豆伢子听见娘说曾子英你滚你还不快滚。又听见娘说你不松手就不怕砍刀砍了你的脑壳——就在这一霎，豆伢子真的拼足力气抢起砍刀砍了下去。紧接着第二刀也砍下去了。砍刀的锋刃像雷电又像练蛇，先是当空灿亮一闪，继而劈开芭蕉叶片，然后就狠狠地嵌入了施暴者的后脑。

那一刻娘距那个脑壳很近很近听到扑哧一声。跟切西瓜时候下头刀的声音几乎一模一样。曾子英自己也听到扑哧一声，只是时间太短太短几近于无。亡命人胯间的硬物最终没能进入被侮辱者的身子，但是他的污血却很快糨糊了她的脸颊、胸脯。

娘后来吓得哭了。娘赤身裸体满是血污抱住豆伢子抖动不已。娘那时大约忘了自己的羞辱，她只为眼前的血腥恐惧着，为她的伢子超常的举动战栗着。再后来娘看见柴门远处有人影来了，间或还夹杂人的呼叫和狗的鸣吠。娘于是拼足力气将豆伢子从身边推开。娘喊叫说："伢子快跑，跑远远的不要回来！"

豆伢子跑离柴门后，还听见娘声嘶力竭凄厉冷瘆地叫喊："伢子不要回来，顺铁路往北，一直往北找你爹去！"

豆伢子豹突狐蹿般在沟涧里跳跃。最初他只顾奔跑大脑是一片空白，娘说跑他便撒开脚丫子跑了，跑的时候他来不及想什么也的确没想什么。后来攀爬山梁时他仍然顾及不了太多。他一气爬上东面那座山头，等到气喘吁吁转过身来往山下看时，这才想起才刚发生的那些事情，才清醒意识到他才刚是杀了人了！

豆伢子惊魂甫定便不打算再奔跑了，踟蹰间索性就一道石坎坐了下来。

他自己跟自己说："豆伢子你刚刚把曾子英杀了？"

待会儿又说："曾子英欺负娘呢，娘制止他他不理不睬，这样你才拿砍刀把他脑壳砍了！"

随后豆伢子就一门心思想他的娘了。想他逃离之后，是谁给娘穿上衣裳的？又是谁把可怜的娘扶进屋里，给她擦洗脸上的污渍，抚慰她受伤的心灵？也许事情的发展比想象的要好一些，也许事情的结果比想象的还要糟糕。还有就是自己这一走开，娘便成了孤单冷清的一个人了，往后的日子里，她还会像先前那样达观，像先前那样坚强么？更何况此一去前途漫漫，三年五年？十年八年？娘或许再也见不着他，他或许再也见不着娘了！

那个午后，豆伢子痴坐不动跟石板粘连一体，就像山间一块凝止的石头，偶或有小旋风从山林间吹来，掀动的也只是他的发丝、衣角。他眉头紧锁，目光空洞飘移，唯鼻翼翕动并时有咬肌在脸腮显现。这情形跟他的年龄有点儿不称。但这刻他确是仇恨着又懊丧着，痛苦着又无奈着，像孩童又像是一个成年人了。

时间一分一秒过去，说慢也慢，说快也是相当地迅疾。起初那枚太阳还在西天挂着，炽白，炫目，灼灼然不可逼视；谁知稍不留意，它便扑通一声跌落西山顶了。夕阳衔山是血一般的鲜艳、红润，且停伫不动，山林和沟壑一刹那都沐在一千辉光和神秘之中。

豆伢子就在这时候看见娘了。在这之前，他已发现冲底有了人的身影和嘈杂。他知道那些人是来围堵他的。他们人数众多，且都举着火把，先是星火簇团，继而又散成网状朝这边山坡铺漫过来。豆伢子也清楚他们的目的、做派。他们由曾家人牵头聚众而起，像往昔围猎猪獾或者黑熊一样，明火执仗，恣意张扬，看来是做了持久捉凶的打算，不达目的大约不会善罢甘休。

豆伢子不惧曾家的围剿。豆伢子上山打柴七年八年之久，一个人在山崖和山林间攀缘、腾挪久了，其矫捷利落赛过猿猱赛过任何一种四脚野物。他曾徒手爬上百尺悬崖去砍一个盘错的槭木疙瘩。也曾钻进荆棘丛中划破了脸颊手臂不觉一丝一毫疼痛。他料想他能随意与一帮围猎者周旋，让他们气喘吁吁徒劳其形而不能得；设若一时他真的想逃离开了，那他立地就会跑得无踪无影，像脱兔或者夜枭。

可是豆伢子一瞬间立起身子时候，却不是钻进山林逃跑，而是朝着山下迎着围猎者走了过去。此一时刻他是那样强烈地想见娘亲一面！他想他如果就此急促慌忙地走了，不光当下他心里苦痛着不说，即便是日后远走他乡，他的心也永远不得安宁。他料知跟围猎者交臂而过反倒不会轻易被捉；他们大约很难想见，他们刻意营造的声势才刚起来，他们追求的猎物就会立地出现甚至会自投罗网。

豆伢子急切地想跟娘说：娘啊娘，你要好好地活着，你一定要好好活着等我跟爹回来。也许你的等待很长很长；也许来年春风刚刚吹过芭蕉刚刚绿了，你的豆伢子就跟爹一起回来了！

但是豆伢子才到半山坡就惊异地止住了步脚。他从那枚硕大无朋血红欲滴的太阳里看见了娘的身影！娘迎风立在他家屋后的五丈崖上。娘的裸体虽说姿态妙曼无与伦比，娘的意图却也清清楚楚明明白白。娘先是将将凌乱飘拂的鬓发，又微敛双目沉思片刻，然后纵身一跃便投进崖底的绿水潭中。娘在跳崖之前还朝这边山梁深情地看了一眼。娘跳下悬崖时轻缓舒展像一只飞鹤；娘投进绿水潭后，就把身上的污血和屈辱濯洗干净了。

豆伢子不相信娘会撇下他和爹去寻短见，但是娘的跳崖却是真真切切映在血红的夕阳里了。豆伢子在娘陨落时失声呼叫："娘，娘！娘呀……"

再细看，那枚荒诞的太阳倏地一下就掉到西山背后去了。

那个黄昏豆伢子难抑悲伤终于放声哀号起来。泪水像涧沟的溪流一样哗哗奔涌。哭声凄厉压抑，跟乍然而起、尖锐掠过的山林冷风相互碰撞、纠缠，一时竟难以分辨谁个是谁。山坡下，那些个游蛇一样的火把却是越来越近了。

豆伢子止住哭声静候围捕者的到来。这时候，他才发现那把带血的砍刀，仍紧紧握在他的手中。

豆伢子头一眼看见人影出现时，就朝他们哭叫说："我娘死了！我娘刚才跳崖死了……"

待人们围成扇面堵住他时，又说："我娘死了，我娘刚才跳了五丈崖了！"

两行泪珠再次从他的脸颊滚滚落下。

十数人面面相觑一律呆若木鸡。他们既惧怕一个少年手中的屠刀，又惊异于一个女人的果断决绝与倏然丧生。他们相信豆伢子梦呓般的说辞了，知道那面陡峭的石崖和石崖下的一泓潭水，人老几辈都是自戕者的最好归宿。

又都明白，娘是拿她的死亡抵偿曾子英的一条性命，继而护佑她的伢子不被捉拿不被乱棍石块打死。

有人俯在牵头者的耳旁嘀咕一番，又朝豆伢子高声喊道："豆伢子你要走你就走，你娘已经替你死过了！"

所有人都高声喊叫："走吧伢子，走得越远越好……"

豆伢子祈求父老乡亲替他收殓娘的尸骨。他扔掉手中的砍刀，跪伏于地朝他们一连串磕头，将额颅在沙石地上碰得嘣嘣作响。当他立起身子时候，他看见所有人仍一动不动在原地站着，都神情肃穆、凄然，都一如此前那般不动声息。

豆伢子转身朝山林深处走去，步脚坚毅，不急不慢。在他身后，这时候已然没了追兵。但夜空和山林却渐渐沉重起来。在大山深处，在高远的天际，还隐隐有雷声朝近前滚动过来。

豆伢子历尽艰辛找到爹爹，已是三个多月以后的事了。

爹的部队驻在邻省一个依山傍水的小村庄里。豆伢子头一眼看见爹就哭了起来。豆伢子说："爹，我娘死了，我娘跳五丈崖死了！"

爹把豆伢子紧紧抱进怀里。爹周身颤抖得厉害，但爹没哭。爹随后打来热水给豆伢子擦脸烫脚。看着豆伢子磨破了鞋掌鞋跟、血肉模糊的脚丫时，爹才有一串眼泪从脸颊滚落下来。

豆伢子跟爹说："娘让我顺铁路找你，铁路上尽是石子，鞋不经磨。我出门时那双鞋早就烂了，这一双还是一个大爷在前头那个车站给我穿的。"

又说："还有一回我三天没吃东西，一个婶娘见我饿昏了，就把她家伢子手上的烧饼拿过来给我吃，那个弟弟哭着闹她，婶娘还打弟弟屁股。"

爹说："他们都是好人，咱伢子一辈子都不要忘了人家。"

爹叫来卫生员秋月给豆伢子涂抹药水包扎烂伤。爹要豆伢子叫秋月姐姐，豆伢子抬起头来看秋月一眼，红了脸腮叫了一声姐姐。

秋月姐一手托起豆伢子脚掌，一手拿蘸了酒精的棉球轻轻擦去上面的污渍血渍，又要豆伢子解了裤绳露出屁股，打一种叫"奎宁"的防感染和破伤风的针剂。豆伢子平日里不害怕磕磕碰碰撞伤刀伤啥的，这时候却吸溜着直吸凉气，惹秋月姐笑他，却不知他是因了她手指的冰凉、碰触，心里头才有了瞬间的紧张。

秋月姐很细心也很熟练，经她疗伤后，再穿上由爹找寻来的小号码鞋袜，豆伢子立地便能走能跑了。

夜里有水一样的月光照着小山村。熄灯号响过好一阵了，爹还在土炕上听豆伢子叙说家乡的事儿。爹让豆伢子拥着棉被躺着，他自己则盘腿坐在炕头，不停地往烟锅里填塞烟末，吹纸火头儿，然后明明暗暗闪闪眨眨地点烟吸烟。

豆伢子的话题仍是不离他娘。

豆伢子说："爹，我把冲里在县城做事的曾子英拿砍刀杀了。"

爹不言语，只用深沉的目光看豆伢子一眼。

豆伢子又说："曾子英欺负俺娘。他把娘的衣裳都扯烂了，还跨在娘的身上。娘说曾子英你就不怕砍刀砍了你的脑壳，娘是看见我攥着砍刀站在曾子英后边，是给他递话叫他赶紧走开呢。可曾子英咋说都不松手，我一急，就抢起砍刀把他的脑壳给砍破了……"

爹听到这里仍不说话，但他伸过手来，轻轻儿抚一抚豆伢子的额头、脸颊。豆伢子感觉得到爹的手指很凉，间或还轻微地索索地颤抖。

拂晓豆伢子从睡梦中睁开眼睛以后，看见爹的身影立在脚地窗户跟前一动不动，就知道爹是一宿都没瞌睡，也知道爹的心里有多么悲伤。

豆伢子跳下炕去，从一旁抱住爹的腰身，跟爹说："爹，你不难过……"

毕竟是伢子在劝慰大人，话未开口，他自己先是鼻腔一酸，跟着就有涕泪哗哗流淌下来……

随后几天，爹安排豆伢子帮秋月姐洗刷器皿蒸煮针头针管，洗涤整理伤病员的衣物被单。爹跟秋月姐和豆伢子说："要说咱伢子当兵年龄是小了一点儿，可咱也不能啥都不干闲着吃饭。"

豆伢子说："爹，我懂。爹不在家这些年，除过上山砍柴，下水田插秧、薅草，屋里头许多事儿，我都能帮娘做了。"

秋月姐当然也乐意豆伢子能做她的帮手。

不过，爹还有要秋月关照、培养豆伢子的想法。秋月是武昌城里的大学生，除了当卫生员照顾伤员病号，还是部队的文化教员。豆伢子跟着她，能识字，看书，学不少新鲜知识。

不几天，豆伢子就和秋月姐处得熟悉了。秋月姐生得高挑、好看，人又特别温和、亲切。豆伢子是爹和娘的独养伢儿，打小一个人跟大人一起生活惯了，突然间多了一个姐姐关心，自是感觉新异、温馨；又因一时没了娘亲，无意间还把秋月姐补了娘的空缺。

豆伢子跟秋月说："秋月姐你和俺娘一样好看一样能干，你和她的心性脾气也像。"竟说得泪眼花花的样子。

受秋月姐指点、影响，豆伢子在护理伤病和识文习字两个方面都有了长进。他知道磺胺、奎宁、链霉素、阿司匹林等好几种药物的用法用量，知道针头针管怎样消过毒了再行使用，有时还能自个儿为轻伤员擦洗伤口，敷药包扎。识字也是识得不少，除了"刀口手""马牛羊""你我他"等等常见的字词，就是部队上的"三条纪律""八个注意"，他都识得背得，有时搁膝头抄写一遍，也不会缺胳膊少腿。秋月姐当着爹夸赞豆伢子说："我这弟弟真是聪明极了！要是把他放在省城学校里头，一定是优等生里的优等生呢！"

听秋月这样夸赞自己的伢子，爹是惬意地笑了一笑，笑得眼睛眯成了一条细细的缝儿。

豆伢子也不好意思笑了。豆伢子跟秋月姐说："俺从小就知道捉鱼、砍柴、薅草，哪有机会跟先生识字、读书……"

但真正影响豆伢子并让他持久不能忘怀的，却是一次漫不经意、十分轻松的工暇聊天。

那天午后，豆伢子随秋月姐来到村口小河边上。他们为重伤员濯洗了被单衣裳，又清洗了一堆器皿、药瓶和用过的带血的纱布。在晾晒衣物等待干爽的一段时间里，这一对姐弟就脱了鞋袜挽了裤管，然后并排儿坐在河岸，把脚丫踢进清凉的流水里面，一意享受劳作和说话的快乐。

豆伢子问秋月姐说："姐姐我听说你是武昌大学校的学生，你会给人看病，是在大学校跟先生学的吗？"

秋月姐说："我不是学医的，我学的是建筑专业，就是怎么设计楼房，怎么建设楼房，还有桥梁呀，隧道呀，要建的东西很多很多。"

豆伢子说："那你不在城里盖大楼，咋的想着来当兵呢？"

秋月姐说："盖楼房只是一栋一栋地盖，好是好，可是太小了。我跟着你爹当兵打仗，目的是推倒一个旧世界，建设一个新世界，你说这房子有多大呀！"

豆伢子还是不大明白，又说："城里生活好，吃得好，穿得好；当兵打仗多苦呀，还经常死人……"

秋月姐手抚胸口，笑笑地说："姐姐这儿有信仰呢！有了信仰就不怕吃苦，也不怕打仗和流血牺牲！"

又说："信仰，信仰，豆伢子你知道啥叫信仰不？"

豆伢子说："我听俺娘讲，人各有志，好男儿志在四方。信仰，是不是一个人心里头有啥志向？"

秋月姐说："跟那差不多吧，但信仰更加远大，更加神圣。信仰就像是一颗神奇的种子，它只要种在你的心田上了，就会生根，发芽，结累累果实，永远永远都不会凋谢、败落……"

秋月姐越说越是动情，到后来好像把她自己都要感动了。豆伢子看着她的潮红的脸腮和痴醉的眼目，内心像有小虫儿一样在里面簌簌爬动。豆伢子还顺着秋月姐的目光看向前方，便见得万里晴空下面，远山近岭都苍苍莽莽，巍峨连绵。天地的肃穆与庄严，的确都让人为之倾倒、动心。

末了秋月姐跟豆伢子说："豆伢子你现在还小，将来等你稍稍长大一些，我今天说的这些话，你就全明白了。"

豆伢子心中的偶像是带兵打仗的爹爹。爹重身教，也重言传。但能给豆伢子启迪和思考的，除了爹爹之外，还有他的亲爱的秋月姐姐。豆伢子珍惜他和秋月姐的一段缘分，从此以后，这个风和日丽、流水潺潺，图画一般美妙、音乐一样迷人的促膝交谈，就刻在一个少年的记忆里了。

豆伢子一个月后还见到了爹的首长王胡子将军。

王胡子是为突围一事来视察爹的营地的。去年这个时候，王胡子他们为配合政府跟日伪军队决战时，他们的势力范围还十分宽广。岂料胜利之后，政府遣军队三十万人马，筑碉堡六千余座，渐渐地对他们形成合围之势，且步步挤压，到现时，王胡子他们的地盘最多只有二百里地了。

"真个是狡兔死，走狗烹；飞鸟尽，良弓藏。"王胡子气愤说，"这才几天时间，才几天就打起内战来了？相煎何太急，相煎何太急呀！"

王胡子要爹率领他的小伙子们舍生忘死，奋力拼杀，无论如何也要为突围大军杀开一条血路。

王胡子跟爹说："这回冲关事涉全局至关重要，你们只能成功，不许有丝毫的马虎、大意！"

爹表决心说："请首长放心，我们一定出色完成任务，要是有啥闪失，我会提着脑壳回来见你！"

爹于是集合起所有官兵请王胡子给大家训示。王胡子一踩上石墩豆伢子就扒着窗户看见他了。王胡子身材高大魁梧，眼目深沉犀利，一绺黑色胡子稍稍朝前撅着，尤其醒目、俊逸。但是王胡子的军装跟爹和多数士兵没什么两样，也是土灰色的衣裤，也是这儿那儿补着补丁，唯一的区别是腰际那根宽厚的皮带，还是他从东洋人手中缴获来的。许多年后，豆伢子去京城拜访王胡子，两人在将军楼的小花园里一块回忆爹的时候，王胡子的装束举止，仍没有大牌将军的态势、做派。

其时王胡子的讲话激荡着土场上所有官兵的情怀。他们群情激昂山呼海啸，时不时举起森林般的手臂，把一种口号连着呼喊一直冲到云霄里去，让豆伢子兴奋不已也激动不已，同时还感觉他们给爹挣足了面子，为一个小小山村平添了许多光彩。

突围接下来分三个方向打响了。王胡子率领的北路纵队由爹打头，于月黑星疏之夜和炮火轰击当中杀出一条血路，又风雨兼程行进一千余里，出其不意竟越过长江越过了平汉铁路。爹的战士骁勇善战，一路冲杀在前却没伤几兵没死几卒。豆伢子也是安然无恙。豆伢子由爹的勤务兵小李子和秋月姐守护着，炮来不躲枪来不避居然稀里糊涂地跟了过来。

王胡子的纵队决定西行向着秦岭南麓移动。这一回，王胡子又让爹断后阻击随时出现的追兵。此前突围时候，王胡子的一个副团长被子弹击中咽喉。几天后这个副团长死了，王胡子就让爹接替了他的职务。但眼下爹仍然只带一个营的两个连队。爹的两个连能攻能守，由其殿后王胡子心里头才感到踏实。

爹跟王胡子说："首长你尽管前行，我这里绝不让一个追兵从手上翻过！"

其时，王胡子的队伍仍处在鄂、豫、陕两个战区司令和一个行辕主任的围追堵截之中。五狼关的岑团长即是胡长官防备战略上的一颗钉子，尽管那阵儿王胡子已从五狼关撤离往蓝田大荔方向去了。

起初的战斗打得十分艰苦。紫荆关一役，攻守双方都拼命夺取或固守关隘。在漫天的呐喊声和急遽的枪炮声中，在短兵相接闪烁不定的刀影里，一片士兵倒下来，又一片士兵冲了上去；一片士兵倒下去，又一片士兵冲了上来。及至硝烟散尽日落西山，覆盖关隘壕沟的尸体垒摞叠加，都难以分清谁个是谁个了。

横渡丹江时的伤亡则更加惨烈。之前江心的流水也就刚刚触及人的胯骨，但是爹的一个连才刚走入江心，不意山洪暴发江水陡涨，江面上顷刻间只露出一片缓慢移动的头颅。枪炮一瞬间又在对岸树林里响了起来，那是小钢炮的炸响和步枪点射的一点一个的瞄准，随之就是尸体一沉一翘地漂浮上来，而且一个挨着一个，鲜血很快便染红了一江波涛。

爹没食言没辜负王胡子的重托。但是经过几场恶战几回奔袭，爹的连队只剩下二十几个人了。爹和他的战士不惧怕死亡，战争本来就是流血死人的事儿。爹一路不停地冲击关隘和阻击追兵，不停地掩埋士兵的死尸和转托危重伤员。如此走走打打打打走走，到进入秦岭峡谷临近五狼关地界，爹的队伍竟跟王胡子的大队人马，拉开了三天甚至五天的路程。

时令是夏末秋初，爹带着豆伢子和余下的士兵继续在秦岭的大山深谷里行进。他们衣衫褴褛疲惫不堪，行进的速度明显比先前慢了许多。他们同时还得忍受饥饿的侵袭、折磨。爹很固执，他不让任何人掰吃山坡上才刚成熟的玉米，也不让谁攀折人家屋舍前后的大枣、柿子。爹说这里是新区，咱得注意影响遵守纪律。又说突围前王胡子已布告秋毫无犯违者必究了，现在无论哪个违犯了纪律，都一样要受到严厉责罚。

最初几天还好一些，爹刨挖了路旁的土豆、山药，就往挖过的坑窝里埋几枚钱币。爹跟大家玩笑取乐。爹说："到明天收获时节，这家的主人来挖土豆，突然发现几窝土豆没了，先是跳着脚地叫骂，接着一镢头挖出一个惊喜：'咿呀，我家土豆不结土豆蛋蛋咋结铜钱串串呢！'"

爹说毕便大笑一通，逗大家乐过，他自己也好释放心头压力。

可是很快他们就没钱了。最后的一块银圆换挖过几窝土豆吃罢，爹的手里便只有几个泛青的土豆蛋儿了。爹在重新上路时把它给了秋月。可是秋月姐没顾上烧熟它，就被无情的子弹打死了。

豆伢子一路上看惯了流血、死亡。每有爹的士兵被打死或受重伤，他始而惊悚，继而难过，渐渐地便不再怯惧、惶恐了，也不再轻易哭泣和揩抹眼泪了。他同时跟爹学会了悲伤之后的达观，跟大家抱团抗拒各样料想不到的打击，甚或在极端艰难的情况下，他也能跟秋月姐说笑，跟小李子和众战士打闹自取其乐。

可是这一回，豆伢子却为秋月姐认真地哭了。

秋月姐是在木同沟被驻军机枪打死的。木同沟谷深水险鸟路盘旋，爹和他的士兵一进沟就很难行进了。驻军连长接到木同乡乡长的报告，在木同沟出口对面山坡一户人家的木瓜树下架起了两挺机枪。他们还占据了木同沟两旁的山岭。爹带着他的士兵好不容易走出山谷，即遭到迎面机枪的猛烈扫射。山谷两旁的步枪和手雷紧跟着又封锁了他们的退路。

爹组织火力奋勇还击。十几个士兵在爹的掩护下，连续发起三次冲锋，经伤亡大半，这才穿过无遮无拦的河床，打死了木瓜树下的机枪射手。

其时，豆伢子和秋月姐趴在爹的身旁，助爹开枪掩护匍匐前进的士兵，对面的机枪眼看着就要喑哑了，一梭子弹中的一颗，偏偏儿就击中了秋月姐的胸脯。

秋月姐被爹抱起时已经不能说话了。鲜血从她的伤口往外涌流不止，爹大声地呼叫着："秋月！秋月！"豆伢子却是哇的一声哭了。

秋月姐挣扎着看一眼豆伢子，并伸手摸一摸她的衣兜，示意那儿有东西给他。爹于是从秋月姐的衣兜里，掏出了那几个青皮儿土豆。

爹把秋月姐斜靠在一块石头上，又拿带血的手指理了理她的纷乱的头发。爹对豆伢子说："伢子呀，你姐姐她不行了，咱们还是走吧！"

豆伢子抓住秋月姐手指，跪伏于地一动不动。

爹又喊叫说："伢子快走，你看两边山上的敌人都冲下来了！"

豆伢子仍然一动不动。

豆伢子被爹扯着被小李子推着跑离时，就掰爹的手指咬爹的手腕，还朝一旁的小李子踢了几脚。

爹进入五狼关下河川时，连豆伢子在内只有五个人了。方才阵亡的有十几个士兵，另有六七个士兵被冲散以后，大约往别的方向跑离开了。

豆伢子的秋月姐就这样没了。她给豆伢子留下了几颗青皮儿土豆，还留下一个叫做"信仰"的东西，豆伢子之前对此还不甚了了，但经历了秋月姐的流血、牺牲，他现在似乎明白了它的几许含意。

第二天，豆伢子于五狼关再经一场劫难，在左家花屋里头，他就被人私下称作"匪崽"了。

第 十 章

　　豆伢子头一回出逃说顺利也不顺利。

　　豆伢子现时不叫豆伢子，随着冬天到来复又过去，花屋里外也渐渐不再有人叫他匪崽了。豆伢子现在叫左南生。左焕然和几位太太都唤他南儿。左家未出阁的大女儿早秋叫他南南，二女儿晚秋叫他南哥，小女儿惜秋则只叫他小哥哥，或者干脆一个"小哥"也就是了。

　　南生临近坑杀被花屋主人救下之后，有几天他是悲恸欲绝又怒火中烧，而且无论怎么压抑怎么掩饰都不能平息。他还年少，忽然尝尽了人间的千般苦难万般滋味，这让他无法承受又不得不负重苟活下去。夜里他睡在花屋主人特意叮嘱、三几个太太丫鬟为他铺就的温暖的大床上面，也只能是咬着被角暗暗饮泣；一大早他从噩梦中醒来，窗棂上那坨赤白的光晕十分地刺眼，又让他感到世事的无常和世界的虚幻。

　　南生没看见爹被曹二他们活埋的场景和过程。但他知道爹和小李子他们已经不在这个世界上了。他后悔没像砍杀曾子英那样，在曹二把热粥泼向爹的时候，将曹二也一刀劈了。他那阵手里没刀，就是睃遍那间矮小的工棚，一时间也没一件可以攻击和防卫的武器。后来连爹的手枪都让曹二他们下了。他自己虽不像爹和小李子他们被反剪双手，曹二允许他在墙角蹲着或是坐着；但他一直还是没机会帮爹解开绳索。那天他跟着爹和小李子他们走向白杨林子走向死亡时候，他是一点儿也不害怕。可当他被花屋主人救了下来，而爹行将被坑杀时，他忽然恐惧到了极点。他是那样声嘶力竭地喊着爹呀爹呀，他是指望他的悲怆能打动上苍，救爹于命悬一线和危急时刻。

南生失去娘的时候，先有仇恨，后是悲伤。失去爹时，则先是悲伤，随后很快就满腔仇恨了。最初几天，南生在花屋里只要一看见长工曹二，便牙关紧咬，恨自己当下不能杀了曹二，两只眼睛却是喷出火焰来了。南生瞅看曹二的眼神让曹二发怵，花屋其他人见了也是一阵阵发冷。南生的激烈反应被花屋主人看在眼里急在心头。于是左焕然谢辞了长工曹二。有一阵左焕然不知曹二并未离开花屋回他的大曹村去。南生以为往后不会再见曹二并为爹报仇了，更是惊诧不已嗟叹不已。

南生对花屋主人则是一种复杂心态。南生约略感觉爹的被害跟左焕然有关。可他没有根据证明他的揣测，更何况是在大坑挖成、乱石即将落下时刻，是他将他救下来的。左焕然说"他还是个孩子"，这句话任谁听了心头都会微微一颤，也让他一个懵懂少年无所适从很是困惑了一些时日。他知道花屋上下，老太太，几个太太，尤其是麻雀和毛女一帮用人，她们都是按照左焕然的交代悉心关照他的，他虽然不拒绝她们的伺候，跟她们相处也渐渐相适应了，却始终存有芥蒂甚至有戒备在心里藏着、捂着。他尤其不能直面左焕然对他的过问和呵护。左焕然看他的目光越是怜惜、疼爱，他越是心存警觉越要刻意回避，这就让花屋主人的心思跟着也纠结起来。

有几天，南生常到东花园假山上面去看远山和想心事。细心的麻雀将情况跟大太太说了，大太太又转告花屋主人知晓，左焕然却说："让他单独坐坐也好，他这是想他亲爹亲娘了。"

想想又叮咛大太太说："你让麻雀、毛女她们好生伺候他就是了。时间最是能解决问题；时间一长，一切都会变过来的。"

不想不久就有了变化、转折，南生不仅不再仇恨谁了，这从他的眼睛和表情就能看得出来；即便是左焕然跟他说话，他也不再躲避、不再用疑惑的眼光打量他了。早晚里说更衣便更衣，说吃饭便吃饭，说看书便看书。有时还和晚秋、惜秋一起在天井里玩耍，或者去花园看花工喂鱼和修剪花草树木。甚至有那么一天，麻雀越过大太太径直跑到楼上书房，说她有一个喜人的发现要向左先生报告。

麻雀说的"喜人的发现"，就是那回大太太带南生去老太太屋里，南生乖觉地叫了一声"奶奶"。

"先、先……先生！"麻雀气喘吁吁跟花屋主人说，"刚才，刚才，我、我听见南生叫老太太奶奶了……"

"是吗？"左焕然难掩惊喜之情，却又强行掩饰着，"他是该叫老人家一声奶奶，你们几个做事的丫头，不是跟着早秋、晚秋她们，一样都叫她奶奶么？"

左焕然之前从不跟丫鬟如此亲近地说话，这在麻雀看来有点突然，也有点小小的得意。

麻雀知道主人心思，傻笑说："今儿个南生叫老太太奶奶了，明日个他就要把先生叫爹呢！"

左焕然正色道："这可不许乱讲！这是两码事儿，完全是两码事儿……"心里头却是热乎乎的。

麻雀比树上的麻雀还要机灵："谁能认先生做爹，那是谁的命好！可惜俺麻雀没这个福分……"

麻雀走后，左焕然兴奋得在书房一连走了好几个圈圈。回到书桌跟前，又想执笔写点儿什么，才发现多日里不曾写字，砚台里此前研好的墨汁已经干涸、结痂了。

隔两天，左焕然试探着要带南生去逛五狼关。左焕然当着南生跟三太太和麻雀说："明日我想带南儿去镇街转转，你们帮我和南儿准备准备。"

麻雀说："去镇街好哇，镇街热闹，南生去了一定十分开心！"

三太太说："是呀，南儿来咱花屋也有一阵子了，这儿的院子再大，这儿的花园再美，但凡待得时间久了，总还是有点儿憋屈的。"

又问南生高兴去不，愿意去不，不想那伢子竟温顺地答应下来。

左焕然大喜过望。第二天一早，他特意让三太太为他换过了暖春时尚衣裳，又让三太太和麻雀、毛女她们，依本地讲究将南生从头到脚刻意装扮了一番。左焕然牵南生手指步出朝门时候，几位太太、康管家、宁先生，还有厨屋里的老王头都来相送，就好像他们两人之前从没出过远门，此一去要分别许久许久似的。

那阵儿左焕然大病初愈，身子多少还有些虚弱。但他隔三岔五，前后总有七八个日子带南生去镇街转悠，一时间吃遍了五狼关的美味佳肴不说，还跟南生去戏楼那儿听戏，看街头杂耍，坐临水茶馆歇息腿脚。后来岑团长他们来了，后来又跟顾道明老先生商议办学之事，另有自家在镇街的三个字号也需要照看，左焕然都带南生见过了各等场面。而在花屋这边，主与仆都发现左焕然跟南生厮干的那些个日子，左焕然因为奔波、疲累或心有所牵，竟连每日必读的圣贤书都疏于研读了。

左焕然自己跟自己说："只要伢子高兴，只要他哪天叫我一声爹爹，说什么我也是心甘情愿！"

却不知那伢子小小年纪，竟然跟他花屋主人使的是权宜之计，而且一坚持就是一年之久。

一年里头，从南方来的少年南生，在准备逃离左家花屋时候，没少留心花屋里的一草一木和一砖一石。

最初被南生盯住的是一块硕大无朋、层次分明的风砺石。

开春之后，左家花屋依惯例总要专门请人整治一回东、西花园，扫除落叶，疏花理草，修剪树枝，甚或还要截源放水，清理鱼塘底里的淤泥、杂物。花工是从汉中园艺署请来的朱师傅，矮胖个儿，大鼻子小眼，剃光头，跟南生和惜秋说话时候，一笑一笑像个弥勒和尚。

朱师傅叫南生少爷。朱师傅跟南生说："少爷，我这里上树砍枝条呀，你往远处站儿，你看你娇生惯养的，小心树股掉下来碰着你了！"

南生心里说："我上树比你利索多了，你看你那个样儿，笨得像头狗熊！"

一会儿又说："少爷，你过去帮我把水闸提起来，小心别弄脏了你的鞋子裤管，你看看你们，一个个细皮嫩肉、绫罗绸缎的，有多光鲜呀！"

南生不说什么，走到水塘一隅提起水闸，却是一脸的不屑神色。

隔会儿还打老远喊叫："少爷你快看看，看小姐在鱼塘边上做啥呢！咱们贵贱不敢让你家妹妹掉青泥里头了，要不老爷和太太怪罪下来，我胖朱可是吃不消哟！"

南生于是走过去拉起惜秋，惜秋咯咯笑着，还拍手："小哥哥，小哥哥，朱叔叔说他是胖猪！"

一来二去地，南生很快就跟朱师傅混得熟了。

闲暇朱师傅跟南生聊天。朱师傅问南生说："少爷你今年有十五六岁吧。你念的私塾还是新式学堂？"

南生说他没上过学堂。

"那你一定是念私塾了。"朱师傅赞叹说，"不过你不用请塾师，我听人说了，你爹不光家大业大，而且饱读诗书，是个有名的学问家哩！"

稍顿又恭维说："少爷你命好，你真是跌进福窝窝里了……"

南生由此知道可以朝朱师傅提他的要求了。翌日再来西花园，南生瞅朱师傅一时得有空闲，跟他说："朱师傅你能不能把那块石头挪一挪？"

朱师傅说："挪它干吗呀，绿草坪上卧一块千层石，要多好看有多好看。再说了，那石头又高又大的，要动也得五六个人操家伙抬哩！"

南生说："好看是好看，可是惜秋说她喜欢在草地捉蝴蝶，逮蜻蜓，跑来跑去的总碍事儿。"

朱师傅问南生放哪儿是好。南生说："你看北边墙根那儿咋样，那里空空的，就放那儿好了。"

朱师傅说："行！那我明天就跟左先生说说，再向康管家要几个人手。"

南生知道左焕然一早又去镇街找顾道明老先生了，便说："朱师傅，咱们说干就干，咱们最好今天就把它挪了。"

黄昏时分，南生遂其所愿看到那块石头挪了窝儿。夜里躺在床上，南生开始编织他的逃跑线路：一块石头，一段围墙，墙外有棵枣树，离枣树不远就是山坡上的那片密林。进入梦境之后，他则梦见自己腾的一下跃上石块，噌的一下爬上墙头，哧溜一下溜下树干，然后只几步钻进密林，一股风就跑得很远很远了。

不想朱师傅才刚离开花屋，花屋主人就知道有关石头的事儿了。

其实朱师傅没忘南生的一再叮咛。朱师傅向康管家要人时说："三小姐不喜欢草地上有块石头，嫌它碍手碍脚的，你给我派几个人来，我要把它挪了……"朱师傅从前到后都没提南生一回。

康管家是没多想便慨然允诺。

但是长工曹二比康管家警觉多了。曹二是当天傍晚在庵子屋那边，听短工石头说到他们几个被召去花屋西花园抬了石头。曹二也是夜里躺在炕上琢磨良久，天亮后他悄悄捎话给花屋主人，说那块石头搁在墙根跟前，不啻是一个踏步一个阶梯，他要左先生好生看看好生想想，千万不敢有丝毫疏忽有半点儿差池。

曹二倒也不曾怀疑石头事件是南生出的主意。

隔天早上才刚吃过早点，短工石头一伙前呼后拥又到花屋这边来了。他们没把那块石头放回原处，但把它搬离了墙根，靠流水跟一堆太湖石放在一起。拧转身又把东花园那边一棵柿子树挖了。那棵树离围墙确实是近了一点儿，有树杈平展着伸将过去，刚好搭在墙头上面。

石头他们挖树移树时候，南生打远处都看在眼里了。此前南生不是没注意那棵柿树。它离左焕然书房不远，就在书房东侧宽大的窗户外面。

两厢里虽无纠葛、碰撞，却都处心积虑，耗费了不少心思、心力。

再往后，少年南生还寻觅思索别的破绽和路径。

比如那条自洵河上河湾而来，从西花园引入，流经庭院和东花园的渠水，它的一个入口和一个出口，在六月河水涨高之前，也就是一多半有水一少半透亮的时候，能不能容他一人从里面钻出？

有那么几天，南生有意无意往两处洞口跟前挪步已有许多回了，但是他的那个念头，很快就被小妹惜秋的一句话打消掉了。

惜秋跟随南生就像是他的一个尾巴。惜秋跟南生说："小哥哥你老是瞅那儿干啥？小哥哥你不用担心，贼娃子从那儿钻不进来，我听康伯伯说来，外面有多粗多粗的铁网儿防着呢！"说得南生只好带她去别处走动、玩耍

再比如顺后院楼屋走廊凌空架起的那座栈桥，它的尽头设有扶手凿有洞窟，实际是花屋主仆的小解大便之处。五狼关乡间一带，举凡依山而居的人家，差不多都有这么一个简易栈桥，人们住在屋里吃喝在屋里，走过栈桥便道，拉和撒却是随意排在墙外山根下了。左家花屋地处下河川自然也不例外，只是花屋的栈桥不是伸得太远，还在围墙里头就戛然而止了。

左家花屋家大业大，左家人宁愿大便小便跌落墙内，宁愿花钱雇人如期去处置、清理，也不愿给外人或窃贼留下一段攀越通路。

有天南生对这个去处很是关注、琢磨了一阵，他想只要得一木板或者一根椽檩，再把木板或者椽檩由栈桥斜着搭向墙头，他便能轻而易举跨上墙头逃离开去。南生本以为实现这个意愿并不困难，谁知左家花屋不比寻常人家，自打花屋竣工半个世纪以来，人老几辈里，庭院和花园都了无杂物。南生先是在靠近鱼塘的渠水上面发现了一块木板，长度厚度都很中意。但这块木板是用来承担甬道的，上面压着石头、砖块和炭渣，他要把它从下面抽离出来，显然是动静太大眼目太多。后来又在西花园看见一根支撑紫荆树干的方木，无奈却是有点儿短缺，且经长年雨淋日晒，已然是腐朽脆弱着了。

南生十数日用心寻觅而不能得，末了也只好打消掉这个念头。

少年南生打石块、洞窟和栈桥主意而不能得，便开始在花屋各色人等身上寻觅机会和办法。

首先想到的是看家护院的家丁。花屋朝门是固定岗哨，白天黑夜由十几个家丁轮流滚动值勤，很难说谁在白天，谁在黑夜，谁又在白天和黑夜的哪个时辰。另设游动哨若干也由大家轮流担任。朝门前的岗哨必须持枪笔立，一动不动，既是护卫，又是花屋门脸上的一个点缀、装饰。游动哨则一律效仿军人模样，横端长枪，左右睃视，沿"蝴蝶"翅尾走一个来回再走一个来回。余下的人于饭后多聚集院坝，走队列，练格斗擒拿，还竖起草扎人像，做站立、跪地、趴卧等各种瞄枪姿势。左家的家丁不用参与农事商务杂，在兵荒马乱、匪盗四起的世况下，花屋主人要求他们心无旁骛，花屋的安全便是他们最高的行事准则。

左家的家丁见花屋主仆出进都会立正示礼，但对孺小一辈，像二小姐、三小姐，还有新近住进花屋的南方伢子，却是熟视无睹，不理不睬。其中一个叫"三儿"的，论其个头、模样，实在比南生大不了多少，看着跟南生一样也还是个伢子。三儿在朝门站岗时，遇有南生和惜秋在前院玩耍，倒是常常往里面探看，目光柔和鲜亮，还藏有艳羡、喜乐甚或几分自卑自谦。南生曾想过与他搭讪，譬如跟他说，三儿你在这里一站就是几个时辰，腿脚困不困呀，或者说夜里头站哨，要是刮风了，下雨了，你冷不冷呀，却是才一走近，那三儿立马挺胸抬头，往朝门另外一侧看去了。

不独如此，三儿某个白天某个时段于朝门执勤过后，南生于这一时段再见他在朝门口站岗，已是十天八天以后的事了。如此一个夏天过去，南生一直都没跟三儿搭上话茬。最近一回，南生终于跷过门槛能与三儿唠嗑了，不想三儿啪的一下横过枪来，板着脸朝南生和南生屁股后面的惜秋训诫，说话的声音也是冰凉冰凉的生硬。

三儿说："没有左先生的吩咐和我们拴牢队长发话，少爷和小姐谁也不能迈出门槛一步！"

说完这话，三儿又啪啪两下将长枪背在肩上，还拿右手拇指绷直了枪带，站那儿做一副凛然不可动摇的样子。

南生既然没能说出酝酿既久的言辞，那么跟三儿处得热络、继而瞅机会逃走也就无从谈起了。

其次是厨堂里的老王头。老王头是五狼关姜河里头人，早年随远房叔父在苏州城里"松鹤楼"学艺，学成后回到五狼关，再经十数年打磨历练，遂成为本地乃至县域知名的大牌炉头。老王头擅长苏菜厨艺，炖、焖、蒸、炒、煨、焐、叉、烤，可谓样样精通，样样得心应手；素菜素点尤其拿手，做成的席桌讲究"七滋七味"，堪与山珍海鲜媲美。最初老王头在镇街"隆盛和"掌勺时候，花屋主人左焕然只是慕其名声、手艺，偶或会包了雅座尝尝他的羹汤。后来花屋老太太就信佛了，信了佛便不吃荤食和葱韭姜蒜了。某一日左焕然诚邀老王头去左家花屋做事，目的不在自家口味而在花屋老太太身上，看重的便是老王头的素菜素点手艺。左焕然只字未提报酬、待遇；只是一个"孝"字了得，左焕然一语既出，隆盛和掌柜陈捷三和炉头老王头便知道难以拒绝了。左焕然和陈捷三四目相对，少顷都扑哧一下笑了，一个说我这是掠人之美呢，一个说我这是忍痛割爱呢，于是翌日一早，名厨老王头就现身左家花屋了。

平日里，老王头除了带领两个助手，做足做好花屋主仆数十人的饭菜汤羹，还要净锅净铲，选别一样材料，亲自为老太太的一日饮食操忙一番。后来就是那个匪崽来了。头天里花屋主人就跟老王头做了细心交代，说是那伢儿一路过来饥渴坏了身子虚了，得用心慢慢儿调理、滋补；听口音像是湖南那边来的，湖南人嗜辣，便是家常饭菜，总得弄点儿青椒啥的以合他的口味；还说往后日子久了，你得观察他的生活习性和饮食喜好，既投其所爱，又不使偏食偏饮，等等，等等。因此之后这段时间，老王头伺候那伢儿就跟伺候老太太一样上心，从早到晚一回也不敢怠慢。

老王头每隔几天都要带助手去五狼关镇街采买一回食材，由他亲自选择各样肉禽蛋蔬和调味佐料，由助手用竹筐扁担挑了回来。少年南生看中的正是这样的一个空隙一个机会。

那个白天南生不仅走进了花屋厨堂，不意间还要帮老王头分理菜担时，老王头一下惊慌得不知如何是好了。

"嗯呀呀，"老王头跟南生说，"伢子你这是干啥呢干啥呢！你一个少爷家的，左先生可是稀罕得了得……"

又说："我这里盆盆罐罐、汤汤水水的，哪是你少爷能插手解闷儿的！"

不想南生这里做得有板有眼，还十分干练利落。

南生跟老王头很快也混得熟了。不过事情来得快去得也快，有天午后老王头坐在厨堂门口歇息抽烟，打远处看见南生和惜秋过来，便主动朝南生招手，说话间却要避开三小姐惜秋。

老王头笑呵呵跟南生说："少爷呀，老王头知道你心里是咋想的。你就像一只满山满坡撒欢的小鹿，在花屋这个笼子里憋得久了憋得闷了。你帮我做这做那地讨好我，是不是想趁我去镇街上买菜，要我带你去外面疯玩哩？"

又说："我看出你是个苦孩子出身，聪明，能干，能吃苦，可就是打小野脱惯了，受不了这个拘束。"

南生瞅住老王头，只是抿嘴儿一笑算作回答。

"可我不能带你出去！"老王头也眯着眼笑，说话的口气却是容不得半点儿含糊，"我老王头不比人家左先生，左先生带你出去是尽着关心你哩，可我就不一样了，我得操心那些个肉呀菜呀料头呀啥的，对你若是照顾不周，甚至把你弄得丢了，惹左先生怪罪光火，我可是担当不起呀！"

老王头还说："少爷你以后也不要来厨堂这边了，三小姐都把你告到左先生那里去了。"

又学惜秋说话的神态和语气："爹爹，爹爹，小哥哥又跑厨堂去了，不跟我玩……"言毕哈哈大笑。

南生没能打通老王头关节，却也由他的话里得到了一点儿启迪、想法。

南生再一个目标便是三小姐惜秋了。

那天惜秋又来找南生玩耍，南生说："小妹，哥哥带你到外面去玩，捉螃蟹，抓泥鳅，撵野兔儿！"

惜秋拍手跳脚："好呀，好呀！"

惜秋生性随她娘三太太，活泼，任性，是个假小子。

惜秋跟南生说："要出大门，咱得跟咱爹说说，要不大门口的家丁不让咱们两个出去。"

南生说："要说你跟你爹说去，你说了比我管用。"南生把"你"咬得重了一些，意在纠正惜秋的模糊和套近乎。

惜秋使性儿说："不嘛不嘛，我就要你跟我一块儿去说。"

无奈南生只好随她一块儿去了。

那天左焕然在中庭客厅里接待盐店街的盐商李锁柱和崔省三。南生和惜秋跷过门槛进去时，这俩人都怪怪地看了南生一眼。

随后左焕然牵了惜秋小手去了前面。南生这里正担心着，不想惜秋一会儿先她爹一步跑了回来，看她活蹦乱跳的样子，花屋主人显然是满足了她的请求。

却不知左焕然跟门口家丁打招呼时，又说了多少叮嘱和告诫的话儿。

不独如此，那一刻，左焕然还朝更多家丁操练的院坝看了一眼。

但南生不管不顾，一伸手便拉了惜秋跑出朝门去了。他原本没奢望头一回出去就能顺利脱身。

这天南生没逮着螃蟹、泥鳅，他和惜秋也没见一只野兔的影儿。他在临近稻田的小溪边给惜秋捉了几只蝌蚪，在稻田一隅捡了一枚贝壳和两枚螺蛳。惜秋很满足，回来跟她爹炫耀了不说，还说她看见吹泡泡的绿青蛙和大嘴巴的娃娃鱼了。

这以后，南生带惜秋又出去了几回。每回都是惜秋一再央求，南生才肯答应。每回不管走出多远都会适时回转身来。有天傍晚，南生和惜秋都走到洵河边上了，惜秋不停朝河心抛扔石子而不能达，还是南生跟她说："小妹咱们回吧，一会儿天就黑了。"

惜秋不依，还指着河面上悠悠晃动的索桥，要南生也像背背篓老头那样走一回让她瞧瞧。

南生坚持说："小妹咱们还是回去吧，晚了你爹会着急的。"

门口执勤家丁和院坝操练的家丁常看见属于花屋的两个孩儿在那儿玩耍，渐渐地便看得寻常了，却不知南生原本就是做给他们看的。

南生真正逃离花屋是一个温暖和煦的正午。这回他和惜秋又一次来到洵河边上。南生专门为惜秋演示了一回荡悠索桥。过桥时他一走一停，再走再停，尽可能地让索桥摆幅大些，晃动得厉害一些，惹惜秋在桥头上拍手跳脚连喊好玩好玩。

返回时则一路快跑，只一霎便又立在了惜秋面前。

南生跟惜秋说："哥哥带你过一回索桥，你害怕不？"

惜秋眼光里闪过一丝恐惧，嘴上却说："我不怕，我真的不怕。我要小哥哥拉我手过去。"

南生牵着惜秋，竟是平稳地走了过去。

南生夸赞惜秋说："小妹能过铁索桥了，小妹真勇敢！"

又说："小妹你敢一个人再折回去不？你过去，哥哥在这儿看着你过。"

惜秋说："我敢。"说罢就往回走。

南生在她身后叮咛："小妹你扶住扶手，眼睛往前看，不要看脚底下。"

隔会儿又说："惜秋不用害怕，惜秋真勇敢。"

惜秋小心翼翼过了索桥。回头看，哥哥南生却不见影子了！

南生是在惜秋踏上对岸地面的一瞬间躲闪开的。南生料想惜秋不见了他的踪影会很快哭喊起来。料想院坝上的家丁听了惜秋的哭诉会追赶上来，他们会朝他的背影一迭声地吼叫，如果他不肯停下脚步，他们甚至还会朝着天空甚至朝他的左右两旁鸣枪示警。他想他只有拼命地奔跑才能摆脱他们的追撵。

但是惜秋没有哭喊。惜秋年龄尚小，还不懂人世的风雨和人间的纷争。惜秋一惊过后，以为是小哥哥跟她藏猫猫呢。也许小哥哥稍晚一会儿也就过桥来了；也许小哥哥往左旁或往右旁走出一段，然后脱了鞋袜过河，会抢在她的前面回到花屋里头。

院坝上操练习武的家丁也没追撵南生。他们的职责是看家护院。他们设防的目标是盗贼，是九井十八盘的强人和得胜寨里打家劫舍的土匪。盗贼来花屋行窃他们必须把他们捉住或者吓走；若是强人和土匪来了，他们又必须保护花屋一家老小躲进后山属于左家的石头围子里去。花屋主人不曾交代不曾要求的事儿，他们不必过问，也无须操心许多。

可是不管怎样，少年南生一经跑开就不能不顾忌一点儿什么。他是一个猫腰又一个打挺，只一霎便跃过傍河大路蹿进了那片白杨林子。

埋杀爹的那块坳地经过一个年头，已不见了土坑也不见了土堆，一片荆草夹杂着一些矢车菊在那儿长得正旺。南生不敢多作停留，只跪下跟爹说话："爹呀，豆伢子没有死，豆伢子一年多来一直被困在花屋里头。可今天豆伢子跑出来了，豆伢子接下来就去找王胡子伯伯呀！"

南生顺山坳钻进山谷往山顶上攀爬。密布的荆刺横扫着他，细流冲刷出的石块磕绊着他，还有一坨腐叶或一坎虚土让他打了趔趄，但他不管不顾只知跑，跑，跑呀！后来他的绸衣被撕破了，膝盖被磕破了，脸颊和臂膀被树枝和荆棘划出了几道明显的血痕。他大口喘气却是不敢停歇，说到底还是坚持着攀上了头一道山岭。

属于花屋的一个雇工在十步开外一棵大树下静静地坐着。他也许在这儿等候许久了。之前他百无聊赖一定是抱着膝头打盹，此刻他睁开眼来，也只是朝狼狈不堪的南生认真地瞅着看着。

在他屁股旁边，却放着一把镰钩和一条准备缚人的短细绳索。

南生这时候只能掉头往山下跑了。下山的艰难比上山还要艰难，稍不留神就会一脚踏空甚或滚几个滚儿。南生是栽倒几回才从山上下来，又顺洵河往下河湾垭口那儿奔跑，不想在垭口拐弯地方，花屋的两个雇工靠着山石正交谈甚欢。他们和之前那位一样，是专门防备南生出逃的。

那俩雇工见是花屋少爷过来，果然都怪怪地朝着他笑。

南生无奈蹚过洵河上了翡翠岭。可是翡翠岭上照样有不少花屋里的雇工和佃农。他们分散四处在旱田里劳作或在田塍上歇息。他们不理睬蜿蜒山路上有行人走过；即便是逃亡者于什么当口来了，一时三刻怕也难以走出他们的视线。

南生索性坐在翡翠岭头不再跑了。他是双手抱了膝头，又支棱了下巴远眺西山落日，料想在河流的上头，在一片霞霓笼覆着的那个垭口——那儿是五狼关的通衢大道和咽喉地带，一定也有花屋的雇工防着或者守着。

第十一章

冬天再来时候，花屋老太太经不住时令转换和病疾拖磨，终于在一个拂晓悄悄儿落气过世了。

其实，早在春天老太太拜谒观音庙那个早晨，花屋主人左焕然就已察觉出了一丝儿端倪。病由自知之，也许是属于老太太自己的一次举动，抑或是为了了却一生最后一个意愿也罢，她的执着，她的虔诚，便将她时之将至的心迹和牵挂，无遮无拦地显露给她的儿子了。

后来有一天，左焕然去镇街天成铭和天成合说事，就便从怡心堂请来了麻郎中，说是为老太太调理饮食习惯，也就随便瞧瞧看看，从前到后都做得不露声色。

麻郎中虽不及他爹麻老先生医术高明，但一番望、闻、问、切下来，却也明明白白告知花屋主人，说是噎食症，至察觉，怕已是有些晚了。

左焕然不避医家禁忌，某一日用轿子抬了母亲到镇街怡心堂，当着麻郎中和一堆徒弟让麻老先生复诊，结果除了微调处方剂量，却也无新的说辞、动作。

老太太年迈体弱，左焕然不能送母亲去西安或者汉口就医，便重金延请成都名医贾治坤先生来秦地出诊，其间山重水复，羁旅劳顿，兼之迎来送往，小心伺候，又是别一番的花销、折腾。

再后来左焕然就不再折腾了。他安排康管家依乡俗请了"地仙"做了测度，在翡翠岭上贴着亡父坟茔为老太太建造了"生墓"。挖井（葬坑）时左焕然挖了第一锄湿土。井挖成后还要暖井时，左焕然亲自拎了酒菜，从花屋出来一路走到翡翠岭头，眼瞅着挖井人在井坑里吃喝既毕，他自己则于井前双膝跪地，将他们刻意剩下的酒菜恭恭敬敬地吃了。墓碑自然是提早选材，用的是白云山上专门开采的花岗岩石料。左焕然依欧体撰写了墓志，雕刻时又配以兰草莲蓬和龙凤图案，堪称是爽墓丰碑。寿枋亦取用上等杉柏木料，请专门画工油漆、描摹；铺垫枋底的柏丫、灯草、丝绵、灰包，也提早准备好了。做完这一切，左焕然便依老太太吃斋念佛之计，携康管家和宁先生在一个早晨去了高隍寺，跟高隍寺住持慧明和尚从容商议设坛之事，确定由高隍寺出遣僧徒二十四人，取高限连做七场"斋醮"。回来又拜访几位民间歌郎，特邀他们届时来母亲灵前鼓唱孝歌，唱东川曲牌《武王伐纣》《二十四孝》，抑或《怀胎歌》《十二月怀古》等。至于礼宾、执事、棺罩、鼓乐、八抬、孝服、桐杖、灵阁、纸表、葬钱、金童、玉女以及丧筵、大戏等等事宜，亦嘱康管家、宁先生和老王头早作打算了。

左焕然跟众人说："先圣孟老夫子曰：贫而富葬，非礼也；富而贫葬，亦非礼也。"强调其母尚未亡故即大动干戈，实属迫不得已是情理中事。

岂料真正到了那个日子，左焕然忽然又改变主意了。

一段时间，左焕然坚持抱着罹病的母亲来天井或花园晒暖，一日里服汤喂药、抓屎抓尿自是不在话下。老太太弥留之际，左焕然跪伏床前，从子夜直至拂晓，末了还要亲自拿棉丝试了母亲鼻息，并记下母亲落气的具体时辰。

那个早晨，康管家招呼用人都在朝门贴了黄纸，大太太在老太太脚下也烧了落气纸钱了，左焕然却叫住往赴各处报丧的康管家和宁先生一行，说他又有了新的想法要说与他们。

但当左焕然说出他的打算时，康管家、宁先生，还有一旁的三个太太，他们立地都惊得呆了。

大太太先是发问道："焕然你是说，咱家这丧事不按原先准备的去做，就简简单单一办算了？"

左焕然不语，却也算是应答。

康管家和宁先生不便直言质疑。但他们跟他说事，说连日来大大小小、里里外外一应的安排和花销。

一个说："昨日午时看着老人家时间不多了，已差人告知了高隍寺慧明和尚和五狼关戏班的万先生。到今儿个早上，高隍寺已备足七天斋醮所需，二十四位师父都沐浴换了新做袈裟；慧明大师还说斋醮的头天和最末一天，他要亲扶老太太灵柩唱经超度。镇街荣胜班排了九出折子戏，除了自家所有名角，还邀请了汉中'十三巧'和西乡'西乡红'加盟。两厢里眼下都在等咱们口信，要说来即刻也就来了。"

一个说："斋醮、唱戏、孝歌、宴请、答谢，哪一样都得花钱，统共算起来，得一百多块大洋呢！斋醮和唱戏管家刚才说了，要说谢辞也不是那么容易；但是置办酒席这一块儿，老王头他们准备的肉和硬菜，垒得跟一架山一个样儿！"

康管家又说："镇街天成铭、天成合、天成恩从昨夜打烊直到老太太安然入土，经理和雇员一律回花屋料理丧事，昨日门面上都贴了告示了。另外天津、上海、汉口、重庆字号里的几个经理，也都乘船乘车在路途上往回赶呢！"

宁先生跟着说："讣告我方才也拟写好了，想着请先生过目改定后再誊抄几遍，打算花屋朝门一张，镇街各处张贴三张，佃户们散住的村落各贴五张。又因为先生是县府参议，县城那边自然不可缺失，一张也行，两张三张想也无妨。"

左焕然仍旧低头不语。三太太在一旁抻二太太衣袖撺掇二太太说话，自己却抢先说道："老人家高寿八十又八，虚龄都九十岁了，是喜丧，按理儿也该操办得热闹一些。"以为说的是中听话儿，不想那厢却将眉毛越蹙越紧了。

但末了总得有个说辞，有个交代。只是这交代不容置疑，亦不容分辩。

左焕然说："讣告要贴，但只贴在咱自家门前。最多再于几处村舍各贴一张。虽说无须四处张扬，可左邻右舍和父老乡亲总是要告知的……"

稍顿又说："斋醮我看就不要搞了。大戏也不唱。慧明师父和万先生那儿，容我日后登门致歉、尽力补偿他们便是。厨堂里的肉食全都送县城孤儿院去，眼下入冬天气冷了，存储保鲜应当不会太难。丧筵全改素席；因着老母亲多年来一直信佛、忌口，既然咱们是迁就她老人家生前的生活习惯，想必吊唁者就不会怪我罪我。另外将七天丧事改为五天，切记不要铺排，不要喧哗，悄然送老人家入土最好。"

言毕即转过身去，只管跪下身子为亡母焚烧纸钱了。

左焕然的突然改变主张，缘于少年南生的决意出逃。

那个白天正是老太太在阳世的最后一个日子。大家眼瞧着老太太快要不行了，一时间都有些慌张，有些手忙脚乱。左焕然和他的三个太太自不必说，为老人净身并换过寿衣之后，他们都神色寂然守在床榻跟前，静待某个时刻的降临。康管家、宁先生、老王头和一帮用人也是多次来这边屋里探看。就连平日分工照看惜秋和南生的毛女，这时候也顾不了许多，一个人规规矩矩立在老太太屋口，生怕有什么吩咐下来耽误了什么事情。

南生正是瞅准这个机会拉惜秋溜出了左家花屋。

只是到了傍晚，逃跑不成的南生自己又踅回花屋来了。

那一刻左焕然虽说板着面孔但没问南生一句话儿。南生脸上的伤痕、划破的衣衫、潮湿的裤管，以及试图掩饰又掩饰不住的表情、眼神，都将他的目的行踪，明明白白告诉花屋主人了。

之前惜秋独自一人回到花屋，虽没哭闹，但她跟她爹告状，撇小嘴儿说："小哥哥骗我！小哥哥让我过桥回来，他自己跑得不见影影了……"

长工曹二从几处得到确实信儿后，通过康管家也向花屋主人报告了南生试图逃走的消息和经过。

这天夜里左焕然一宿不得成眠。他得守着老太太等她落气，在最是揪心、最是难挨的一段时间里，他既要注意老太太的任何一个细微的动静，还得琢磨南生的出逃带给花屋的冲击和影响。

左焕然知道母亲最大的心愿和遗愿是什么。是去观音庙焚香求子那个早晨，当老太太一路匍匐叩首、攀爬逼仄山径时，左焕然虽说饱读诗书经见世面广了，但还是大惊大悚，五味杂陈，一时间不能自已。左焕然除了顺乎母亲，任她把额头碰得咚咚作响，他自己所能做的，就是贴身跟着母亲，在她吃力地起身的时候赶紧扶她一把。左焕然在心里跟母亲说话："娘呀，娘呀，孩儿没能遂你心愿为你生个健全、聪明的孙儿，孩儿这是有负你老人家了！"

左焕然当然知道无法满足母亲的意愿，他后来所能做的，就是让南生替代他的瓦片，如此既给左家花屋一个交代，也算是还娘一份莫大的孝心。

平心而论，左焕然最初救下南生那刻，并无一己私利私愿。左焕然夜读《孟子》时候，对亚圣数次提及的"孺子将入于井"和"怵惕恻隐之心"印记最是深刻以至终生不忘。那话说："今人乍见孺子将入于井，皆有怵惕恻隐之心——非所以内交于孺子之父母也，非所以要誉于乡党朋友也，非恶其声而然也。"白杨林大开杀戒那阵，左焕然跟长工曹二强调"他还是个孩子"时，的确没掺杂任何杂念。他无须跟这个异乡伢子的父母攀结交情，亦无须以此在乡里和友人中博取名声。他不知道他的母亲姓甚名谁，住在什么地方；而他的父亲——据曹二说就是那个满脸胡楂的官儿，其时经他认可很快就要被坑杀了。他带那伢子离开坑埋现场那刻，脑子里只管想着："我该来的，我该来的，要不这伢子跟那些人一样也没小命儿了……"

随后一段时间，左焕然并不后悔收养了一个王胡子手下的伢子，也不怕有谁说他窝藏匪崽，继而置他于尴尬、难堪乃至惹来不必要的麻烦。他感谢驻军团长的大度，那回在"隆盛和"酒宴桌上，岑团长独抒己见，一句话就为举座各色人等吃了定心丸儿。左焕然以为岑氏言之凿凿言之在理。他原本心无芥蒂并一意践行着他的意愿、承诺。至于一段时间他的卧病不起，他不知道花屋里外如何议论如何置评，却知道只跟那四条生命的销殒有关，而与收养或叫窝藏一个匪崽无任何干系。

是个细雨初霁、清新润朗的日子吧，左焕然依稀记得，当他从手抄《孟子》的册页里抬起眼目，看着窗外由绿转红的树叶和一丛萧萧竹管，他的心忽然一个激灵又一个松弛，整个人立地就陷入云雾一般的缠绕中了。便作想：同是尘世之人，同是五谷杂粮，同是体内精血，我怎么就生不出如此一个男儿呢？何况我还娶了三房太太，床笫之事也没少花费气力呀！

也许是外界的揣测、议论甚或各不相同的目光使然，还有花屋高墙里头静默的注视、等待，是说他要认那匪崽做儿子呢，或者他要拿他当"童养婿"养呢，总之是有外力钩挑、拨动了他的心弦，便作想：我左焕然既然如此喜欢那个伢儿，那为何就不能让他给我当儿子呢？

所以很快就把怜惜变成怜爱了，所以破例让他进了他的书房，所以还带他去五狼关镇街恣意吃喝游玩了。又知道那伢子仇恨长工曹二，便不假思索把自己最是信任、最是贴心的一个雇工辞退掉了。

更何况期许既重，还差点把瓦片交与了狗熊峡谷！

满以为随着日月推移，那伢子会渐渐忘却战争，忘却血腥，忘却仇恨，就像众人眼睛看到的，耳朵听到的，他渐渐已融进花屋，融进这个富足、祥和、充满书香和爱意的家庭了，左焕然指望着有那么一天，他能像呼唤老太太"奶奶"那般，突然地，也是害羞地，亲近地叫他一声——爹爹！

但是一瞬间左焕然的堤防便溃决塌陷了。那一刻，面对逃跑不成的南生，面对这个满身泥脏、满脸伤痕偏又孤傲、倔强的伢子，他一时虽说哑然失语，一动未动，可激荡于心的，却是期盼落空之后难以述说的滋味和悸恸。

这个夜晚，左焕然与母亲依依作别，面目平静内里却翻江倒海。他轻轻为老太太测试鼻息，为她揩拭脸颊并轻轻盖上绢帕。花屋上下没有谁能体味他的苦衷，也没谁能了知他的巨大的孤独和失落。

左家花屋的丧事的确办得简单、俭朴，却也庄重、肃穆，有条有理。斋醮不搞了，大戏不唱了，丧筵不摆了，深深庭院里，唯灵堂烛光辉映，香烟缭绕，四下里的祭幛、挽联、白练、素花亦肃然醒目，既为孝家恣意渲染着悲情，也把吊唁者的心境牵带得凄婉、感伤了。

左焕然从高隍寺和镇街荣胜班致歉致谢回来，就不再多说话、多问具体事务了。丧事由账房宁先生协助康管家统一安排、指点，众雇工、众家丁及各处赶回的经理、雇员各执其事，且责任明确，赏罚分明，便是哪个也不敢疏忽、不敢懈怠。左焕然一时间反倒成了听命于人的角色，甚至把他叫做摆设叫做道具也罢，总之人家让他焚香他便焚香，让他鞠躬他便鞠躬，让他叩头他便叩头。若是上祭者来了，才由他率早秋、晚秋、惜秋在灵堂一隅陪侍、还礼，片刻吊唁既毕，若有年迈者或远道而来的重要人物，再由他陪伴去前厅歇息喝茶，接受他们千篇一律的问询、宽慰。如此一天下来，虽单一却也十分地紧张、疲累。

当然有些重要事体还得由他花屋主人发话或拿主意。

韭菜滩和四亩地两个歌郎已被谢过，但俩人相商后还是赶头天傍黑来了。至朝门便击鼓而歌，康管家听到动静跑过去阻拦，又叫来账房宁先生细说分明。宁先生跟歌郎抱怨说："你看咱们说好的不搞这个孝歌了，却为何你俩还是来了，这让我跟左先生不好交代！"

歌郎二人却有自家的说辞。

一个说："左先生德高望重，誉满乡里；左老太太懿德完满寿终正寝，能为她老人家鼓唱孝歌，是任何一个歌郎都求之不得的福分、荣耀。"

一个说："左先生邀请我们也罢，不邀请也罢，邀请了再谢绝也罢，总之我俩今儿个来了。来时我俩已商量好了，这回在左家花屋打鼓闹丧，我们是分文不索分文不受，只要夜里头有碗热汤热饭，白日里有张床铺歇息就足够了。"

前面那个接过话茬又说："我这兄弟是个有心人哩，自打左先生上回见面说过，这些天他把《怀胎歌》和《二十四孝》唱词改了，特意添加了左老太太耕读传家、教子有方以及信佛向善等内容，合辙押韵，朗朗上口，很是能打动人心哩！"

无奈只好禀告花屋主人。左焕然琢磨片刻，发话说："既然二位歌郎来了，那就随其所便吧。不过也就今日夜里一场，到子时即可安顿他们用膳、歇息，无须按惯例一直唱到破晓。明天一早送客时，切记赠二位师傅七场酬金，另外披红的锦缎和答谢礼品一样也不要少……"

康管家和宁先生都按吩咐去做了。

隔一日，朝门外忽然有人放了一卷火炮子，紧跟着便是人声吵嚷，脚步杂沓，经打问，原是十余个叫花子结伙赶丧筵来了。他们每人只拿一小块白布或者麻布送至老太太灵前，然后便聚在庭院等候孝家设宴款待，一时嘻嘻哈哈，你戳我揉，连花屋主人都被招惹得出来探看了。

左焕然不明就里，悄声问康管家怎么回事，康管家亦悄声回复说：
"这是叫花子的惯用伎俩，咱们如果不摆设席面请他们吃喝，他们一旦
闹腾起来，会妨碍丧事的顺利进行。"

左焕然说："那就摆酒席请他们吃喝。"

康管家说："咱们又不待客，哪有席面招呼他们？依我看给他们一
人一兜儿馒头得了。"

几天来，由于不办丧筵改做素餐，加之花屋里的人头比平日突然增
加了许多，厨堂老王头为大家准备的饭食一成不变，不是米饭馒头，就
是连菜带汤的大锅烩面。待客酒席是彻底取消了，县城来的县长秘书因
为路远，跟孝家一样吃的是烩面片儿，五狼关的岑团长和段副官则各自
喝了左焕然敬上的一杯暖茶。

"给一兜馒头也就不错了。"其时账房宁先生也在一旁为康管家帮腔，
又开玩笑说，"他们若再闹腾，我就叫家丁拿长枪把他们驱赶出去！"

左焕然却坚持要设宴招待叫花子一伙。

左焕然说："我可以不请耿县长、岑团长吃酒，但我不能不请这些
乞丐。这符合老母亲生前的作为，也合乎我左焕然的脾气、秉性。"

又亲自去了厨堂，跟老王头打问赶做席面的可能和酒水材料。结果
是，叫花子们三天里连着吃了三回酒席，头一回还喝了花屋主人亲自为
他们每人斟酌的泸州老窖，临走时，又各自背了左家花屋给予他们的一
兜细面馒头。

康管家和宁先生发现，因了这次叫花子的闹丧，花屋主人的心情反
比起初好了许多。

接下来说快也快，不觉明天就要发丧出殡了。夜里康管家前来请示
花屋主人，还带了主持仪式的礼宾杜师傅，说是棺罩、幡绦、练带、哭
杖、麻布、孝帕、炮铳、响鞭、摔丧瓦盆、五行水饭、落字钱米以及八
抬三班人手、十二旧式陪宾等等，都虑算、安顿好了，唯引灵一事即由
谁来捧灵牌，擎幡子，须由先生定夺、明示。

康管家心机洞明偏要委婉说话，还察言观色，随时准备打住或另酌
词句。

康管家说："依咱当地讲究，当然整个宁县乃至更多地方也是这样，

出殡时由亡人嫡系长子或者长孙引灵。老太太随老太爷归落在翡翠岭上，这一路又是过河又是爬山的，加之天有冷风，地有残雪，而先生连日守夜已很疲累了，若再支持，不知身体吃消不得吃消……"

康管家疙疙瘩瘩说完，不想左焕然当下变了脸色，知是说到了他的心痛之处。这里左焕然不跟康管家搭话，沉思片刻跟礼宾师傅说："杜师傅你先下去歇息，待会儿我们商议过了再告你不迟。"

礼宾杜师傅走后，康管家便不再遮掩了："左先生，你看明日出殡是先生还是少爷引灵……"

"这个事自开始我就琢磨过了。"左焕然叹息说，"我是想叫南生引灵呢，可你看他那个脾性！再说了，他逃跑不成才回来几天……"

康管家自告奋勇说："我去跟他说说！"一副胸有成竹口气。

左焕然默许了，又抬头看康管家一眼，意思是说：凭你能说得通么？

康管家去后，不一会儿便手舞足蹈地跑回来了。康管家的笑脸和举动就像是一个孩童，自他进左家花屋以来，左焕然还是头一回见他这个样子。

康管家说："好了好了，我跟南生少爷说好了！"

停脚又说："我过去才一提起，少爷就满口答应了。"

"是吗？是真的吗？"左焕然一时讶然，却是不敢贸然相信，亦无一丝一毫的兴奋、激动。

那个貌似稳妥、完满，实则潜藏尴尬的场面说来总要来的。

翌日巳时，左老太太的葬礼如期进入高潮。先是朝门外七声炮铳响过，跟着一串噼里啪啦、火星四溅的响鞭，送灵的唢呐便持续地吹奏着了。

院坝四周早已挤满了四邻八乡的看客。由院坝通往洶河岸边的那条路径，也由男男女女分列两旁挤着占着。而索桥的这头那头，断断续续仍有人影急急匆匆地朝花屋这边赶来。

左家花屋的丧事一直无太大动静，但葬礼的神秘和诱惑，依然让终年寂寥的人们兴奋不已。

还有富丽堂皇的棺罩，绑缚停当的八抬木架，肃然挺立的持枪家丁，以及跃跃欲试、力求"抬一杠子"的年轻后生。所有孝男孝女，包括雇工、丫鬟和境内境外字号里的经理、雇员，一律披麻戴孝，扶持桐杖，于辞灵之后跪伏于院坝中央。

朝门里的仪式亦按程序进行。摔丧，泼饭，起灵。左焕然凄然扶柩缓行。在他和棺木前面便是少年南生。其时南生由账房宁先生挽引，一手捧着灵牌，一手举着幡子，虽一袭孝服在身，又处于肃然凝重的氛围之中，却是面目清朗，神情淡定，不见丝毫的胆怯、扭捏。

这情景让左焕然五味杂陈，求一时安妥而不能得。

打从起灵仪式起始，左焕然就一直用心地盯着南生的背影瞧看。从后庭穿过中庭，到前庭再出朝门，短短一段路程，左焕然感觉就像走了一千年之久。

此前在中庭大厅，在三太太为南生更衣时，左焕然几次都想换下他来由自己引灵，但话到嘴边，他都把它强咽下了。花屋上下没谁能察觉他的心迹。大家都很忙乱，都有各自分担的事情和责任。其中唯有康管家有所顾及有所忌惮，却也是转念而过，琢磨如此紧要事体，终是要听从花屋主人的吩咐、安排。

左焕然心里虚空时候，就跟康管家说闲话岔开烦忧。

左焕然说："老康你看南儿的孝服是不是有点嫌肥，孝帕是不是有点儿长了？"

康管家说："少爷的孝衣是三太太昨个晚上，按他的身架亲自量裁的。少爷的个儿已经不小，孝服大点儿肥一点儿，人就更像一个后生样了。"

隔会儿又说："老康你说南生来咱花屋才一年多些，个头就蹿那么高了，要是再过上个一年半载，会不会就撵上你、超过我了呢？"

"那是自然，那是自然。"康管家回左焕然说话，又用心感叹，"多俊朗多聪明一个后生，有左先生悉心栽培，将来指定有大出息哩！"

又想起昨晚，大太太差麻雀来问，南生的孝衣很快就要剪裁了，白布底下是否要衬红布做成"花花孝"，这是说，左家花屋是拿南生当儿子呢，还是当未来的女婿看待。其时康管家才刚离开去南生屋里问话，左焕然心正揪着，竟朝麻雀发了脾气："红布能咋，白布又能咋！"惹麻雀吃惊着，窘迫着，当下就眼泪汪汪地走了。

现在，老太太的灵柩就要走过前院移出花屋朝门了，院坝里又是一阵炮铳和响鞭炸起，打头的南生甫一亮相，院坝和大路口的看客便大片大片地涌动着了。

左焕然当然知道众人是为谁拥挤又为谁注目。

再看眼前南生，那伢子比方才更乖顺了。也还大方、机敏，听指令让止步便止步，让转身便转身，及至送葬队伍逶迤出发了，便是一个人走在众人前头，也是出奇地沉着、从容。

两旁不觉比比画画，议论纷纷。

一个说："这就是左家收留的那个伢子？多光鲜多机灵的一个人儿哟！"

一个说："看样子他是铁了心地给花屋顶门立户呀！"

前面那个又啧啧赞叹："大东家真是有眼光有福气，花屋的事情，这一下算是周正浑全了！"

左焕然不听也罢，一时隐隐约约听了，大脑竟是嗡地响了一声。

"他这是演戏给人看哩！"花屋主人忽然在心里跟自家说道。

又在心里说："他也是给我、给花屋里外所有人演戏看哩！"

接下来从请灵出屋直到送老归山，左焕然心头都有一种复杂的滋味翻涌着、鼓荡着……

从翡翠岭上回来，此前嘈杂拥挤的庭院一下子清静空旷起来。至黄昏，所有帮工和四下里的亲友已相继作别离去。众孝子将亡者遗像供于灵桌，焚香，点烛，燃烧纸钱，伏地叩首，只说行过灵牌祭奠，左家花屋这场引人瞩目、操持多日的葬礼，就要顺利结束了。

花屋主人这时候却跪地不起。

康管家和账房宁先生走前相劝。康管家说："先生你支扎着都有大半天了，不停地磕头、作揖，作揖、磕头，这阵儿是该歇歇腿脚了。"

宁先生说："东家你一定节哀、保重，接下来还有不少事情要你主张、拿想法哩……"

其他人尚未离开的，也都从一旁静默着看住花屋主人。

左焕然头也不抬说："你们都去前边吧，容我一人在娘灵前再待片刻。"

康管家多少能体味左焕然的心思，他顺便扯一扯宁先生衣袖，挥手指招呼大家暂且离开，又示意谁个也不要打扰、惊动了花屋主人。

岂料左焕然这一跪就再也不肯起来了。

是拂晓时分，丫鬟麻雀起来为亡灵续烛添香，才到后院，就见厅堂里烛火依旧，香烟袅袅，心下惊诧时，又见烛光暗影里，一个人影跪伏于地，一动不动，像一尊雕像又像一具幽魂。

麻雀差点儿就要叫出声来了。又赶紧去唤康管家和宁先生。一会儿，大太太、二太太和老王头也都跑来了。三太太晚迟一些到来，来了便喊叫说："还不扶他起来，你们这是要冻死他呀！"

宁先生打头抱起花屋主人。左焕然已然跪得僵硬：跪着是个什么样儿，抱起还是个什么样儿，且满面泪痕，交错迭加，分明是干结过多少回了。

大家簇拥着左焕然来到大太太屋里，麻雀和毛女早已焐好了被窝。左焕然偏是不依，坚持要康管家和宁先生扶他去东花园楼上书房。

又要宁先生为他展纸、研墨。

待一切就绪，都手执笔管立在书案前了，却心潮不平难以下笔。

已是数月之后了，某天夜里更深人静，左焕然一个人伫立书房良久，这才伴着明月清风和萧萧竹影，将彼时一番心迹泼洒于宣纸之上。

是调寄《如梦令》一阕：

　　匝地黄叶衰草

　　烛泪佛香孤寒

　　娘亲浑不觉

　　夙愿杳渺怎堪

　　谁怜，谁怜

　　唯余悲诉灵前

第十二章

盐店街崔省三一大早起来有亲自打扫庭除的习惯。他先是清扫整理了院子和旮旯拐角，又把堂屋桌椅条凳齐齐拿抹布擦拭了一遍，待抹拭楼梯扶手并踩上踏步时，抬头见连香屋里静悄悄无一丝儿动静，便嘿嘿笑着骂道："死女子夜里头就知道点灯熬油地看书，早上都到这时光了还不起来洗漱、做事！"

又嘟囔说："眼下这是在你娘亲屋里，赶明日要是嫁到公婆家了，我看你还睡不睡这个懒觉？"

崔省三的粗糙和兴奋跟他的心情有关。数月前他为女儿的惹人眼目吃不好饭睡不好觉，只说有祸害灾难会降临到他的头上。后来跟邻居锁柱往下河川跑了一回左家花屋，没想到花屋主人不忘承诺，还真的郑重其事地跟驻军岑团长把话说了。有天傍晚又有两个小当兵的蹑摸着在大门外面往里探看，崔省三见俩人面目和善还有点儿腼腆，就跟他们说："老总有啥事就请进屋里来，直说无妨，直说无妨的。"

两个当兵的都不好意思笑了，咋说却不肯迈进庭院一步。

一个说："我们弟兄都知道你家有个漂亮丫头呢。但是我们团长说了，人家姑娘生得漂亮迷人，平日里没事了拿眼睛瞅瞅看看可以，逮着机会了跟人家说两句三句话儿图个一时快活也成，但就是不许起歪心眼儿做伤天害理之事。"

一个说："我们团长讲了，无论是当官的还是当兵的，谁要是违抗命令违反纪律，就立马把谁拉到洵河滩上毙了！"

崔省三心里一热，说："你俩想看我就让俺家连香出来你们看看。"不想俩人脸一红一拉扯又都跑掉了。

　　不单如此，自打崔省三当着连香她娘叮咛女儿之后，连香没事时候便轻易不过老石桥那边去了。早前崔省三拿回来的那些个书本，最初是让连香识字和岔心慌用的，不想随着时间的推移，连香竟渐渐迷上它了，常点灯熬油观看，至夜半楼上那扇窗户都还亮着光晕。

　　崔省三当然也还记得他曾托锁柱跟花屋主人提说过女儿的婚事，人家左先生那边既然不曾应允，他这里慢慢地便也不做非分之想了。

　　但是就在这个早晨，崔省三没料到花屋主人自己会找上门来，而且还带着时兴的四样礼品。

　　左焕然立在外面敲门时，崔省三一边往前挪步一边嘟囔："那边铺门已经拆了板子了，敲这边大门倒是做甚？"

　　待扯掉门闩拉开门板，登时大吃一惊，大半天连话都不会说了。

　　左焕然笑着说道："崔老板，怎么啦，不认识左希圣左焕然我了？"

　　崔省三慌乱说："呀，呀，是左先生呀，我没想到，我没想到，快请屋里坐，快请屋里坐……"

　　左焕然却不动弹，只是略一抬手，让崔省三接过礼品以示他登门拜访的诚意。

　　崔省三招呼左焕然来到堂屋坐定，他自己大半天却不落座，心里头虚空着说："左先生你先坐着，我去叫连香她娘给你烧茶，你看我，手忙脚乱地，一大早只顾着扫地抹桌子了。"

　　左焕然笑道："不必，不必。"

　　崔省三又说："那我去隔壁叫锁柱过来陪你说话……"

　　"锁柱也不必叫了。"左焕然又一回呵呵笑了，"实不相瞒，今日希圣冒昧来府上小坐，只是想瞧令爱一眼。你那女儿果若人才出众，贤淑大方，希圣当慨然应诺，并依祖上规矩，明媒正娶，大宴宾朋，与贵府永结秦晋之好。"

　　崔省三大惊大喜，于是赶紧就去楼上夫人屋里，要她催促连香洗漱打扮了面见客人。一会儿崔省三从楼上急脚碎步地下来，再一会儿，他家女人和女儿连香也相伴着下楼来了。

连香今日里并未刻意打扮，只简单梳理了鬓发、刘海，用清水轻轻地洗了面颊；衣服也是匆忙间抓一件穿上身的，却清爽、纯朴、大方，比平日更显得惹长辈喜爱。崔省三不看女儿却偷看花屋主人，一时从人家眼里看不出什么答案，心里头就像鹁鸽一样扑腾扑腾乱跳。

崔省三让连香叫左焕然伯伯，连香便略带羞涩、却也是甜甜地叫了一声。又让给客人烧水沏茶，少顷便端了茶盘儿上来。接下来便接受花屋主人问话，问今年多大了，属马还是属羊；平日里在家都做些什么，比如女红，比如厨艺；去没去过下河川那边，知不知道那儿有个左家花屋，等等，等等。

连香的回答让花屋主人很是满意。

崔省三这时候已不那么紧张那么慌乱了，还动心思说："左先生呀，咱家连香除了刺花绣朵、缝补纳缀，一天从早到晚帮她娘烧火做饭、照看弟弟，还识文断字，看了不少书本本哩！"

"是吗？"左焕然显然对这个更感兴趣，忙问连香，"都看哪些书，看懂看不懂，能不能说给伯伯听听？"

连香又大大方方跟左焕然说了。

连香和她娘离开后，左焕然跟崔省三说："你这阵可去把柱子叫来。"

崔省三知道花屋主人心思，屁颠屁颠地往隔壁院里去唤锁柱了。回来路上，崔省三跟锁柱絮絮叨叨叙说左焕然的造访经过，锁柱眉飞色舞说："看来我这个大媒今儿个是当定了。能给左家花屋牵线说媒，是我锁柱有福气哩！"也不提人家崔省三才是事件的主角。

三个男人在楼下堂屋说事时候，楼上闺房里头，连香她娘跟女儿手拉着手指也在悄悄儿说话。

娘说："连香呀，你爹怕是要把你嫁到左家花屋去呢！"

连香不言语，做矜持、思虑状。

娘又说："左家家大业大，满地都是金银财宝，俺家连香要是能嫁过去，那可是一脚踩进福窝窝了！"

"门不当户不对！"连香终于开口说话了，一边摇头一边说道，"门不当户不对的，门不当户不对的……"

隔会儿又说："娶妻嫁女就讲个门当户对，娘你知道不？"

"你这是书本本念得多了。"娘嗔笑说，又教导连香，"那你不会后脑勺上也长只眼睛！今日个学乖巧点，委屈点，到明日为左家花屋生了孙儿，再把他养育成人，那花屋还不就是俺家连香的？"

连香说："又没让我见那后生，谁知道是个跛子还是个瘸子……"

娘扑哧一声笑了："我听你爹和锁柱说了，那伢子那个灵醒、俊样哟，一点儿也不亏欠俺家丫头！"

左焕然去盐店街访问是一个人悄悄儿去的，事情说妥之后又一个人悄悄儿回到了左家花屋。

在这之前，左焕然为愧对母亲伤心伤感时，不知为何突然就想到了盐店街上的崔省三，想到了锁柱极力渲染、极力举荐的崔家的那个漂亮丫头。他知道他处心积虑却没能笼络住少爷南生，他想他这是有负娘亲也有负列祖列宗了。几天里他扪心自问，总以为他对南生的判断无丝毫差池。凭什么那伢子才刚出逃回来，脸上身上还挂着累累伤痕，便痛快答应为老太太去抱神龛去擎引魂幡子了？凭什么在众人面前，而且是那样一个宏大、热闹的场面，他一个外乡伢子——的确还是一个伢子呢，会那样地沉着冷静、乖觉听话？

"他这是演戏给我看呢！"这句话左焕然在心里头说过许多遍了，可如今思索起来，他还是把它在心里念叨了一回再念叨一回。他不知道如何才能实现他的意愿。依他的脾气秉性和惯常作为，凡事不达目的他是不会善罢甘休的。可他一个花屋主人，堂堂的一个地方名流，却在一个乳臭未干的伢儿跟前束手无策了。

左焕然头一回听闻崔家女儿很是不以为然：一个盐商女儿，生于穷乡长于僻壤，能有多漂亮呀，犯得着一个连的士兵都为她歪了脖颈夜不能眠！他承认他当时是跟锁柱他们讲了《陌上桑》，讲了少妇罗敷的美丽迷人以作应对，但他知道那是民间歌谣，是不能较真也不能算数的。及至后来有机会跟驻军团长说起此事，他不过也是受人之托，以平常之心嘱托岑团长的，且随后很快就将它抛在脑瓜后面了。

左焕然有新的想法产生的时候，连他自己都被他的决定吓了一跳！

是昨日夜半入寝时候，他才小小地打个眯瞪倏忽又惊醒了。这一惊醒就再也不曾睡着，脑子里尽是南生受伤的面颊和披麻戴孝的身影。拂晓他摸索着从睡房出来，天空上还是半个残月几颗星斗；整个花屋亦是黑黢黢的，两者合一压得他有点儿喘不过气来。他没惊动康管家和账房宁先生，也没惊动几个太太和一帮丫鬟。看守朝门的家丁敏捷利索地为主人开启大门，面目上却满是惊诧满是狐疑：左先生今儿个这是咋了，天不亮就要出门，且独自一人，还是悄没声儿、低头纳闷的一个样儿？

左焕然到了镇街天色才刚刚亮堂。他敲开售卖点心的"德懋恭"为崔省三备了两样礼品，又去"屠户张"和"老白家"挑选了一束精肉两瓶好酒。他知道崔省三住在盐店街上，折过身经仔细打问，然后便立在崔省三屋前轻叩他的街门。

左焕然耐心等候崔省三开门出来那阵，这才清醒他是为何如此殷切地来访问这个人的了。

这个早晨左焕然虽说开门见山开诚布公将想法跟崔省三讲了，之后又见了连香并说了不少话儿，有一阵却还是心如止水不露丝毫声色。

但是崔省三很快说了：咱家连香除了刺花绣朵、缝补纳缀，一天从早到晚帮她娘烧火做饭、照看弟弟，还识文断字，看了不少书本本哩！

这情形大大出乎左焕然的意料，让他顿觉眼前一亮，心胸一时豁然开朗。

之后左焕然都走到返回花屋的路上了，还在为连香读过一点儿诗书而持久兴奋着。左焕然自说自话道："读书好呀，读书能发蒙开愚，启智人生，读了书就脱胎换骨成了另外一个人了。"

又想：光有美色，那是一副空皮囊，是绣花枕头，与左家花屋既然不搭界儿，又遑论相夫教子，管家理财，助男儿成就一番天地伟业？

更何况左焕然是要连香替他笼络人心，将南生那伢儿牢牢拴住，以解他心中之痛，补花屋坍塌之一阙——哦哦，那才是他此行最大的心愿和目的！

当然，左焕然不会把满脸喜色带回花屋里去。左焕然走进花屋朝门后径直去了母亲灵堂。老太太的灵桌依然燃着香火蜡烛，袅袅烟气里，遗像上的母亲平静地看着儿子，左焕然也平静地端详母亲，平静地为她老人家续香、磕头，直到在灵桌跟前待得久了，跟母亲该说的话也都说了，这才去厨堂跟老王头讨要了一点儿吃的。

花屋上下一时间还没谁了知他的踪迹、心迹。

接下来便是多雪的后半个冬天了。在围烤火盆等待母亲"百天"、为一桩婚姻选择黄道吉日的日子里，左焕然一直被一个心病轻轻地揪扯着。他不知道该不该告诉南生实情，说是花屋很快就要为他娶妻成亲了。那个伢子，以他对他的了解，若是将打算明明白白告诉他了，要么是断然拒绝，要么是满口答应，绝不会有两者之外任何一种情形出现。而这两样结果，无论哪一个摆在他左焕然面前，都是他不愿看到，不是随便就能接受的。

左焕然时常告诫自己：既然此意已决，那就得毫不犹疑、不折不扣地往前推进。偏偏儿又时常会起一丝杂念、杂音，且戚戚然总是挥之不去，这就使这个漫长的冬天越发地漫长了。

跟左焕然一样被心病缠裹的还有崔省三夫妇和锁柱他们。崔省三尤其虚空、心慌得厉害。在期盼冬天结束和春天来临的那些个日子，崔省三不能看见门阶前有雪花飘落，一见窗外纷纷扬扬、飘飘摇摇的落雪景象，便抱怨今年这个冬天咋的还不过去，这风雪啥时候才不再来，啥时候才会是个了结、尽头。

连香娘见男人愁眉不展，劝他说："省三你不要从早到晚都皱着个眉头。人家左先生是何等人物，一言九鼎，说话向来都是算数的。"

又说了："咱家丫头生得心疼迷人不说，他左焕然又是登门又是送礼的，敢情他不是看上了咱家连香？依他的心性和做派，那又是何苦呢！"

"夜长梦多，夜长梦多哩！"崔省三叹息说，"只要这个冬天不过，你让我不愁也得发愁。"

又说："只有哪天左家花屋的大红花轿到了咱家门前，咱眼看着连香被人搀扶着坐上去了，我的这颗心才能踏实地搁进心窝窝里头。"

其实连香娘比男人更加急切更加担忧。这女人不光想着女儿的婚嫁，私下里还有她自己的图谋、野心，因而在劝过男人之后，她自己独处一隅嘟嘟囔囔欲休还说，有一天还买了香烛纸表，在财神爷脚下偷偷儿磕了几个响头。

隔壁锁柱则是隔三岔五地跑过来找崔省三聊天。锁柱一来就坐进木椅不再挪窝了，开口便说："省三兄弟你说，左先生会一直让我锁柱当这个媒人不？照人家花屋那个气派，到时候说不定会让镇长县长主婚证婚哩！"

崔省三自己心里虚空，还得宽慰锁柱："左先生是何等人物，一言九鼎，说话向来都是算数的……"说的却是之前他女人跟他说过的那些话儿。

锁柱说："不管咋说，兄弟你这边总得拿定主意了。当初要不是锁柱我带你去左家花屋，怕是你一个小小盐商，连花屋的边边也沾染不上，花屋主人怕也做不了你的儿女亲家，兄弟你说是也不是？"

锁柱说得直白、张狂，崔省三无言以对，只说："是这样，是这样……"

越说越觉得这个冬天难熬了。

　

山里的春天的确来得晚了一些，五狼关一带真正到了山清水秀、山花烂漫时节，下河川左家花屋里的梅花、迎春、玉兰、连翘、丁香、牡丹、芍药，已次第开过一遍。伴随春暖花开的洋洋喜气，花屋主人左焕然没让锁柱、崔省三他们失望也没让他自己失望，清明这天才刚给母亲立了石碑，翌日一早他便高调宣布：左家花屋要给少爷南生娶妻成亲了！

自打年前从盐店街提说亲事回来，在一个沉闷冗长的冬季，左焕然是数着日子一天一天熬过来的。其时"丁忧"礼制在民间已经废除，左焕然虽不至于像安葬父亲那样为母亲也守孝三年，但在母亲"百天"忌日到来之前，他是断断不能恣意张扬去办一场婚礼大宴。不独如此，因了对南生那伢子的无可料知，因了那些个颇费思量、难以打发的漫漫长夜，有几回他甚至都要放弃他的主张了。及至母亲"百天"过了，夜里睡觉他还辗转反侧，自说自话道："容我再想想，再想想，容我想想再说……"索性挨至清明当日，将周年立碑之事提前做了，这才将多日的想法和盘托出，同时也将自身朝着风口浪尖推去。

那个黄昏左焕然将一家大小（当然也包括少爷南生）和康管家、宁先生他们召集起来说事。左焕然宣布说，左家花屋俭朴简单办毕白丧事，接下来就该热热闹闹地置办红喜事了。又说给少爷南生问下的媳妇是百里挑一千里挑一，不光容貌漂亮，而且知书达理，是五狼关镇街里外少有的出色女子，唯其如此，才不至于辱没了花屋巍峨的门庭和广播的名声。还说左家花屋操办老太太葬礼不事张扬，但这回为少爷完婚则一定要大张旗鼓，一定要办得红红火火，这合乎他花屋主人的心性、脾气，也合乎老太太的心愿、期盼；老太太若是冥心有知，也一定会含笑九泉，并护佑她的子孙吉祥如意、幸福安康。

左焕然郑重说事那刻，大家都侧过身子瞅看少爷南生，唯独左焕然自己没敢看那伢子一眼。左焕然知道箭在弦上，他是心里虚空着将它发出去了。

左焕然请大媒不食前言。他让宁先生依乡俗备置了最好的谢媒礼品，他自己亲手拎着，由康管家作陪专程拜访了盐商锁柱，又将锁柱请到"隆盛和"包房，在当年岑团长请客的餐桌上摆了酒菜，并亲自为锁柱把盏斟酒。锁柱见花屋主人没下眼看他，今儿个又是如此地盛情、殷切，一时间激动得了得，只说："左先生你太客气了，左先生你太客气了……"

之后几天里却是得意忘形，一个人在五狼关街巷里转来转去，逢人便讲他锁柱是左家花屋的牵线"红娘"；又讲花屋主人如何送他四色礼品外加重金酬谢，如何请他喝陈年老酒且频频朝他敬杯；届时如何还要邀他跟达官显贵一起，在众人艳羡的目光里为新郎新娘主婚证婚，等等，等等，使得下河川花屋那边还不曾有啥响动，五狼关这边早已是沸沸扬扬了。

左焕然对崔省三夫妇亦是尊敬有加。婚礼前后，左家花屋不单为崔家封了丰厚的彩礼，左焕然还腾出自己的轿子专门接送两位亲家往返。回门宴席本应由崔省三夫妇操持，但菜肴、酒水、茶点乃至杯盘器皿都是老王头带人送过去的，排场小是小了一些，与花屋那边虽不堪比附，却也样样精致，样样独到，在镇街一帮宾客里头很是赢得了一番赞许。

左焕然牵住崔省三一双手，诚恳说："亲家亲家母养育连香含辛茹苦，花屋能得连香这样的孩儿做媳妇，希圣我自觉不胜荣耀之至！"

崔省三连连说："这话该我讲，是我荣耀之至，是我荣耀之至……"

他家女人也说："是俺连香有福，是俺连香跌进福窝窝咧！"

左家花屋的婚礼自然更加隆重、体面。百桌宴席于院坝连着摆了三天，不设贵宾席，也不另设乞丐席，举凡前来恭贺行礼者，不论身份地位，不计着礼与否，一律视为座上宾客。夜里唱戏亦在院坝，虽是露天，请的却是镇街、县城乃至汉中、汉口和西安城里的名角，说是剧种多杂，就为了满足五狼关附籍之人各不相同的欣赏口味。山外赤栏桥来的焰火果然名不虚传，美轮美奂；山里邓家坳的龙狮极尽张扬，一旦舞动起来，从早到晚都不肯停歇。

但在后来许多年里，有关左家花屋为匪崽少爷娶妻迎亲的掌故，被人传说的却是另外几件事儿。

说是花屋的喜联都是花屋主人左焕然先生亲自拟写出的。左家花屋有多少个门楣、厅堂、明柱需要张贴喜联不得而知，总之左焕然为写对联在书房一连窝了两个夜晚一个白天。鲜红绢纸是康管家着人成捆扛进去的。麻雀和毛女帮花屋主人研墨、裁纸和铺晾写就的联儿，手指关节都弄得僵直、麻木了。左焕然为避免联语重复，竟搜索枯肠，间歇时跟账房宁先生感叹，直呼"江郎才尽，江郎才尽哪"，要宁先生帮衬着也拿出数副联句不说，他自己还遍翻前人典籍，将汉赋、唐诗、宋词和明清小令，举凡名家佳句嘉言，一律腾挪拼凑写成许多"集联"，末了才直起腰杆，舒心说："然矣！大功告成，大功告成了啊……"

还说宾客之中，县长耿其昌的滑竿较早一些就来到了。耿县长的黑色吉姆不能翻越崎岖山道，在二道梁子那边就开回县城去了。耿县长由属下用临时借来的滑竿抬着，过洵河索桥时，刚好和迎娶新娘的花轿于桥当间相遇。两厢僵持不下，县长秘书从滑竿后面走到前面，朝对方喊叫说："那边是干什么的？这儿是县长，快快退回去，莫要妨碍公务！"

其他随从也跟着喊叫："退回去，退回去！"

耿其昌身在高处，倒是将那边看得清楚看得明白了。耿其昌训斥属下说："休得无礼！那边是迎娶新娘的花轿，十之八九是左家花屋的，尔等万万不可造次！"不仅下令退回桥头，下竿来还侍立一旁，一脸微笑看花轿从他眼前过去。

于是那厢唢呐又作，呜哩哇啦、声声亢奋响应县长礼遇。

当然最惹人眼目、最叫人谈论不休的，就是那些荷枪实弹的士兵和架在高处的机关枪了。

为保证婚礼和婚筵顺利进行，之前左焕然没少忧愁没少费脑筋。左焕然约请宾客时，将多数名姓都写在折叠成册的宴请知单上，由康管家着人打马奔赴四乡告知。驻军岑团长收到的则是单幅的大红请柬，或叫一纸信笺也罢，岑团长看过之后忍不住哈哈大笑。

请柬写道：

> 谨于戊子四月初九日申时为内子南生完婚，敬备喜筵，务请钧座岑大将军携副官春天诸兄发驾光临！今红灯高悬，万事俱妥，唯忌惮届时有匪袭扰，陷希圣于窘迫亦未可料知。佣工忠而恐其不逮，家丁勇而料不能挡，遂使希圣慨然系之：助我者，凛凛然唯兴高兄莫属……

岑团长跟副官段春天说："你看看，你看看，吃酒便是吃酒，在他花屋主人眼里，什么时候我岑某人成了大将军了！"

段春天恭维说："借左先生吉言，借左先生吉言……"

这里话音才落，俩人相约去背山沟里打猎，其中段副官都背上一应行囊了，不想花屋主人又郑重从乡间跑了过来。

左焕然一进门就说："岑团长呀，我给你的请柬你仔细看过没有，到了那一天，你至少得给我派三四十个弟兄，轻重武器可是一样也不能少。"

岑团长再看一眼桌上请柬，不以为然说："区区几股毛贼，能成多大气候？有我岑某人在此，这五狼关一带的土匪、流寇，不是早躲深山老林去了！"

段春天见团长不允，从旁帮腔说："左先生你有所不知，所谓发兵打仗、打仗发兵，就是说只有打仗才发兵哩。这喜庆婚宴喝酒的事儿也带队伍出去，胡长官那儿若是怪罪下来……"

"怎么不是打仗？怎么不是打仗呢？"左焕然拦住段春天话头，"这跟打仗可是一样的十分要紧！"

又把岑团长拉到一边，悄声说："我说的匪是这个匪，不是你说的那个匪……"再下来声音就更小了。

没谁知道左焕然跟岑团长是怎么合计的，总之到了花屋迎娶新娘、大宴宾朋的那个日子，一队士兵全副武装开进下河川来了。他们把机关枪架在左家花屋高耸的朝门和屋脊上面，然后次第分开，又把岗哨从院坝一直撒到了洵河岸边。

数十士兵人人荷枪实弹，个个挺胸抬头，都是丝毫不敢松懈、不敢马虎的一样儿神情。

岑团长和段副官倒是穿了长袍便衣，一个手执印花折扇，一个拎了盒装礼品，下车来款款移步，先是过了水上索桥，再经阡陌大路，打老远便跟迎上前来的花屋主人举手打拱，高声贺喜。

吃酒的宾客哪里见过此等场面，大伙在枪口和刺刀下面入席，起初都难免惊异、发怵，连捉酒盅或捏筷子也有些迟钝、畏缩了。渐渐才心安下来，又悄没声儿地谈论，一时竟忘了酒水的醇香和菜肴的滋味。

一个说："给伢子娶妻成亲，刀刀枪枪地来了一大帮军人，我活了六十多岁了，这样的情形还是头一回经见，在以前可是连听闻也没听过！"

一个说："人家是啥排场？哪像你跟我一样寒酸！人家这是借兵家气势，撑体面、壮声威哩……"

另一个说："你说得不对，我琢磨这是防备山寨强人哩！前年秋天二道梁子那边有大户人家嫁女，就叫土匪王虎山下山来抢了场子。"

又一个接着道："怕是防备劫场抢人哩，也不知护的新娘还是新郎……"

一帮人说得热络、兴味，间歇时便眯着眼睛瞅看花屋主人，都希望从他的身上看出一丝儿端倪。

但他们很快又都失望了。那边左焕然在账房宁先生陪侍下迎来送往，把盏敬酒，自始至终都是谈笑风生，一副从容不迫的绅士姿态。

其间有两个情景给宾客留下的印象最是深刻。

一是迎娶新娘的花轿从朝门出来时，院坝上吃酒席的人们忽然一桌跟着一桌都立起身来。有人出于好奇索性挪开条凳跑到跟前去了。有人因在远处看不明白，左一摆头，右一摆头，然后不管不顾就站在凳子上了。其实左家的花轿还是那个花轿，跟在花轿后面的新郎也还是那个新郎。只是那花轿前后左右各有三个士兵护卫着。他们将上了刺刀的长枪斜靠于肩膀之上，起初还是小步前行，到院坝中央却将刺刀"啪"的一下戳向前方，又一律踢起正步，一时间气宇轩昂、整齐划一不说，还把院坝地面踩踏得咚咚震响，围观者为此大开眼界，忍不住就朝他们鼓起掌来。

有人大声喊叫说："好哇，好哇！"有恣意渲染、起哄的味道。

所有人就都跟着一齐吼叫："好哇！好哇……"花屋院坝一时成了喧啸的海洋。

二是花轿返回时从索桥那边过来，才到院坝跟前，院坝一隅的士兵突然举起枪来，"啪"的一声便朝天上开了一枪。这一枪委实来得太突然了，抬花轿的轿夫甚至没反应过来，一时间闷着头还继续往前走着，第二个士兵"啪"的一声又放了一枪。整个院坝这时就乱了起来。有人害怕枪弹伤了自己呼啦蹲下一片，有人甚至失急慌忙钻到了桌子底下。后来终于知晓那是人家事前安排好的，又都撇下筷子酒盅，争着抢着直起腰身看那些士兵轮番朝天上放枪，而且每放一枪，便山摇地动，长啸不已。末了十余士兵又列队鸣放排枪，牵引花屋那边的烟花鞭炮跟着噼里啪啦炸响，一时间就将一场婚礼的气氛弄出高潮来了。

这个白天驻军团长坐在庭院贵宾席上，跟前来敬酒的花屋主人说到了花轿护卫和鸣枪礼庆。

岑团长告诉花屋主人说："这是本'大将军'送给左先生的又一份贺礼；先生既封本团长为大将军，那就借你吉言，咱们两个今儿个算是扯平了。"

左焕然说："岑团长文韬武略，屡创战绩，此番进山又剿匪有功，保一方平安，想必明日里加级晋爵，荣耀高升，亦是情理中事。"说得倒是十分真挚、诚恳。

到了夜里，长工曹二悄悄儿摸进花屋里来，悄悄儿跟左焕然说："先生你这回动静闹得大咧！管家老康和账房宁先生怕是没敢跟你说吧，花屋里外流言蜚语还真的不少，有的话甚至很刺耳很不中听。"

左焕然感叹曹二的忠诚和直白，也直言不讳说："刺耳也罢，难听也罢，他们哪里知道我的苦衷、担忧？人说防患于未然，王胡子如果真的借此来劫人了，你让我怎样应对怎么收拾残局？说到底我这是走的一着险棋……"

曹二点头说："先生我明白，先生我明白！"

左焕然叹口气又说："不管咋说，事情总算平稳度过去了……"跟着抹一把额头汗珠。

第十三章

　　左家花屋的热闹热过一阵很快也就结束了。有几天，大家都忙着收拾婚礼留下的纷杂场面，归还桌凳，统计礼品，清理物件，打扫庭除，各自寻求各自之前的角色和位置，只说一俟庭院清爽如初，新的日子也就开始了。

　　花屋主人左焕然则不以为然。左焕然一番劳神劳力罢了，于次日早晨缱绻着醒来，静心虑事间，料想他的谋算才刚起了一个头儿，虽波澜不惊，却也是小心翼翼，提心吊胆，且为前去的光景揣度着、揪心着，就像戏台上演戏，序幕落是落了，真正的戏文怕是还在后头呢！

　　左焕然冷眼察看眼前的一切。因了连香的到来，花屋里已然有了一种异样的气息。前庭和后院从早到晚都很安宁。大太太、二太太早早就都起床了，着丫鬟将自家床铺床帏收拾齐整了，或正襟危坐，或细细品茗，就等新娘子连香带了南生前来请安。此前南生是不来请安的，一者他是一个外乡伢子，走进花屋生活尚有一个适应过程，二者大家都拿他当细碎伢子看待，而他确实还是一个一脸稚气的半大后生。原先南生跟晚秋、惜秋她们在庭院或花园玩耍时候，没谁会想着不久他会娶了连香并来屋里问候长辈安康。当然南生是因了新娘子连香的牵带，才跟她一块儿走进了这个程序。连香出嫁的前一天晚上，她娘便一再叮咛，说人家左家花屋是钟鸣鼎食之家，婆亲多，讲究和规矩也多，每天早上须早早起来，一定要先去长辈屋里挨个儿问候了才好做别的事情。头天早上在大太太屋里，也是连香先开口说话，问候毕了又拿臂肘碰撞南生臂肘，南生稍一迟疑便仿着说了，大太太于是便会心地微笑，直说新娘子漂亮可人，新郎官真有福气云云。接下来再到二太太屋里，又将方才说过的话再说一遍，二太太自然也是万分喜悦、兴奋。

三太太却是早一步就出门了。三太太年轻，比花屋主人小了足有十八九岁之多，因而不愿连香和南生拿她当“老人”看待，便一改往日贪恋被窝的习惯，一大早起来或去西花园走步，或于东花园鱼塘边的雾霭中伸伸胳臂动动腿脚，待末了径直去了厨堂，新娘子连香已在那儿先她招呼惜秋早点了。三太太还改了高声说话和朗声大笑的习惯，跟人说咱既然做了人家连香的婆婆，怎么着也得像个婆婆样儿，只是说过这话之后，她自己又不由在背后放声朗笑了一回。不过三个太太里头，最是三太太喜欢跟新娘子唠嗑，一时间问了连香这个又问那个，还把往昔花屋里许多人和事说与她听，谈笑间感觉俩人不似一般的婆媳缘分，倒像是同出一胞的姊姊妹妹。

几个小姐里面，最大的早秋自己也快到了出阁的年龄，说是姐姐，长新郎南生几岁的，却比新娘连香大不了几天，因而总是笑笑地打量他们，以她情窦已开的心境，从心里为他们俩人祝福。又提醒两个妹妹，说南生如今已是新郎官了，是新郎官就得陪着新娘子，你们两个就不要总是缠着跟他玩了。晚秋毕竟懂事一些，听姐姐早秋这么一说，便似懂非懂地点头答应了。但是小妹惜秋似乎管不了许多，早晚里只要兴头儿来了，仍要南生哥哥带她出去玩耍，若不答应就把小嘴噘得老高老高，像常言说的就是能挂一个油瓶。

有天晚上惜秋还为大家演了一出小小的喜剧。其时三太太带惜秋去新房探视新郎新娘，南生和连香并排儿坐在大床上接受三太太问询时候，惜秋突然走过去立在南生身旁，两只手抓紧了他的胳臂，又歪着脸庞跟新娘连香说：“小哥哥是我的哥哥，不许你在他的床上睡觉！”

惜秋说了这话，她自己便一蹦老高往那张床上一坐，说是要睡也该她睡，直到打盹要瞌睡了，才被她娘三太太抱离开去，惹得她娘都快笑出眼泪来了。

其实新郎南生差不多也是个懵懂伢子，而这个也正是花屋主人担心和猜疑不定的。南生虽说不曾拒绝花屋为他娶回了新娘子连香，夜里睡觉甚至跟连香都躺在一张床上了，却未必谙熟男女之欢，未必知晓情为何物。连日来，左焕然试图从那张稚气的脸上看出一丝儿端倪，他是认真地察看他的眼神、表情，留心他跟连香一起吃饭时的一举一动，却是屡屡费尽心机，屡屡不得其详。偶或他是看过南生，侧过头再看连香时候，那一个又十分小心、敏感，他这里才刚眨了一下眼睛，她那里便脸腮一红，羞怯地将头脸埋到胸前去了。

这天夜里，左焕然心绪不宁就去三太太屋里说话解闷儿。三太太见花屋主人多日不来她这屋里了，一时兴奋就有点手忙脚乱。她把熟睡的惜秋抱起来放到那边小床铺上，又把大床上的棉被枕头并排儿铺了。她还欢快、轻佻地扯严了前后窗帘，返过来单腿跪在左焕然膝前，仰起妖媚的眉脸儿说："焕然，我给你烫脚洗脚，过会儿我要你好好儿地疼我！"

三太太在众人面前一个样儿，私下背后里又是另一个样儿。三太太为左焕然烫过脚后，以为左焕然的心思如她所料，就跟他撒娇说："小老头你多久没理睬凤娇了，难不成你是看你儿搂了漂亮媳妇睡觉，这才想起小女凤娇来了？往前搁几年，也就是三年或者五年，俺凤娇比她连香也差不到哪里去你说是不？"

"凤娇"是三太太小名。三太太不像大太太和二太太那样依祖上规矩拿姓氏排列称呼，她们一个叫左汪氏，一个叫左彭氏；三太太可是有姓也有名儿，左焕然每回跟她亲近，都叫她小名儿凤娇。

但这回左焕然没那么怜惜地叫她。左焕然抚住她的脸颊，安慰说："亲热就搁下一次吧。我来是想跟你说说南生，我有话想问你一问。"

三太太诧异地瞅看左焕然。左焕然又说："你不是常跟连香在一块说话么，也没问问，她跟南生那事……"

"什么那事那事，哪事？"三太太佯装生气说，"你一个当公爹的，一天里不想自家的事儿，净操那些闲心！你也不怕传出去惹人笑话？"

左焕然不跟三太太计较，偏是板着面孔，将近来的想法和担心跟她说了。左焕然说："那伢子打小就营养不良，到花屋来虽说长高长壮实了许多，但料想着还是一个小儿坯子和小儿心思……"

稍顿又说："前段时间他脑子装的全是报仇呀，逃跑呀，这一阵做了新郎官，也不知想没想过要亲近连香？"

三太太戏谑说："我早就看出来了，你从前到后下忒大功夫，是想拿连香拴绑南生哩！今夜里你过来找我，该不是让我背影里教导连香吧？"

左焕然淡然一笑："教导倒也未必，眼下你先把情况问明了再说。"

三太太不负左焕然重托。接下来几天时间，左焕然在花屋前后走动时，猛不丁就看见三太太跟连香在一块儿了。俩人有时是比画一双换季的绣花鞋垫儿。有时是往窗户纸上粘贴一对猫咪图案的窗花。偶或还看见三太太在西花园里剪了带露的月季、玫瑰，想必是用来插花瓶呢，想必是插了花瓶送新娘子连香呢！

跟三太太谈过话的第四天，是早餐用罢，左焕然才刚回到书房坐定，三太太跟脚也上楼来了。三太太臂膀斜依在博古架上，苦笑说："我试探连香好几回了，焕然你猜猜咋样？"

"咋样？"左焕然情不自禁问道。

三太太一字一顿说："跟你的担心索性一、模、一、样！"

虽是意料中事，但在这个白天，左焕然还是半痴半醒在书房坐了半天时光。

有几日，左焕然郁闷纠结在书房待不住了，便踽踽地，一个人去花屋外面走步、散心。

多日不曾出门，再于洵河岸边挪步在镇街闲逛，左焕然忽然发现世态和物事都变了一个样儿。

山还是那山，水还是那水，山林蓊郁，河水潺湲，但色彩与以往已迥然相异，空气中亦固执地弥漫着一种陌生、怪诞的气息。左焕然还发现河谷里静得出奇，不管他走出有多远了，身前身后始终不见一个行人的踪迹。河水愈是奔腾喧哗，这安宁愈是显得沉重、压抑，于是心生疑窦，有几回都不由止了脚步，将那山峦和流水细细地再打量审视一番。

镇街里也是空空荡荡冷冷清清。多数店铺的门板都还紧紧插着，偶尔才有零星几个人影在街巷的这头或者那头出现。文昌阁前面的小广场尤其显得空旷、寂寥，除了大门口那儿有哨兵持枪笔立执勤，再就是一头猪、两条狗和几只鸭子，在河边的草丛里来回走动、觅食。

那个哨兵似乎认识左焕然，打老远就笑笑地往这边看他，到跟前却不让花屋主人进去，说是他们岑团长和段副官这刻都不在团部里面。

"你是找我们岑团长吧？"哨兵客气说，"岑团长一大早就带人去大岭北边石羊关了。"

左焕然问："那段副官在不？"

哨兵说："段副官也不在。段副官跟镇长下乡去了。"

"其实我也没什么要紧事儿。"左焕然跟哨兵说，"小兄弟辛苦，辛苦……"

左焕然随后去了怡心堂。麻老先生因年迈体弱在里间屋里歇息，左焕然跟他儿子麻郎中讨要了一剂膳食药方，出来时打照面碰见了保安队鲍队长。

鲍队长咋咋呼呼说："哎哟是左先生呀！左先生如今事浑全了，心坦然了，这就有闲情逸致到镇街转悠来咧！"

左焕然早前就不喜欢这个鲍队长，只是后来建校办学也好，给少爷南生娶媳妇成亲也好，鲍队长倒也屁颠屁颠地跑来凑兴，左焕然在人前不便拂他情面，有时还让他烟卷茶水，依礼数说几句客套话儿。现时左焕然心境并不坦然，就回应说："看鲍队长说的，没了闲情逸致，希圣我难道就不能来镇街转一转了？"

"哪里哪里！"鲍队长故作惊讶说，"乡间下河川是左先生的地盘，这镇街一样还不是左先生您的地盘！谁想挡，挡得了花屋东家的出出进进？"

鲍队长邀请花屋主人去他的"寒舍"坐坐。

鲍队长牵住左焕然衣袖退至路边，故作神秘说："左先生你跟我走，我有紧要事情要跟你说。"

左焕然随鲍队长进了镇公所。守门的保安队员没拦挡意图，鲍队长却说："左先生，左先生，誉满五狼关的左先生！"也不知是说给谁听。

到鲍队长屋里，鲍队长让座后说："左先生呀，我就不倒水给你喝了，我的砖茶块块，粗，涩，先生喝不惯喀！"

左焕然客气说："改天我请你去'清风阁'临水雅座，喝猛海陈年普洱。"也只是说说而已。

鲍队长开门见山跟左焕然说事。

"左先生你知道不……"鲍队长猫着腰立在左焕然对面说话，眉飞色舞地，一开口便有唾沫星子飞溅出来，这让左焕然有点儿不大舒服。

鲍队长于是退后一步说："左先生你知道不？队伍上有命令下来了，说是这子午古道，岭南岭北要全线贯通，齐齐儿的都得整治、拾掇一番。大前天西安战区胡长官派了人来，沿途勘察了路况和各处关隘、要点，还说十七路军杨得亮军长，也就是岑团长的顶头上司，已调遣工兵连进山来了。那个姓杨的军长到秋里还要过来检查、验收，若是不能如期完成任务，就拿岑团长和工兵连长人头是问！"

左焕然说："这又如何？"

"不光是这，"鲍队长自顾自说，"为打通南北通道，胡长官还函知省政府主席董钊，以省府名义朝宁县这边下达了征调民夫的公文，这不，昨日午时县府耿县长的命令就下来了，说是二丁抽一、三丁抽二、五丁抽三，不管农工商学，不计城乡里外，凡有壮丁的人家，谁也不得躲避，谁想躲也躲避不了。"

左焕然说："果有其事？"

"左先生难道没看见外面墙上的告示？"鲍队长反问说，"今儿个早上天刚蒙蒙亮，李镇长就跟队伍上的段副官下乡到各联保督办去咧！"

又说："大岭北边的石羊关，你知道跟咱五狼关这边一样，也是一夫当关，万夫莫开，这阵儿，岑团长正带人督促他的士兵在那儿修工事哩！"

左焕然这下算是听进去了，免不了又问："鲍队长跟希圣说这些……"

鲍队长突然压低声音说："这个嘛左先生应当明白，前两年咱们在这里堵截王胡子，抓人家的人，割人家的耳朵脑壳，再过一阵儿，怕是王胡子他们反过来要追撵咱们哩！咱得认清这个事态趋势，要不然是会吃大亏的！"

左焕然笑笑算是回应，却在心里骂道："姓鲍的你是个势利小人，你就知道见风使舵，投机钻营！"

鲍队长又说："当然在这当口，谁的眼睛都得放清亮点！不像队伍上那个麻子排长不识时务，不迟不早的，偏偏在这时候强迫人家女人跟他睡觉，这不是硬硬地往枪口上撞哩嘛！"

左焕然对鲍队长说的麻子排长及其风流韵事不感兴趣，随意应酬几句便起身告辞了。

从镇公所出来，左焕然顺便去了天成铭、天成合几个字号，叮咛说这几日谁都不要四处跑动，以免发生误会，被人家无端地抓了脚力、苦工。回到花屋，又把麻郎中开具的膳食处方交与厨屋老王头，嘱他认真仔细看过，并据此为少爷南生弄出几样可口的羹汤饭食来。

在外面转悠、消磨了大半天时间，左焕然的心思仍在新郎官南生身上。

鲍队长跟左焕然说的麻子排长其实不是麻子脸。麻子是这个排长的乳名。麻子当年报名当兵的时候，人家搞审查的官长并没问他的小名叫啥，是他自己一时心热主动说出来的。

"我叫苟增贵，小时候大人叫我麻子，长大了多数人还叫我麻子，大名反倒没几个人喊叫了。"

"噢，你叫苟增贵，小名是麻子……"

麻子长得高大、英俊，打仗也十分勇敢。早前一三一团跟夷敌几次交手作战，麻子先后曾打死过九个鬼子。丹江一役拦截王胡子的队伍时，麻子打伤对方五人，打死两人，其中一个还是排长，结果麻子因此被提拔也当了排长。麻子私下跟人说："老子作战有功，可就是'程化度'不高。老子要是多喝几滴墨水多识几个纸字，早他娘的当了营长或者团长了。"麻子说的"程化度"是指文化程度。

麻子跟那个女人相识继而惹出事端纯属偶然。麻子带俩士兵下乡时，路过韭菜滩一村头农舍。那个叫柳笛儿的女人搂着三岁女儿让她在怀里拱奶，两只手却能熟练地在脚前的簸箕里搓揉晾干的灰条菜梗。柳笛儿并没多看麻子他们一眼，却跟自家女儿说："你看那个长官长得有多俊气，俺丫儿将来长大了，嫁人就嫁这样的男人！别像你爹长那熊样，窝里窝囊的不说，从早到晚就知道耙地耧地……"

两个士兵跟他们排长玩笑。一个说："排长你听见没有，那个女人在她孩儿跟前夸赞你哩！"

一个说："她怕是看上咱们排长了。那娘儿们说咱排长英俊帅气，她自己其实长得也很漂亮……"

麻子呵斥说："就你俩耳朵长，我咋一个字也没听见！"

说是这么说，返回时却借故将两个士兵打发前头走了。

麻子排长进了那家人的院子，三言两语就和柳笛儿搭上话了。柳笛儿起身进屋往炕头搁置孩子，她原本打算烧口水招待客人的，不想才一转身，麻子排长就把她摁死在炕沿儿上了。

柳笛儿是个有见识的女人，也是个烈性女人，她骂麻子排长说："长官你这人咋跟牲口一个样样，一上来二话不说就想踏蛋儿哩！"

麻子排长的裤裆硬着，急促喘息着说："大哥就想弄你一回，我知道你不烦你这个大哥！"

柳笛儿歪笑说："我又不是黄花闺女我怕你个屄呀？你一会儿拔了你的萝卜，我的坑坑还不是好好地在这儿哩！"

又猛地一沉脸说："可今儿个不行！今儿个我身子红着哩。再说还有这丫头在跟前坐着，你要是让她见了这龌龊事情，她往后咋成人咋嫁人哩？"

但是麻子排长已不管那么多了。他解开并抽掉柳笛儿的裤绳，又几把把她的裤子撕扯掉了。

柳笛儿警告说："我要去镇街上告你，要你们团长把你的屄头割了喂狗，我说话向来是说到做到！"

但是麻子排长并不能就此丢手。

柳笛儿没再反抗，她知道反抗也不起什么作用。在麻子排长胡乱折腾时候，她只是瞅机会揪了他的一枚领章，并把它紧紧地攥在手心里面。

事情很快就大白天下了。柳笛儿拿来的领章不光有部队番号，还有麻子排长个人的编号、名姓。另外大门口执勤的那个哨兵，也把麻子排长衣帽不整、失急慌忙的狼狈相如实跟团长和副官讲了。

岑团长回敬麻子排长的是当胸一脚踩踏，外加一串耳光和一串臭骂，送给受伤女人的则是鞠躬、笑脸和一摞大洋。岑团长还让人把麻子排长捆了扔进暗房，明示三天三夜不给吃喝不许瞌睡："治死他，看他以后还给我添乱不添！"

岑团长喜欢这个能打能杀的排长,对他发狠是怒其不争。

岑团长只说关麻子排长三天禁闭也就罢了,三天过后麻子还是他手下的一员干将。不料三天头上西安胡长官的特派员来了。特派员向上峰报告沿途的布防勘察和队伍的军容风纪,鬼晓得连麻子排长的事儿一并说了。这天午后岑团长得到杨得亮军长电令,双手颤抖着看了,却是"非常时期,格杀勿论"一句死话,一时竟不知如何跟麻子排长说起。

这个午后在左家花屋那边,花屋主人左焕然和厨堂老王头也在颇费思量地说事。老王头不赞成给少爷南生使用麻郎中那个膳食方子。他把从药铺和集市买回的东西指给花屋主人说:"先生你看,凡是方子上写的,我是一样不少都弄回来了。可我觉得少爷不能食用这个,什么龟板呀、鹿茸呀、天麻呀、破故纸呀,这些对你我这样年龄的人也许有用,可少爷他还是个伢子呢,吃了绝对没啥益处!"

左焕然叹息说:"也怪我,我压根就没给麻郎中说清楚是谁,他也许以为是我需要滋补呢!"

老王头说:"其实还是老话说得好,药补不如食补;吃啥补啥,那是一点儿坏处都没有的。"

左焕然哂笑老王头:"如此说来,咱南儿的鸡鸡不起来,咱还得给他弄副人的东西回来?亏你老王头能想出说出!"

老王头也笑:"你还别说,若是真有那么两个蛋蛋,我老王一准拿回来给少爷炖了做汤哩!"

又感叹说:"前二年咱们这里捉拿王胡子,打死的活埋的精当后生有的是,可这阵要一个无病无灾的死者,你和我又朝哪儿找去?"

老王头和花屋主人如此说话没过两天,五狼关镇街就有枪毙麻子排长的消息传过来了。

左焕然听闻大喜过望,又动了一番心思去镇街找保安队鲍队长。左焕然请鲍队长在"清风阁"临窗坐定,一边看姜河水潺潺流淌,一边品尝新熬的普洱老茶。

鲍队长却是诚惶诚恐,一脸的惊讶、疑惑:"左先生请我来清风阁喝茶,此前我只当是说说而已,不想先生倒是认真起来咧……"

左焕然审视鲍队长一番,正色道:"实不相瞒,希圣今日请鲍队长过来，确有一事请劳鲍队长大驾。"

鲍队长连声说："左先生有啥事你尽管吩咐，你尽管吩咐！"

左焕然说："过两天队伍上不是要枪毙那个犯了事的排长么？到时候岑团长下令把他毙了，你想法把他的两个蛋蛋割了给我拿来。"

鲍队长一下子乐了："屎大个事，屎大个事喀！我当是要兄弟弄啥哩，不就是俩屎蛋蛋嘛……"一时感觉说话粗糙，又赶紧收了话茬收敛了笑容。

左焕然说："这是二十块银圆，你拿着给行刑的士兵买点儿烟酒，剩多剩少就都是你的了。"

鲍队长又咧开嘴巴笑了："凭先生跟岑团长的交情，你为啥不直接跟他去讲跟他要去？"

左焕然说："拿这事去叨扰人家团长，你说值不值当？"

"那当然，那当然！"鲍队长瞅着茶桌上的银圆，又犯贱说，"屎大个事，屎大个事喀……"

麻子排长犯下的虽说是件龌龊、无颜见人的事儿，但是对他的处决却搞得十分壮观、热闹。

布告早两天就四处张贴出去了，不单是镇街这头那头，五狼关下辖各乡各保，凡大小路口和群居屋舍，从早到晚都有人围看打了红×的犯罪人的图影。杨军长随电令还派来了军乐队的教官，那教官才刚到来，没吃饭没喝水没安顿住的地方，就把各营各连的司号员召集起来，教他们把一种似曲非曲、似令非令的调子演练吹奏了一遍又是一遍。岑团长不敢违抗军长要他大造声势的明令。他除了亲自选择行刑地点、指定枪手和规定程序，还命段副官约了保安队鲍队长，监督沿街商户一律清理了户外的雨篷、杂物。岑团长料定那天的场面会超过以往任何一个集日。

行刑前夜，麻子排长被移至上街一间石屋里面，为的是游街方便处决也要顺畅。拂晓有士兵为麻子排长端来最后一餐酒菜。麻子排长拒绝进食饮酒，岑团长和段副官他们赶到后，麻子排长已被五花大绑推到了石屋外面。岑团长从士兵手里要过酒壶，将壶嘴对准麻子排长的嘴巴，将壶把儿高高抬起让他喝饮。岑团长跟麻子排长说："兄弟呀，你我同甘共苦，出生入死，情同手足；今儿个看在兄弟一场的情分上面，你就给我把这壶老酒喝了。"

又说："既是兄弟，我就不能不让你死个明白：现在是什么时期？现在是时局混乱，国运不济。上峰下令要拿你开刀，目的就是为了整肃军纪，笼络民心，不至于下一步胡长官的大部队退居深山，得不到民众支持，缺粮，缺钱，缺干活出力的民夫——兄弟你也是时运不济呀！"

跟着落下两滴眼泪来："兄弟我对不起你，早知你有今日，那天我就不会踹你一脚扇你一串耳光了……"

岑团长这里说话时，保安队鲍队长正在镇公所庭院里磨砺一把匕首。鲍队长将匕首在粗糙石头上蹭得嗤嗤作响，且来回反转，蹭一下，说一声：割蛋蛋，割蛋蛋！再蹭一下，再说一声：割蛋蛋，割蛋蛋，割麻子的俩蛋蛋！

鲍队长的恼恨是因那二十块大洋。之前鲍队长跟监斩官段春天清理街巷时，就把清理刑场、掩埋麻子尸体的事儿提出来了。段副官自是求之不得，满口答应后，不经意又多问了一句："鲍队长你咋对这号事情蛮感兴趣？"

鲍队长说："没啥没啥，我就是觉着好玩儿。"

段副官说："不对吧鲍队长，我咋从你眼窝里看出有啥猫腻呢？"

段副官这么一说话，害得鲍队长不敢相瞒只能实话实说，结果不仅不能朝队伍上请赏或索要劳务费用，还将大洋的一多半儿塞给段副官了。

鲍队长跟两个手下说："多亏这是左先生的托付，要是搁别人，老子才不干这缺德事哩！他妈的个×，人家拿枪打人那是正经理儿，从古到今都是没啥说的。可咱拿刀子割人家犯人蛋蛋，说到底这算是咋么一回事嘛……"

鲍队长提说到了花屋主人，却不知这个时候，左焕然和花屋少爷南生，已走到来五狼关的半道上了。

左焕然早晨用餐时，跟南生提起一块儿去五狼关镇街转转。因着南生做了新郎官，毕竟不是乳臭小儿了，才想着要说出一二理由来，比如去天成铭、天成合熟悉熟悉生意，比如去探看卧病在床的顾老先生，不想南生又一回痛快地答应了。左焕然再作解释，竟多少有点儿语塞，有点儿多余。

其实左焕然早一天就跟"隆盛和"私下捏揣好了。左焕然跟老板陈捷三说："隔天队伍上枪毙麻子排长时候，我和我家少爷先一步来你这儿就座、喝茶，鲍队长那边一旦送了东西过来，你立马便安排厨房做好了给我端上楼来。"

陈捷三问："做成什么样呢？"

左焕然说："你是行家，你就看着办吧。"

陈捷三说："做份生氽丸子汤行不？把那东西放入其中，才一滚开即可下锅，既清淡、可口，又不伤其养分。"

左焕然欣然允诺，还是那句话："你就看着办吧。"

左焕然之所以选择隆盛和而不在乡下花屋那边折腾，就为了一个新鲜、便利、稳当。

这天左焕然和南生走进五狼关时，行刑的队伍已从上街那头出发了。由十几个号兵组成的仪仗队走在队伍前面，他们举棒旗，敲洋鼓，吹铜号，极力渲染行刑的壮观和威严。麻子排长被押在一辆敞篷吉普车上，目光呆滞，面如死灰，在他身后，除了扭他臂膀的两个士兵外，另有六个端着美式卡宾枪的士兵面朝不同方向站着。再后面便是岑团长率领的长长的三路纵队。所有士兵随刑车逶迤前行，虽缓慢偏是要整齐划一，间或还喊"一、二、三、四"，声音雄壮嘹亮直冲空宇、云霄。

当然甚嚣尘上、蔚为壮观的还是四面八方赶来的围观民众了：

上街一部分和中街的一部分是半边街。一边的屋檐下面早已挤满了四方看客，一边因河岸逼仄弯曲不易站立，人们便一帮跟着一帮蹚水过去，黑压压一片占据了洶河那边的大半个山坡。

中街另一段和下街两旁的人群，虽说被士兵分段儿拿枪托阻隔着、呵斥着，却是不管不顾，既不惧怕那枪，也不惧怕那兵。他们摩肩接踵，挤挤挨挨，一大片一长溜几乎动弹不得了，不料一忽儿这里挤破了一堆，一忽儿那里又挤破了一堆，又都喊着叫着，弯腰弓背宁愿自己倒退着回去，也是不愿扰乱了行刑秩序。

往右拐去，文昌阁前的小广场已改做刑场，数十士兵荷枪实弹戒备森严，所有看客只能退至老石桥桥头一侧的草台子上，从那儿，他们一样也可看到行刑的场面、过程。只不过人是越来越多、越来越拥挤了，有人被挤到河沿儿上，担心自己会掉下河去，嘴里正"哎哎哎"地叫着，竟真的滚到河床里去了。

还有试图卖吃食和干果的，推销头疼粉和狗皮膏药的，玩杂耍的和给人看相算命的，他们初始尚能占据一席之地，并使出浑身解数招徕看客，一俟上街那边军号响起，有人高叫一声"过来了，过来了"，即刻就被人群将摊子踩得稀烂，一时骂娘都不知朝谁骂起。

这个白天，花屋主人左焕然被一股少有的激情怂恿着、鼓荡着，自然是无暇顾及镇街的喧嚣和行刑的热闹。左焕然紧紧地拽着他的南生，逆着涌动的人流拼命往前头冲挤。在轰轰烈烈的行刑队伍里，左焕然没看到岑团长和段副官，也没看见受命于他的鲍队长，就连那个五花大绑、行将毙命的麻子排长，因他高高在上，他也只是朦朦胧胧瞥了一眼。他顽强执着地行进一步，又是一步，及至立于"隆盛和"突兀的门楣和台阶下面，他和他的南生都已是衣衫不整、大汗淋漓了。

第十四章

花屋少爷寡言少语、听任摆布已有许多时日了。

南生不是不愿作为，是无力作为。自打头一回逃跑不成，踅转身又老老实实回到左家花屋，他才知道花屋早已为他布下了天罗地网。

那天从翡翠岭上下来，他是毫不犹豫又踏进了花屋朝门。他不打算掩饰他的狼狈和出逃意图。花屋里无论哪个人，花屋主人也罢，几位太太也罢，即便是康管家、宁先生或是毛女、麻雀，他们若是问他，少爷你这是跑哪儿去了，怎么弄成了这个样子？他想他会脱口而出，抢白他们说：我不愿待在你们这个地方，我跑呀！

却不想花屋主人是不闻不问，且讳莫如深。左焕然明明清楚他是干什么去了，非但不曾言语，还很快叫来三太太，嘱她安排麻雀和毛女为他烧了热水拿了换洗衣服；夜里睡觉之前，又亲自过来询问喝过防寒汤羹没有，脸上手上的伤痕是否涂抹了药水，这让少年南生多少有点儿料想不及。

平心而论，少年南生并不憎恨花屋主人，或者说，他也曾想过恨他，一时却是恨不起来。他知道左焕然是长工曹二的主子，没有左焕然的指使或者认可，曹二一伙大约不会随便就将爹和小李子他们杀了。他看到的花屋主人跟长工曹二是迥然不同的一副面孔，何况到了最后关头，还是左焕然的一句暖心话儿救了他的性命。那一刻他被巨大的恐惧笼罩着、攫抓着。但他听见左焕然跟曹二他们说的那句话了。左焕然说"他还是个孩子"，他是真真切切一字不落地听清楚了。他后来承认他那刻鼻子一酸，紧跟着就有眼泪扑簌簌滚落下来。有一阵在花屋里头，他是以一个少年的心智和外来伢子的眼光揣摩打量着花屋主人，对左焕然何以会救下他来百思不得其解。可后来他看出左焕然是真心喜爱他的，尤其是左焕然专注、静默地瞅看他时，眼睛里洋溢的那些个会意、期许，纵使南生认定了他是杀父仇人，也一时难以把他和长工曹二等同起来。

不过这一切并不妨碍南生继续实施他的图谋、抱负。只是经过了一回失败、挫折，这个看似寡言懵懂实则经历不凡的外乡伢子，忽然变得比以往乖觉多了。他是每天一早起来，都会按时去左焕然在东花园阁楼上的书房里看书、写字。一日里头，小妹惜秋无论什么时候来找他玩，他都会答应她，却是一次也不再带她走出朝门一步。他有时还应大太太呼唤去她屋里，跟麻雀或者毛女立在一起，一句一句回答她的关切和问话。这是花屋里头，至于花屋外面，左焕然若是带他去大田察看春苗，去五狼关镇街熟悉字号生意或拜访有头有脸的人物，他更是如影随形，俨然是左家花屋的少爷和花屋主人的掌上明珠。甚至有那么一天，账房宁先生依据花屋主人意图要教他算盘，说是学了这个益处多多，他竟也痛快地答应下来。

这一切在南生这里是一时的权宜之计，却不知在花屋主人那儿，有时因了南生的过于乖巧、和顺，反倒多了一分疑虑多了一分警觉。

真正引发两个人心力角逐的，便是老太太出殡前那个夜晚的人事安排。那天晚上康管家从左焕然那儿过来跟南生说事，话一开口，果然如其所料，南生想也没想便点头答应了。

康管家说："少爷眼下你是左家花屋唯一有资格的孙儿，明天送老太太归山安葬，由你打头打引路幡子。"

南生眨一眨明亮眼珠，认真地点一点头。

康管家又说："大太太和三太太为你预备了孝衣孝帽，待会儿她们叫你，你就过去试试。"

南生再一次认真地眨眼、点头。

第二天，南生的表现可谓尽善尽美。花屋上下里外，人们都以为左焕然这下该心满意足了，却没料大家从翡翠岭上回来又相继散了，唯花屋主人一人长跪亡灵跟前，而且一跪就是整整一个通宵！

老太太百日过后，很快就是花屋少爷的完婚大礼了。这一回，大家心里都嘀咕花屋主人是不是有点儿操之过急了，却没谁在人前人后多说一句话儿。唯一做出强烈反应的是三小姐惜秋。头天里厨堂老王头看见惜秋，远远地把她叫到跟前。老王头笑嘻嘻说："三小姐呀，明日个南生哥哥就要当新郎官了。南生哥哥娶了媳妇，就不能再带你玩了。白天哥哥要陪新娘子吃饭、说话，到夜里要给新娘子暖被窝哩！"

那阵儿老王头忙了半天才得一会儿消闲，正坐在厨堂门口晒午后日头。他本是恭维花屋喜庆，逗惜秋一乐亦图自个儿开心，不想只几句话就把惜秋惹得哭了。惜秋恨老王头说："大胖子你胡说八道，我跟爹爹告你去呀！"

惜秋一路滚着泪珠跑到左焕然书房，投进她爹怀抱就呜呜哭出声了。左焕然一边为女儿揩泪，一边安慰她说："谁说哥哥娶了媳妇就不跟惜秋玩了？王伯伯是跟惜秋耍笑呢，惜秋不当真的……"说得惜秋又破涕为笑。

说到底还是少不更事，才惹出这个小插曲儿。

不过对一桩婚事，少年南生依然是坦然允诺。左焕然是让三太太给南生透的口风，三太太才从南生这里转身离开，南生便冲着她的背影，心里说："娶媳妇就娶媳妇，娶了媳妇，我该跑还是要跑！"

静下来坐在花园水池边上，这才认真去想：娶媳妇是大人的事情，他们怎么就给我娶媳妇呢？

又想起三太太说的，要做新娘子的那个姐姐像仙女一样好看，像画儿一样迷人，就琢磨她到底是怎样一个人儿，不意间却也有了别一样的等待、期盼。

那天的婚礼仪式，南生的表现照样十分出色十分喜人。让佩红便佩红，让护轿便护轿，让磕头呢，便也跪伏下去，把额头抵住地面并要弄出一点儿响动来。新娘子连香下轿那刻，那些个队伍上的士兵突然朝天放起了排枪，南生经过打仗自然不惧枪响，但他担心新娘子连香会因此受惊，于是不光转过身去看了一看连香，还从一旁赶紧搀扶了连香一把。

在这个婚礼仪式上，少年南生还送给花屋主人一个特别的礼物。之前一两年时间，南生除了出自意愿唤过老太太"奶奶"，再就是随早秋、晚秋叫过三太太几回"姨娘"，却从没随她俩叫过大太太、二太太一声"娘"，更没叫过左焕然一声"爹爹"。左焕然对此虽求之若渴，但在面目和言语上却从未显露一丝一毫；便是这天婚礼进入高潮了，当新郎新娘开始拜堂时，左焕然仍不敢奢望会有奇迹发生。

那天的礼宾师傅先是长啸一声："一拜天地！"遂示意新郎官和新娘子跪地磕了响头。

礼宾师傅能受邀来花屋主持婚礼，自然揣摩得透花屋主人的心思，再喊时他不说"二拜高堂"偏说"二拜爹娘"，吸引大家都把目光集中到了南生身上。

南生不作犹豫就随连香朝左焕然和大太太跪下了。

左焕然一时有点儿激动，礼宾师傅那儿再喊"夫妻互拜"时，他竟转过身去，拿绢帕轻轻儿擦了一擦眼角。

那个时候南生大约还不知道成人世界里有"洞房花烛"一说。但不管知道不知道，左家花屋到处都是红灯高悬，祖先灵位和重新布置过的新房更是红烛辉映红绦飘拂，一派融暖喜庆气氛，又多少显得有点儿厚腻、沉重。南生那一刻是穿着礼袍披着绥带瞌睡过去的，在他这个年龄，经过一个白天持续不断的站立和折腾，到晚来说打盹儿就打着盹儿睡着了。

那对紫檀木的椅子搬来新房不久，宽大而且厚重，是花屋主人在婚礼之前，特意托人从成都城里新捎回来的。南生缩卧在其中一个里面，只觉一个囫囵，说天亮天还真的亮了起来。

南生睁开眼睛看住新娘时，发现新娘连香笑眯眯地也在看他。

南生揉着惺忪睡眼，自言自语说："我睡着了……"

少顷又说："天亮了……没怎的天都亮了。"

连香笑呵呵说："你呀你呀，睡得跟栏里的猪崽一样，一动不动，还打小呼噜，嘴角还流涎水。"

连香为南生揭去身上的绒毯，这是夜半她怕他着凉为他盖上去的；一边搁床上轻轻巧巧地折叠，一边拧过头叮咛南生："快起来准备洗脸，待会儿姐姐带你给爹和大娘姨娘他们请安去。"

又过来帮南生解了绶带，摘去礼袍，将另外一件新衣帮他穿了。一会儿洗漱时候，连香不单辞退了麻雀，她自己还要拧了湿热毛巾给南生擦拭脸颊，南生不依，连香便嗔怪他说："别动，我是姐姐，你得听我的！"

南生于是不再拒绝了，由着连香把他收拾得清清爽爽整整齐齐。随后南生和连香先是去了左焕然的书房。其时花屋主人立在窗前看外面天气，见是新娘子带了新郎官前来问安，便走到桌前坐下，拿慈祥和蔼的目光瞅看着他们。问候的话语自然还是由连香代俩人说起，南生呢，便只管随着连香鞠躬行礼。左焕然因了连香而正襟危坐，不苟言笑，不料两天三天过去，却执意要俩人把这个礼节免了。

三个太太却是另外一番景象。大太太不待俩人施礼完毕，便将南生一双手抓了，问夜里休息可好，被褥薄了还是厚了，还说早上想睡懒觉就睡懒觉，未必就踩着点儿跟整个花屋一块儿醒来，言语里尽是别一样的怜惜、疼爱。

二太太也是关切地问这问那，一时间说了许多暖心暖肺的话儿不说，连香和南生临走时候，她还送他们来到屋门外头，临别又把自己的一只镏金嵌玉的小手炉悄悄儿塞给连香，要她和南生夜半天凉了好暖手指。

到了三太太屋里，三太太正对镜梳妆，才要转身，先赞叹说："真是天造地设的一对，真是天造地设的一对！"原来她是从镜子里看见一对新人进来的。三太太先是细细地瞅看连香几眼，又把南生从头到脚打量一番，猛不提防就咯咯地朗笑起来，惹南生一时间不知所措，一旁的连香却是腾的一下羞红了脸颊。

夜晚再降临时，南生不再贪恋木椅就睡到温暖的大床上去了。照样是和衣而眠。照样是一觉醒来，窗牖已渐次被乳白色的曙光氤氲着了。

在这之前，南生由着连香遮掩窗帘，铺暖被子枕头，又将屋子里多数蜡烛吹了，只留床头那儿一支烛架，朦胧地、温馨地映照着一方天地。

连香还接了麻雀手里的脚盆为南生洗脚，一边轻柔地搓着他的脚脖，一边轻柔地跟他说话。

连香说："南生，我是你的姐姐，以后我天天给你洗脚。"

南生说："噢，我知道了。"

连香说："我还是你的媳妇，以后夜里睡觉，咱俩睡一张床，钻一个被窝。"

南生说："噢，我知道了。"

连香说："你是我的男人，你要搂着我睡觉哩！"

南生说："噢，我知道了。"

话是如此说，待连香将脚盆端出去交与麻雀，再回来，南生已和衣钻进被窝，差不多就要睡过去了。

连香于是就端坐床头，就着静谧而又轻轻摇动的烛光，用心地瞅看南生的睡姿和眉眼，看他嗫嚅着嘴唇，均匀地打着细微的呼噜，间或才伸出手指，轻轻地抚摸一下他的头发、脸颊。

这是夜里，到了白天，南生除了随连香去给花屋主人和几位太太请安，坐下来温习左焕然早前布置的孔子孟子章句，还要接受小妹惜秋的要求，带惜秋去前院或花园里玩耍。惜秋自头天里哭闹过一回，便天天跑过来找她的南生哥哥。惜秋眨着明亮的眼睛跟南生说："小哥哥你说，你娶了媳妇还跟我玩不？"

南生扑哧一笑，说："我没说不跟你玩呀。"

惜秋于是也笑，拿手指勾住南生手指，摇一遍又摇一遍："小哥哥说话算数，不算数就是小狗！"

南生跟惜秋玩耍时仍像先前一样投入。这在南生说来不算什么，却不知花屋上下都在拿异样的目光看他。有时候他和惜秋在花园跑得累了，猛一抬头，就会发现左焕然立在楼上书房窗口，一动不动，似乎注视他们已有许久了。大太太和二太太也常常站在远处一个什么地方，朝着他们这边指指点点，嘀嘀咕咕。

三太太则要直白一些，每回见惜秋跟南生耽得久了，索性扔下手里事情，跑过来拉惜秋离开。

三太太哄惜秋说："快叫小哥哥回他屋里去！小哥哥是新郎官，新郎官撇下新娘子不管，新娘子藏在门后抹眼泪呢……"话虽不多，却是说给南生听的。

南生不管三太太话里藏有话儿，隔一天只要惜秋跑来找他，他仍会牵着惜秋的手指去庭院或花园里玩耍，有时爬树或钻假山将衣服弄脏弄破了，回屋后就脱下来让连香给他换洗。

南生跟连香说："姐姐，我不小心又弄脏衣裳了。"

或者说："姐姐你看这儿，这么长的一条口子！"

惹得连香哭也不得，笑也不得。

连日来，南生夜里头睡觉，总会看到一个妙曼的女子朝他款款走来，有时候像是连香，有时候像是早秋，但只要走到跟前了，待南生使劲儿眨一眨眼睛，却是他原来的姐姐秋月。

南生狐疑一阵，心里虚空着问道："秋月姐，你不是已经死了么？在木同沟，你被敌人的机枪打死了！"

秋月不说话，只是笑笑地看着南生，两只眼睛十分漂亮。

南生说："秋月姐你没死就好，是爹说你不行了我们才走开的……"

既然秋月没死，南生就跟她坐在窗前写字认字。

秋月拿铅笔在纸上写了"豆伢子"三个字，问南生："这是什么呀？"

南生说："这几个字我认得，这是我的名字。"

秋月又写了两个字，南生说："这俩字我也认得，这是你的名字。"

南生接过秋月手里的铅笔和麻纸绺儿，将两人的名字一笔一画、工工整整地写了一遍。

秋月又一回笑了，夸赞南生说："豆伢子你真聪明！"

跟着还亲了一下他的额头。

南生有点儿难为情了，懵里懵懂一阵，再睁开眼睛细看，却是随秋月来到了村外的小河边上。

好像是夏末天气，空气有点儿湿热，但河边垂柳依依，河里头流水清澈见底，有鱼儿和别的一些细小的生物，在石块间悠闲地游动或者漂移。

秋月说："咱们给伤员洗被单吧。"

南生说："好，咱们给伤员洗被单。"

秋月说："咱们给伤员洗衣裳。"

南生说："好，咱们给伤员洗衣裳。"

秋月姐洗东西麻利极了。南生这里才刚揉搓了几下，一抬头，秋月那里已洗好了一件被单；再抬头，又洗好了一件衣裳。秋月将一根绳索绑在两棵白桦树之间，把洗好的衣物晾在上面，然后拿手指从上到下轻轻地弹过滑过，指缝间便有了一串奇妙的湿漉漉的音响。

他们洗呀洗呀，洗净的衣物一忽儿就挂满了树林挂满了山坡。

又都坐在河畔青石板上，将一双脚丫泡进清凉的河水里面，一边踢打着，一边看那些个被单和衣服在树杈间迎风飘舞。南生还看见有鸟雀从绿树梢头飞过，一只跟着一只，一只比一只艳丽好看。山头上的云朵则冉冉移动，一会儿一个样儿，一会儿又是另一个样儿。

南生被山间的美景迷惑着、鼓荡着，心里头琢磨要跟秋月姐说点儿什么，但是扭头一看，才一会儿时间，却不知秋月跑到哪里去了。

南生于是起身去找秋月。他以为秋月是跟他玩捉迷藏，先是在那些晾晒的衣物后面搜寻她，还边找边说："秋月姐你出来，我看见你了，你不要再藏猫猫了。"

又跑到小河拐弯地方和左旁那座山头上面，还是不见秋月的身影。

跑来跑去搜遍了河谷搜遍了山林，末了急得都快要哭了，又发现他跟他的秋月姐正走在行进的队伍当中。

秋月在前面回过身来朝南生招手，仍是笑笑的一副模样儿。

南生跑到秋月跟前，跟秋月并排儿往前赶路。

秋月从衣兜掏出一个土豆，悄悄儿塞进南生手里。秋月说："快把它吃了，别让你爹看见。"

隔会儿又塞给南生一个。隔会儿再塞给南生一个。

南生将土豆吃了，似觉不妥，问秋月说："秋月姐，我记着土豆是生的，你是啥时候把它烤熟的？"

秋月笑而不答。

南生又问："这土豆是爹给你的，你怎么都给我吃了？"

秋月说："你是我的弟弟呀，我不给你给谁？"

正说着，敌人的机枪就响起来了。但这回敌人扫射的不是秋月而是南生。爹带着他的士兵端起枪冲了上去。秋月尾随其后，一边跑一边回头朝南生喊叫："豆伢子快跑！豆伢子快跑！"

南生于是也跑，却怎么也迈不开腿脚。南生急了，拼命地要抬起脚来，仍是一步都动弹不得。

前面木瓜树下的机枪被爹和他的士兵终于打得哑火了。但是两旁山梁上的敌人却跑了下来。他们一边跳跃一边朝南生开枪，有枪弹在他脚下溅起一片片尘土，发出一声声怪响。

南生高声呼喊："秋月姐救我！秋月姐快来救我！"

秋月反身跑了回来，伸过手臂将南生紧紧抱在怀里。南生也紧紧抱住秋月，一会儿不再战栗不再恐惧了，人也就从梦里面醒转过来。

连日来，南生每晚都要把这个梦境从头到尾演绎一遍，而且每个过程每个细节几乎都一模一样。只是每回醒来，都是连香将他在怀里紧紧抱着，梦中那个笑笑的秋月，已杳然没了踪影。

连香还伸出手指抹拭南生额头豆大的汗珠，用她温热的散发着馨香的胸脯摩挲他的鼻头、脸颊。

连香宽慰南生说："南生你今夜又做噩梦了。有连香姐姐护着南生呢，南生不用害怕。"

待南生渐渐平静了，又拿两只手掌捂了南生脸颊，眼睛一眨不眨看住南生跟他说笑。

连香说："南生你在梦里喊叫秋月姐哩，秋月是谁呀？"

又说："你说的秋月长啥样儿？有连香长得好看不？"

却不知她初始亲吻了南生额头，方才见他恐惧又搂抱了他，南生把这些都做进梦里头了。

之后几天，南生因了这个睡梦，还有连香一如秋月一般的亲切的气息、温情，他便不再拒绝连香的怀抱了。这是夜晚，是在温暖、宁馨的新房里头。但是到了白天，除了应对花屋的一日生活模式，除了跟连香如影随形地说话、吃饭、做事，间或他还会琢磨如何逃离这个左家花屋，义无反顾地去追逐先父的足迹、使命。而作为新郎，他不曾给予新娘子连香一个男人的爱抚和作为——他还是个伢子，是个情窦未开、尚待启蒙的半大后生。

那天左焕然要带南生去五狼关南生没有拒绝。左焕然当然有他的打算，南生却是无从知晓只能蒙在鼓里。

左焕然跟南生说："孩子呀，陪爹再去一回镇街吧！你看你长得跟爹都一般高了，又娶了媳妇，往后咱爷儿俩外出消闲的机会不多了。"

见南生不像拒绝的样儿，又说："咱们先去咱自家的银号药铺看看，顺便再看看集市上的热闹，然后去吃'隆盛和'或者'一品香'。"

连香便是十分聪敏、乖巧，在左焕然跟南生说话当儿，她已给南生拿来了出门的行头。连香为南生换了衣裳，还为他理顺领扣，一个一个系紧了纽门扣儿，却说："南生你知道的，你现在已是大人了，出门在外要学会照顾爹爹，别让爹和大伙儿总拿你当伢子看待。"

又送他们至朝门，看着两人走过院坝走过阡陌又上了索桥，这才折转身子回到花屋里头。

南生随左焕然往镇街走去时，眼见得大路上行人是越来越多了。人们急急匆匆赶路，又前呼后应左右交耳，心下正纳闷着，又想起左焕然说的要看热闹的话，便不由侧过脸看了左焕然一眼。

左焕然却是缄默不语，一副似知非知、无关要紧的神情和动作。

到了五狼关镇街，才知晓文昌阁广场和大小街巷都已经戒严了。南生和左焕然被持枪的士兵阻隔在街道的一边，要想横穿街巷去左家几个字号已不可能，一时间上街那头行刑的队伍也已浩浩荡荡出发，南生只能依从左焕然，跟他一块儿先去"隆盛和"餐馆那边。

两人逆着人流朝前挤过去时，左焕然的冲劲和执着，跟他平日的温文尔雅实在不相契合，这让左焕然自己不敢想象，也令南生不敢想象。南生打小在山林巉岩间攀爬惯了当然也不示弱。他除了配合左焕然的拉扯、吆喝，他自己也还要抗拒汹涌人流的冲撞和阻隔。有几次有莽撞之人眼看着要将他们俩人挤断开了，南生终是不肯脱手，兼之左焕然的突然一声吼叫，迫使对方只能一次一次侧身让过。南生还跟一个彪形大汉对峙僵持了一回；将一个扛着竹筐的后生死死地扛住，不许那人沉重的筐子撞了他和左焕然的脸颊、额颅。到后来便是南生扶持和拽曳左焕然了。及至来到"隆盛和"的招牌底下，又是南生扶着左焕然，让气喘吁吁的花屋主人歇息、消停一会儿，然后才搀着他踏上屋阶走进门庭。

其时"隆盛和"掌柜陈捷三按捺不住好奇之心，也跑到街上看热闹去了。一会儿回来，店里小二已将两位客人在楼上贵宾包房安排停当。陈捷三一路唏嘘不已，进了门还跟花屋主人慨叹："左先生呀，你大概也看到了吧，这气势真他娘的是大，不就是毙个人嘛，拉出去一枪得了，用得着如此地兴师动众和大动干戈！"

又接过小二手里的茶壶往左焕然茶盅里续水："一大早我就给炉头田师傅交代过了，要他提前做好准备，只要鲍队长送东西过来，趁新鲜立地将那汤羹做了，保证是最美的滋味最好的营养。"

稍顿还问左焕然说："这一刻也不知鲍队长人在哪里，能不能稳稳当当把事情办了？"

左焕然见陈捷三差点要漏了馅儿，答非所问说："队伍上的事情，跟你我有何相干？还有那个鲍队长，他要给你送什么东西，我懒得过问不说，也不想跟我家南儿凑这个热闹。"示意少爷南生就在身边，他跟他说话有几多不便。

见陈老板会意，又说："看外面情形一时三刻不会结束，我和我家伢儿先在你这儿喝茶，待午时尝了你的菜点，我们再去自家银号不迟。"

陈捷三说："那就委屈左先生和大少爷了。我这儿是吃饭的地儿，论喝茶不比人家清风阁茶馆，你爷儿两个就将就将就。"离开后，还让小二为南生端来一盘儿干果让他们打发时间。

南生到底还是没听明白隆盛和老板和花屋主人的话中之话，却也隐隐感觉他们说的与此行与自己有点儿关联。接下来他便不再多想了，只是专心致志地嗑吃松子和葵花子，偶尔也会端起茶壶，给左焕然的茶盅添加一点儿热水。左焕然则多少显得有点儿着急、焦虑，跟南生说话也多是老生常谈。有几回他甚至走到窗户跟前往街上探看，不管心里如何作想，明里却是看街上曲终人散没有，不致没完没了耽搁了去自家铺子那边照看生意。

鲍队长出现时已是午饭时刻了。鲍队长将既亡之人两只睾丸交与陈掌柜后，按说即可告辞离开，但他听说左焕然和左家少爷已在楼上，却坚持要见花屋主人一面，陈捷三几番劝阻无用，只好将左焕然叫下楼来听他表白功劳。

鲍队长当着陈捷三的面跟花屋主人说："左先生你要知道，方才刽子手手里的枪刚刚一响，我跟几个弟兄二话不说立马就冲了过去。"

左焕然还不曾应答，陈捷三抢先说道："这样最好，这样最好，这样弄来的东西最是新鲜！"

鲍队长又说："我把左先生给我的二十块大洋都给队伍上的段副官和他的士兵了，我这里是一个子儿也没留下。"

还说："岑团长真是个有情有义之人，我听说他要厚棺葬埋麻子排长哩，说功是功，过是过，人不能因了过错就否认埋没人家的功劳。岑团长如此喜爱麻子排长，日后若是知道我割了人家爱将蛋蛋，还不知咋么个收拾我哩！"

说完，不待左焕然回复，双手抱拳一摇便大踏步走了。

陈捷三看鲍队长背影好大一会儿，赞叹说："真个是血气方刚之人，也是个义气大度之人！"

又跟左焕然说："还是左先生德才兼备，深孚众望，才引得天下英雄如此折腰，钦佩，钦佩！"

这天的午饭说平常又不平常。隆盛和掌柜陈捷三跑上跑下，亲自为花屋来的爷儿两个端盘捧盏，每一回每一样都是他们之前喜爱的菜品。

左焕然不动声色地咀嚼着饭粒，一颗心却是提在了嗓子眼上。偶或他会往南生的碟儿里夹菜，面容虽说平和慈祥，内心里却是激情洋溢，持久地不能自已。

南生亦默默不语地随左焕然用餐。此前他似乎已看出几丝端倪，又见左焕然盛了汤羹给他，终是明白这顿饭菜是专门为他准备的。

不过南生并没让花屋主人失望。一时间俩人吃过喝过，又跟掌柜陈捷三辞别，相厮着往"天成合"那边去了。

第十五章

四月里头，左焕然携账房宁先生去重庆、汉口、上海照看左家在外埠的生意。俩人才刚出发时候，五狼关和洵河流域的山坡还是鹅黄乍绿，到他们一个多月后风尘仆仆地回来，下河川一带已然是树木葳蕤、旧貌换新颜了。

两个人的羁旅自是紧张、辛苦，但是每到一地，宁先生都要鼓动左焕然去名胜古迹或风光景点转转看看。宁先生以为花屋主人在老家花屋已够劳心劳力了，这回出门更是马不停蹄，早晚问事，怎么说也得放松一下。

宁先生跟左焕然说："左先生咱们既已出来了，家里的事就不必去想它了，想它也只能是鞭长莫及。花屋里有康管家早晚操持，还有几位太太一块儿帮衬着，你尽管放心就是了。"

又说："人常说读万卷书，行万里路，这在先生说来，更是难得的一个机会，咱们这回出来，除了照顾生意上的事情，一定不要错过了这个机会。"

宁先生是诚心替花屋主人着想，因之也说得十分真诚、坦然。

左焕然完全赞同宁先生的说辞。想想他是幼时为科举事去过一回省城西安，稍长逢腊月祭祖陪病爹去过一回汉口乡下，再后来到外埠设立左家银号字号时，也只是从陆路辗转去的上海，近十数年来，他是再也没有离开过五狼关和左家花屋了。

基于这样的心境和想法，这天左焕然和宁先生从七星岗"天成铭"

字号出来，没回菜园坝的左家客栈，而是反向往朝天门大码头走去。

立在朝天门高突宽敞的台地上，看两江激浪汇合奔流，任江风徐徐轻拂面颊，左焕然眼前浮现的，却仍是故乡的两条小河洵河和姜河。

所谈也是五狼关的过去、现在和其间的瓜瓜葛葛。

翌日再去往汉口方向，轮渡才入夔门，左焕然和宁先生就走到上甲板去，恣意欣赏瞿塘峡的壮美风光。两岸山崖的陡峭伟岸和峡谷的波涛汹涌，让人惊心动魄又陶醉其中，但漫长旅途，仍需要说话来消解持续的单调、困顿。

自然是，左焕然的矜持像两旁的大山一样沉稳、厚重，宁先生的殷勤和话语则像脚下的流水一样激浪澎湃，滔滔不绝。

宁先生跟左焕然论述花屋经营的成败得失和发展前景。说是之前花屋的账目左先生已逐一看过，支出的激增想必已了然于心。家丁和雇工的酬劳是因时局变化明显增加了；观音庙那边庙产的收益、进项，远远不足以弥补太乙学校这边的薪酬、花销；还有老太太的落气归山和少爷的娶妻完婚，其用度花销已然不是一个小数。好在五狼关镇街上的三个字号里头，有两个不受战事纷扰尚能维持增进；下河川里亦是风调雨顺，佃户的租粮全部缴齐无一漏缺。至于外埠字号的经营，依据当下情况来看，重庆"天成铭"是沾了陪都的日益繁华才进项倍增，但汉口和上海那边的铺子能否维持增益却未可料知。总体说来，左家花屋是家大业大，花销亦大，左家花屋要想保持长盛不衰，先生还须从长计议，万不可千金散尽，只图了一时的快活、名声。

"我说得有些多了！"宁先生诚惶诚恐说道，"这是外面，咱们在长江看三峡风景哩；有些话，若是搁在家里，我是断断不多讲的。"

左焕然感佩宁先生的直率和真诚，却说："老宁你是知道的，年少时我跟随钱老先生顺应科举熟读经典，就是为了走出大山，求取功名，进而经邦济国以展鸿鹄之志。不料太后和皇上后来废除科举了，这是钱老先生和我都万万不曾料想到的，况且家严那个时候体弱多病，希圣我便只能偏安一隅，倾尽心力维系左家花屋的耕读传世与胜败荣衰。有道是江山易改，本性难移；又兼孟子真言句句铭刻在心，谆谆教诲时时萦绕耳畔，这便使我不思进取也罢，若有念想若有期许，则一定要图个完满图个皆大欢喜。金鼓馔玉不足为贵，一箪食，一瓢饮，于我足矣，唯'穷不失义，达不离道'，还有'人皆可以为尧舜'，'我善养吾浩然之气'，则念念于兹，不敢忘怀。"

宁先生说："先生的心怀气度，五狼关乃至宁县全境谁个不知，谁个不晓？只是在我私下看来，先生读书手不释卷也罢，治家殚精竭虑也罢，却未必一定要昼夜劳顿、鞍马不歇而苦了自家身子。"

左焕然认真看住宁先生，少顷笑道："这个不说也罢，咱们谈点别的什么，也不枉陪伴这好山好水一回。"

于是就说别的，却也"别"不到什么地方去。说太乙中学今春又增加生员了，教学用具和教员薪水，包括床架被褥和饮食餐具，难免跟着也要增添一些；观音庙的地产丰年不得丰收，盖因鞭长不及，经管不善，接下来怕得派行家里手过去悉心指点才行；重庆天成铭"一放二联三融"的经营思路，汉口、上海和天津方面完全可资借鉴，家里镇街上的几个字号亦可做一二尝试。这是外面。花屋里头，三进院落两厢别屋，所有屋面都该清理修葺了；还有引水沟槽和东花园池塘，此番回去就得安排截流、清淘；姜河里自从拦水坝修成，镇街字号里都用上照明电灯了，可否考虑栽十里木杆，将那光明亦引到乡下花屋里来，等等，等等。

说了正经和郑重话题，又说琐屑和轻松事儿。

船至西陵峡，左焕然跟宁先生说："三峡之美，美在山大水急，非亲历目睹不能释怀，又遑论'看景不若听景'。唐代李太白《早发白帝城》曰：'朝辞白帝彩云间，千里江陵一日还。两岸猿声啼不住，轻舟已过万重山。'南北朝郦道元的《三峡》，说三峡'两岸连山，略无阙处；重岩叠嶂，隐天蔽日，自非亭午夜分，不见曦月'。还说'朝发白帝，暮到江陵，其间千二百里，虽乘奔御风，不以疾也'。你我今日得以游历，方知其景境、心境与文辞之大气磅礴和荡气回肠。"

宁先生说："是呀是呀，景与景不同，人与人有别，这一路山与水的壮阔和荡人心魄，回去后实在不好说与人听。"

又说："先生此番出来考察，就该偕几位夫人同行，也好让她们开开眼界见见世面。大太太、二太太那里不提也罢，三太太生性活泼，善解人意，这回若是随先生一起来了，必能解先生羁旅劳顿，为先生此行增添许多乐趣。"

左焕然对此一笑了之。

由太太又说到新娶不久的少奶奶了。宁先生慨叹道："少奶奶真是百里挑一、千里挑一的人梢子，而且人又聪明伶俐，知书达理；要说也就是咱左家花屋了，若是搁别的人家，又有谁个浮得起这样卓尔超群的殊异女子！"

又说："不过话说回来，少爷他尚且年幼，身子骨还嫩着哪，也不知咱家大人背影里叮咛没叮咛过他，可别让他因为一时贪嘴伤了底气、身子。"

这真是哪壶不开偏提哪壶！左焕然一路纠结一路操心的事儿，不想由宁先生从反向说了出来，心下一时不快，便多少显现在了眉眼上面。

左焕然跟宁先生说："老宁你真是个账房先生，整天就知道闷着头拨拉算盘珠子！南儿年少不谙床笫之事，连厨屋老王头都看出端倪来了，偏你如此说话，也不知能否为我分解忧愁。"

有了这次谈话，左焕然已无心耽于羁旅、游览了。到汉口左家客栈歇定，又听说东线一带战事紧张，当下就打消了再去上海的念头。两个人在汉口只待了三天，一俟差事完毕，便取道襄阳、安康，一路鞍马不歇、急急匆匆赶回五狼关去。

新娘子连香头一眼看见公爹和宁先生从外面回来，心脏在胸腔里不由"噔"地跳了一下。

其时，连香不意间来到前庭，隔着朝门那根粗苗的石柱，猛抬头就看见左焕然和账房宁先生相伴而行的身影了。连香不以为公爹的早归跟她这个新娘子相关。花屋里大家都说，花屋主人这一回和账房宁先生出门远行，少说也得月底或下个月初才能回来；这才月中天气，俩人又一副匆忙急切的神情，想必是赶着路程做完了事情或有别的什么因由。但是连香的确虚空惶恐得厉害，转身时，前庭原本敞阔的石阶，竟差点儿绊了她的裤管、腿脚。

连香回到自己屋里，南生睡过回笼懒觉才刚洗漱完毕。连香说：

"爹和账房宁先生回来了。"

南生看连香一眼，意思是："噢，爹和宁先生回来了。"

连香说："我看见的，他们都走到院坝那儿了。"

隔会儿又说："你去一下厨屋那边，让王老伯给我熬一小碗葱末酸辣姜汤，昨夜我有点着凉了。"

南生欲唤麻雀或者毛女过来，连香说："你自己过去好了，看王老伯熬好了就给我端来。"

打发了南生去厨堂当儿，连香就坐在床沿儿上想自己的心事。忽然忆起，公爹临出门那个早上，是特意拉了三姨娘来她和南生屋里探视、慰问。那刻公爹矜持依旧，威仪和尊严不减平日一分，却也是极尽关爱，舐犊之情怡然溢于言表。他跟他们两个小人儿嘘寒问暖；因他就要出门远行了，又特意叮嘱了俩人许多话儿。连香不知南生听懂了什么，以她大南生几岁，眼下又是花屋新娘的角色，她是实实在在感觉到了公爹的期许和殷切。

公爹出行的那个早晨，大伙送他和宁先生出了朝门，俩人都走到院坝角儿上了，公爹还回过头来，颇见意味地看了南生和连香一回。

这便想起方才的惶恐，大约与此有点儿牵连。

又想这大半月天气，她是夜夜期盼着奇迹能在她和南生身上发生，却也是，南生虽说夜夜都能与她同衾而眠，到梦时还会兔儿一般缩在她的怀里，任由她抚慰和亲吻他的鼻尖、额头，但末了又总是让她失望并深切地叹息一番。有时映着红烛温馨的光晕，她会笑笑地、专注地瞅看他睡梦中的姿态，听他时不时地呢喃几声，她的眼角却有珠泪悄没声儿地漫溢出来。

她感到公爹此番回来，她是害怕再看他殷切、犀利的眼睛了。

接下来几日，连香除了吃饭时候跟左焕然碰个面儿，也就是头天里头，她和南生一块儿去问候他出门在外的辛劳。连香只以为接下来的日子就会这样在平庸和纠结中过去，不想这天早餐才罢，三姨娘突然扒住她的耳朵，说是让她去公爹书房，他跟她有话要单独说说。

这一回，新娘连香的心脏可是怦怦怦地连着跳了。

也许是翁媳关系使然，也许是连香自打进门就低着眉眼红着脸腮，左焕然跟连香说话时候，反倒无须犹豫无须遮拦，不再多打一个弯儿了。

左焕然说："孩子呀，你知道左家娶你进门为的什么？不就是为了后继有人、家业兴旺么！"

又说："左家花屋的兴旺发达，于我说来责任重大，于孩儿你呢，也是一样至关重要！"

左焕然还感叹说："岁月之快一如白驹过隙，你爹我总有老去的一天，你和南生若是为左家花屋生了儿子延续了香火，花屋这份家业，将来既是他们男儿的事业，同时你这个做妻子和做娘亲的，也一样是劳苦功高，功不可没！"

左焕然如此教导新娘子连香，直白固然直白，却也遮掩了他的另一个想法、目的：先挽住少爷南生，再留他死心塌地做他和花屋的儿子。

至于连香，她听公爹如此跟她说话，则一句一诺，总是说："爹，我知道了。"或说："爹，我明白这个理儿。"

末了还说："爹，我知道这个理儿，我嫁花屋临出门时候，我娘就是这样一再叮咛我的。"

既已提到娘了，从楼上书房下来，连香就跟大太太告假，说她有紧要事情要回镇街娘家一趟。

大太太嘱康管家安排轿子送连香回了盐店街。

连香一进家门，见她娘蹲在大木盆跟前用皂荚水搓洗衣服床单，便丢下手中包袱，走过去跟她娘一块儿搓洗。她还把揉搓过的衣物端到老石桥下的石块间冲摆净了，返回来一件一件晾挂在洗衣绳上，惹她娘说："傻丫头，你现时是花屋的少奶奶了，回来后还干这些粗活、累活！"

连香只是朝娘笑笑算作回答，又帮娘挑拣做饭的豆子、米粒，吃毕饭还坐在向阳的石阶上，依爹的鞋样剪裁娘已裱糊、晾干的碎布褙片，层层折叠又密密缝纳。到了夜里，连香不去阁楼属于她的小屋，执意要跟她娘钻一个被窝，使得她爹只好抱了被褥，到前面跟佣工挤一个地铺去了。

连香这天夜里只跟娘提说了一件事儿：女儿出嫁到左家花屋至今，依然还是一个丫头身子！

又说花屋上下男男女女都拿异样的眼光看她这个新娘子呢，三姨娘隔三岔五地问这问那不说，今儿个一早，连公爹都把她叫去书房谈话了，这让她心头沉重得就像是坠了一块石头。

连香告诉娘说责任不在女儿身上，是他们花屋那个少爷无动于衷，你家孩儿一个无助女子，纵使千般愿意千般急迫，又能拿他怎样？

连香没想到她娘听罢居然哈哈大笑起来，笑声嘹亮、豪爽，怕是她爹和佣工在前头都能听见。

连香娘不比花屋里的三太太，也不比花屋主人左焕然。连香娘跟女儿说："我知道天底下的男人想弄女人有弄不成的，女人弄不成男人我还是头一回听闻，"又一字一顿抬高了声音说道，"而且还是我自己生养下的这个没出息的东西说的！"

连香红着脸说娘："娘你说话粗糙，一点儿不比人家左家花屋！"

"嫌我说话粗糙？"连香娘抢白说，"他左家人说话倒是不粗不糙，可说来说去又能顶个屁用！"

却不教连香具体办法，只是说："丫头呀，只要你把娘方才说的粗话用心记了，下一回回来，娘保证俺家连香就是一个真正的女人了。"

说罢又是一串爽朗笑声。

这个夜晚，连香一直静静地看着新郎南生睡觉。

在这之前，每天到了夜深人静时候，都是连香拥着被头慢慢睡去之后，南生才肯换了睡衣，依照连香的样儿在她身旁躺了，眼皮很快就打架黏合在了一起。之后的情形还真有点儿千奇百怪。南生虽说是在梦里，仰着抑或背对着连香居多，咬牙、轻轻儿打鼾，或说呓语；但有时会挪了自家枕头，糊里糊涂就睡到婚床那头去了。有时又突然钻进连香的被窝，将额颅和鼻尖紧紧地贴住她的胸脯，惹连香睁开眼睛惊喜地看他，以为今夜他就能让她做成女人了，却是梦里头哭着、抖着，期待连香将他搂抱住了，末了还是一副睡觉做梦的神态和情景。

今夜却是有点儿不同。说是仲夏的暑热已经来临，傍晚时麻雀依照大太太吩咐，走来将新房的被褥换轻薄了，又在床上铺了细密柔软的藤席，这一隅立地就显得清爽、凉快了许多。许是新换了床榻使然，抑或是日有所念，夜有所梦，至夜半，连香忽然一个激灵醒来，见南生依旧蜷卧着、梦呓着，她自己则无复入眠，只把一对眼珠在暗夜里眨了又眨，努力回想着，辨析着，才知方才梦里头是怎样一个情境，她自己又是为何纠结着、缠绕着了。

是花屋主人看她时充满期待却又威严、犀利、冷峻的目光。是三姨娘温热的绵软的询问和叮咛。是娘家母亲论说男女之道时放浪、粗糙的笑声。

这情形在梦里反复地纠结、缠绕，遇有一个难以摆脱、难以越过的坎儿，新娘子连香便一个激灵醒过来了。

睡不着了就想事情的来龙去脉。睡不着了就琢磨相关的渠渠道道和根根节节。接下来便是点燃了一炷红烛，于摇曳、温馨的光晕里，细看一个少年安宁恬适、撩人心魄的睡姿和面容。

还轻轻儿伸过手指，轻轻儿抚摸他的额头、眉梢、脸颊。手指是颤颤的一个样儿，眼睛是颤颤地闪眨，一瓣心叶也是颤颤地软化着了。

又说："好南生，好弟弟，啥时候你才能做成了男子汉，啥时候又能让我做成了一个女人？"

那阵儿，只要属于连香和南生的新房的窗纸一亮，左家花屋所有不曾入眠的窗户似乎都感觉到了。又好像整个花屋在这刻都睁大了眼睛。那一坨窗牖上的红晕，是子夜静谧中的一个躁动，是这座大山庄园深切的呼唤和期盼。

其时连香瞅看少年南生久了，一个久蓄的念头不觉从心底产生：她想瞧瞧他的那个东西，那个既属于南生、也应当属于她连香的宝贝。这一刻，那宝贝究竟是一个什么样态？又为何一个热血少年直面一个美人儿如此之久了，那宝贝还不能火一般热烈、铁一样蓬蓬勃勃冲起？

连香为她的这个骤然而起的念头，一时间燃烧得不能自已，恍惚间又虚空、惶悚得厉害，好像那样一个念头才在心底里萌生，便已经昭然若揭大白于天下，任是整个花屋、整个世界都知晓了似的，想遮掩也无法遮掩得了啦！

连香下床走到窗户跟前去，用以平息纷乱的思绪和暴突的心跳。她先是撩开一缕儿窗纱，又将一扇窗子轻轻儿推开；让清风拂面，让滚烫的情怀凉却下来，是她这一刻料想要做的事儿。

时令既是仲夏，山川和大地一片清新、宁馨。圆月已移至中天，高远，淡泊，神秘。小南风徐徐吹着。这一隅也被月光和雾霭轻轻笼覆着了。间或还有青蛙的鼓噪和夜鸟的鸣啼。洄河湾里流水的声响隐隐约约，时有时无，须仔细分辨了才能感知得到。又闻到紫薇、木槿、蔷薇馥郁的香味，一缕一缕，总是尽情地释放着、漫溢着，一如今夜里美人儿无尽的相思、情怀。

再下来，思春的连香一旦动作起来，就感到自己像做贼一个样了。她是二次关严了窗扇扯平了窗纱。有一阵人都上了床榻，想想又跳下床来，跑过去看门闩到底插牢了没有。她还把那只烛架从床尾那儿挪到床头这边来，以使烛光离窗户远些再远些。随后她才盘腿坐在南生跟前，心里头惴惴地仍是一片空虚。

这个夜晚该是怎样一个夜晚呢？想想天下男女，但凡有情有意的，有了情意又意欲肌肤亲近的，到这时怕都早已释怀，早都沉浸在交合之后缱绻的慵懒里，抑或沉入妙曼的睡梦之中了。可在这儿，在这个宁静的高宅大院的婚房里，这个美艳、迷人的新嫁娘，这个背负太多、五味杂陈的青春女子，却为何如此地忐忑不安，求一刻幸运与幸福而不能得？

连香的惶悚来得快去得也快。当她轻轻地解开南生的裤结，又轻轻褪去他的裤管时，她的一颗狂跳的心，因专注忽然渐渐地平息下来。

连香看见那个宝贝了。那个只有男孩儿南生才有的、亦当属于她连香的物儿，此刻就像她的新郎，软软地、小小地歪躺在两个圆球儿上面。

南生毕竟还是一个情窦朦胧、将开未开的少年男子。

这时候，连香就像此前端详南生眉眼一样，静静地瞅看那个宝贝。虽是静夜，虽是独处一隅，她的脸颊却羞热得绯红绯红。有一阵，她的心跳虽不似之前那样猛烈了，但呼吸却分明急促了许多。她还感到她的脸腮有虫儿一样的东西在上面蠕动，手触处，却是几滴清泪，不知何时已从她的眼角簌簌地滚落下来。

有一阵儿，连香扯过轻薄被单的一角覆盖了南生的肚腹、腿胯。她是怕他着凉。少顷因意乱情迷又不由把被单掀了开去。如此掀开了覆盖，覆盖了复又掀开，每一回，连香的手指都颤颤地抖着，心也颤颤地抖着，情思呢，就像深山雪化了的流水，细微、轻浅，又晶莹、欢快，一路无休无止地朝着前方奔去。

其间连香还想伸过手去抚摸那个宝贝，有一回她的纤细的手指都要碰触到了，却是触电一般缩了回来，只说会惊吓了梦中的南生。南生若是睁开眼睛，哪怕他不曾怪她罪她，她又该如何面对，一时间又如何跟他说得明白？

又作想："醒来了我也不怕！醒来了我就说，少爷你是我的男人，我嫁你们左家花屋已经这么久了，凭什么你不让我做了你的女人？"

连香再将视线移至南生脸庞，就见南生双眼微闭面目安详，轻轻儿呼吸，沉沉地恋着他的梦境。

连香真正实施她的行动已是第五个夜晚了。

早几天，下河川经过一场透彻的雨水，川道和山坡都清新如洗，一派生机勃发景象。秧苗在节节拔高。树木蓊郁葳蕤。溪水和河水更是激动不已争相向前流淌。便是山水间的飞禽走兽和鱼蟹虫虾，这时候也因了雨雾后的明丽璀璨而活跃起来。大自然的深邃、妙曼与神奇，牵引人世间的欲望和情思随万物一齐律动，且汪洋肆恣，循环往复，一发而不能收。

在左家花屋这儿，连香自打见过南生的私密之处，便无法抑制心中的急切的渴盼了。常常是，南生随连香瞌睡不久，连香就会进入同样一个梦境，一个怪怪的从来不曾去过的地方，然后一个激灵醒转过来，然后就抱守孤灯，像此前一样痴傻地去看睡梦中的南生。

连香定睛瞅看南生眉眼时，会跟他说许多温存或凄婉的话儿。

连香说："南生呀，你是新郎官，是新娘子连香的男人，你咋不心疼你的女人，光知道抱着被角睡觉呢？"

又说："南生你睁开眼睛看一眼姐姐好不？你看姐姐守着你已有多时了，姐姐喜爱你，就想跟你唠嗑唠嗑，说许多心里想说的话儿。"

连香还说："爹的心思想必你一定能看出来，还有大姨娘、二姨娘和三姨娘，大家心里都有个念想和盼头，盼着你早点儿像个男子汉，早点儿让他们抱了孙儿好做个爷爷、奶奶……"

连香絮絮叨叨说得久了，再看南生那个宝贝，她的心绪和情思，又会涟漪般地荡漾开去。

大约第三个夜晚，连香于渴盼中终于有了一个惊喜的发现。原以为，南生的那个宝贝，跟她小时候在洵河湾或姜河口戏水，不意间看见的一帮孺小的东西没什么两样，小巧，光洁，面鱼儿一般绵软，但是慢慢地看得多了，看得仔细了，又发现在那宝贝上方，隐隐地，已有些许毛发悄悄儿地滋长着了，就像南生唇间的那点儿髭须，黑而且淡，朝连香，也朝这个世界，昭示他已然是个男子汉了。

连香为她的这个发现激动不已，忍不住又伸手去触那个宝贝，动一下，会心地一笑，动一下，又会心地一笑。

她还俯下身去，轻轻地亲吻它，一次，两次，三次。

有了这个转折，接下来每到静夜，她都要功课一般将这个程序演习一遍。

到了这个时候，连香已不为自己的行为惶恐、羞臊了。她知道它是纯洁的，神圣的，是花屋的重托和她热烈的情感使然。又知道唯其如此，她才能将她的新郎官从懵懂中唤醒，让他像铁硬汉子一样蓬勃雄起，像天下任何一个男人一样，给予他的女人以无尽的爱意和快乐。

她坚信那个辉煌的仪式很快就会到来。

这是夜里，便是到了白天，连香在花屋的某个地方，跟三太太或花屋主人不期而遇，也不似先前那样忐忑、惶恐了。

连香不避讳三太太的追问。三太太若是旧话重提，或说："连香呀，跟姨娘有啥说啥，昨儿个夜里头南生搂你没有，疼你没有？"连香便自信地朝她一笑，不说有，也不说没有。

或说："香儿呀，这种事儿不能不着急，又不能太着急，不着急不行，太着急了也是白白儿着急。"

连香又朝三太太浅浅一笑，还反逗她说："三姨娘你说话咋像绕口口哩！"

连香也不再躲避花屋主人那双冷峻犀利的眼睛。那天一早连香才转过中庭，就碰见左焕然从外面看大田回来，这一刻他大约又要去他的书房读圣贤书了。连香温顺地叫花屋主人一声爹爹，又温顺地向他问候早安。左焕然才要跨上那绺青石台阶，连香又赶紧上前去扶他一把。待到左焕然迈着方正的步脚走离开去，她还远远地瞅看他的背影，内心里竟无一丝一毫的怯懦、担忧。

这在之前是从来不曾有的事情。

今夜，连香又一次从睡梦中醒来，又一次静静地坐在酣睡着的南生跟前。

温馨烛光里，她拿柔软的绢帕擦拭他额头细密的汗珠，用纤细手指轻抚他好看的眉头、睫毛、脸颊以及脖颈、臂膀、胸脯。一时端详久了，又俯下身去将他从头到身亲吻了一遍。

情之所至，连香再次亲吻了那个宝贝。

这一回，跟此前任何一次相比，连香明显有了别一样的感觉。也许是因了娘家母亲的特别叮咛，也许是冥冥之中有了爱神的某种提示，抑或是她自家的自信支撑着她、激励着她，这一回打一开始，她便以为她一定能获得成功。

奇迹就在这个时候发生了！起初那宝贝仍是软软的、小小的一个感觉，但是慢慢地、慢慢地它就胀大了起来。连香的心窝随之怦怦跳动，且愈跳愈疾，愈跳愈加猛烈，以致当她坐起身子睁开了眼睛，连她自己也被眼前的情景惊得呆了。

南生男子汉的标志一改此前模样骄傲地耸立着，像拔地而起、突兀峻峭的一座山峰，又像一杆硬正、强劲、高擎着的阵前投枪！

不仅如此，南生一会儿从睡梦中睁开眼来，于半醒半醉之中，将身旁痴坐着的连香紧紧地拥抱住，又大山一般覆盖在她的身上了。

急切的少年欲急切进入少女的身子，一时间因急切却不得要领。

还是新娘连香，在这温馨的夜里，在这神圣、非常的时刻，继续引导南生与她一起进入那个妙曼境界：

起初，连香是仰面迎着她的新郎，任由他激情洋溢、几番努力而不能得；

之后她便执着地推开他去。初试欢爱连香亦心中无数，她是想起了平日看到的世间万象：小狗的纠缠，斑鸠的舞蹈，以及鹁鸪持久的吟唱；

于是她便像狗狗一样跪趴着，让南生从身后再次将她拥住裹住；

她还为他导向，让那宝贝终是顺利地进入了她的身子！

毕了连香却是拥着薄被哭了起来，也不管南生精光着身子傻愣傻愣地看她，只知道哭呀，哭呀，直至泪流满面并将胸前被单打湿了一片。

连香还带了物证去见三太太，也不管此刻三太太是否睡去，花屋主人今夜是否歇在她的屋里。连香扑进三太太怀里大半天了仍嘤嘤地哭泣不停。三太太怜爱地跟连香说："天爷爷，真个委屈我们香儿了，真个委屈我们香儿了！"

又替连香拭泪，宽慰说："香儿不哭，香儿不哭！"

还说："先生这会儿怕是没睡觉吧，我这就去书房告他大好消息……"

连香却是越哭越厉害了。

第十六章

　　花屋主人和整个花屋也许都没料到，少爷南生会选择与连香交欢、花屋上下正在庆幸之际再次出逃，而且无声无息，无一丝儿的先兆、痕迹。

　　左焕然尤其感到意外、震惊。

　　在这之前，也就是前日夜半，三太太欣喜若狂活蹦乱跳来书房向花屋主人报告喜人消息。三太太一推门便咋呼说："先生好事情，好事情呀先生！方才、方才……南生和连香那个了！"

　　左焕然不动声色，定睛看住三太太，淡淡说："什么那个那个了！到底哪个跟哪个咋的那个了？"

　　三太太于是嗔怒了，沉下脸僵持一会儿才说："你不是整日整夜地盼着南生和连香同床共枕，给你生个小孙儿吗？怎么今夜里他们两个亲热成功了，你倒是瓷不呆呆地像个瓜老头儿？"

　　又撇嘴说："我看你是心里头揣个明白，面儿上装个糊涂！"

　　左焕然方才明知故问心里头冷静着，这一刻三太太挑明了说话他仍旧冷静地坐着，且一动不动，稳如大山。

　　三太太却不依了，走过来坐进左焕然怀里要他抱她亲她。三太太还说："今儿个夜里高兴，咱们俩也亲热一个，你好久都没去我的屋里了。"跟着便去左焕然身上抚摩，当下就要激发起他的兴致来。

　　左焕然讪笑道："快别胡闹了！早点儿下去歇息，这阵儿怕是子时都要过了。"遂轻触三太太脸颊以示宽慰，又拽着她的胳膊送她到楼梯口上，惹三太太在半截楼梯回过脸来，只说了半句话儿："糟老头儿你等着……"

左焕然复又坐进大木椅里，内心的波澜终是激烈地翻腾着了。

是巨大的兴奋使然，是久悬的一块石头訇然落地。有一阵，左焕然无力承受外力的冲击和太多的喜悦。他手撑木椅扶手站立起来，大脑空白着，在书房有限的地板上走过一圈又走过一圈。他大约不大清楚他是在来回踱步，也不知一会儿脚步重了疾了，一会儿脚步又轻了缓了，只见殷红的烛光把他的身影投在墙壁上面抑或书柜和窗牖上面，且忽大忽小，忽明忽暗，好像那影儿才是他此刻唯一的魂灵。

甚至有那么一瞬，他还感觉他既是抑制着又是尽着兴儿地长啸了一声。

末了再坐回桌前，将之前翻阅的一本孟子书册合上了复又掀开，掀开了复又合上，如此直到中天上的一颗月亮于西窗窗棂一角朝他探出脸来，他的心绪才渐渐松泛、宁静了一些。

却是坐着，一直坐着，直坐到东方破晓日出山冈。

翌日一早，左焕然从书房下来，先去中庭祖宗灵位跟前燃了香烛，跪伏于地从容地磕了三个响头。早起的麻雀见花屋主人祭拜祖先，想着走过来能帮着做点什么，却被左焕然一挥手指使开了。左焕然特意拿绢帕揩拭了母亲遗像，心里头热乎乎叫着："娘呀，娘，娘！"又说："娘呀，左家的家业后继有人，这下您老人家应该安心了。"说时是乐呵呵笑着，偏有泪水刹那间模糊了视线，蒙眬中亦感觉母亲也在朝着他笑。

接下来又去了三太太屋里。三太太在梳妆镜前梳头，长长的头发披撒下来，像一挂黑色的飘动的瀑布。三太太从镜子里头看见花屋主人进来，才刚立起身子，左焕然就从后面搂住了她的腰身。左焕然许久都不说话，就那么静静地跟三太太相依偎着，最多只是拿唇髭碰触一下她的柔软的鬓发和薄亮的耳根。左焕然这是弥补昨夜对三太太的冷落。之后他仍没说什么没做什么就从她的屋里走出来了。

这个白天左家花屋一片阳光灿烂。

左焕然头一眼看见麻雀和毛女往大太太屋里送洗漱用水，就笑着招呼她们："丫头早啊！"

见麻雀和毛女两个诧异地看他，又笑道："夜里要按时歇息呀，睡得早才能起得早呢！"

两个丫鬟从未受过如此礼遇，一时蹊跷，先是相互间瞅看一眼，终是察觉花屋主人是打心眼里高兴才跟她们如此亲近，遂赶紧侍立两旁给先生请安，离去时，俩人忍不住扑哧笑出声来，分开后都走出好大一截儿了，还回头相互再看一眼，又相互做个鬼脸才算毕了。

左焕然还兴致勃勃去厨堂跟老王头说话，问了早点又问午餐，还问时令菜蔬和鸡鸭鱼肉行情。这在先前也是很少有的事儿。老王头一边忙手里事情，一边回应花屋主人问话，终是按捺不住，试探说："先生你这是人逢喜事精神爽，你看你的眉梢眼角……"

左焕然嗫嗫笑出声来："是有喜事，是有喜事啊！"

却不明说，或不能明说，只强调做给少爷的饮食须特别用心，特别要注意营养搭配。

于是两个小老头儿相视一笑，继而又放开喉咙哈哈大笑了一通。

左焕然离开厨堂，打远处看见账房宁先生，便招呼他过来，叮咛说："老宁咱们在三峡轮船上面，你不是说了要修缮屋顶屋面和整理前后左右院落，跟着还要栽杆子引镇街照明电过来，今儿个你干脆就做个预算，看得多少银圆多少粮食，咱立马让康管家安排曹二他们付诸实施！"

宁先生笑呵呵说："这话我是说过，可这得你左先生今儿个发话不是？"

又说："先生你能下此决心，一定是深思熟虑过了。"

"哪里哪里！"左焕然捻着髭须说，"我这是心血来潮，心血来潮……"

左焕然在花屋里头折腾过了，一时感觉不能尽兴，索性换了衣裳缠紧绑腿往花屋外面去寻乐子以释情怀。朝门站岗的家丁是稚气未脱的三儿，三儿拿余光瞥见花屋主人过来，学镇街岑团长的士兵"啪"的一个持枪立正。左焕然亦回三儿一礼，不是别的，而是破天荒地，顺手摸一摸那孩儿的头发、臂膀。

左焕然兴致盎然走过院坝，又兴致盎然过了索桥。康管家派毛女追出朝门，打老远喊叫："先生你去哪儿，路远不远？管家伯问你要不要轿子！"

左焕然回过身来回话："我去镇街上转转，不要轿子，不要轿子！"

怕毛女听不清楚，遂抡圆了胳臂大幅度地摆了几摆，又松了手腕送一送手背要毛女回花屋里去。

接下来只身走在洵河柳堤岸了，看着仲夏葱郁清新的山峰山谷，听着脚下潺潺湲湲的流水细浪，还有与往日不同的轻松欢快的步脚，左焕然忽然就想吼一嗓子，说是一句戏文也罢，说是一阕古词也罢，总之只要长啸而出，才好释放一腔激情，合着是不吐不快的一个情态了。

这川道总有七里八里长吧，到头来却是一个字儿也不曾喊出。

到了五狼关，左焕然没去"隆盛和"阁楼，也没去"清风阁"台榭，他是怕这些地方人多事杂。他来到背街一家不惹人眼目的小酒馆里，呼店家端来一盘野味拼盘一壶本地白干，一个人守着窗前唯一的一张方桌斟酌起来。

左焕然平日里不嗜烟酒，即便是偶尔的一回半回应酬，他也是很少碰触酒盅，抑或只是人前做做样子罢了。可是今日里他就是想抿那么一口。而且那汁液全不似往日那般辛辣、冲呛，而是醇香、绵长，又有一丝一缕别样的刺激，刚好吻合了他的心境、意趣，便是有滋有味地，一盅连着一盅地，直到将一壶老酒喝干、告罄。

其间左焕然还斟满酒盅，一定要店家随他也喝上一盅。

店家见花屋主人喝酒酣畅淋漓，送殷勤说："好酒加上好量，左先生要不要再来一壶？"

左焕然哈哈笑道："不敢了不敢了，再喝就得四蹄儿着地爬着回去喽……"

左焕然醉意连绵返回花屋时，夕阳和晚霞已照彻阔远的河川了。

这天得知南生出逃那刻，左焕然仍像之前那样坐在书桌跟前读书。这回是康管家前来向他报告消息。康管家不比三太太那样遇有急事活蹦乱跳、咋里咋呼，他是一如往常轻轻地敲门进来，又悄悄儿俯在花屋主人耳边咕哝几句。这时候，手扶书案、悉心倾听的左焕然突然就一脸纸白，原样儿凝固着不再动弹了。

无声的冲击是比炸雷还要来得威猛、剧烈。

左焕然痴呆麻木持久不动坐在桌前，如果不是康管家一再提醒相劝，他会像前日晚间彻夜静坐一样，由午后时分一直坐到太阳落山。

康管家说："先生咱们还是下楼去吧，无论如何得问明了情况才好作定夺。"

稍顿又说："先生先不必着急、难过，事情未必就十分糟糕……"

康管家搀扶左焕然来到中院大厅时候，大太太、二太太得知情况已候在那里，俩人面色沉重，手足无措，一时间低眉敛首，都不敢正眼瞅看花屋主人。三太太稍后一些来到，也是悄没声儿地，往一旁随大太太二太太站了，偶或才眨一下睫毛，并顺势偷看左焕然一眼。一会儿，账房里的宁先生、厨堂里的老王头和家丁头儿拴牢，一个个也都失急慌忙地来了。

连香被专门唤来询问情况，是后脚随前脚才跨进门槛就呜呜地哭了。连香抽抽噎噎、断断续续地述说，脸颊上的泪珠也是断断续续往衣襟和地砖上滚落，极尽了一副委屈与可怜情状。

连香说："午饭过后，少爷说他要小睡一阵儿。我替他擦了凉席，摆了凉枕，还在他肚儿上盖了一条被巾。看着他慢慢睡着了，还小声打着呼噜，我这才扯起帐子走离开了。"

康管家代花屋主人问道："你离开少爷又去了哪儿，又是怎么发现他不见了踪影？"

连香说："我去三姨娘屋里跟姨娘说话，今日早起三姨娘说是有事儿跟我讲哩。我估摸南生睡得差不多了，就回来看他。我开始害怕影响他睡觉，还在门口石墩上坐了一小会儿，谁知进去一看……"

大家都等她再说下去。

连香呜呜哭过两声，又说："我叫来麻雀和毛女，我们几个把前院后院和两个花园齐齐找了一遍，都没见南生影儿，就赶紧把事情跟大姨娘二姨娘说了。从二姨娘屋里出来，跟着又碰见了管家伯伯。"

左焕然问："你跟三姨娘说啥事儿去了，要用许久时间？"

连香低下头不再言语。

三太太这时候插话进来："也没说啥，就是……"

"就你话多！"左焕然忽然有点儿愠怒，一时打断了三太太的话头不说，又质问家丁拴牢道，"你们是怎么看家护院的？青天白日的，一个大活人，咋的说不见就不见人影儿了！"

拴牢辩解说："我刚才问过巡逻哨了，二狗和文强都说他们不敢马虎，都连着顺花屋转圈圈来。"

左焕然挖苦说："转圈圈，转圈圈，转圈圈就保准不出事了？"

拴牢低头不说话了。宁先生这时候走前一步，安慰花屋主人说："先生不要焦虑，这下河川七沟六梁俩河口，还有东边翡翠岭，南边白云山，北边蝴蝶坡，处处都有曹二派人把守着，谅他……咱家少爷，也不会跑到哪儿去。"

左焕然冷不丁说道："也就曹二做事稳当一些，不让人额外替他操心。"

说话一急，竟将一屋人都惹得满脸腆热腆热的。

又说："还有你们一帮女人，眼睛都长到裤腰上去了！这一阵我又没让你们任何一个伺候我，不就一个少爷，你们居然也把他经管不好……"

康管家感觉时候到了，趁机建议说："先生咱们现在就说咋办？是等着各处来报消息，还是……"

左焕然侧身看康管家一眼，稍顿才说："叫人去庵子屋把曹二给我喊来，我有话要跟他交代。"

麻雀不知什么时候退到了大厅外面，听见说话走前一步说："曹二大哥已来好一阵儿了，这会儿在前院就等着先生随时叫他哩。"

一会儿曹二快步走了进来，左焕然问曹二说："事情你都知道了？"

曹二说："我也是刚刚听说，想着这事跟以往不同，人都不见了，所以没想太多就赶紧跑过来了。"

大家都知道曹二为什么会这样说话。

曹二又说："我已派人往各个点上传话去了，要他们格外小心着，绝对不许有丝毫马虎丝毫闪失。"

左焕然静默不语，意思却十分明白：你们都看到听到了吧？做什么事情就得这么上心、负责！

末了交代说："这回不比上一回。这回除了各个关口要严加把守，另外还要安排人手四处分头寻找。找回来，还是先前那句老话，谁也不许为难他，谁也不许在背影里说三道四！"

又自说自话道："我就不相信了，待来年连香生了他的伢子，他还能再一次飞了跑了！"既是给自己打气，也算是对众人心疑的一个应答。

左焕然还采纳曹二建议：将下河川所有佃户发动起来，一条沟一道岭地仔细查找，他少爷纵是一只兔子，一只飞鸟，也要把他从藏身之处搜寻出来。

曹二进言时，一旁的宁先生悄悄儿拽他衣襟，动静虽小，偏是被花屋主人不经意看到了。

左焕然说："老宁你这是干啥呢，你是怕雇人多花钱也多是吧？"

不待宁先生吱声，又发狠说："花钱就花钱，花钱再多也就俩字：值得！"

便安排曹二火速下去办理。

长工曹二这一回不动作也罢，一旦行动起来，便很快在院坝聚集起二三百人，老的少的，青年壮年，甚至还有几个泼辣女人混杂在人群里面。曹二的办法是着人分头于屋舍、秧田、坡地声嘶力竭吼叫，所喊一律一个调儿：挣银圆喽，挣银圆喽，都到花屋院坝挣银圆去喽！曹二则从账房宁先生手里接过布袋，将袋口儿拨拉几下敞开，露出白花花一坨亮色，又把它架在院坝一隅两根闲置的压秧浪棒上面，然后双手交臂立于一旁做自信淡定状，静候人们一个一个往花屋跟前跑来。

曹二跟宁先生说："我这是学保安队鲍队长哩，到了关键火候上头，还是银圆这硬扎东西管用！"

宁先生批评曹二说："花屋今年支出大于进项，你才一个雇工，一点儿也不替主人着想！这些钱，原本是修缮房屋和拉照明电线用的，经你随便这一折腾，一眨眼说没真的也就没了？"

曹二笑着回敬宁先生："亏你还是账房先生哩，又来花屋这多年了，咋的一点儿也不会揣摩先生心思！"

又说："你知道先生为啥要修房屋要拉电杆电线呢？还不是因为花屋里头有了一个少爷，有了少爷再娶了媳妇他就能当爷爷了！这眼下少爷不见了，你让他再弄那些闲干事情他还有啥心劲？"

曹二跟众人训话也改了此前的说辞。不说一只兔子或者一只鸟儿了；说篦子，也就是乡下女人用来清理头发的那种十分细密的梳子。

曹二说："所有的山沟、水涧、坡梁、林子以及坑坑洼洼、旮旯拐角，都给我像篦子篦头一样齐齐篦上一遍，一撮土不要落下，一根草也不得放过！"

又说："银圆按人头先发给大家了，这是大家的辛苦钱、劳神钱。接下来谁要是发现了少爷并把他带回左家花屋，我自作主张替花屋再奖谁十块大洋！君子一言，驷马难追——我曹二说到做到，决不在众人面前胡乱放屁！"

曹二还模仿驻军官长要大家齐声叫喊以示决心，一遍两遍还稀稀松松没精气神儿，再喊竟真的气冲霄汉、地动山摇了。

起誓既毕，由长工曹二组织的这支奇特的队伍就算很快组建成了。他们中间有合家倾巢出动的，有儿子因故不能成行由老爹逞能跑来的。有人正蹲在自家厨屋门口喝粥，听到动静便当院撇了大把儿老碗，只蹦跳几下就蹦到了柴门外面。有人在后坡打牛耕田，听孺小跑来报告，竟不管不顾地跑离开去，由着牛犊拽着犁铧在山坡胡乱奔窜。他们于花屋院坝聚拢以后，或三个一帮，或五个一伙，依长工曹二吩咐择取不同路线，狼虫虎豹一般往川道和各处山沟山梁扑去。起初是前呼后撵，疙里疙瘩，一派混乱威严气势；遇有岔道则自动分出一支，渐渐地，下河川四周的大小路径和山岭沟壑，都有人七零八落地占据着了。

其时左焕然在花屋里耐心地等候外面的消息。左焕然这一次不似往日，既没去楼上书桌跟前静坐读书，也没斜卧在厅堂舒适的圈椅里喝茶。从午后直至黄昏暮落，整整几个时辰过去，他都立在前院坚实的石阶上，一动不动瞅看朝门上方那块深邃的天空。有时就想事情的前因后果和来龙去脉，琢磨是客观现状出现了差池，还是他自己的谋算在哪儿有了问题；有时就操心此番举动的成败得失，心想成功了如何，失败了又能如何，面目上虽说静如止水，内心里却是五味杂陈，翻江倒海。

花屋前后亦是一片沉寂。没谁能大声咳嗽，高声说话，抑或随便就响动一下。大家知道那个人期待着少爷的归来，知道这个时候，唯有跟他怀着一样心态，一样地静默着、祈祷着，便是呼应他、理解他了。大太太、二太太的默契和顺从早已习以为常。三太太虽说按捺不住，有几次都要走上前去劝说了，但结果总是才刚立起，想一想又不得不再次收回脚步。丫鬟里麻雀倒是眼疾手快，她从厅堂端来一只鼓凳搁在花屋主人身旁，指望他站得久了累了能坐下歇息一会儿，谁知左焕然视若不见不理不睬，结果那凳儿就一直在那儿矗着空着。

长工曹二的心情自然更加沉重更加地焦躁不安。搜寻少爷南生的队伍出发以后，曹二就在院坝一隅不停地来回走步。曹二不能代替众人前去搜山，但他对他们谁个也不放心，知道在他们数百人中，大多数都是冲着花屋的银圆来的，最起码没一个像他一样虑事周全做事蛮狠。他把他们悉数放了出去，也等于把自己搁在了悬崖边上。因为搜山的主意是他出的，一袋子响当当的银圆也是由他经手散出，一旦终了没什么结果，他曹二不光不能直面花屋主人，便是依他的脾气心性，想必连他也不会随便就轻饶了自己。曹二留下几个雇工，准备随时听他吩咐往各处传达指令或打探消息，他们看曹二着急，也跟着一块儿着急，但时间是一分一秒地过去了，远处的山峰和山谷静默如初，近前的路口和便道也不见有谁个跑来报告消息。

这个午后，搜山的人们被希望鼓荡着，被兜里的银圆烧燎着、刺激着，但是经过一番搜寻一番折腾，却没一个说他看见了花屋少爷的影子。

有人顺溪涧逶迤前行，一时间腰也酸了，腿也疼了，懊丧间又拐一个弯儿，忽然发现前头一个人影一闪，遂强打精神追撵过去，一时间既拦截了，又抓住人家手腕儿了，细看却是从一旁溜下坡来的另一搜山者，于是都尴尬一笑了之。

有人想吃独食，搜索中专挑背僻地方行进。不想随后离开他人远了，又一脚踏空掉下崖去，幸亏有一坨枣刺挂住衣裳，于是悬在空中呼爹叫娘，却是无人听见搭救，还是翌日早上，由他的兄弟子侄寻来才将他从山崖下面救起；

四亩地的篾匠老七更是怪诞离奇。篾匠老七在白云山上针叶林里搜寻目标时，每发现草丛有动静时都要过去仔细察看，一会儿惊出一只锦鸡，一会儿又惊出一窝鼹鼠，如此折腾够了，才要说罢了罢了，又见前面草棵间有黑影蠕动。篾匠老七认定那影子就是那个影子，待一个虎跳豹突扑将过去，压住的却是一只肉獾崽儿。篾匠老七拿荆条缚了獾的腿脚，一路拎着一路不停感叹：没逮着人，逮只獾崽也值，值咧，值咧！之后还把他的遭遇当笑料讲给子孙和左邻右舍，这一讲竟是十多个年头……

后来太阳就落山了。后来夜风就刮起来了。院坝上的曹二并不死心，一时间捶胸顿足，骂骂咧咧，又怒吼着传令下去，要所有搜山者都点了松明火把，务必将来路再细细搜索一遍。

住在翡翠岭头的护林老人目睹了这一奇异景象。护林老人事后跟人描述渲染，说是那个夜里，九天银河繁星点点闪闪烁烁，四周山林的松明子也是星星点点乍明乍灭，两厢里相互勾连，相互辉映，打远处看去十分诡秘、壮观！

夜半鸣金收场，长工曹二冲进花屋朝门，单腿跪伏于地向花屋主人请罪。

曹二说话一字不顿还拖着哭腔："先生呀我没找回少爷是我无能你收拾我处罚我吧……"

左焕然大半天沉默不语，末了对阶下曹二说："这事不可怪罪于你。也许是天意，是天意……你还是回去歇息吧。"

曹二长跪不起，待花屋主人走离开去、四下有凉风飕飕吹过之时，他这才双手撑地，挣扎着爬起身来。

其实那个晌午南生并没走远，而且逃离的念头是一刹那萌生出来的。

南生是在白天做梦时又梦见爹了。爹一身戎装立在一块突出的山岩上面，高大挺拔，英姿凛然。爹朝他的豆伢子招手，笑得一脸灿烂。南生撒腿往爹跟前跑去，跑呀，跑呀，再跑就睁开眼睛醒了过来。

那刻是午时，连香扯严了木床的帐子才刚刚离开。

南生睁大眼睛躺在床上，瞅看屋顶愣怔一会儿，忽然发现这个时候花屋庭院里最是安宁，甚至比静夜时分还要安宁许多。于是一个打挺坐了起来，逃吧，逃！这念头才在脑子一闪，南生便顺手抓起一件衣服蹿到屋门后面了。

南生穿过走廊穿过庭院时，还真的没看见一个人影。

到了东花园，南生四下里睃巡一番，然后瞅住那棵曾经移栽过的柿树，嗖嗖嗖只几下便爬了上去。时令是在盛夏，柿树的树冠阔大、厚重，枝叶肥硕、浓密，还有一树疙里疙瘩的青皮儿果实，跟春天顶着花蕾的时候已大不一样。

南生这一刻的想法十分简单也十分明了：先就这么躲着，待夜深人静，待花屋一干人里里外外折腾够了，都感觉没什么指望了，然后再翻墙逃离开去。

那堵墙，那堵紧贴后山野树林子的高墙，南生才在树杈深处坐定就开始打量、琢磨它了。先前是先前，先前南生个儿不高尚且不能攀爬；但是现在南生长得高大了，如果借助什么东西，比如几块观赏石头，比如一根木杠或者一条藤萝，他都会轻而易举攀上墙头并瞬间没了踪影。

南生期待着事情的进展和变化。

起初，花屋里无声无息无一丝动静，这让南生多少有点儿失望，甚至还有点儿着急。后来就听见大太太呼叫麻雀、毛女。大太太的呼叫有点儿沙哑、凄厉，感觉是连香朝她说了事故她才如此地心急火燎。隔会儿便看到麻雀和毛女到东花园来了，俩人沿池塘匆匆跑过一圈，又分头去假山上头和后面看了一看，转回来都说没有没有，才赶紧折回身去，大约是要向花屋主人报告花园里的情况。康管家也来过东花园这边。康管家还立在柿树下面往四下里瞧了几回。之后康管家去了花屋主人书房，待其搀扶了左焕然下来被南生从枝叶间看见，便知花屋的混乱和热闹就要开始了。

南生不惧左家花屋人多势众。南生静坐树荫，静观其变，及至家丁们你呼我叫地聚拢了，佃农们从四面八方往花屋这边跑过来了，他还是他，一副从容不迫、无关紧要的散淡样儿。

再听屋前院坝那儿歃血盟誓，山呼海啸，他甚至带点儿嘲讽、有点儿恶毒地笑了一笑。

不过在这个午后，躲在树荫里的花屋少爷南生，跟四处分布、漫山奔波的搜捕者相比，一点儿也不轻松、自在。说是不用奔跑，不用呼号，甚至一动不动不费丝毫气力，但是时间最是难熬，长长的一个白昼，一秒，两秒，三秒，空气灼热而且持久，那枚高空上的太阳，初看时在那儿挂着，再看仍一动不动地在那儿挂着。

况且在树杈骑跨久了，两只大腿便麻麻地胀痛起来。

还有口渴。好不容易挨至黄昏，两唇和嘴角的干涩尚不曾退去，肚腹和心思又渐渐有了饥饿的感觉了。

好在南生能坚守得住。在南山之南遥远的山冲里头，在南生还是豆伢子的时候，他吃下的苦头比现时多得多了，左家的钟鸣鼎食和舒适安逸，大约不会磨蚀他打小就有的坚忍和脾性。

南生还有他对付困难的机灵和办法。腿脚麻木甚或连屁股也麻木了，他会自然变换姿势，或蹲着，或立着，以至抓住上面的树杈将自己当空悬吊一会儿。便是时间难挨，他就闭了眼目去想心事，甚至有那么一阵，他还利用树桩和树杈箍紧了身子，安全、舒适地打了一个盹儿。他知道柿树的青果麻而苦涩，白日里干渴时他是抿着嘴唇忍了，到夜里肚子真是饿了，他就摘了柿果，不管它如何难以咀嚼、下咽，仍坚持着一连吃了四个或者五个。

夜里他和那位护林人一样，也看到了满天星斗与漫山松明的交相辉映，便知花屋为搜寻他下了多大功夫。于是也和花屋主人一样，有许久都在琢磨事情的来龙去脉，还有他和花屋之间的瓜瓜葛葛。但是无论如何作想，他都不会改变他的意志、主张。他知道他不属于这座宅院，他的归宿一定不在这里而是别的一个什么地方。

这个夜晚众人于夜半都安歇以后，南生终于不费周折逃离了左家花屋。他没像上回出逃时那样去钻山谷山林。他选择了朗朗星空和通衢大道，这样或许更便捷、更稳妥一些。他不急不慢朝五狼关方向走去，中途遇有夜行者了，他还依惯例和他们相互呼应，各说各话，各行其道，两厢里谁也不曾停顿一步。

到了五狼关，南生一连过了老石桥、半边街、山垭口三道驻军哨卡。军人的岗哨威严归威严，但比白云山和翡翠岭上的便衣盯梢似乎要容易放行通过。

前去就是北上秦岭主峰的山间大路了，出逃成功的南生一时兴奋过了，也激动过了，但他没继续赶路前行。他选择路旁一块石头坐下时，大山里清风明月，山泉石流，正是夜鸟快乐唧啾的美妙时刻。

这天拂晓，在左家花屋那边，丫鬟麻雀早早就起床做事了。麻雀大约不会想到她会在连香窗下看见少爷南生。但她的确看见他了，也知道他一眼也看到她了。她和他注目良久，喃喃说："少爷回来了，少爷回来了……"

又拖着哭腔，隔窗纸叫道："连香姐！连香姐，少爷回来了！"

还跑到东花园左焕然书房下面喊叫："左先生，少爷回来了！左先生，少爷回来了！"

花屋的沸腾最终没让南生再次离开。南生自打瞧见麻雀，或说麻雀一眼看见他了，他便明白他已不能再次逃跑了。只是后来许多日子，花屋上下没谁知晓南生既已逃脱，又为何会在那个拂晓自己跑了回来。众人的猜测七长八短各式各样，但都不便随便谈论，更不能当面去质询少爷。

便是花屋主人，也不曾问过南生一回。

三太太自作聪明，私下里跟人提起，感叹说："要说南生为啥跑出去了又要回来，说到底还不是丢心不了咱们连香！有连香那么一个漂亮脸蛋，天底下但凡是个男人，有哪个能割舍得下！"

连香则悄悄跟麻雀说："说不准的，说不准他以后就不跑了。"

她们说的，既对又不全对。

只有南生自己清楚，那个拂晓他其所以反身回来，仅仅只是为了再看连香一眼。也就只看一眼，紧接着他还会选择离开花屋。他这是少年情深。他没忘记连香给予他的那份守护、温存、甜蜜，却把一次成功的逃离，白白地又丢失掉了。

第十七章

　　七月里，下河川一带的稻黍将熟未熟之际，左家花屋忽然来了一位年轻的省城客人。来客才出五狼关镇街不久，就跟沿途的旅者和樵夫打听左家花屋的下落。空旷河谷里，来客的时走时伫和樵夫的指指点点，与脚下的河流和两旁的山林一起，一时构成了一幅奇特的画景。

　　"往下走，拐过一个大弯就能看得见了。"

　　"往前走，一直走，左旁谁家的房子最大最高，谁家就是左家花屋！"

　　来人立于花屋朝门之下等候通报时候，神色沉静得跟他的年龄有点儿不称。他看似漫不经心打量着花屋的高耸和朝门的精雕细刻，间或也侧身去看平阔的川野和四周的山岭。他还故作好奇审视执勤家丁的装束和武器，俩人一旦四目相对，他便友好地朝家丁一笑，一时间淡定的是客人，忐忑的反倒是花屋的家丁了。

　　花屋主人在书房接见了不速之客。来人自称姓冯，是省城西北大学陆少岩先生的入室弟子，历史与考古专业在读博士。博士学生说，他和陆少岩先生虽说治学有道、一脉相承又各有侧重，但于专业之外，都喜爱谈论孔孟之学，每有心得，必切之磋之，李贺囊之，时间久了，便想着能否积沙成堆，集腋成裘，将体悟认知编撰了拿去付梓、发行。博士学生说他是做田野考察时听闻左先生声名的，前年这个季节初来五狼关时便想见先生一面，这一回则是刻意登门求教，一来得先生耳提面命，想必是醍醐灌顶，受益匪浅；二来欲觅历朝历代孟学之孤本善本，若能得其一二于灯下披阅过录，亦不胜荣幸欢欣之至。

博士学生说："我听闻先生数十年研读孔孟之学，术有专长，造诣深厚，对孟子真言更是如数家珍，烂熟于心；先生藏书万卷，有些典籍，便是西安城里一时也难寻觅得见。为此学生愿拜先生为师，祈先生海涵接纳，不嫌不弃；先生若能留晚辈在府上小住数日，以亲聆先生教诲，更是学生求之不得的一件乐事……"

左焕然对博士学生的造访暗自欣喜，才刚博士提到陆少岩教授时候，他便不由轻轻地"唔"了一声。此刻又见博士学生谦恭真诚，不端一点儿洋学生做派，赏识之心和喜悦之情就溢出眉梢眼角来了。

还觉得自家偏安一隅，往昔是孤灯相伴，形单影只，今日里难得遇一知己做促膝谈心，竟有几分虚荣，不意间获得了充分的张扬、满足。

左焕然跟博士学生说："老朽不才，所谓学问，不过是自得自知、自得其乐而已。既然不堪比附方家，又遑论为人师表！博士若不嫌弃，你我尽可坦诚相待，各抒己见。咱们互为师友，互相切磋，这左家花屋呢，既是我左希圣的家舍，也是你大博士的驿馆，你来去自便！"

便招呼康管家上茶，准备午时菜点，并打扫安置客房。一会儿麻雀端了西乡绿茶上来，主客于香气氤氲之中，寒暄着说了许多客套话儿。又去厨堂用餐，一律都是山野滋味，喝当地蓼花稠酒；左焕然一时兴起，硬是陪伴着多饮了几盅。

客房在前庭左厢房的阁楼上面。一切安顿停当，左焕然又亲自过来认真看了。左焕然叮咛康管家好生照料客人的饮食起居，又指着一旁的麻雀跟博士学生说："有什么事儿就呼唤麻雀，这丫头心眼儿活泛，人又灵巧、利索。"

博士学生连致谢意，慨叹说："天下求学，有谁见过学子不拎束脩、不纳头长拜也罢，还一日三餐饱享口福，住先生如此舒适的庄园寝屋！"说得大家都开怀笑起。

夜幕降临之后，左焕然在东花园摆茶点与博士学生纳凉谈心，也算是头一回切入学术问题。起初那枚月亮尚未升起，但银河灿烂，满天繁星闪闪眨眨，每一颗都那么明亮、晶莹。小南风徐徐掠过墙头，捎来流水的吟唱和蛙鼓的奏鸣。还有近处的树冠和远处的山峰，背衬深邃天穹，既凝重晦暗，又十分地明晰、爽目。

后来圆月就升起来了，先是由红转黄，再由黄转白，渐渐地便淡化了一天星斗，把水一样的清辉，恣意地、舒心地铺洒到主客脚前。

外来的博士学生一开始便啧啧赞叹："山里好哇，山里的夜空小虽小些，但天幕高远，明星繁多、璀璨，只此一点，便胜过山外闹市几分了。"

后来又赞叹月亮说："如此明媚、清爽的一个月亮，平心而论，晚生这还是头一回体味、享受……"

至于学术学问与孔孟之道，两人一经说起，便都思接千载、话语滔滔了。

左焕然说："一部《孟子》，若要琢磨透彻，得其肯綮，远非一字一词、一句一段背得滚瓜烂熟。"他这是回应白天里博士学生的溢美之词。

接着说道："孔孟之道既为一体显学，其渊源与承接自不必说，单是《孟子》里头，涉及《尚书》的即达十数处之多；引用《诗经》呢，大约也有十七八次吧！比如卷三'公孙丑上'，仅讲'仁则荣，不仁则辱'七字，便引《诗》之'迨天之未阴雨，彻彼桑土，绸缪牖户。今女下民，或敢侮予'和'永言配命，自求多福'两处，又引用《尚书·太甲》说：'天作孽，犹可违。自作孽，不可活。'当然了，'仲尼厄而作《春秋》'，传说《诗》亦由孔老夫子整理；但读《孟子》，不熟悉《诗》和《书》，想必是缘木求鱼，不得要领……"

博士错愕惊叹，暗自钦佩左焕然读书的仔细、认真。

"这是往前追溯，往后呢？"左焕然又说，"往后《孟子》地位的提高继而成为显学，亦有一个循序渐进、起起落落的过程。读《孟子》，有这么几个人及其著述不能不读不问。一是东汉赵岐的《孟子章句》；二是宋神宗时《孟子》被列为经书，孙奭所作《孟子注疏》，朱熹所作《孟子集注》，都是阐发孟学义理的经典新疏；三是清时乾嘉学派的孟子研究，其中焦循的《孟子正义》不可或缺，最值一读。至于晚迟一些如戴震的《孟子字义疏证》、康有为的《孟子微》等，实为借题发挥，多有偏颇，想必不足为证……"

这个夜晚，主客双方都十分尽兴十分惬意。一个讲得汪洋肆恣，一个听得出神入化。间或博士学生也会插话其中，这就难免生发另一话题，牵引花屋主人又是手之舞之，滔滔不绝。

不觉就月挂中天了。不觉月影儿又往西边天际去了。

有客人在左家花屋走动和出入时候，花屋上下都心有所思又都喑哑失语。大家知道省城来的博士学生如今是花屋的座上宾，知道花屋主人难得有人打老远前来拜访，而且跟他探讨的是他平日关切却无人交流的那些个学问，这从左焕然一脸的兴奋和难得的笑意上看得出来，从他事必躬亲、刻意照料客人的举动上也看得出来。有主人的主见和殷勤在那儿明明白白摆着，大家私下里和相互间即使想说点儿什么，也不好妄加揣测、随便张口了。

在花屋各色人等里头，最淡定的当然要数康管家和账房宁先生了。康管家在左家花屋待得久了，早已习惯了处变不惊和谨言慎行，平日里但凡遇到事情，尤其是牵涉花屋主人的、须由左焕然定夺的事儿，他是知道哪些该说，哪些不该说，该说的又是怎样一个说法，说时又该说到怎样一个程度，而更多时候，他是以听从吩咐、不折不扣做事为基准的。即如这回有省城读书人登门造访，眼见得花屋主人由惊而喜，由喜又付诸行动且乐之不疲，康管家几次都想跟左焕然谈点想法，抑或叫做提个醒儿也罢，然而却终于戚戚然不曾开口。

账房宁先生更是不越雷池一步。宁先生向来点子多，建言也多，但宁先生每回跟花屋主人说事，所谈一准和花屋的建设与预算、结算有关；在进项和花销之外，譬如夫妇之间、太太之间、主雇之间以及主客之间的瓜瓜葛葛，宁先生坚持做到了视而不见和不闻不问。

"这是规矩，"宁先生私下曾跟人说，"规矩不是主人随便定下的，规矩是下人一日一日恪守出来的！"

翌日天色才亮，康管家起身料理一日事务，看见博士学生也早早出屋了，一个人立在东花园水塘边伸臂踢腿，一旁的石凳上面，还扣着一部已经打开的书册。

博士学生见康管家要去左焕然书房，打远处就招呼说："管家师傅早！"

康管家下来时候，博士学生又招呼说："管家师傅好！"

康管家也是彬彬有礼地回应客人，他问走近前来的博士学生昨夜可曾歇息好了，初来五狼关这个地方，饮食和睡眠是否都还习惯，接下来不计大小无论有啥缺失、要求，尽可以跟丫鬟麻雀或者跟他提起，惹得博士学生频频点头，只一会儿就一连说了好几个"谢谢"。

康管家面目上虽说平和、沉静，不显丝毫逢迎与巴结之色，但对花屋主人刚刚在书房交代的有关客人的事情一点儿也不马虎。他先去厨堂老王头那里，提示说左先生要跟博士学生单独享用早点，要老王头依据主客两便原则特别作一安排；因着读书和交流，午时的饭菜就不必上酒水了，菜肴以菌类和羹汤为主，也是让客人尝尝山里别一样滋味。出来后又去安排轿子，打算吃过早点送客人去翡翠岭上考察地貌风物。又跟麻雀、毛女叮咛，说是午后歇息罢了，左先生还要在书房设置茶点，主客间继续谈论他们研习孟子的体悟、心得，要麻雀和毛女适时做好准备，等等，等等。

康管家出出进进如此忙活时候，还看见账房宁先生也有事去了花屋主人那里。宁先生与康管家交臂而过，一副目不旁视、走路算账的神态。康管家料想宁先生是看到晨练晨读的博士学生了，因他回转头时，无意瞥见博士学生冲着宁先生在笑，宁先生却是只管埋头走路，大约连一个笑脸也没回给人家。康管家于是一边摇头一边嚯嚯笑了，心里说："这个老宁，活该就迷着他的账表和算盘珠子……"

麻雀是花屋这刻最是忙碌也最显眼的一个身影了。此前左焕然只说麻雀心眼活泛做事灵巧，要她照顾省城里来的客人一准没错，说是这么一说，可是麻雀自个儿呢，既要跟毛女她们共同伺候几个太太，还要独个儿操心少爷南生和少奶奶连香，这下又添了博士学生一项，一时间就有点首尾两顾、手忙脚乱的样子。

好在大太太、二太太都知轻知重体恤麻雀（人家博士学生可是老头儿的尊贵客人！）。大太太跟麻雀说："麻雀你把温水盆儿放下就是了，先去看看先生的客人醒了没有，好歹别误了客人的洗漱整扮。"

二太太索性说："麻雀呀，我这里这几天你就不要管了，你专心伺候那个洋学生去，莫让先生为一些琐屑事情操心。"

三太太稍稍有些异样。麻雀偶或去她屋里，三太太不经意就提到那位博士学生了，一时间问了这个又问那个，却只是说说而已，从前到后轻易不作置评。

这个早晨，眼见得客人坐了抬轿出了朝门往翡翠岭上去了，花屋一下子清静下来。大家只说应当各忙各的了，左焕然这时候忽然传了话来，要康管家、宁先生、丫鬟麻雀和家丁拴牢速去他的书房说事。

众人不知道花屋主人要跟他们交代什么，一会儿前脚跟着后脚相继都到齐了，也只是静默地立着，要听听花屋主人到底有什么吩咐。

左焕然才一开口就让几个人大吃一惊。

左焕然说："我要你们几个过来，是要告诉你们，大家要好好留心来咱花屋的这个博士学生！"

见大家惊愕睁大了眼睛，又说："近来西安城里异党活动异常猖獗。有那么一些青年学生，放着圣贤书不读，放着新工艺、新技术不学，偏要跟着瞎跑起哄。这个博士学生是什么身份？是否是王胡子他们派来的暗探？咱们大家谁也不敢糊涂不敢掉以轻心！"

左焕然最担心这个人以访学为幌子，待跟大家混得熟了，然后伺机将少爷南生从花屋带离逃走。

他将这个担心强调着、重复着跟大家说罢，康管家感慨说："还是左先生虑事周全！几天来我等差点儿让先生的热情好客迷糊住了。"

宁先生说："这叫害人之心不可有，防人之心不可无。"

左焕然回应说："老宁所言是也不是。这叫未雨绸缪，是孟老夫子引用《诗经》时说的一个思想，昨日我和这位博士学生探讨学问的时候，还提到这么一个典故。"

麻雀这时插话说："三太太私底下倒是说过一句……"

左焕然默不作声，却是等三太太到底说什么来着。

麻雀说："三太太说了，来的这个人也不知道是个啥底细，先生平白无故地就拿他当贵客招待哩！"

左焕然抬起头缓缓看一遍众人，意思是说：看看，看看吧，你们在这件事上，约莫还不如一个妇道人家！

大家多数多少有点儿委屈，却是不便辩解，也不好在脸上表露出来。

接下来便议论防范措施和安排分工，强调既要提高警惕，又要不动声色，不使客人，包括少爷南生有丝毫的觉察和疑虑。

末了特别叮嘱家丁拴牢说："拴牢师傅你这回可得操心好了。"

拴牢说："先生你放心，我这回要是再出什么差池，你就让我手下那些兄弟把我拉出去拿石头砸了埋了，连咱花屋一颗枪弹也不要浪费！"

左焕然笑道："你这回倒有点曹二的样子……"欣然之情溢满眉梢眼角。

从省城来的博士学生从翡翠岭上下来后，没感到花屋的气氛有什么异样。依旧是好茶好饭款待。依旧是临窗沐风或月下促膝，说不尽的先贤圣达与儒家学说。左焕然还与博士学生相携在花园里赏秋，抑或步出花屋朝门，大半天在洵河堤岸和滩湾里遛弯散步。他们的影子再次在花屋出现时，大家看到听到的，总是俩人满目的快乐和爽朗的笑声。

左焕然不动声色又稳操胜券。每天在特定时间，比如博士学生借其书房查阅典籍或整理资料心得，左焕然便会悠闲地从楼上下来，要么去中院大厅，在那里小坐片刻或者消停品茗，要么去账房宁先生那儿，看看花屋和外埠的经营收支情况。有时也到几个太太屋里和南生连香的新房门口转转以示关心、爱护。

这时候，也是康管家、宁先生和麻雀他们朝他报告信息的最好机会。

最初两三回，康管家和宁先生都说没发现什么异常情况。麻雀也说没别的什么事情发生。

麻雀跟左焕然说，这两天她是尽心伺候客人来着，也尽心照料着少爷和少奶奶的衣食起居。那个博士学生鸡鸣即起，月落而眠，除了跟先生待在一块儿说话，从早到晚手里总是不离书本。到现在他没跟花屋其他任何一个人接触，见谁只是跟谁笑笑，最多问声早呀好呀啥的。这中间倒是出了两回朝门，一回是去屋后的蝴蝶坡，一回去了对面白云山，这些想必都跟先生打过招呼了。少爷和少奶奶这边跟平常也没什么两样。他们对花屋来了博士学生一点儿都不感兴趣，从前到后，他们大约跟他只在东花园门口遇见过一回。

左焕然问麻雀："博士学生没主动与少爷说话？"

"没有，我敢肯定没有。"麻雀说时，忽然哧的一下笑了，"他是看见少奶奶愣了半天，眼睛睁得贼大贼大的。少奶奶跟少爷都走到假山跟前了，他还瞪鼓着眼儿瞅她的背影腰身。"

"少奶奶也是生得太漂亮了……"麻雀欲作解释时，见花屋主人一改常态，也微微笑了一笑。

左焕然的笑别有意味。笑年轻人为美色所动天下皆然；笑博士学生既如此这般，便让他少了几分思量几分担忧。这之前也许是他想得多了。

对此麻雀一时间还不能全然意会。

再过两天，却有新的说法一个一个报了上来。

账房宁先生说："昨日天刚擦黑时候，我看见博士学生和少东家说话了。是博士学生先跟少东家打的招呼。博士学生一阵儿都说啥来，我站在远处没能听到，但看样子，咱们的少东家倒是很乐意听人家问些什么，说些什么。"

麻雀描述的则是另外一番情景："今日早上博士学生在东花园念书，一会儿少爷和少奶奶也去了那边。我藏在月亮门旁边往里偷看，他们不光立在一块比比画画的，后来还一块儿绕水塘走了一圈。"

"我看这人和少爷已经混得相当熟了！"康管家强调说，"我还发现他去了少爷屋子。听他们一路走着说话，好像是少爷邀请人家去的。"

左焕然听大家一一说罢，一点儿也不感到惊奇。

左焕然说："你们大伙说的，我刚才离开书房时候，人家博士学生都一五一十地跟我讲了。"说得几个人面面相觑又都一头雾水。

接下来说道："人家还发感慨呢，评价说：左先生呀，你们左家花屋娶的媳妇真是太漂亮了，这要是搁在我们大学里头，稍微换换穿戴，稍稍学点儿知识，无疑就是学校历史上最出色、最耀眼的校花了。这要是搁在大上海或者陪都重庆呢，若经人调教，只演出那么一部两部电影，就一定能出息成一个大牌儿明星！"

众人听得新奇、酣畅，却是不便插言，只做喜悦和洗耳恭听状，陪花屋主人一起自豪、得意。

左焕然又说："人家还说了：你家少爷也英俊聪睿，热情好客，不单带我在东西花园里转了看了，还带我去他屋里看左家祖传的雕花屏风……"

说到这里则戛然而止，大家便一下明白他的用意、目的了。

康管家少顷说道："咱们看的说的都是表面现象，还不如先生坐在书房听到想到的。"既是说给其他几个人听，也是向花屋主人表示歉疚。

这里正说着，三太太忽然急匆匆来了，见大厅里人多，稍作迟疑，才趴在左焕然耳朵跟前咕哝了几句。

左焕然说："你把你那话跟他们几个再说一遍。"

三太太犹疑着不肯明说。

左焕然往前倾一倾身子，说："不打紧的，你直说无妨，他们都是为这同一件事情来的。"

"昨日夜里都到午夜时分了，"三太太吁口气说，"我拉开后窗帘想看看外面是啥天气，天气倒没咋么看清，偏是看见博士学生从南生和连香门口经过，这当儿南生突然从门里出来了，把一个纸条样的东西塞进博士学生手里，俩人啥话没说就分开了，只一会儿时间。"

左焕然对三太太的说辞不作评判。此前他并没给三太太布置什么任务，但三太太提供的东西，比在场几个人说的，显然是严重多了。

几个人脸上一时都燥热烘烘的。

花屋主人并没责备大家，听他说话的语气他也没乱了方寸。左焕然说："咱们不怕他博士学生跟少爷来往，只要他不把南生偷偷儿从我眼皮底下带走，至于他跟南生到底说了什么，做了什么，我想往后去一定能搞个明白。大家还是眼观六路，耳听八方，把他给我盯仔细了，从早到晚一刻也不要马虎、懈怠。"

康管家不说话，大家都不说话，但心思比之前却沉重多了。

这个白天下河川下了这个夏季以来最透彻的一场白雨。不过大雨来得快去得也快。起初雨点是噼里啪啦砸进土窝里，溅起的是尘土和烟雾，但只一会儿工夫，人家的屋檐下面，墙脚跟前，道路两旁，就有活水溪流一般流淌着了。偶尔有雷声在远处或头顶咕噜咕噜滚过，像车马辚辚，像山体滑坡时有石头争着抢着从坡头翻腾下来。烟雾混着雨柱充斥了整个天宇，风雨飘摇中，树木是一律歪斜了，山影是一律隐遁了，人们望洋兴叹，只说这一回老天怕是要坍塌下来，忽然间又风停雨歇，云开日出，一个灿烂、明丽且十分清凉的世界再次展现在人们面前。

雨后博士学生避开积水，一蹦一跳地去左焕然书房跟花屋主人辞别。还在昨日黄昏，博士学生就跟左焕然说妥，原定今日拂晓起身去五狼关镇街，在那儿随便吃点东西，然后搭乘南来的邮车，先翻秦岭大梁，再下石羊关隘，差不多赶前夜就能回到西安城里了。

不料昨夜月亮带了"雨圆"，清晰，柔和，不见缺口，是很大很美的一个光环。账房宁先生说这是雨圆不是风圆，明日白天一准下雨，而且是疾风骤雨，于是左焕然一早起来就把主意改了，硬是留博士学生在花屋多耽了半天时间。

博士学生跟花屋主人说："左先生我这刻就要走了……"

左焕然急切说："这时候邮车早就过去了，剩下只有小半天时间，你徒步跋涉如何回得了西安城中！"

博士学生强调既然风雨阻隔了行程，他索性还是先去五狼关，在镇街找个客栈歇下，明日一早会更方便一些。

博士学生还说："我家里老母亲年事高迈，近年又患风湿，心脏、脊椎都有顽疾。我想这回难得来山里一趟，想顺便买些上好的野生药材回去。"

如此左焕然便不强留，感慨说："不想博士还是个孝子，是孝心孝行呢！"

又说："不过你留在花屋过夜最好，至于令堂疗疾所需药材，我即刻便让康管家差人去镇街办理。你要知道，咱们左家'天成恩'在镇街做的就是上等药材生意，其中大多采自高山深谷、崖畔水边，选择和炮制都十分讲究，想必能合了博士意愿。"

博士学生说："这等具体事儿，还是我自己去做最好，总劳先生费心，晚生我实在于心不安。"

左焕然再不言语，却是执管写了便笺，一着博士学生径直去天成恩拿药，二是当晚就歇在天成恩客舍。左焕然说："天成恩在镇街中心，左旁是镇公所，右拐是文昌阁广场，在它对面有卖早点的，有卖日杂百货的，博士住那儿食宿方便，早上起来拦车搭车也很方便。"

又问要不要使用轿子，要不要康管家或账房宁先生陪伴一程。博士学生扑哧一笑作答："先生你看我这么年轻，去了镇街又不是不会打问。何况我还有先生手谕呢！"

博士学生离开时花屋上下差不多都来相送了。

之前是康管家让麻雀和毛女帮博士学生收拾的行囊，博士学生前脚进了左焕然书房，康管家后脚就跟了过来，这刻就立在书房门口静候花屋主人明示。麻雀和毛女已将客人的行囊从楼上走廊转了一圈儿拎下，说是搁在前院石几石凳上最是方便。麻雀跟毛女说："我背这个包儿，你把那个网兜儿拎上。"俩人虽说急急匆匆，却是一点儿都不慌乱。

宁先生在账房窗前拨拉他的算盘珠子，嘴里嘟嘟囔囔念着："八得八，重八六十四……"猛抬头，见麻雀扶着客人行囊跟毛女已立在庭院里了，就隔着窗棂喊道："是不是洋学生就要走了？"跟着又自说自话："这么大的白雨才停下来，路上又是水又稀泥咕咚的！"

宁先生出来后先绕厨堂走了一圈。宁先生跟老王头说："人家洋博士洋学生就要走了，老王头你也不过去送送看看？"

老王头说："我跟你比不成，你宁先生是台面上的人，我老王头是门背后的！"说是这样说，却是撩起围裙揩了手上水渍，脚下也走出两步三步了。

大太太二太太在大太太屋里缠毛线疙瘩，一个拿两手在膝头绷着，一个一圈儿一圈儿地轻轻缠绕。夏天过去就是秋天了，她们琢磨今年得给先生织件厚实一点儿的长袖毛衣。二太太说："待会儿先生要送西安城里的那个博士学生，姐姐你说咱们两个去还是不去？"

大太太说："不去你看行不？他那个人，最喜好面子，尤其是在博士学生面前！"说着就停了动作，将毛线和毛线疙瘩归整了搁进一旁的笸篮里面。

大太太和二太太在这厢说话当儿，墙那边三太太已出门去了前院。三太太是争着抛头露面的，而且她还有她的小九九，她是暗里替花屋主人护着南生盯着博士学生的。三太太先是转过去看了一看南生和连香窗口，再来前院，一见麻雀、毛女就喊叫说："先生呢，博士呢，先生和博士学生还没过来？"

麻雀回话说博士学生这刻在先生书房里，估摸着很快就要下来了，三个人就一边说话一边立在行李旁等候。

其实除过左焕然，花屋里还数少爷南生愿与博士学生话别并见最后一面。南生知道博士学生此一去吉凶难料，即便他躲过防守躲过凶险达到目的了，往后去战事纷纭世事一样难料，他和他未必就有机会再次相见。当然南生送客是得带上新娘子连香。南生跟连香说："省里来的客人要走了，咱们也去送送他吧。"

其时连香正忙着手里的针线活，回话说："送客有咱爹，有康管家、宁先生和三姨娘哩，咱不去没谁怪咱。"

南生说："是我自己想去送他，你就不能陪我一回？"

连香抬起头来，朝南生灿烂笑着："那你过来亲姐一下！来，亲这儿，这儿。"

南生和连香在夜里已有多回男女欢爱了。那时南生被蓬勃激情激荡着、燃烧着，被痴醉的连香牵引着、感化着，可此刻却是十分地难以为情。

连香说："你不过来，那我就不跟你过去。我这里忙着哩，弄完这件背心还有一件坎肩哩。"

这里连香还在跟南生逗乐，前院送客的花屋人已聚成一大帮了。左焕然喜欢这个做派，起码在面儿上，这个博士学生是他兴味相投、能做促膝交谈的一个客人。之前他是热情、真诚地接待了博士学生，现在他还要诚挚、隆重地送他离开左家花屋。

就在大家簇拥着博士走向朝门时，博士学生有几次回过头来，在人群里搜寻另外一个人影。

博士学生说："左先生，怎么没看见您那位公子，还有他的花容月貌的漂亮新娘？"

左焕然说："我也费思量来着，这是事前说好的，为何就没来呢！"

听花屋主人如此说话，众人都转过身往中院甬道那儿张望，目光所及，一刹那竟牵出南生和连香身影来了。

晚秋和小惜秋跑步过去，一人牵住一个人的手指。

左焕然则欢快地朝他们招手："快过来，快过来，冯大博士就要走了！"

南生和连香走得有点儿气急，到了跟前，大家都等待南生跟博士学生说点儿什么，也等待博士学生跟他们的少爷和少奶奶说点儿什么。

博士学生微笑着看住南生，先开口说："少东家和少奶奶，我今天就要走了！欢迎你们来省城做客，咱们下一回呀，就在西安城里见！"

南生一时无语。三太太从一旁引导说："俺家南生和香儿也欢迎大博士有空闲再来花屋做客……"也算是替南生和连香说过客气话了。

一帮人说着笑着走出朝门来到院坝一隅，才要驻足道别时候，南生忽然走上前去郑重跟博士学生握手，还郑重说："路上多加小心……"

这情形大伙儿都不曾料到。三太太扑哧一声笑了，赞叹说："瞧瞧俺家南生，像模像样的，正儿八经的！真个是娶了媳妇，一夜里就长成大人了！"

左焕然心里头却是忽地往下一沉。

第十八章

　　这个早晨，岑团长一早起来就坐在床榻旁的几案跟前喝茶抽烟。五狼关多数人都有早起喝茶的习惯。喝浓茶，一盅接着一盅，待日头升到这个季节一定的高度上了，这才抽了门板准备着接待顾客，或者肩了锄耙牵了牛绳去山坡和水田里劳作。岑团长并非效仿土著人的悠闲自得。岑团长自家天亮前睡不着了喜欢虑事，看今日有啥事情非办不可，有啥地方得去走走看看，还有就是战事防备呀，军事训练呀，钱物发放呀，地方应酬呀，等等，等等，哪一样不虑算好了心里都不得踏实。岑团长跟勤务兵说："去给我弄一套白色细瓷茶具来，泡西乡仙毫，让我好好醒醒脑壳！"

　　岑团长喝茶时从不许任何人打扰。勤务兵除了眼尖跑过来给他续水，或者倒掉茶皿里残余的茶根冷汁，余下时间就挎枪立在门口一侧，无论谁个有事都叫他过一会儿再来报告团长。

　　但是这个早上勤务兵没敢拦挡副官段春天，他看他脸色晦暗失急慌忙的样儿，想必是有紧急事情，便是要拦怕也拦挡不了。段春天冲进屋里倒也没失态吼叫，他趴在岑团长耳边咕咕哝了几句，勤务兵这时就看见岑团长俩眼一瞪，脸色"唰"的一下就变成了一张白纸。

　　岑团长大半天痴愣着不动，一时间挨得久了一些，突然又扬起手臂将一个茶盅恨恨地在地上摔了："去把狗日的给我喊来，看他咋么给我交代呀！"跟着又把一个茶盅摔得粉碎。

　　文书李绍文被段春天牵着衣袖来了，一进门瑟瑟发抖说不了话，惹得岑团长虽不吭声却比谁都要着急。段春天从旁说道："绍文你快说说是怎么一回事儿！"

文书磕磕绊绊，语无伦次，到末了总算将事情说明白了。

原来拂晓有人潜进文书卧室，"偷"走了驻军的机密档案。

"我只说他从墙上摘下我的挎包会将它拿走，谁知他窸窸窣窣折腾一阵，又把挎包放在桌上拧身就跑掉了……"

段春天说："你不会大声喊叫，喊人来当场将他捉住？"

文书说："我没喊叫，你知道我那房子在院墙拐角，喊声再大你们也没谁听见。"

段春天又说："你又是怎么知道让人家拍了相片？"

文书说："我看见他手里拿着相机，是莱卡牌的，从前我跟团长在军长屋里见过那个东西。"

岑团长一直闷不作声，待段副官和文书两个一问一答罢了，突然说："我们惹下天大的乱子咧！"

稍顿又说："这事要是让军长和胡长官知道了，你俩和我谁都脱不了干系，都得让枪子打了脑壳！"后半句是压低声音、咬牙切齿说出来的。

便一再叮咛谁也不许往外露一丝半点儿风声。

"说出去能咋？说出去队伍和人马能做调整，但关隘、战壕是死的，就是变，怕仨月俩月也变不了啦……"

岑团长虽强调保守秘密，偏还要搞个明白查个水落石出，于是就带段副官和文书先去文书屋里看了。

文书说："团长你看，我这挎包原是挂在这边墙上的，被那贼人拿了搁在这边桌子上面了。"

岑团长仍不吭声，只是随手翻翻挎包和那张图纸。文书见状赶紧将挎包接过放进了桌子抽屉。

出来又看院墙，看墙头不大不小一绺儿豁口。岑团长跟段副官说："你去隔墙院里把保安队姓鲍的给我喊来！"说过躁开大步去团部屋里等候，一帮人尾随其后都战战兢兢的样子。

鲍队长不知岑团长有什么事情找他，又见段副官阴沉着面目，问他话他也不肯作答，一路上心里头扑腾扑腾直跳，进了门一时竟忘了敬礼，只管翻滚着眼珠瞅看人家团长。

岑团长说："鲍队长你知道不，今儿个拂晓有人从你那边翻墙到我这边来了，偷了文书小李的一把手枪不说，还把他抽屉里三块银圆也顺手拿了。"

段春天和文书都暗自惊讶团长的随机变通，鲍队长那儿却是吓得有尿头儿滴在裤裆里了。

鲍队长拖着哭腔说："岑团长你千万不敢怀疑我和弟兄谁个，你就是借我们八个胆子，也没谁敢翻你大团长的墙头。"

岑团长说："我这大门和你那边门口都有岗哨，不从你那边过来难道是从天而降？"

鲍队长辩解说："我的弟兄绝不会弄这号事情。不要说现时我们手里有枪哩，就是缺东少西的，我们敢朝团长伸手要，也不敢摸黑过来偷窃。"

正说着，突然一拍脑壳又咿呀一声叫道："我这边没人动歪心眼是肯定的，但是保不准隔壁的'天成恩'就没有闲杂人翻墙过来！"

就解释天成恩是五狼关最大的药材商铺，有住屋还有客房，春夏秋冬，南来北往，不定是哪个起了偷枪偷钱心思。还说天成恩的院落很深，其后院一部分挨着保安队，一部分也靠着文昌阁。

岑团长当即命段副官派人去将天成恩老板叫来，一时又改口说干脆荷枪实弹径直去那边搜查，打他个措手不及。一帮人于是稀里哗啦带了武器冲出门去。鲍队长二话不说也跟着跑去一抖威风。

段副官半道上悄悄儿跟岑团长说："天成恩是花屋左先生的铺子，咱搜它要不要跟左先生打个招呼？"

岑团长拧身看段副官一眼，迟疑说："怕是顾不了那么多了，先堵住人要紧，等搜查过了再理论不迟。"

岑团长指望着能逮住行窃者并没收了他的相机、胶片。

到跟前，先是两个持枪士兵啪地往大门侧旁一站，其他人二话不说便气势汹汹冲了进去。

天成恩王经理见岑团长带了人还有长枪短炮，两腿哆嗦着从远处跑来，才刚被段副官开口审问，便稀里哗啦一五一十把什么都照实招了。

说是昨日黄昏时候，字号里来了那个博士学生。博士学生是在天成恩住了一宿，夜深人静才熄灯睡觉，但是天不亮就起身走了，走时也没见跟谁打个招呼。

又说博士学生是花屋主人的客人，进门来拿着左先生的手信，铺子里除了给他拿药、做饭和安排住处，没谁敢问人家多余一句话。

岑团长双手一摊，苦笑说："跑了，说跑就这么跑了？"

王经理不解其中意味，跟着说："跑了，跑了，是跑一阵儿了。"

知是无奈，岑团长还是命人搜查了那间客房，回到文昌阁团部，又电话告知各处关卡，说是遇有可疑之人，不问青红皂白，一律捉拿回来拷打讯问。

岑团长不相信花屋主人会染指布防图偷窃事件。副官段春天自然也是不敢妄加推测。但他们带兵往下河川去的时候，心劲儿却是十分满足。何况岑团长又做了充分的打算和防备：左焕然不承认他的博士客人是窃贼咋办？承认了又把自己撇得干干净净咋办？还有就是花屋的那些个家丁，他们会不会阻挡他和他的士兵进花屋搜查取证？如果遇有龃龉、纷争，他们会不会效忠主子跟他和他的士兵交火拼命？

但无论如何，他是必须去左家花屋一趟了，要不心存芥蒂难受，于心不甘会更加地难受、懊恼。

段副官又是半道上悄悄儿跟岑团长说话："团长你说，咱们这回去了是文决还是武决？"

岑团长说："是文决还是武决，一切都要顺势而为！"

又笑段副官说："我说春天你怎么总是畏首畏尾、提心吊胆的，难不成咱们得罪不起这个地主老财？"

段副官说："我不是这个意思。我是说假如咱们这样做了，临结果怕是不合我们的初衷？"

岑团长知道段副官话里意思，虽不言语，却还是大踏步往前走着。

这时候太阳已高高升起，散布在山坡和水田里的佃农见大道上有队伍经过，都停了手里活计，直起腰身瞅看背枪的士兵朝左家花屋那边一步一步走去。

到了朝门跟前，岑团长不知为何没径直迈过那道门槛。他让两个家丁中的一个进去通报，又让七八个士兵留下来在大门外面听候指令，说是只他和段副官俩人就能把事情办了结了。

岑团长心平气和等康管家出来迎他进去，不想他的士兵和花屋家丁无端地较起了劲儿。几个士兵挤眉弄眼窃笑持枪家丁的土样和煞有介事，一时间话说得多了，那家丁居然使劲儿一蹾枪托再傲气地拧转一下下巴，意思是你牛什么牛，你牛×咋叫我挡在大门外头了？

岑团长见状只是抿嘴儿一笑。

这个早晨左焕然一起来就觉得心绪有点儿烦乱。左焕然原打算直接去楼上书房，走过月亮门后，却不由绕水池在东花园转了一圈。左焕然发现今儿早上花园里鸟多且杂，大都又不安生。那对斑鸠平日是卧在南墙头居多，此刻却是从墙头飞上屋檐，又从屋檐飞到假山顶上，还来来回回咕咕地叫唤。黑红两色和灰白两色的山雀以往并不是很多，这时竟然有了一群，又都一律在柳树梢头不停地蹦跳、唧啾。当空里还有尾巴长过身子的金鸡子，它们是一个跟着一个连成一条直线，一会儿忽地从这边飞过去了，一会儿又忽地从那边飞过来了。喜鹊还是从前的那两只喜鹊，它们唧唧喳喳叫个不停，跟墙外锦鸡和墙内麻雀几近一个腔调，让人听了心里头不由一阵烦躁、发虚。随后水里的游鱼也张狂起来了，细看是一群鱼在奋力追撵一条受伤的鱼儿；追撵者争先恐后极尽快乐，逃亡者则侧翻亮着肚皮、身子，显然已精疲力竭了，但还得上上下下、前前后后拼命地游弋、逃窜。

在假山那边，有旱青蛙居然大白天"咯哇""咯哇"叫唤了两声。

左焕然上楼梯时脚尖在木棱角连着碰撞了两回。进屋坐进木椅之后，有很长一会儿看不进去书册，烦躁时拿手指头挠头，就听耳际刺啦刺啦干裂脆响，眼前同时掉下几根脱发来。

左焕然自己跟自己说："今儿个看来我是无法再读书了！"

又说："今天花屋里好像非出个什么事儿不可……"

但是左焕然万万没想到会是岑团长前来找他，带着兵，而且个个都是真枪实弹。左焕然没想太多，一时间虽说有点儿不悦，到客厅仍强作笑颜，说话间免不了就要抢白岑团长几句。

岑团长不跟花屋主人计较，直言说："左先生呀，从来没人怀疑你对国家的忠诚，但是有件事情既然跟先生牵扯上了，本团长就不得不亲自到府上打问打问。"

左焕然勉强一笑说："究竟有多大的事呀，竟劳您大团长如此地兴师动众，大动干戈！"

岑团长说："昨日夜里我的文书让人偷了。窃贼偷了三块银圆也还罢了，临走时又顺手把一把勃朗宁手枪揣怀里跑了！"这样的话在这里再说一遍，好像发生的的确是偷枪偷钱这么一回事儿。

左焕然不回答便是做了回答。

岑团长又说："根据我们了解，那个行窃者是花屋里的客人，是左先生安排他住进天成恩字号的！"

左焕然"哦"了一声，隔会儿又"哦"了一声。岑团长说到博士学生，他是想到少爷南生了。想到他的南生呢，他的脸唰的一下就变了颜色。

左焕然强打精神说："客人是花屋的客人没错，可他一个博士学生，一个拜师求学的，要枪弹那玩意儿干啥？弄不好，他还不知咋扣扳机呢！"

又说："博士学生在花屋统共住了五天。我的防身手枪早晚在书房墙上挂着，要偷他早就拿走了，犯得着到你岑团长那儿翻岗越哨地冒杀头风险？"

岑团长听左焕然如此解释，突然就哈哈大笑起来。段副官从一旁帮腔说："这个人今日敢来军营偷枪，明日个就敢来刺探军事和防务情报！"

"是呀是呀！"岑团长好不容易收住笑脸，又拿他的牛眼瞅住花屋主人说，"这小子偷的如果不是手枪银圆而是本团长的军事机密，那么王胡子他们反攻过来，我这个团长性命难保不说，只怕你和你这高宅大院也难保全了。"

然后就挑明了说事。说他岑团长岑某人今日来不会为难花屋主人，但花屋有个少爷他得把他带走；那个少爷原本就是王胡子手下留下的崽儿，他们怀疑是他助那窃贼把他们营房偷了。

花屋上下和里外听说队伍上要抓走少爷南生，一时吵吵嚷嚷差不多挤满了中院的天井、屋阶。消息是康管家有意散布出去的，这阵儿，他跟账房宁先生和厨堂老王头立在客厅一侧静观事态变化，静候左焕然如何表态又如何吩咐。

三太太稍微来得迟了一些，来了就要冲上前去问个究竟，却被大太太、二太太从两旁同时揪住了手臂。

早秋、晚秋、惜秋三姐妹是先来中院又去南生屋里的。早秋一见南生、连香就有泪珠滚了下来。晚秋抓住连香一只手臂怯懦地看着南生。惜秋少不更事，跟南生显能说："小哥哥你去藏在我的衣柜里头，他们要来抓你，我不许他们进我的屋门！"

随后南生被左焕然传话叫了过去。连香不离南生一步跟着，到客厅跟南生并排儿立定，还拿一双漂亮眼睛瞅看岑团长和段副官，一点儿也不慌乱、恐惧。

南生更是面不改色心不跳动。

左焕然端详南生一阵，慈爱地说："孩儿呀，岑团长要你去镇街一趟，你就放心跟着去吧。岑团长是爹的好朋友，他一丝一毫也不会为难你的！"

左焕然跟南生说话是让岑团长听的。接下来他跟岑团长说话，又是让南生好生记取一定不要忘了。

左焕然说："岑团长你知道我的这个伢子，倔强，任性，不爱说话，不爱搭理人。就拿那个博士学生来说，他来花屋统共五天时间，咱家南生硬是跟他不打一个照面，不说一句闲话！"

南生被带走时候，左家主仆看左焕然脸色谁也没有拦挡。大家送南生到朝门外面才止住脚步。连香是委屈落了眼泪。惜秋在三太太怀里也呜呜地哭了。三太太一边为惜秋擦脸，一边埋怨花屋主人："你就这样叫人家把人带走了？"

左焕然突然发了脾气说："不这样又能咋样？！"

隔会儿又喃喃自语："不这样又能咋样？不这样又能咋样……"一屁股坐在院坝潮湿地上，像一摊烂泥或者一只睡熊。

这天左焕然被大家搀扶到大太太屋里歇息。几个太太围着花屋主人，一时帮他把外衣脱了，把脚上纳底儿布鞋和绑腿褪了，又要他靠着床背闭目歇息。麻雀眼疾手快卷了小被卷儿垫了主人腰身。毛女跟着拿来一条拧湿了的手巾，说是为先生擦擦脸颊擦擦额颅上的汗渍。

左焕然任由大小一帮女人折腾。似乎有许多年了，他还从未像现在这样地疲累、虚空、无助。他是想闭上眼睛歇息片刻，一会儿睁开眼来，见众人都还在床前脚地上站着，康管家，宁先生，老王头，拴牢，几个太太和他的几个女儿；又眼目一动搜寻连香，才发现连香掩身三太太后面，独个儿拿手指在脸颊抹拭眼泪。

左焕然轻微叹息一声，嘱康管家说："你把曹二给我叫进来，他这刻一定在门外头立着。"

康管家出去一看，曹二果然就立在庭院石阶跟前。

曹二进屋后，由康管家打头，众人都欲告辞离去，左焕然却说："曹二咱们去我书房说话。"

几个人要上前搀扶花屋主人，曹二说："我背先生上去。"便半蹲着让左焕然趴上他的脊背。

曹二背着左焕然在前面快走，毛女拎了左焕然的一双鞋跟在后面小跑。

这个白天，左焕然跟长工曹二面对面坐了许久才开口说话。左焕然不绕弯儿，也不再重复已经发生过的事儿。左焕然说："岑团长这家伙眼睛毒哩！岑团长凭想象就认定是少爷沟通了博士学生，也算他不是瞎想不是妄言胡说。"

左焕然说话时喉咙有点儿沙哑，间或还要干咳一声两声，曹二于是就伸手拍他的背心抚摸他的前心，又坐下睁大了眼睛认真地听他说事。

左焕然叹息说："其实博士学生才来两天，我已看出他是冲着南儿来的。我原以为他们背后嘀咕过了是谋划着逃跑哩，不想他们居然勾手把岑团长偷了。"

曹二也以为左先生言之有理，花屋少爷常跟花屋主人去五狼关转悠，对镇街的地形和前后街巷，尤其是左家字号可说是了如指掌。

"眼下是……"左焕然再说时不由顿了一顿。

曹二接过左焕然话头，细声说："我知道先生为难着哩。"

左焕然于是就看曹二一眼，曹二接着说："论先生脾气和一贯的行事原则，少爷他既然犯了事儿，甭说岑团长和段副官他们了，就是先生自己，也会毫不留情把少爷绑了送交出去！"

又叹口气说："可是先生又忒爱这个小子，眼目下这小子就是先生心头一疙瘩肉，一捧儿血，先生要是没了少爷，我担心先生的身子立马会垮塌下去……"

左焕然"哦哦哦"着，又抬头看窗外天空，感叹道："知我者，曹二也，是长安大曹村的曹二呀！"

然后说："从来讲忠孝难以两全，可我呢，做啥事偏偏儿都要图个完满。绑他是给国家尽忠，救他是给左家行孝，我今生今世是头一回遇到棘手事儿了！"

曹二却强调一定要把少爷从岑团长手里抢夺回来。

曹二说："不就是一把破手枪么，那么大的一团人马，多俩枪少俩枪的不算个啥尿事喀！"

左焕然说："我看未必就是一把枪的事儿。听话听音，锣鼓听声，看样子是有更大的隐情不便明说。"

曹二说："隐情也罢，明情也罢，只要少爷一口咬定没跟那个博士学生来往，就不会有啥麻烦。反正博士学生已经跑了，这叫查无实据，叫死无对证也成！"

听曹二这么一说，左焕然倒是舒了一口长气："我是给南生递话来着，也不知他刚才听明白了没有。"

曹二说："那孩子灵醒着哩，咋能听不明白？我想他不光听下了，而且还刻在心里头咧！"

俩人说到这里，突然都觉着好像已将做事的方向定了下来，于是你看看我，我看看你，先是曹二扑哧笑了，跟着左焕然也无可奈何一笑。

左焕然当即着曹二去五狼关打探相关消息。

曹二从楼上下来往镇街去时，他的快步如飞、急急匆匆的样子，花屋里不少人都看到了。其实大家方才都未轻易散去，有人就是手头有事短暂离开了，也要伸长了脖颈不时地往这边探看。后来就看见花屋主人也从书房走了下来。左焕然先是去了连香屋里，跟此前已在那儿的三太太一同劝慰了连香几句，然后就转到中院，一个人坐在阔大空旷的客厅里面，越过门槛看日影儿在厢房门阶上缓缓地挪动。

大半天过去，太阳压山时候，长工曹二终于从五狼关回来了。

曹二朝花屋主人报告说，少爷被带走后，岑团长叫人把他关了小屋，门口是派了哨兵端了长枪守着，不过一个下午都相安无事，他们没审问少爷，还为他端去了吃的喝的，说是有肉有菜，还有"居仁坊"新打磨的豆花豆浆。

曹二没说他是怎样打听到这些消息的，左焕然也没问其经过。

曹二说："我是怕先生着急才跑回来的。我听说明日一早叫天成恩王经理过去跟少爷对质哩，我现在再赶过去，看他们跟王经理到底说了啥话。"

左焕然叮咛说："曹二你不急，你今夜就歇在镇上，等明天事情有了一个眉目再回来告我。"

又提醒曹二说："曹二你知道，关键和要害是看少爷怎么跟人家讲的。他要是东说咱有东说的打算，他要是西说呢，咱一样有西说的打算。"

曹二说："先生我明白你的意思。"说罢饭不吃水不喝便又往镇街去了。

岑团长恪守承诺没斥骂花屋少爷，更不会采取刑讯逼供等非常手段。岑团长离开花屋时跟花屋主人说了："左先生你放心，本团长不会为难你家公子！"岑团长带走花屋少爷只是想验证一个事实消解一个心疑：那个博士学生翻山越岭来五狼关到底是做什么来了？他不顾生死夜闯军营难道就为了那张图纸？岑团长料想一个俘子经不住关押、恫吓；他这里稍使心计稍显威风，他那里想必就稀里哗啦全都招了。

但是三天过去岑团长也没放花屋少爷回家。

头天黄昏吃毕晚饭岑团长来到小囚犯屋里。岑团长先问把门士兵他的小客人吃了喝了没有，夜里睡觉行军床是否舒服，解手时是否方便，然后就喝退左右，一个人跟南生并排儿坐在小床上说话。岑团长说前年他才来五狼关驻防，就有人朝他报告，说是左家花屋收养了王胡子的一个小兵。他的手下嚷嚷说要过去捉人，是他呵斥一声才将他们拦挡住了。之后他还当众替花屋主人说话、张目。左家花屋为少爷成亲时候，他带数十名士兵前去保驾、庆贺，这是他从戎以来绝无仅有的一回。又说两年里驻军与花屋唇齿相依交往甚欢，已然成了五狼关和下河川的一段佳话。岑团长说完这些就起身离开了，但南生从前到后都没吱声。

第二天则是另外一番情形。天成恩王经理被叫来之后，段副官才一讯问，那一位便蒲篮簸箕，瓜桃李枣，把能说的全当众说了。王经理说花屋少爷来过天成恩总有十多次吧。每回来都是跟了左先生的。左先生跟他和雇员说事的时候，少爷自然会在前院后院转悠，逗花猫玩耍，折墙头红枣、柿子。少爷应当知道天成恩过来是保安队，保安队过来便是文昌阁，他们来镇街时候都要从这两个门口过哩。

"至于少爷跟那个借宿的博士熟不熟悉，他们俩人之间有无来往，这我不知道，我真的一点儿都不知道！"

段副官请示岑团长之后让王经理先回天成恩去，警告说："莫扯谎，若要扯谎，立马就把你舌头割了喂狗！"说这话时段副官阴鸷一笑，笑得王经理头皮发麻牙关颤抖直打咯咯。

再问南生，南生不肯言语，问得急了便吼："我不认识什么博士，博士是花屋客人不是我的客人！"是出门时候花屋主人的刻意叮嘱使然。

段副官避开小囚犯跟岑团长说："要不做个娃样子给他看看？"

岑团长问道："做啥娃样子？拿谁个来做？"

段副官笑嘻嘻说："这个嘛，团长您就不用管了。"

段副官让士兵带了南生跟他去大门外面溜达。小广场有一排士兵正在操练，手背后，拔正步，脚尖绷紧了，踢出之后不得动弹，看十余只脚是否形成一条直线。一个大块头士兵把持不住，踢出的脚掌才停一霎就脚跟磕了地面，再抬起由不得又磕了地面。偏巧段副官他们这时候走到了这个士兵身后。段副官只一脚就将大块头士兵踢趴下了，像放倒一堵墙或者一匹骆驼。段副官还做示范自己踢出正步，大半天身子不动，手臂不动，脚也不动，惹操练中的排长和一排士兵齐刷刷朝他鼓掌。

又去关帝庙那边营房，将一名违犯纪律的副班长从禁闭室唤出，说是你犯事了还享清闲，来，顺庙台周围给我快跑一百个圈圈，自己数，一刻也不要停，一个也不许少。那个人顶着日头跑过一圈又是一圈，一会儿热汗流下来了，一会儿一只小腿抽搐踮拉着了，到后来跑断了左脚鞋帮，将鞋子拎在手里还得跑呀跑呀，也不管庙院里有石子，庙后头草径上还有扎脚的蒺藜豆儿。

到夜里才真正玩起杀鸡吓猴的把戏。捉来的"鸡"是街上一个泼皮，这泼皮平日里游手好闲，东吃西拿，还调戏妇女欺负弱小。这一回犯事是昨天在老石桥上跟哨兵顶嘴，一扬手竟把哨兵的帽子打掉飘落到桥下河水里去了，不光执勤的哨兵不依，一个连的官兵嗷嗷叫着也不答应，都说这是对驻军对威严岗哨的莫大侮辱。段副官让人在隔壁屋里拿火钳夹泼皮指头，夹一下吱哇一声，夹一下又吱哇一声。随后用火炭儿烙泼皮屁股大腿，迫使其呼爹叫娘，声音凄厉跟腥臭味儿一起，从仰棚传到南生这边屋子里来。

不过再次讯问南生，南生还是那句原话："我不认识什么博士，博士是花屋客人不是我的客人！"

还把脖子抻起，一双眼睛睁圆了瞅住对方不肯移开。

段副官回应岑团长问话说："我说团长呀，这碎厜我是拿他没辙了！我看就是刑法伺候，这小子也不会多进一个词儿出来。"

岑团长说："春天你知道我不会给他用刑，你净说轻巧话儿！难道咱就再没别的招数了？"

段副官这一回还真的一筹莫展了。

五狼关这边正踌躇着、思量着，左家花屋那儿已陆续得到了情况和消息。花屋主人跟驻军团长较的是一股暗劲。左焕然得知小南生没说什么又没受苦，心里头自然会宽展一些，但是迟迟不见岑团长放人，一时又焦虑、气愤得厉害。

左焕然叮咛曹二说："曹二你照样去镇街里守着，我去县府找县长耿其昌去。我就不信姓岑的这个狗团长不把我左希圣当回事儿！"数十年还是头一回跟人如此说话、置气。

左焕然往县城去时中途遇了雷雨，躲大树下怕那雷电，躲山崖下又怕泥水和石头下来，索性不管不顾继续朝前赶路，但没几步便全身淋得精湿，鞋袜和裤腿更是一片泥污、沉重。左焕然狼狈不堪推开县长屋门时，县长耿其昌大惊失色，叫喊说："左先生你这是咋啦？！你咋没坐轿子没带雨具，你的人手都到哪儿去了？"

左焕然负性带气说："我这是有事情求县长大人呢，岂敢安然坐轿，又岂敢成帮结伙地造一片嗡嗡嘤嘤之声！"

耿其昌知道左焕然正狼狈着、懊丧着，也不跟他计较，笑呵呵让座之后，又赶忙叫秘书帮着换了干的上衣。一会儿还有暖茶端了上来。

只是说到具体事儿，这县长便又要起滑头来了。

先说为救左家公子去向岑团长求情，在他是责无旁贷义不容辞，而且这件事搁在以往也不会怎么作难。然而眼下时局动荡，人心惶惶，境域之内莫不唯拥兵者马首是瞻。岑团长恃枪傲物既敢抓了赫赫有名的左家花屋的少爷，料那家伙一时利令智昏，也不会把他这个县长放在眼里。他这是非不为也，是无力而为也。

又说岑团长拂了他的面子是小，误了公子事情是大。左先生若是存疑，那他就无妨前去试试，末了即便是于事无补，亦免得左先生怪他罪他，也免得左先生泥里雨里雷呀电呀地白跑一趟。

耿县长说话时左焕然一直静默听着，待他絮絮叨叨弯弯绕绕说尽了才说："耿县长呀，在下找你不是让你为难，我听说早年你在西安战干团时，跟现任警察厅宋厅长交情甚笃，十余年来从未中断联系。我想能否请宋厅长跟他们杨军长说说，让岑团长早点儿放了我的儿子。"

听左焕然如此说事，耿其昌忽然得意起来："左先生呀，这个你也知道？这个你也知道呀！"

于是当下摇了电话要跟省城宋厅长说情，却是拐了几个弯儿都没有接通。

耿其昌抱歉说："左先生你先回去，明天一大早上班，我一定把要说的话给宋厅长说到……"

左焕然不得踏实从县城出来，一路心绪不宁步履蹒跚，回到下河川时天已黑严实了。长工曹二立成一个黑影在索桥桥头上等他。曹二说："先生，你回来了！"

左焕然说："回来了……"

两人一时都沉默不语，听河水在脚下无比激动地流淌。

少许曹二说："先生，走，咱们回家！"

左焕然也说："走，曹二，咱们回家！"

　

这个早晨长工曹二背着铺盖卷儿跟随左焕然出了左家花屋。一床薄被，一条床单；一张带棉狗皮褥子，是左焕然在书房临时歇息用的，曹二把它和薄被床单打成一个井字方块，小巧而又结实。曹二还拿网兜兜了铜盆、茶缸、手巾、洋碱等一应物品。两人迈过朝门门槛时候，花屋男女老少呼啦一下都拥过来相送，且都惴惴不安，一脸的苍白与青紫颜色。左焕然朝大家挥手道："都回去，都回去！不会有啥事情……"

康管家没着人去备轿子，他知道左焕然这时候不会要这个东西。

账房宁先生赶前几步，把几枚银圆塞进曹二手里让他为主人带着。

大太太、二太太是愁眉苦脸的样子。三太太和连香眼眶里有点儿潮湿、泛红。丫鬟麻雀、毛女，还有早秋姐妹几个都悄没声儿，唯小妹惜秋亮着嗓门喊叫："爹你早点儿回来，早点儿回来！"

左焕然和曹二两个人走过索桥桥头时，左家一屋人都还立在院坝一隅朝着他们的背影张望。

昨日夜里，就在这摇摇晃晃、飘摆不定的索桥上面，左焕然忽然对曹二说："曹二你明天一早送我去镇街一趟，我要把少爷从姓岑的手里交换回来……"

曹二惊讶说："先生你这是咋啦？你要拿你自己去换回少爷，替他去坐岑团长的禁闭？"

"是的，是这么回事。"左焕然看住曹二说，"这件事我一路琢磨过了，要想救下少爷，避免夜长梦多，除此之外，再无别方良策！"

曹二坚决不主张左焕然的主张。

曹二说了一堆话劝阻花屋主人。曹二说先生年纪大了，近来身体虚弱，又遇感冒风寒，怎么受得了岑团长那份洋罪？

又说这件事岑团长肯定不会同意，就是岑团长同意了，依少爷那牛犟脾气肯定也不会答应。

此外这件事不能随便乱传，如果张扬出去，五狼关和下河川甚至宁县全境就都摇了铃咧！

曹二末了说："先生你刚才不是讲了，耿县长明天一早就给省城打电话哩，咱就不能耐着性子再等几天？"

左焕然再一次看住曹二，一双眼慢慢地泅润起来，颤声说："曹二呀，我可是一日一时也等不及了！"

又喃喃自语道："我这回就是要大张旗鼓地闹腾，看他姓岑的能奈我何……"

曹二那刻知道再也不能阻挡他的主人了，就抓住左焕然一只手掌，扶他臂膊后背，跟他颤颤悠悠一起走过索桥。

现在，长工曹二依花屋主人心性，伴随左焕然走在通往五狼关的河堤柳荫路上。他们不避耕者也不避来往行人。水田里，垄埂上，左家花屋的佃农都直起腰来，眺望和打量这对主仆的奇异行踪。左焕然偶或会朝他们招一招手。有时又回应行人的问候和致意。更多的时候，他是被一股意念和意气支撑着，挺胸抬头，步履坚实，两只手臂也前前后后使劲儿摆动。

曹二走前一步跟左焕然拉话以解其烦恼、忧愁。曹二说："左先生，我知道这件事我不能替你！"

隔会儿又说："除了这个，其他事我可以替你去死……"

左焕然心里一热，急忙扯到别一个话题："待会儿到了镇街，曹二你就不要进文昌阁里面去了。你和少爷最好还是不要见面的好。"

"我不！"曹二说，"我陪先生。我陪先生一块坐他狗团长的禁闭！"

又说："反正少爷和你，还有我曹二，咱们现在都是一家人了。少爷他还要恨我就叫他恨去，反正从今往后，我是不会再离开先生一步咧！"

到了镇街，到文昌阁大门跟前，左焕然跟哨兵不打招呼就照直走了进去。这哨兵认识花屋主人，他为履行职责朝左焕然喊叫："左先生你不急你不要着急，我叫人给团长报告去！"

岑团长是立在殿屋平台上跟人说事，看见左焕然后快步跑下台阶，边跑边说："啊呀左先生来了，啊呀左先生来了！"

到跟前又说："来了也就来了，咋的还带着铺盖行李？！"

左焕然说他要去囚禁他家少爷的那个屋子。

岑团长说："你家少爷吃得好，睡得也好，浑身上下不缺一根毫毛！"

却是拗左焕然不过，只得带他们主仆去了大院一角。

那阵儿这边的营院里还不曾开始操练、做事，有士兵虽不敢随意近前，但三个五个或七零八落地都立在远处瞧看热闹。一会儿段副官、李文书和几个营连长倒是颠儿颠儿地跑过来了。

左焕然请岑团长打开门锁看看他的儿子。岑团长轻轻一挥手指，门口士兵就将铁门打了开来。

少爷南生果然脸色好，精神也好。

但是左焕然还是扑过去抓住南生肩膀，看着他的眼睛说："伢子，你吃苦了！是爹不好，爹以为那个博士学生是来向爹讨教学问的，哪知他竟心存邪念图谋不轨？他吃咱花屋住咱花屋不说，还胆大包天偷窃队伍上的钱和手枪！"

又转身朝岑团长和段副官他们说："人是我左焕然招惹来的，也是我自始至终接待来着，跟我家南儿没一丝一毫关系！"脸和脖颈立时就鼓胀起来。

岑团长说："左先生你别激动，有话慢慢说，慢慢说。"

段副官也说："左先生息怒，左先生息怒……"

左焕然说："好，我息怒，好，我不激动。可我告诉你们，今儿个我来了就不走了，要关要杀冲我左希圣来，别拿我一个懵懂儿子做花样文章！"

岑团长看一眼段副官，再跟左焕然说："敢情左先生今日来是换你家公子呀！你不觉得这事有点儿滑稽不是？"

遂下令先把门外肩扛行李的曹二拿下。曹二一瞬间来不及躲避，就被两个士兵抢了行李拧了胳膊，再要挣扎，便屁股朝天额颅擦地被摁死住了。

又命令两个士兵架了花屋主人，出门后竟当空将他擎举起来。

曹二见状大声呼叫："左先生！左先生！"一使劲将一个士兵用屁股顶了一个趔趄，他自己却面颊着地蹭破了一块脸皮。

南生有一霎也想拽左焕然一把，却被岑团长和段副官阻隔着，只凭空做了一个虚空动作。

到殿屋团部大厅，将花屋主人按进高大木椅里坐下，先端来温水毛巾让其净脸净手，又奉上清茶和水果让他品尝。

左焕然冲岑团长、段副官一干人说："我是要换南生回去，我真的要换我的儿子回去！"声音一时还是低不下来。

这天左焕然走出文昌阁已日当正午了。跟在他身后的还有少爷南生和长工曹二。岑团长是在左焕然怒闯军营前就接了来自省城的说情电话，正琢磨要不要放了左家公子，左焕然突然这么任性一闹，便索性不再纠结不再犹豫了。

三个人走出镇街拐过魁星楼前那段河谷，都觉得无须着急应该放缓步脚了。其时艳阳高挂中天，山峰清新，流水响亮，空气润泽而又融暖。

长工曹二试图跟南生说点儿什么。但南生不理曹二。一个再要试探，一个干脆紧跑几步走到了左焕然前面。

曹二却是不吐不快，便是隔着花屋主人肩背，便是前头那一位不哼不哈他也要坚持跟他说话。

曹二说：

"少爷你知道不，你才走了一夜，你爹就白了一大半头发！"

曹二说：

"这些日子，你爹一天一晌一时一刻都在熬煎咋个救你哩！"

曹二说：

"昨儿个打雷闪电下满地白雨，你爹淋了个全身精湿跑县城求人家县长给你说情。求人你当是件容易事么，那得把脸面子抹了踩脚底下才成！"

曹二说：

"今儿个你爹是要拿他换你哩，没想到岑团长没扣你爹还把你给放咧！娃呀你知道不，你爹是宁愿他死，也不愿叫你有半点儿差池受半点儿难场……"

曹二叙说时不知前头南生如何作想，反正他是看见左焕然的肩膀抖了一下。其实左焕然这当儿还噙着两坨泪光，曹二在后面自然是不曾看见。

第十九章

时局和形势真正发生重大变化，已是来年春天的事了。这年的五月里头，五狼关忽然又来了杨军长。杨军长的大军才进沣峪谷口，岑团长便带了段副官一行数十人，往北翻大岭去石羊关那儿迎接了。见面后岑团长不敢打问杨军长何以只带了两个师过来，私下里却听人说，自打王胡子他们得势、胡长官取道子午谷入川以后，省城里便只有杨军长一人留守了，守得住则守，守不住则南撤五狼关，既为胡长官殿后，又为日后反攻西安作久远打算。但是杨军长的一个师两个团还在外围渭河边上就被歼灭了。杨军长索性弃城而逃，为的是执行胡长官指令也为了保一己实力。

五狼关显然是胡长官盘局上的一个重要棋子。

在此之前，岑团长所能做的，首先是将文昌阁所有房屋悉数腾空，改团部为军部首脑机关。他自己则去了隔壁院子，跟保安队鲍队长说："你这地方从今起就归我使了！至于你去哪儿，你是本地人，你不愁寻不下个舒适窝儿。"

鲍队长唯唯诺诺，当日傍晚就从保安队院子搬了出去。

但是大军到来这天，五狼关就像一个不堪重负的驮筐，一下子就塞得满满登登了。所有的士兵都卸了背包坐在上面，上街和半边街，中街和文昌阁广场，以至背街和老石桥那边的盐店街，到处都是席地而卧的士兵，疙里疙瘩，吵吵嚷嚷，没见谁能够从他们之间走步过去。埋锅造饭是少不了的，却是空地儿不够施展，时间拉长了又怕饥着渴着，鲍队长于是接了岑团长和李镇长指令，要求"隆盛和""清风阁""荣发面馆""孝福饺子""包记油花馍""黄三酥炕炕"以及"居仁豆腐坊"等数十家餐饮副食都介入进来，又着镇街各家各户，凡有炉台锅灶的，一律先生火烧水，煮白米稀粥或绿豆清汤慰问劳顿之师。

鲍队长出门时候，镇长李元奎特别叮嘱他说："你办妥事情回来，顺便去粮仓那儿一趟，问库里还有多少家底，稻谷多少，麦子多少，苞谷和杂豆各有多少。我估摸岑团长他们军长一来，咱的仓储粮食要彻底弄个底朝天了。"

鲍队长说："镇长你知道前一向胡长官从这儿路过，前前后后的队伍总有几十个番号吧，哪一个过来不问咱要粮要人？咱那粮仓纵是没被他们掏空，只怕也没几颗能塞牙缝咧！"

岑团长在一旁听俩人叽咕，走过来问："你们两个在这儿说什么呢？是不是镇公所没粮食供给部队了？"

岑团长警告说："没粮了就去乡下征收，至不行还可以去邻乡邻县购买，我们军长和我这儿有的是金条银圆。你们两个若是要奸溜猾贼误了军机大事，收拾你们的就不是我岑某人而是人家杨军长了！"

岑团长安排了吃喝事又赶紧去料理住宿。原想着他的一团人撤到外围以后，腾出的营房如文昌阁、关帝庙、魁星楼、戏园子，若是住得紧凑一些，最起码可以安顿一个师，再加上镇公所所有公房和各字号店铺的闲置屋舍，全部人马驻扎下来，想必问题不会太大。不想杨军长这一回驻扎五狼关不是十天半月的事儿，枪炮辎重，车辆牲畜，哪一样不弄妥帖都说不过去。岑团长向杨军长报告说："看来得把一些人搁进镇街老乡屋里了。另外姜河里的母子坪村，二道梁的云上村，韭菜滩的葫芦把村，还有四亩地的石磨村和五狼关跟前的郑家岩，都可以一营一连地安顿下去。"

杨军长采纳了岑团长的意见。岑团长于是就命令本团弟兄跟了镇公所的职员往乡间去见各保各甲的头儿，至黄昏回来报告，都说事已谈妥不会有一丁点儿差池。这当儿岑团长和段副官由李元奎陪着在镇街挨家挨户也察看过了，报军长后，说是除军部设在文昌阁外，一师部去关帝庙，二师部去魁星楼；岑团长说他就住隔壁保安队院子，军长若是有事要询问了也好随叫随到。镇街里外这时候就再次躁动起来，一会儿这里口令喊过立起一队士兵，一会儿那里口令接了又立起一队士兵，又脚步杂沓，你呼我叫，到夜半才渐次安宁下来。

五狼关多少年后都还在提说当年杨军长的那次驻防，且各有各的说辞，人人都说得眉飞色舞，唾沫星子四溅。

天成恩的王经理天擦黑就插了字号门板，不想夜半有人叫门，听声音像是队伍上的段副官。王经理提着裤子跑上前去迎接，站在段副官后面的竟有一个排几十个士兵。段副官跟王经理说："这些弟兄今晚上就歇在你这儿了。你这儿有客房，如果不够，你设法再腾几间屋子出来。"

王经理抱怨段副官事前没给他打声招呼好做准备。段副官说："你这儿的情况我最清楚，白日里排查时用不着在你这儿枉费口舌！"

王经理为难说："这事儿怕得让左先生知道才是……"

段副官说："左先生就不必禀报了。依我看左先生脾气，怕是要袜子连鞋也给哩，不信你明日回花屋问问试试！"

王经理不待天明，连夜晚就踩着星光回了一趟左家花屋。

事实是，第二天一早天成恩就搬家了，跟天成铭合署经营，腾出的院子和房屋，又接纳了杨军长两个排的士兵。王经理跟伙计一样累得满头是汗，心里头不悦，眉眼儿却不敢蹙着，时不时还得朝当兵的和当官的笑上一笑。

隆盛和老板陈捷三自恃他的饭馆大，楼上包房多，平日里跟食客或伙计提起，总是一脸的得意颜色。房屋大，来的士兵就多，一时间不光占了楼下厅堂、储屋，还要占楼上几个包房。陈捷三央求人家连长说："长官呀，你得把包房给我留着待客，要不食客来了没地儿吃饭，掌勺的田师傅不就没事儿干了？"

那连长便笑，也说了："没事儿干正好给咱弟兄们煮饭，这叫想瞌睡了就递枕头——求之不得哩！"

经请示上峰，一个连的官兵还真的住在店里吃在店里了。

炉头田师傅不满足大锅烩菜，不是粉条、洋芋，就是白菜、豆腐，怕是时间长了荒了自家手艺，某日一早声明去韭菜滩趸些韭菜、木耳，结果韭菜、木耳没买，人也没再回来。

结果是，那连长要陈捷三亲自下厨，说是开饭馆的不会蒸饭煮菜，说给石头石头也不相信。从此陈捷三就系了围裙端了铁铲，整日里忙得直不起腰来，直干到冬天杨军长从五狼关撤走才作罢休。

岑团长的一个连住进了盐店街。这个连恰好就是歪了脖颈的那个连。有士兵进了崔省三院子，感觉到崔家女儿原先睡在小阁楼上面，七八个人争着抢着都去占那间屋子。两个士兵坐了连香床铺不肯挪动一下，还争吵，一个说："你的屁股大能把天占了？"一个说："你以为你睡了这床就睡了连香美人儿啦？你做梦梦好事去吧！"竟知道崔家的女儿名叫连香。

一旁的几个则这里瞅瞅，那里摸摸，一个矮胖士兵还拿连香用过的小镜片照他的恶丑嘴脸。

后来他们的胖子连长进来了。吴胖子不容分说占了连香屋子，夜里睡觉不能安生，窸窸窣窣床板老是响动，惹睡在地铺上的几个士兵一夜也没睡好。

其时崔省三和他老婆被挤对住在隔壁锁柱屋里，第二天崔省三过家来拿一样东西，见院里挂满了士兵们晾晒的白洋布床单，看一眼就知道这帮家伙夜里头没做什么好事。

而且一连几天，住在周围的士兵空闲时也来这里打探往昔神秘。他们扎堆儿谈论连香，时常猛不丁就爆发了吼叫，嗷嗷嗷地，像夜半饿狼或者牢狱囚徒。他们还跟门面上的伙计说：幸亏你们崔老板把女儿嫁出去了，要不我们都还得歪脖子呀！

杨军长一到，整个五狼关就炸了锅啦！

一段时间，岑团长时刻留心着杨军长的一举一动。杨军长做事明说也罢，不说也罢，岑团长都得琢磨他的心思、意图，以便杨军长逗留五狼关期间，他能投其所好，并抓住机遇得以提拔、升迁。

一是岑团长驻扎五狼关已有三个年头了，对五狼关的山形地貌、风土人情、五行八作最是熟悉，加之各处关隘堑壕都由岑团长修筑打理，杨军长遇事免不了要跟岑团长相商或打问情况。

二是三师眼下就剩岑团长一个团了，三师的建制在，师长的位子却在那儿空着。岑团长从早到晚干着跟师长差不多一样的事儿，你想让他不谋那个空缺都由不了他。

岑团长报喜不报忧。岑团长向杨军长报告五狼关布防之前，先把段副官和文书李绍文叫来订立攻守同盟。

岑团长说："还是那件事儿，还是那个说法，你们都给我记住了，军长不提也罢，军长若是问起，一口咬定只说丢了一把手枪三块银圆！"

又强调说："丢枪丢银圆好说，最多他把咱臭骂几句。"

段副官说："团长你不说我差点儿把这事都要忘了。"

岑团长说："忘了？啥事忘了敢把这个事情忘了！"

又说："你越是忘了，越会在什么时候冷不防溜嘴说出！要记住，记住了才能自圆其说，才能冷静应对！"

文书见团长旧事重提，心思沉重，小声说："咱们这里好说，就怕天成恩的老板坏咱事情！"

岑团长说："王老板他知道什么底细？我说过咱们丢的手枪和银圆，他就是心里腻歪嘴上也说不出来。"

段副官说："还是得过去敲打敲打。要不给他一点儿好处，让那家伙迟早都把那张油嘴闭紧！"

岑团长赞成这个建议，他要段副官和文书一会儿就过去办理，却都不提布防图落入他人之手的危害和后果。

岑团长没专门设酒席给杨军长接风。他请军长品尝娃娃鱼。娃娃鱼就是大鲵，叫声像婴孩，俗称娃娃鱼。娃娃鱼做成菜，营养价值高，味道最是鲜美。在秦岭山里，最数五狼关和下河川一带的娃娃鱼有名。

去姜河里头顺支流溪水捕捉娃娃鱼，当然不需要岑团长亲自动手。但岑团长还是随鲍队长和两个山民一块儿去了。岑团长跟鲍队长说："你们逮你们的鱼，我就立在水边瞧瞧看看。"

到了却是按捺不住，还脱了鞋袜挽了裤腿袖管下到水里，跟着鲍队长一块儿在石块下面搜腾。岑团长把自己弄得湿一块脏一块的，回来后又拎了一条一尺多长的娃娃鱼去了文昌阁，向军长显摆是他亲力亲为才有了这人间美味。

岑团长请隆盛和田师傅来军营操刀做鱼。其时田师傅尚未逃离隆盛和，他为一连士兵煮了两天大烩菜，心里正憋屈着，见岑团长盛情相邀，招待的又是新到的中将军长，便使出浑身解数，将一条娃娃鱼和一桌配菜做得十分精当、爽目，任谁看了都会馋涎欲滴。

事后田师傅告诉岑团长说，那条娃娃鱼，虽是清蒸，但他前后用了十几道工序，共花了一个夜晚和半个白天时间。田师傅欲细数时，岑团长笑呵呵把他拦了，说是不说也罢，说了他也学不来他的高超手艺。

杨军长对这顿便宴十分满意，说他在省城参加的宴席多了，金鼓馔玉，美酒珍馐，啥东西没吃过，啥场面没经见过，但真正吃得舒心，吃得可口，吃过之后永难忘怀的，怕还是这一回的深山野味。他是高喉咙大嗓子说话，却又眯缝着眼目跟岑团长碰杯，也跟副军长、参谋长和几个正副师长碰杯。他慨叹说："好东西呀，好东西！就是不知道在这里能待多久……"

岑团长见军长吃得尽兴喝得尽兴，便不失时机地为军长斟酒，却是不多，只图显个眼色献个殷勤。岑团长时不时还给军长敬酒，总是说："军长你随意，你随意，兴高以干为敬！"真的是一饮而尽，一杯接着一杯。

吃了娃娃鱼，趁着酒兴又去视察各处堑壕工事。石羊关是进山时顺便看过了的；广货街、老君庙、姜河里、下川口、二道梁子，还有盐店街背后五狼山上的七个暗堡，掩藏在东山簸箕掌里的火炮阵地，经介绍杨军长都一一看了。杨军长心下满意，当众夸赞了岑团长不说，还说熬过这一阵儿，他一定电告胡长官为岑团长请功邀赏！

从山上下来，杨军长喝退左右，只留岑团长一个在文昌阁里跟他说话。

杨军长拿岑团长送他的清茶招待岑团长，说的却都是沉重话题。

杨军长说："省城渭河滩一役，我丢了两个团的兵力不说，还把聂师长魏团长好几个弟兄让人家捉了。我知道守城也是白守，索性按预备方案退到这深山里来，免得做梦不成，反倒让人家一锅儿端了。"

岑团长只听不敢吭声。

又感叹说："子午谷好呀，子午谷山大沟深，道路险绝，能容我杨某人将养生息，苟延残喘哩！"

岑团长赶紧说："石羊关一夫当关，万夫莫开！咱五狼关这边也是……"

杨军长于是笑了，说："兴高呀，子午一途，从来都是兵家觊觎之地。三国时候，诸葛亮坐守汉中，大将魏延向丞相请命，打算率大军沿秦岭向东，再顺子午谷而北，说是不出十天即可拿下长安。但是诸葛丞相不敢答应魏延的这个请求，理由是子午谷山地险绝，不适宜劳师远征。后来曹魏一方派大将曹真由斜谷、张郃由子午谷攻打汉中，人家诸葛孔明呢，稳坐城固赤阪，不急不躁，结果只一场大雨，曹真和张郃他们都灰溜溜撤回去了。"

岑团长恭维说："军长你熟读兵书，怎么啥朝代啥地儿的事情你都知道呀！"

杨军长继续说："还有就是到了清朝嘉庆初年，白莲教在岭南滋事扰民，一时甚嚣尘上，险些成了气候。嘉庆帝以为，长安要想安宁，秦岭必须安宁，秦岭要想安宁，子午必先安宁，因此在子午谷各紧要关塞，都派了重兵把守，慢慢地这里就有了厅县，也有了这五狼关的繁荣与热闹。"

说着手指窗外山头，说是在它下面，在洵河拐大弯的那个地方，到现在还有其时兵围的断墙残石呢。

杨军长还开玩笑说："驻守这儿的把总叫杨芳，是清朝一员著名将领。论职级，比你大点儿，比我小点儿，跟现时相比也就是个师长！"

岑团长这回是真服气他的军长了，眉和眼正冲军长灿烂笑着，不想军长又一回沉默沉重了。

"彼一时也，此一时也！"杨军长长吁一口气，又抬头问天，"彼一时是个什么气候，此一时又是个什么气候？"

然后就讲胡长官早在三年之前，就有由陕入川的打算了。说此前由他打头进山是为了打通通路。说现在由他殿后是为保主力一路平安。说下来他到底能坚守多久；日后若是要反攻了，难不成这里又成了收复西安的前沿堡垒？！

但说来说去，还是说到了当前态势和战略防守上面。

岑团长感觉自己应当讲点什么了。他朝杨军长建议，军队的归军队，地方的归地方；军队一门心思加固工事，习武练兵，只准备着跟王胡子他们打一场大仗硬仗，其他事务，比如抽丁、征粮、派夫、盘哨、治安等等，都可让地方政府和地方武装介入进来。岑团长说："军长呀，这叫你中有我，我中有你，也叫合而有分，分而有合，之前五狼关在剿杀王胡子残兵败将时，这一招就十分地灵验、受用。"

杨军长说："兴高你这主意好哇！可这是不是得跟地方上沟通、协商？"

岑团长于是笑了，笑得多少有点儿放肆："宁县耿其昌就一个小县长算个什么玩意儿！当初军长没来时他跟我平起平坐哩，现在我们军长到了，他不来拜访还要等到什么时候？再说眼下时局动荡，战火连连，一切还不是由咱军方说了算数。"

又抬高声音，得意说："宣他来，宣他明天一早就过来拜见军长！"

杨军长不好说啥，只说："好么，好么，让他来么……"

俩人的谈话至此告一段落。

县长耿其昌不是不知道杨军长来到他的地盘上了。但他不知道应该如何应付这位不速之客。他想他那天没来得及去五狼关迎接人家大约已是一个失误，而这礼数要搁平日是断断少不了的。不过杨军长到来之前，岑团长并没跟他打声招呼，来了也没见跟县府这边通气、联络，就觉这里头一定有什么蹊跷，而他作为地方上的官员，又不便随意打听人家队伍上的消息，于是就拖着，拖得心下忐忑也还得硬着头皮拖着。

也想过请省府明示，杨军长来了，在五狼关乃至宁县地界，是他听从杨军长的，还是杨军长协助他料理地方事务、治安？岂料就在当天下午，他忽然发现跟省府已联系不上了。

又将电话打到安康保安司令部，那边的说法也十分地含糊、暧昧。

后来耿县长自己又想通了。听谁的不听谁的，不听谁的又听谁的，听了谁的又不听谁的了，于官场是得颇费思量，斤斤计较。可眼下是什么时候？眼下大家须同舟共济共渡难关，不是说不是一路不坐同一辆车、不乘同一条船么？

何况有杨将军率精锐之师驻扎五狼关，他这县长不就无易帜变天之虞了？！

耿县长才要准备去访杨军长，五狼关那边岑团长就有电话摇过来了。岑团长跟耿县长说话与往日相较，已然有了颐指气使的味道，但是耿县长告诫自己不必跟这个狗团长计较。

耿县长的黑吉姆小心翼翼过了盐店街窄巷，前轮刚到老石桥跟前，耿县长就自己打开车门下来了。耿县长在前面走，黑吉姆就磨磨蹭蹭在后头跟着。

杨军长倒是没端什么架子，听报告有小卧车在大门外面，就知道是耿其昌县长到了。杨军长还带了一堆师长团长到门口迎接。岑团长身在其中，自然由他把军长介绍给县长，再把县长介绍给军长和其他将军。耿县长是行了鞠躬礼跟杨军长说话的，没想到杨军长一个威武军礼还了他，其他军官也挨个儿给他举手敬礼，这让耿县长有点儿诚惶诚恐，又感到莫名激动、快乐。

耿县长说："将军大驾光临宁县，卑职因故未能亲往恭迎，还望将军恕我礼数不周之罪错！"

杨军长说："耿县长不必自责！我也是忙得焦头烂额，等一切安顿好了，这才想起要跟县府和县长您招呼一声。"

与昨日一样，杨军长也是喜欢一个人跟耿县长会晤。杨军长说："大家都散了去吧，我和耿县长先喝茶聊天，有正经事儿，咱们午饭时在酒桌上再议。"

大家说散也就散了。岑团长动作有点迟疑，兴许是想参与进来或跟军长说点儿什么，杨军长装作不曾看见，只顾挽了县长衣袖谈笑着走离开去。

这个早晨文昌阁里还算安静，但从殿屋一侧那扇雕花窗棂，却不时有爽朗笑声传到院子里来。耿县长跟杨军长没寒暄几句就提到了宋厅长。耿县长说宋厅长是他的同窗挚友，杨军长说宋厅长跟他有患难和生死之交，话题一经由此扯起，两人一瞬间也好像有了亲近的感觉。耿县长戏谑宋厅长说："这个宋矬子，总是说要来我这里玩儿，可总是不来，好像我这儿不是秀美景色而是穷山恶水似的！"

杨军长则骂："宋云翔是个王八蛋！他和我都住菊花园一条街上，

一年里也难得坐一起喝上两盅，见了面总说，忙得很，忙得很，就好像一城的活儿都让他做了！"

主客于是坐下来喝茶。喝过茶又结伴儿去攀后山看五狼关全貌。杨军长和耿县长在前面走，一班士兵都端了美式冲锋枪在后面跟着。岑团长这一回自作主张跟了过来，只是没跟那两位接踵行走，而是掩身士兵堆里扮演保驾护卫角色。

岑团长一路上没听到他们提说军民联防一事。杨军长喜欢谈古论今，说起来有点儿头头是道自鸣得意。耿县长则历数境内风景名胜和风味小吃，他说的"雪峰三峙""九曲太极""青白双洞""雨后云观""秦王牧马"等等，岑团长有的去过，有的还不曾观瞻，但他说的"酥炕炕""油花馍""菜豆花"和"孝福面皮""洋糖饺子"等等，岑团长之前倒是都享过口福了。岑团长发现，说到名胜古迹，杨军长好像对"校场坝"或叫"演武厅"一景最感兴趣。杨军长要耿县长详述它的朝代、沿革，细说"照壁箭垛"和"跑马试箭"，还有充盈其间的碑石碑林及其记载的武营制度、兵丁钱粮、人物传记、战争始末和烈士殉职史实，待到尽兴从山头下来，文昌阁里的酒水菜肴已摆到餐桌上了。

就在餐桌跟前，是酒过三巡尚未动箸，杨军长突然宣布了他和耿县长商议的一项重大决定：

> 撤销原宁县保安大队，将其改编扩充为国民兵团。
> 国民兵团系独立团级建制，直属五狼关驻军指挥。
> 设上校团长一人，由县长耿其昌兼任。
> 设上校顾问一人，由驻军岑兴高团长兼任。
> 设中校副团长二人，由原保安团团长米少亭和驻军段春天担任。
> 团部特设政指室，设总干事一人，助理干事若干。总干事由县参议员左焕然先生担任。
> 设少校团附三人（待命），各辖独立大队一个。
> 独立大队编有常备独立分队、自卫独立分队和训导独立分队。常备独立分队主管征收与拨交民夫；自卫独立分队设岗巡

哨维持地方治安；训导独立分队的主要任务是到各乡轮训国民兵，凡年满十六岁至四十五岁男子，都有服国民兵役之义务……

杨军长特别说明这只是他和耿县长的一个初步意向，合适与否，由在座各位议论过后再作决断。

岑团长那阵儿只管喝酒不参与谈论，心里却是几番嘀咕：嗯呀，没见他们两个正经说事，咋的就有底牌亮出来了？

又窃喜杨军长是采纳了他岑兴高的意见、建议。

这天午后，岑团长坐在马扎儿上，看"灏文堂"樊姓老板在庭院核桃树下捯饬那块八尺牌匾。

牌匾的质地也是核桃木的，宽大厚重，样子老旧，其上字迹已有点儿黯淡、模糊。樊老板将牌匾横着栽起来前后翻看，嘴里啧啧地感叹个不停，不知是由衷赞赏还是心下不舍。

岑团长说："樊师傅你把这上面的字拿刨子给我刨了，再把前面儿、背面儿和四棱八角都刨光刨新，然后镌刻我们杨军长的这幅墨宝。"

"这个牌额废了有些可惜！"樊老板说，"这个可是有些年头了，是顺治年间本埠道台为他爹刻的八十华诞寿匾。他的子孙不肖，就舍得把它给你岑团长了？"

岑团长笑道："本团长是掏了银圆的，这叫周瑜打黄盖，一个愿打一个愿挨，我跟他谁个也不欠谁。"

岑团长不抽纸烟，却是带了一盒"哈德门"来的。他剔开锡包抽出一支递给樊老板，樊老板不急着点火，把烟卷别在耳朵根上，然后唤徒弟拿刨子等一应家什过来。

徒弟当院刨那牌匾时，岑团长还没有起身离开的意思。

岑团长手指一个大字问："樊老板这是个啥字？"

樊老板说："是个'花'字，'开花'的'花'，也是'中华'的'华'；古字里头'花'和'华'两个字是通用字。"

岑团长又笑："我看像个蜘蛛，或者像只螃蟹！"

樊老板说："这个你不懂，这是大篆，是周文王时候使用的字体。

古时候的甲骨文、金文、石鼓文，镌刻的都是大篆。"

见岑团长有点儿尴尬，又赶紧说："团长大人你别太难为情。人说隔行如隔山，就像我不懂你的那些个枪呀炮呀啥的，一隔行难免也会说错！"

岑团长便不再计较，又把才来时说过的话再说一遍，要樊老板黑明连夜把新匾制作出来。

岑团长如此上心，自然是秉承了军长的指示。午时文昌阁里酒席既散，耿县长告辞之后都走到他的黑吉姆跟前了，忽然又拧过身来要跟杨军长说件事情。

耿县长说："将军你看，有关国民兵团任用一事，卑职和其他幕僚都好说，自然是乐于受命，尽职尽责；只是政指室总干事一职，不知左焕然先生肯不肯出山。左先生虽说胸怀天下，志存高远，然久居闾里、潜心耕读惯了，倘若由着心性，怕是不愿抛头露面做这个总干事长。"

杨军长说："对于左先生和他的左家花屋，我在来五狼关的路上就已有所耳闻，适才又听你大概跟我讲了。你和左先生既然交情匪浅，我想在任命之前，先由你出面相邀，想必他轻易不会谢辞！"

耿县长苦笑道："将军你有所不知，这个左焕然左希圣呀，我是欠他一份人情呢！这份人情未还，我感觉我有点儿难以启齿……"

杨军长诧异道："此话怎讲？"

"说来惭愧……"

于是就说左家花屋传统。说左焕然当年如何捐粮抗日，如何清剿匪兵，平日里如何恪守孝道，灾荒年如何赈济乡邻，后来又如何除恶务尽，如何兴办义学，见军长认认真真听了，这才说："我先前是承诺赠他一块'忠孝仁爱'牌匾的，说是说过好几回了，只是耽于职责荒于疏忽，竟至一年有余不曾践行。"

杨军长笑道："那就赐他一块牌匾好了！"

杨军长说得轻松，偏又拉了耿县长返回殿屋，当厅于桌案铺了麻纸，一时有侍从又研了墨汁，与镇纸、笔管等一并捋顺停当。

杨军长以手示意耿县长执笔，耿县长自然不敢妄为。前者再要谦让，耿县长便说："卑职素闻黄埔四期里头，文韬武略、得校长蒋公赏识者众。然书法一艺，工汉隶，研魏碑，习欧柳，仿于老右任，在在执其牛耳者，舍将军而有其谁也？！卑职不才，便是于将军真迹之左，题寸楷以补空白已是当众献丑了。"

"如此也好，如此也好！"

杨军长说罢，欣然抚袖执管，"忠孝仁爱"四个大字一经落于纸上，果然周正、遒劲，十足的欧阳风骨。

大家随耿县长一起击节赞叹。

耿县长的题款更是文思缜密，文辞练达，短短六十一字，便将左焕然的姓氏、名号、籍贯、家承、学识以及忠孝仁爱之举，粲然呈于众人面前。

写罢又轻吟一遍，念着念着竟连自己都要感动了。

一时间又愁缺失一块上好的匾额材料。岑团长的副官段春天这时候就上前报告，说他前日和鲍队长去韭菜滩时，在葫芦把村一农户屋里看见了一块老匾。那家人显然不在意这件老旧东西，他们把它支在猪圈靠近屋墙的一角，上面放着鸡食盆子、镰刀把子、小儿鞋子一堆破烂东西。段副官说那个东西油漆虽已剥落净尽，但木头绝对是好木头，东西绝对是现成、正经东西。于是杨军长就命岑团长跟随段副官快去把它弄来，说是花钱多少都不要在乎。又问镇街可有能镌刻牌匾的字号铺子，岑团长说上街往背街拐弯的角上就有一家，老板姓樊，是个远近闻名的老把式。

杨军长强调："一切都要快捷，明天一早我就要见到完好东西！"

岑团长带俩士兵随段副官赶到葫芦把时，那家的男人不在，一早去山岭上割漆还没回来。岑团长就跟搅拌泔水喂猪的女人说："你把你这块木头板子给我，我给你三块大洋，得成？"

"三块大洋！"女人睁大眼睛看住岑团长，又慌乱瞥一眼一旁的段副官，连手上的木勺儿都要失手丢了。

岑团长说："怎么，你是嫌少？"知其并不嫌少，想想又多给了两块银圆。

岑团长返回五狼关时，原本是央使段副官去"灏文堂"相商镌刻牌匾的，想这三年里头，他岑某堂堂一个上校团长，平日里走在镇街里面，是何等的威风八面。可是连日来他为何又把自身弄成一个士兵样了？跑前跑后，上蹿下跳，一脸的灰尘汗水，一脸的虚情笑意，连他自己都觉得不像一个驻军团长了。

但这回岑团长还是要亲力亲为。岑团长跟段副官说："春天你回文昌阁拿军长县长手迹去，就说我先送牌板去樊老板那儿了，叫军长放心，有我瞪鼓眼儿盯着，明日一早一准把牌匾做成刻好！"

岑团长激励樊老板的手段就是给他们师徒一支接一支地递烟卷儿。到夜半，那个徒儿困得不行樊老板让他瞌睡去了。樊老板有一阵儿也连着打了几个哈欠。不过岑团长从头至尾一直不曾打一个盹儿，灵醒得叫店家由不得赞叹、称奇。

第二十章

　　那日左焕然跟南生和曹二从五狼关回来，也就十里川道，他们每一个都好像走了一百年之久。过了下河湾那道索桥，长工曹二没去他和石头他们居住的那座石头庵子。他尾随花屋主人和少爷南生到了花屋跟前，看着他们爷儿俩就要跨进朝门门槛了，便轻声呼叫一声"先生"，让左焕然一个在院坝上止了脚步。

　　左焕然看住曹二眼睛说："曹二我知道你想给我说啥呢！"

　　曹二说："先生你看少爷他已看见我还在左家花屋没走，我想问你我下来到底咋么办呀？"

　　左焕然说："你说呢曹二？"

　　曹二说："我看我还是回俺大曹村算咧，免得少爷刚跟你弄顺溜了，我待在这儿给你爷儿俩添乱。"

　　左焕然说："曹二这是不是你的真实的想法？"

　　曹二说："你没看回来路上，我跟他说话时他那个样子？"

　　稍顿又嘟囔说："可我又担心我要是不在，说不定什么时候他又瞅空当偷偷儿跑了……"

　　"曹二你不必顾忌太多。"左焕然说，"这段时间咱们经历了许多事情，夜里睡觉我也来来回回想了：天要下雨，水往东流，少爷他要是铁了心要走，你就是想拦也拦挡不住……"

　　曹二说："那先生的心血不是白费了么！"

　　左焕然说："白费不白费，在我这里是非做到底不可！"

又笑："不过我想我的心血不会白费，曹二你说是不？"

"就是的，就是的！"曹二说，"你没见今儿个那俩厩当兵的架你胳膊，少爷睁大了他的两个眼窝，恨不得把人家一个个都张口吃了！"

主仆二人在院坝说话当儿，花屋里头已热闹好一阵儿了。

是午饭吃毕时候，丫鬟麻雀和毛女安顿大太太二太太分头歇了，就相约来到前庭坐在石阶上聊天。少爷离开几天了，先生今日也去镇街大半天了，俩人一时少了事做有点儿空落，正不知如何打发时间，偶抬头就看见了少爷南生。一个喊："呀，少爷回来了！"一个也喊："是少爷回来啦！"都跑前去要拉南生手臂，似觉不对，得赶紧去告太太和少奶奶知晓，于是又边跑边叫："太太，少爷回来了！""少奶奶，少爷回来了！"

几个太太很快都来到连香屋里，见南生木木愣愣坐在椅子里头，连香则立在跟前啪嗒啪嗒掉眼泪珠子。一会儿，三姐妹中的晚秋和惜秋也跟脚跑了进来，还有康管家、宁先生、老王头和家丁拴牢，他们都撇下手里的事情立在门口以示关切。

大太太问南生说："他们没打你骂你吧！给你饭吃没？给你水喝不？"还拿手指抚摸他的额颅、发梢。

三太太说："回来了就好，没吃啥亏就好！"

想想又问："是你爹救你出来的，还是他换你出来的？你爹呢？他人这阵儿在哪儿？"

南生看一眼三太太，又看看大家，说："回来了，在大门外面。"

于是又都相拥着去前院迎接花屋主人。其中老王头先自回厨堂去了，说是要做甜浆子和洋糖饺子，这两样东西先生爱吃少爷也最喜欢。麻雀和毛女就赶紧去打热水准备让他们父子洗尘。这里左焕然一边跟康管家和宁先生说话，一边蹲下去把惜秋抱在怀里，起身时又看见连香在那边站着，便跟连香说："回屋去跟南儿在一块儿待着，多跟他唠嗑唠嗑。"

这天饭后左焕然走回他的书房，突然感到一种从未有过的疲累。身子累，心思累，但心思似乎比身子更累。就好像几十年都憋着一股劲儿，啥时候都目标明确，心气儿十足；偏是到了今天这刻，是好事又是喜事，又好像一根绷紧的皮筋突然疲沓了，一只鼓胀的气球突然瘪气了，连他自己都感到诧异和无所适从。

左焕然在书房耽得久了，黄昏时忽然就有了一个朦胧的欲念。他琢磨他大约是想亲近他的女人了！他感觉在这个时候在这种心境下面，唯有与女人的肌肤接触可以陶醉自己，唯耽于异性怀抱与温柔之乡才能迷失自己，而且这念头才一生起，他感到不光是头脑的一种渴盼，他的身子亦有一股感觉潜伏着、涌动着了。

这似乎有点儿荒唐，也同样让他感到诧异和无所适从。

左焕然是有三个女人呢。起心思时无有所指，不是她们中间的任何一个。大太太是许久没跟他同衾了，虽在一个屋里住着，那屋子其实就是他和她的一个居所、一个卧榻。二太太性情绵柔、温顺，一日里是看他花屋主人眼色做事，从不主动跟他提床笫之事，有则有，无有则罢。三太太年轻貌美，聪明乖巧，又略知文墨，这些都很讨左焕然欢喜，只是掐指一算，两年多的时间，他为许多事情忧心着，缠绕着，不意间竟忽视了她的存在、魅力；当然也不是没跟她亲热过，缠绵过，但好像她的更多示媚，他不是回挡就是拿事由打岔开了。

左焕然多少有点儿亏欠和负疚之情。

月上中天左焕然还是去了三太太屋子。三太太何其聪明、伶俐，看一眼就明白他今夜是做什么来了。她扶左焕然在床边坐下，她自己就便往他膝头坐了，拿细长手指抚他额颜、鬓发，说："今夜里我要叫你美死，过后要叫你想死！"

接下来就去灯架跟前，比平日多点了两支红烛。

又脱自己衣服，脱得一丝不挂。

或正面站着让他看她丰满胸脯，或侧身而立让他瞧她骄人身段；还背过去动一动半个儿臀尖，她自己也强扭了脑袋跟他一块儿瞅看、欣赏。

三太太说："焕然，我还没老吧，还不至于让你早晚不搭理我！"

左焕然说："你很美，真的很美！"

隔会儿又说："看你肤色、身材，我就想起前人句子来了。《诗经》里说：'手如柔荑，肤如凝脂。巧笑倩兮，美目盼兮'，你也一样。《诗经》还说：'关关雎鸠，在河之洲。窈窕淑女，君子好逑'……"

这个夜晚，左焕然和三太太的欢爱果然酣畅淋漓，美不胜收。一番缠绵过后，左焕然并未耽于缱绻慵懒甚或独个儿睡去。左焕然跟三太太聊天，感叹说："这几年我确是忙昏了脑壳了，竟连该享的天伦之乐都要淡忘掉了！"

三太太这时已和左焕然拉开一段距离，她拿软被一角覆了肚腹，却把左焕然一双脚掌抱在怀里轻轻儿摸抚。

"你是亏了我这身子呢！"三太太说，"你也亏了我的两个姐姐。"

又说："你把啥事都想做好，你做啥事都想做到最好，你的心性太高了你知道不？"

左焕然不语，心头却是微微一颤。

三太太又说："可是世上的事情哪里有个完满，你顾了一头，顾不了一头，有些时候，有些事情总要落下遗憾的……"

左焕然惊叹三太太的聪明、机敏，只一眼就好像将他看透彻了。在三太太面前，有一阵他感到他就是一只跌落树下的无助的鸟雏，抑或是一只带着箭伤奔走不快的小兔小鹿，于是就埋头她的怀抱，拿他的脸颊不停地摩挲她的温软的胸膛。

三太太感觉得到他的眼睛有点儿潮湿。

这天左焕然得到县府嘉奖的消息是在二太太屋里。其时天已放亮，二太太起身时拿被头拥了他的下巴，他原本也已醒了过来，却是不想下床，就这么慵懒地躺着以为最是舒心、惬意。可是才过一会儿，康管家就立在窗口朝他报告消息了。康管家隔着一层窗纸说："左先生有事情给你说呢！是大事，也是好事！"

康管家说："天成恩王经理刚刚捎回话来，说是耿县长和队伍上的杨军长专门为先生刻了金字牌匾，今儿个午后就要敲锣打鼓地送来。杨军长来不来难说，耿县长和岑团长保定了是要来的。"

又说："这消息应当不假，天成铭的邓老四和天成合的小武子，都说他们在灏文堂樊老板那儿看到牌匾了，千真万确是写着'忠孝仁爱'四个大字和先生的高姓大名。小武子还说，后来他还看见两个当兵的将牌匾抬进文昌阁去了。"

左焕然终于应声道："我知道了。"却是提不起多高的兴致和话头。

是前天夜半，左焕然从三太太屋里出来，依着三太太的叮咛先是去了大太太屋子。左焕然当然不可能跟大太太再事欢爱。那一刻他已没了这个兴致、精力，何况大太太天长日久也早已断了那个念头。左焕然跟大太太专门说话，家长里短，春夏秋冬，你一句我一句，你一阵儿我一阵儿，眼见得月落星稀，一会儿窗纸都要白了，却是兴头儿不减，再看大太太那厢，竟是满脸的兴奋、激动，间或还有一缕幸福的意绪从眉梢和眼角漫溢出来。

终于一个说道："该歇息了，要不月亮落了，太阳一会儿也就出来了！"

一个说："焕然你把二十年的话，都搁今日一夜说了，我爱听你跟我唠嗑，再多再多我都听个不够！"

有歉意一瞬间又涌上左焕然心头。

昨晚又来二太太屋子，左焕然不说跟她亲热，也不说不跟她亲热的话儿。他由二太太端来热水烫了脚趾，又由她帮他换了绵软睡衣坐在床沿儿上。左焕然才说要跟二太太唠嗑唠嗑，但是二太太另有判断，左焕然这里才一迟疑，她已是三两下褪了衣服钻进被窝去了。二太太缩在烛晕黯淡处朝左焕然眨眼，左焕然心下怜之，只得移身过去，从一侧将她轻松一些揽进怀里。这个夜晚，左焕然虽说跟二太太说了许多体贴话儿，到末了还是不能拂了她的意愿。之后左焕然便疲累地睡过去了，到清晨康管家前来说事，他仍然懒散着不打算从床上起来。

后来，后来左焕然一个激灵猛地坐直了腰身，稍一琢磨，又匆忙穿了衣裳来到前庭说事。

左焕然吩咐康管家招呼花屋所有人，包括家丁和太太小姐她们，都出来打扫庭院和擦拭门窗。左焕然强调要将花屋里外整个儿收拾一番，让花屋以整洁和清爽面貌迎候县长、团长乃至军长的到来。

左焕然跟康管家说："老康呀，我感觉军长会来的。我既已感觉得到了，那么这个姓杨的军长就一定会来！"

大家说动很快便动起来了。家丁们和几个长工自然干的都是粗活累活，他们把院坝和通往河边的大路修整了，该刨的刨，该垫的垫，该夯实的还要结结实实拿石碌碾轧一回。回来又清理东西花园的腐殖质，剪去枯萎了的花蕊和发黄的枝叶，末了还放掉池塘里一部分旧水，待清水聚得满了，既清亮又荡漾一片碧绿涟漪。麻雀、毛女一帮丫鬟，把打扫过的厅堂和庭院再扫一遍，一手端了铜盆儿，一手轻轻地撩了清水泼洒。三个太太平日里轻易不做什么，这时候都拿了抹布认真地擦拭窗台窗棂，既从自家始，也擦长工曹二的那方讲究的窗牖。当然三太太最是快乐、活跃，一个人挽了裤管袖口不说，还敢爬高攀低，坚持要用鸡毛掸子掸了屋檐下的尘土蛛网。新娘子连香叮嘱南生整理他和她的屋子，她自己是一定要跟众人一起做事。她知道她的露脸和勤快，会让公爹从心底里悦意、喜欢。

左焕然自己也拿了一块抹布，虽然只是这里点点，那里擦擦，但在他人看来，却是一种无言的监督，严苛而不留情。当然他也乐意在这个时候出点儿汗水，图的就是一个动作一分快乐。他惊异连日来他差点儿就跌进温柔之乡了。他明白男欢女爱与耳鬓厮磨是件乐事、闲事，无须处心积虑，亦无须大张旗鼓。但这不合乎他的心性、脾气，他感到他来到这个世上，生性是要做事的，而且就是要处心积虑、甚或大张旗鼓地做成做好许多事情。因此当他一旦恢复平常心态，连他自己都要哂笑他的放纵、安逸了。

左焕然在花屋旮旯拐角都查看过了，大家的细心和辛劳令他满意。在等候劳作结束和贵宾到来的一段时间里，他心潮难平决定到外面走走看看。

今日的天气跟花屋主人的心情一样阳光灿烂。

云上村佃户米宽余老汉，一大早就从二道梁子上头下来，在河湾属于他的一块水田里扶持稻谷。米老汉认真做事久了，腰身弯成一个固定形体，左焕然在岸边蹲了都有一会儿了，他知道有人影在渠岸关注着他，却是不直腰不抬头继续着他的活计。左焕然也是不说话只看米老汉劳作，看豆大的汗珠从他的发际和额角滚下，顺脸腮径直滚进黝黑的脖颈里去。

后来还是左焕然先开口了。

"老哥哥呀，你今年总有七十多了吧！你的儿子呢，媳妇呢？他们怎么不来帮你一把？"

米宽余拧转头来，见是花屋主人，慌忙说："哟，是东家呀！失礼失礼，我老汉把眼珠长后脑坡去了！"

又说："左先生你问我今年多大岁数，七十三了！七十三，八十四，阎王不请咱自己去哩！"

左焕然见老汉话多，不打扰他，光笑。

米宽余说："你问我那儿子媳妇？儿子不争气，月把天气时候，上山割漆把腿腕子摔断了。媳妇得做饭，得伺候她男人和我的病老婆子，叼空儿还要照看屋后的苞谷洋芋。我是不想来，可是不来弄不成喀！"

又笑说："大东家呀，人家都说我家米多，我是叫个米宽余，可是前日这场白雨雹子闹的，只怕秋里一收，能够缴你租子就给老天磕头了！"

左焕然这时候反倒不笑了，郑重跟米老汉说："老哥哥你记住我今日说的话，你今年的租子，花屋给你免了！另外谁家还有跟你一样遭灾的，有这样那样难处的，我让账房老宁理清楚后一律都给他免了。"

这回轮米老汉不说话了，眼睛瞪得跟鸡蛋一样大小。左焕然起身离开时，又回头朝他笑了一笑。

左焕然转身来到翡翠岭半腰坡时，看见葫芦把的胡根厚正往洋芋地里挑肥。地头是一大堆积攒的陈年炕坯，黑白相间，大小不一，一半儿蒙着经年的灰土杂草，一半儿已被刨开打得粉碎了。左焕然走到跟前时，一时心血来潮竟然摸起了那把镢头，将稍大一点儿的炕坯刨下来一下一下打碎。根厚从洋芋行里过来时，左焕然又换了脚旁那把铁锨，看样子是要往根厚的畚箕里铲肥。

根厚当然不依，打老远就喊叫："左先生左先生，咋能让你动手哩，咋能让你动手哩！"跑过来撇了肩上担子，要夺左焕然手里头的铁锨。

左焕然跟根厚说："今儿个我高兴，就想活动活动筋骨，难道你不让我帮你一把？"说着更是攥紧了手中锨把。

又说："根厚你比我年轻许多，论辈分你得叫我一声叔爹是不，在咱下河川这儿，哪有侄娃儿不听叔的道理？"

根厚只好由着他的东家了。

左焕然晚迟回到花屋时，花屋上下见他满身灰土满脸污渍，个个都惊得呆了。三太太更是惊诧不已大呼小叫："你这是干什么去了？咋的弄得跟个贼猴儿似的！"当下要他脱了外衣，说是不从头到脚抹个过儿，就不让他走进厅堂或住屋一步。

三太太还拿指尖当空拎了左焕然脱下的衣服，啧啧说："你看看，你看看，这哪儿像个东家，像个念书先生呀！"

左焕然只能朝她嘿嘿傻笑。

三太太吆喝麻雀、毛女往浴房送了热水，她自己则扒光左焕然的内衣内裤，将他按进属于他的大浴桶里，要他老老实实泡了身子洗了汗渍再换干净衣服。左焕然百依百顺，任凭三太太为他撩水或搓拭臂膀，他这里则心甜意洽闭目养神，一会儿就在木桶里瞌睡过去了。

颁授牌匾是在翌日巳时。左家花屋昨日等候了半天，今日一早又翘首以待，到太阳从翡翠岭上探出脸来，又一点儿一点儿升得高了，这才看见那支奇异的队伍蠕动着朝下河川这边河湾挪来。

不光是耿县长和岑团长，当下驻军最高军事长官杨军长，也骑着高头大马来到了。

耿县长没乘坐他的那辆黑吉姆。他和岑团长都随着人家杨军长骑马行进，大家一会儿走得快了，一会儿又走得慢了。杨军长之前没到过下河川，行进中难免被这里的山光水色所吸引，有时候还会勒住马嚼子停伫片刻，将一滩卵石清水或一片嫩碧竹林啧啧赞赏一番。

那块牌匾横立在岑团长的敞篷吉普车上，经绑缚支撑虽说稳固着了，仍由两个士兵从旁边象征性地扶着，"忠孝仁爱"四个金色大字，一路都映着日光熠熠生辉。

八个鼓号手原本走在队伍最后面，到了河湾索桥跟前，一行人稍作停顿，就安排他们立在最前头了。其他人也相应调整了位置、顺序。

队伍再行进时，一时鼓号大作，声音空旷而又嘹亮。

那阵儿，左家花屋的佃户们得到消息，许多人有许久已散落各处准备瞅看热闹了。九里沟的任天喜、绰号叫"人来疯"的最是热心最是活跃，一大早赶来立在索桥这边的定索石跟前，急切地寻求一个能让他言说的对象或者伴儿。之后便是来一个人咋呼一通，再来一个再咋呼一通，及至来人多了扎成若干堆儿，他仍是轮番着凑上前去比手画脚，任由唾沫星子喷溅到人家脸上也不肯停住。

众人则有立在路边上的，有蹴在土坡塄坎上的，也有人胆正心细，索性跑到花屋院坝跟前，占了有利位置一意要看个明白看个清清楚楚。

左焕然听闻鼓乐听了报告赶紧跑到了朝门外面。花屋里的人，无论是主是仆，一时间都匆匆忙忙相厮着跟了出来。大家或跷起脚尖、或手搭凉棚往远处眺望，心思虽各不相同，但心情都十分兴奋，都知道这是花屋里的一个重大事件。

康管家之前做好了接待贵宾的所有准备，包括各样干果茶点、水烟卷烟，迎送的响鞭、礼花，还有丰盛的吃食、酒水。但是康管家没准备锣鼓铙钹，再说平日里花屋也不使用这些东西。不过康管家的这个缺失赶昨晚就被长工曹二弥补上了。曹二的老家大曹村社火锣鼓最是出名，年年正月里头都要在十里八乡弄个沸反盈天。曹二跟雇工石头说："先生受匾这大的事情，这大的场面，没有锣鼓家伙咋成？"于是俩人就在散落的村舍里搜腾铜锣铜铙；一只三尺毛边鼙鼓，还是石头翻过二道梁子，跟云上村自乐班打了条据借过来的。

杨军长和耿县长他们过了索桥往花屋走近时，洋鼓和洋号的节奏就越发地急促，声音也是越发地响亮了。曹二和石头十几个后生也不示弱，他们占据院坝一隅，拼着吃奶的劲儿敲打才刚练成的几个锣鼓点儿，末了便是"紧三火"，鼓点激越，铙锣哗然，敲得周围人人热血沸腾。

花屋的佃农们多年来跟着花屋主人，是经见了世面的，他们不惧他们中间当官的官有多大，不惧他们有人挎着手枪有人扛着长枪，只要这支奇特、张扬的队伍从眼前走过，他们也就轻狂地尾随上去跟着一块儿行进，这样一来这支队伍便越走越长了，越走越显得气势壮观，又有点儿似是而非、杂乱不堪的味道。

到了花屋跟前，锣鼓洋号停歇，鞭炮又噼里啪啦响起。杨军长和耿县长几人翻身下马后，左焕然打躬作揖，满脸堆笑将他们一行迎进朝门里去。

左家的佃农们则戛然止步。他们明白自己的身份，知道当行则行，当止则止。大伙儿分列朝门两旁往里探看，尽管当间有高大的雕龙照壁挡着，却还是试图看点儿什么听点儿什么。

这天的授牌仪式庄重而且认真。读牌的角色由耿其昌县长扮演。耿县长抑扬顿挫、儒雅十足地念完一段儿题款小字，杨军长便和岑团长轻抚牌额，由士兵抬着交与花屋主人。左焕然也是象征性地抚摸了牌匾，再由康管家和宁先生抬了，置放在屋阶上的紫檀几案上。

接下来便是双方的颂扬与答谢之词。

不过在这之前的一件事儿，也就是花屋主仆的集合列队，竟让一场严肃的授牌仪式轻松、有趣了许多，以至三天五天过去，花屋人于茶余饭后仍反复提起，且一根一枝、一笑一颦都乐之不疲。

那阵儿左焕然面对杨军长和岑团长一帮英武军人，他自己也想让花屋里的人站得集中一些、整齐一些，但吆喝过来吆喝过去，却是一直不能令他满意。岑团长从一旁看着左焕然笑，因他和他熟识既久，便挖苦说："我说左先生呀，你不就安顿几个人儿嘛，咋的就比你安顿之乎者也、讲解孔孟之道还要难呢！"

左焕然讪笑道："野夫村姑，野夫村姑，平日里骄纵散漫惯了……"

岑团长于是就命令军人这边一个小个儿班长出来帮花屋主人调教队列。小个儿班长一路上在敲洋鼓，很活泼很随意的一副神态，这一刻却郑重严肃起来，只说"你你你，站这儿"，"你你你，站那儿"，不过半支烟工夫，就将一帮人分男女论个头排成两列站立好了。

小个儿班长还像训练士兵一样高喊了"立正""向右看齐""向前看"和"稍息"，然后向花屋主人报告并交付队列，再回到他的位置背起洋鼓拎了红绸鼓槌。

不过左焕然才一接手，站在前排中央的三太太就惹出"事儿"来了。

三太太高挑个儿，人又打扮得年轻漂亮，论说站在前排中间最是光鲜最是体面。偏偏三太太不愿拂了大太太和二太太情面，又碍于左焕然的诸多礼数和家道尊严，那边小个儿班长才一离开，她便不管不顾，自作主张插到二太太左旁去了。

又跟左焕然表白说："我站这儿对吧？我站这儿合适……"

三太太这一动不打紧，立在中间的麻雀不说话也挪动身子站成了右边最后一名。麻雀的想法是：我是丫鬟，我就该站在一边才是！

左焕然这当儿有点儿尴尬又手足无措，慌乱间转头去看一帮军人反应，就见杨军长和耿县长在嘀咕什么，接着两个人都爽朗地笑了起来。

耿县长跟花屋主人说："左先生呀，杨将军夸你的太太一个比一个年轻，一个比一个漂亮！"

这话才刚说过，站在前排的连香又动作起来。连香转身将后排的南生扯到前面，她自己则要掩身其后，南生不依，俩人就躲来躲去，一来一回的，惹得一帮军人和康管家、宁先生都笑。

杨军长这回索性不遮掩了，赞叹说："真个是深山出俊样啊！我来五狼关不几天，就听说左家花屋有一个绝佳美人，今日得一相见，果然是名不虚传！"

又跟花屋主人说："犬子不才，在京城金陵大学读书，年节时交了心仪的女友，说是他们学校校花，出色得了得。可是真要跟令郎所娶佳丽相比，毕竟还要逊色几分。令郎好福气，先生好福气哟！"

左焕然赶紧说："山野女儿，不可相提并论，不可相提并论……"

不料小女儿惜秋斜刺里跑了过来，跟左焕然娇嗔说："爹爹你说谁呢？谁是山野女儿？"

所有人又一次朗声笑起。

一场授牌仪式，便是始于轻松、愉悦，又在轻松、愉悦中宣告结束。

其间左焕然还跑到朝门外面，将挤满院坝的佃户全都邀请进来。大家挤挤攘攘立在花屋主仆身后，一向宽阔、空旷的庭院立地显得窄小了许多。

县长耿其昌一经读完牌匾，所有人都热烈拍手、欢呼。

花屋外面，曹二和石头他们把锣鼓敲得震天价响。

左焕然在接受"忠孝仁爱"金字牌匾的同时，他是迫不得已，也接受了国民兵团政指室总干事的职缺。

中午喝酒时候，隔着杨军长和岑团长，耿县长突然拿出一纸委任书，走过来恭恭敬敬呈于左焕然面前。耿县长说："左先生才识高卓，誉满乡里！值此军民联防、保求一方平安之际，由左先生出面主持国民兵团政指室职责，实乃宁县山川之幸，亦是治下百姓之福！"

左焕然猝不及防，不觉面有难色。左右两旁一时也都停了咀嚼、啜饮。

左焕然推辞说："文武有别，各有所长。希圣我既无缚鸡之力，肩不能挑，手不能提，闲暇读读诗书尚可，可这舞枪弄棒的事儿，实在是力不能逮……"

耿县长又说："此事我和杨将军反复商议过了，还望先生万勿推辞！"说着看一眼身旁的杨军长。

杨军长轻抬手指，拦一下耿县长，又端起酒盅跟左焕然碰杯，促左焕然一起都将满盅酒喝了。

杨军长说："左先生不必自谦！其实左先生和耿县长一样，只是应个名声而已。有了左先生的这个名分，想这五狼关和下河川一带，还不是一呼百应，人人都是戡乱治安的有生力量。"

左焕然到底也没说应不应总干事这个差事。

这天杨军长、耿县长他们离去之后，左焕然和他的左家花屋再不见太多的热闹景象。康管家着人将"忠孝仁爱"悬于大厅一侧，跟"雅气和晖"和"世德绵长"相互搭配，交相辉映。左焕然于暮落时分去了西花园，一个人在星光下面徘徊，有露水打湿了衣襟和鬓发也浑然不觉。到了第三天头上，国民兵团在镇街文昌阁广场隆重举行成立大会。左焕然借故身体不适没去参加。其时左焕然的确是着凉生病了，三姨太伺候他喝了姜汁酸汤，又把他摁进温软被窝里打算让他出一身透汗。

午后保安队鲍队长来访，左焕然跟前来报告的康管家说："让他进来吧，我知道他这是干什么来了。"

鲍队长现在的身份是国民兵团五狼关独立大队大队长。

鲍队长一踏进花屋朝门，一对小眼睛便滴溜溜转动开了。脑袋像是拨浪鼓一般，这边一摇，那边一摇，匆促间却还是没把花屋看个透彻看个明白。心里头虽说空虚忐忑，偏要醋妒着骂上几句："狗日的就是阔气！啥时候来一场电闪雷鸣，把这儿烧个精光……"尽管只是倏忽一个意念。

左焕然以礼节在客厅接待鲍队长。一杯清茶端上几案，鲍队长动一动茶杯柄儿，却说："总干事，我不渴，我不喝茶，我能抽支烟不？"

左焕然说："抽吧，烟卷就在那儿放着，香烟还是卷烟，你请两便。"

鲍队长擦点洋火时，左焕然颇有意味问道："鲍队长你方才叫我什么，总干事？哪个总干事呀？"

鲍队长赶紧改口说："左先生你难道不知难道不晓，你是国民兵团政指室总干事长，是管我的顶头上司哩！"

又说："前半日在文昌阁召开成立大会，耿县长，不，是耿团长，耿团长他宣布你当总干事时候，你不知道全场那个热烈，都拍烂巴掌喊破嗓子咧！"

左焕然不跟鲍队长闲扯："鲍队长你今日来有何公干，你直截了当！"

鲍队长嗫嚅说："左、左先生，我来、来，是想跟你说，我要把咱花屋的家丁和雇工编进独立大队里头。长工和短工进自卫分队；家丁训练有素，进训导分队，可帮咱到各乡培训国民士兵……"越说越利索，越说也越得能。

左焕然泼鲍队长凉水："你说是你说，假如我这里不便答应呢？"

鲍队长有点儿尴尬："左先生，你是总干事，是总干事长哩！你和我做的其实是同一件事儿。"

"鲍队长你先请回吧！"左焕然说，"这件事怎么讲也须容我考虑考虑。"

鲍队长离去后，左焕然叫人传话把长工曹二叫了过来。

曹二自那回随左先生搭救了少爷从镇街回来，又是许久没来花屋这边了。曹二知道少爷南生忌恨他，因而尽量避免到花屋里来，便是要来也最好不与少爷在庭院甚至中庭大厅相遇。但是曹二自此也不再打算躲避，只要左先生认可他的存在，只要他一如既往能为花屋和先生效命出力了，哪怕是真的在少爷那儿惹出什么事来，他想他一定能忍着受着；即便是蒙羞受辱，他也要把左先生托付的事情实实在在做好。

就像此刻听了传唤，他是毫不迟疑地跑了过来，心里头既有那么一点儿担忧，却也是不管不顾，一路上脚底下没一丝儿停留、耽搁。

曹二走进花屋时并没看见少爷南生身影。到了大厅里头，见左焕然陷在圈椅里闭目养神，一时就跟瞌睡了似的。曹二清楚左焕然知晓他已到了，也不打扰，只是立在一旁等候花屋主人说话。

左焕然果然不打招呼就将事情经过跟曹二讲了。

左焕然显然有点儿生气："先不说这一次轮不着他姓鲍的给我下达命令，真正要说这件事儿咋办，也是我与岑团长、耿县长之间的事儿！"

隔会儿又说："不过这一回到底要不要答应，答应了又如何处置，我倒是想听听你曹二的想法、建议！"

曹二说："咱们下地干活的人都去巡逻放哨了，扛枪护院的都去训练国民兵了，那花屋的大田谁来管理？花屋的院子又叫谁看着守着？"

左焕然等曹二再说下去。

曹二说："不过先生既然当了人家的总干事长，不答应吧好像又讲不过去……"

又出主意说："依我看，花屋的雇工可以去巡逻放哨，眼下大田里、山岭上的活路都不是很多，佃户干也罢，不干也罢，用不着咱们天天盯着。但是拴牢他们家丁不行；如果真的非参加不可，那就让他鲍队长把四邻八乡的人带到咱们这儿来，由咱们的人搁院坝那儿轮流训练他们。"

左焕然笑了，说："行！这个办法好，就照你说的去办。"

又感叹说："这也是大势所趋，有所不为，但不能一概不为，谁要咱们是左家花屋呢！"

第二天一早，左焕然去五狼关镇街找了岑团长，两个人三言两语就将事情商议妥了。左家花屋的二十几个雇工归五狼关独立大队调遣；九里沟、韭菜滩、四亩地和二道梁子的国民兵，则一律来左家花屋接受训导、操练。越明日，鲍队长派人送来了数十根木托和三杆长枪刺刀，说是凡来受训之人，除了操练队列、拼刺，又要三点一线练习瞄准，末了还能实弹射击，每人各打三发子弹。此外岑团长还会派一个打过仗的老兵过来，指导花屋家丁并做全程培训顾问。

后来一段日子，每天每到日头从翡翠岭头出来，左家花屋的院坝上就聚拢了四乡八村的国民士兵。这些衣衫褴褛、邋里邋遢的耕田农夫，在换过一件兵服戴上一顶兵帽之后，便像模像样一下子神气起来。

最初的操练真是花样百出，奇形怪状。

四亩地的礅子老二，喊向左转时偏要向右，喊向右转时偏要向左，发令叫队的拴牢大为光火，就让他原地不动站着，跟前头那一个胸脯贴着胸脯，鼻尖顶着鼻尖，直到他自己都不好意思笑了，这才极尽尖刻地把他羞辱痛骂一通。

韭菜滩的翟雨水平日走路倒也利索，"一二一"走步时却是一偏溜儿走法，出左脚时伸左手，出右脚时伸右手，样子笨拙而又滑稽。拴牢于是对翟雨水单个儿教练，让他一人听号令绕院坝走步。翟雨水左脚左手、右脚右手直戳戳才走了一圈便歪倒在地，惹得大伙不由都哈哈大笑并羞他骂他。

拴牢训练时喜欢动粗口骂娘，那个打过仗的真正的老兵却是不苟言笑不动声色。他若是发现谁有痼癖动作或松劲偷懒了，便会从谁背后踹谁脚筋和后膝窝儿。这老兵穿的是翻毛皮鞋，踹了谁谁都会龇牙咧嘴或跪卧在地，却都不敢违拗不敢出声叫唤。

左焕然每天上书房前后，总要去院坝那儿视察几回。花屋里的人们，包括左焕然的三个女儿，有时听了嘹亮口令口号，忍不住也会从朝门里往外窥探。

少爷南生则被新娘连香牵了衣襟手指，他们悄然坐在小阁楼上看花园景色，院坝上的人影、人声有时就越过围墙入了他们的眼帘、耳朵。

这是夏初的某个雨后，山风清凉，草木芳馥，白云山头的白云洁白而又飘逸。

第二十一章

　　少年南生近来关注花屋变化多了，渐渐就看出一点儿端倪一点儿眉目。他发现，花屋主人虽说对所谓的国民兵团不是很感兴趣，但还是上赶着去五狼关参加了几次议事。左焕然每回出门时候，表情沉静，动作沉稳，全不似早前牵手南生去逛镇街那般兴奋。左焕然从外面回来时候，也是悄没声儿的，有时有谁猛一抬头，忽然见他立在面前，便惊讶说先生回来了，心里头就嗵嗵地颤动几下。不过左焕然身在花屋时候，会定时去院坝看拴牢他们操练队列。常常是，左焕然先在朝门口伫立片刻，将总体场面看在眼睛里了，然后再绕院坝边沿走上一周。左焕然巡视时从不轻看他的佃农，即便见谁笨手笨脚抑或索性错了，他也只是抿嘴一笑，最多摇一摇手臂，示意拴牢不必急躁不必张口骂娘。左焕然还让厨堂老王头为大家煮了绿豆汤或酸梅汁解渴，中午再管一顿饭食，吃揪面片或米饭馒头烩菜。那些年轻的佃农原本饭量大，肠胃饥，又因跳跃腾挪大半天了，待大锅饭食才抬到院坝一角搁下，便饿狼饿虎一般将老王头团团围裹起来。老王头大喊管饱管饱不急不急；左焕然则在他们将够未够的当儿，也上前分发馒头或执勺往其碗里加饭加菜。

　　除过夜晚和白天午时歇息时间，左家花屋当下无须专人把守朝门了；多数家丁就在门口院坝上训练国民士兵，大门里便是进出一只猫崽，一只鸡婆，他们也能看得清清楚楚。留下巡视花屋的两个家丁，只是偶尔在外面绕屋场转上一圈，南生和花屋里的人，大都看不到他们的散漫身影。

左家的雇工被鲍队长收编后便没了去向、声息。南生当然也不知晓他们到底去了哪儿，之前他们住在花屋外面的庵子屋里，南生原本就不是十分警觉、敏感。有天黄昏南生从前院账房跟前经过，看见康管家跟宁先生隔着一扇打开的窗户说话。南生没打算听他们谈些什么，但他走过庭院走过长长的一截甬道，俩人背后说事的内容他却是一句不落全都听到了。

先是宁先生说："我不明白左先生是咋么想的，这长工短工都跑到五狼关站岗放哨去了，这大田里的活计，不是就放任不管了嘛！"

康管家说："左先生跟我讲过，眼下还不是农忙时节，大田里头干活的农户本来就不是很多。"

宁先生说："说是这样说！三天五天、十天半月天气也许还行，这要是拖得久了，不误节气农时谁也不敢保证哟！"

康管家说："你说的很有道理，明日一早我就把它讲与先生。有些事、有些话就得在前头挑明白了。"

又说："不过左先生也许有他的考虑、打算……"

康管家和宁先生的谈论南生是听仔细了。说者无心，听者有意，南生回到自己屋子，很快就理清了当下花屋的状况。南生的心脏些微有点儿颤动，于是就问自己：是不是逃跑的机会又一次来了？

接下来几天时间，南生并没把他的想法付诸行动。他需要进一步摸清情况。必要时还要等待一个更好的机会。南生的观察极是耐心极是细微。他跟连香在阁楼观赏风景时候，连香是看见什么谈论什么，他自己则心如止水不起一点儿波澜。他一人在庭院或花园走动时同样不动声色，总是看到一点儿什么，就往心里头记点儿什么，轻易不会叫谁看出他的想法、心迹。

有天早上，南生才刚攀上假山，越过前面围墙看向远处时，忽然发现长工曹二往花屋这边来了。一旦确定曹二不曾跟鲍队长去五狼关布岗放哨，南生的心肌就不由在胸腔抽搐了一下。又作想：这家伙这阵儿还待在庵子屋里，他这是要做什么呀？

长工曹二一步一步朝花屋跟前走来，南生一下一下就将拳头攥得紧了。

一会儿又咚咚跑下假山，一个人立在前庭石阶上面，看曹二如何从他的眼皮底下经过。

曹二急匆匆跨进朝门门槛，到跟前才发现南生在专注瞅他。

曹二惊讶说："嗯哟，是少爷呀！少爷起得早么！"

南生跟曹二不置一词。

曹二说："我去你爹书房，跟你爹说点儿事儿。"面情多少有点儿尴尬。

南生瞅看曹二背影，直到曹二在拐弯处消失。

夜里，一牙新月悄悄儿镶嵌在天幕边上，窗外的树影如云如翳，空气清新而且清凉。南生和衣躺在床上，持久不能入睡也不愿入睡。

连香洗漱既毕，凑前来依偎在南生身旁。连香是穿了背心小裤的，她要摘开南生的纽扣，帮他把一身外衣脱掉，然后搂住他，好让他早点儿入了香甜梦乡。

可是不久连香呢喃着瞌睡过去了，南生依然睁眼看着窗棂出神。

拂晓时刻，南生掀开连香横在他胸前的一只胳臂，又拿薄被拥了她的下巴颏儿，他自己则悄悄走出屋门，一个人来到东花园水池边上。

面对辽阔天宇和一池碧水，这个寡言少语、业已长高的青春后生，突然想敞开肺腑吼叫一声！

意念中远处的山影、近处的屋檐，以及葱茏的树盖、沉默的泥土，都因他的激动而激动着了。

又跑到假山一侧，将额颅抵住一坨软泥绿草，拿拳头拼命击打坚实山体，直到手指关节感到疼痛了，却不知手背已是一片血红。

后来，翡翠岭上渐渐有了熹微的亮色，晨曦和朝霞一经漫漶、渲染开来，下河川所有的山峰、流水、泥土、树木、稼穑，以及所有天赋灵性的东西，都在时间的律动中睁开眼来。

只待一颗鲜润、璀璨的太阳喷薄而出。

这个早晨，少年南生掩身晨曦和霞霓之中，开始为未来的去向设想路径。他是双手抱膝坐了许久许久了。他是纹丝不动任由露水打湿了他的眉发衣角。末了他抬头看天、看远山近水的时候，思路在他的大脑里渐渐明晰起来：

在这个夏天，在这段难得的不同寻常的日子里，他想他必须抓住机会逃离花屋,逃离大山,去山外甚至更远的地方找寻"王胡子"去。他知道他的这个念头从来就不曾泯灭,但从来也不像这一回是如此急切、强烈。

他还要找寻那个来过花屋的"博士学生"。先前他提供给他的是先前的信息。现在这里一切都变了,他想他需要更新鲜、更确实的情报和东西。

目下逃走的最大障碍不是别的什么而是长工曹二!这个无处不在、随时都会阻拦他的家伙既然躲避不过,那还不如动手将他除了。

啊,啊,为了爹爹的鲜血和生命,为了复仇的怒火和夙愿,他想他是该杀了曹二呢——杀了他,他自己才好远走高飞呀!

盐商崔省三发现搁在花坛石凳上的篾刀不翼而飞时,他的女儿女婿离开盐店街已有一会儿了。

连香携花屋少爷来拜端午节,俩人喝了她爹过滤温热了的米酒,又品尝了她娘特意绑缚蒸熟的甜粽、肉粽,嘴里才说要走,就立起身子回了下河川那边。崔省三跟连香娘说:"杯盘碗筷你先收拾着。我去旋一块狍皮送给锁柱的婆娘,她开口跟我都要了好几回了。"

一会儿就在庭院喊叫起来:"我的篾刀呢?我一早起来就把它搁在这块石头上了,咋才一顿饭的工夫,咋的就不见刀子的影影儿了!"

问店面两个伙计,说是开盐包的剪刀和铁杵都在,他们用不着拿东家的篾刀或别的什么东西替代。

隔窗又问连香她娘,连香娘也说没看见他的东西。

崔省三于是就在庭院转起圈儿来了,这里翻翻,那里瞅瞅,情急处就像一只无头乱撞的苍蝇。

隔会儿便嘟嘟囔囔、自怨自艾地叫喊一阵,而且一声高过一声,一声比一声尖锐、粗野。

崔省三还瞅住石头说:"我的刀子明明儿在你这儿搁着,难不成它自个儿长翅膀飞了?"

又踢一旁箩筐一脚:"这真是出了他妈的怪了,得是钻到老鼠尻子去咧!"

崔省三发急发怒跟那把篾刀的来历有关。那篾刀是崔省三的心爱物儿，是他爹崔老五拿一只蒲篮、两只筛子跟半边街瘸子刘九换的。崔省三早些年间跟他爹学篾匠手艺，十数年没攒下什么家业，到他爹去世和他转行做贩盐生意时，他是把他爹的那点儿家当全都踢踏了，唯独留下那把篾刀没舍得送人。那把刀是纯钢淬火，刀刃锋利，刀体逼仄、细长；刀柄是弯月形的，用细丝牛筋密密缠裹，经长年累月拿捏摸抚，已渐渐融入人的汗渍和油气，真个是乌黑锃亮且得心应手的一个物件。

崔省三是把它当宝贝留下来把玩的。

午饭时，崔省三突然对连香娘说："我琢磨琢磨，该不是咱家姑爷顺手把我的刀子拿走了？"

连香娘听罢扑哧一笑，几乎要喷出饭粒来了。

连香娘戏谑说："你是不是在院子转圈圈转得脑壳晕了！人家南生堂堂一个花屋少爷，会要你那丑旧东西？人家就是要缠金裹银、镶钻石玛瑙的刀子，看人家爹爹还不给他捯饬回来！"

崔省三想想也是，只说："我就随口一提，你看把你猴急的样子……"

"我不许你糟践我的女婿娃娃！"连香娘得意说，"多乖觉多体面的一个少爷哟，咋的就看上你的烂脏东西了？"

连香爹娘这里拌嘴时候，连香和南生已走到花屋院坝上了。

是早晨起来，连香和南生去给花屋主人请安，毕了连香说："爹呀，今儿个是端午节，我想回镇街看看我爹我娘，上一次还是二月二龙抬头去的……"

连香没想到公爹竟是痛快答应了："去吧，让南生跟你一块儿去，一块儿跟你爹你娘唠唠家常。"

又说："你顺便告诉康管家，要他也为我给你爹准备一份礼物。"

这天南生一进崔家街门大约就看见那把篾刀了。那刀子横卧磨刀石上，刀尖尖利，刀把儿乌黑；刀刃映着太阳，凛冽冷硬地放射光芒。

没谁看见花屋少爷拿了岳丈家的东西。起初连香和南生是由她娘迎进屋里的，那阵儿他俩大包小裹，手里都提着礼物。进屋来，不是连香爹陪着南生说话，就是连香娘殷勤地为他添茶续水。即便是翁婿母女四人品尝米酒和粽子时候，也没谁看见南生走出厅屋一步。

但是少年南生偏偏儿就把那把刀子带回花屋来了。

这个白天，左家花屋因节庆比往日热闹了一些。老王头除了前一日去镇街买了足够的粽子、豆糕，他自己亦早早洗净了糯米下了曲子，做他最是拿手、又是东家和少爷都喜欢的"桂花稠酒"。康管家则央使拴牢去后山刈了鲜艾，让麻雀、毛女从朝门到后庭、从正屋到偏院一一插了。又在东花园连接水塘的小溪岸边摆放了纸折的小船，供早秋、晚秋和惜秋她们当"龙舟"放逐。账房宁先生最是心细，每年到了这个节日，他都要提醒康管家莫忘了花屋主人的思古之情，于前日夜里便告诫大家不得打扰，由他在书房读书、作画、吟诗，并把诗句写在扯得长长的册页上面。

这天南生和连香也没闲着。俩人从镇街一回来，就挨个儿去给长辈问候节日康乐。虽说大家已是一家人了，都在一个庄园里住着，进门时也不必带米粽豆糕什么，但必要的问候，顺便再说一句"连香和南生给您老'送粽子'来了"，却是断断不能少的。三太太当然是个例外。三太太不等连香开口，她自己先一惊一乍地喊叫起来，又拉了连香手指笑眯眯地看她肚腹，问了这个又问那个，也不管南生在一旁倏地红了脸颊，跟着还有汗珠在额头漫漶出来。

毕了又寻到惜秋几个小姑，由连香赠予她们打结缝制的香包，再把早前晾干揸皱的凤仙花瓣分发给她们，让她们得兴致了去染脚趾、指甲。

午时主仆一起聚餐享用粽子、豆糕和桂花稠酒一应食物，其间长者欣然，孺小欢笑，兼之杯盏频频相撞，祝福之音此起彼伏，倒也显出一片宁馨、祥和。

到夜里毕竟还是有事儿出了。

连香后来绞尽脑汁也是不能明白，她和南生相厮着去镇街娘家那刻，她是没见南生说啥做啥，他怎么就得到她爹的那把锋利的篾刀了？

还有就是在花屋这边，整整一个正午、黄昏，她都和南生厮守一起，难不成无论是请安、吃饭、歇息，他都将那把刀子紧紧地别在裤腰之间？

连香是在睡前为南生整理衣服时发现异样的。那一刻她招呼南生先上床歇了，她自己隔会儿从外面进来，将南生放在枕边的衣服抱去晾挂，手指才刚触及衣架，原本属于她爹的那把篾刀，突然就"哐当"一声跌落在地板上了。

连香对它当然是熟悉不过了。

连香一时大惊失色。当她愣怔着回过身去，她发现南生一个打挺坐起身来，也睁大了惊异的眼睛看她。

这一夜，连香和南生两个几乎都没睡觉、歇息。

有一阵，连香的心怦怦跳动。她试图朝南生问出一个究竟来，但说着说着就不由哭了起来。

连香说："南生你跟我实话实说，你拿盐店街咱爹的刀子回来，是不是想杀什么人呀？"

南生不肯言语，却把两腮咬出清晰的肉楞儿来。

连香说："你该不是怨恨花屋咱爹吧？你要知道是他救了你，他疼你，爱你，对你有多好呀！"

南生始而摇头，复又摇头，连香一时看不出他的心思、主意。

"那你就是想杀曹二了。"连香推测说，"我听三姨娘私下里告诉我，被曹二活埋的那个大胡子长官是你的亲爹。我知道你心里恨着曹二，可你斗不过他，你看他有多精猾、有多厉害呀！"

南生这时又把指关节攥得咯吧响了。

连香说："南生你想跑你就跑吧……"声音像游丝一样，"你带着我跑，咱们一块儿跑到天边边去！"

连香将脸腮贴住南生脸腮，任由泪水流个不停。

花屋少爷既要仇杀长工曹二，至少在少爷南生和少奶奶连香的小屋子里，空气明显地就有些紧张了。

南生告诫连香说："杀人不杀人、杀谁不杀谁是我的事，你能做的就是不要慌张不要吱声！"

沉思一会儿又说："连香你给我听好了：这一回不比前面两回。这一回我要是抓住机会了，我就带你一块儿离开这个地方。我要是不便带你只是一个人跑了，你就可着心地等着，等将来王胡子伯伯杀回来时我再来花屋接你……"

南生每回这样跟连香说话，他自己说罢也就罢了，但在连香一面，却是整天价地提心吊胆和无着无落。

让连香无法承受的是夜里无法入睡，睡了没多大一会儿又会猛地惊醒过来。

吃饭和走路偶或也发愣怔。

时常是一个人于拂晓或黄昏孤孤单单坐着，说是想了这事又想那事，末了却是空落一片啥也没想明白。

连香知道南生把那把篾刀藏在床头衣箱上面，那床冬天才用的提花棉被里了。每个早晨南生只要抬脚走出屋门，她都要蹿上床去摸摸棉被看篾刀在还不在；夜里睡觉之前，眼瞅着南生先她一刻进了梦境，她仍要摸摸棉被摸摸那把刀子。

有时她会跟沉睡中的南生喃喃低语，要他不要莽撞不要因了复仇发生不测。有时她还偷偷儿在老太太灵桌前续三支清香，祈佛祖和先祖护佑南生平安和花屋安宁。

连香偶遇三太太时候，三太太眼尖，说："香儿呀，你咋重皮胀眼的！是夜里头没歇息好呢，还是身子骨有了变化，有了什么别的感觉？"

连香慌乱说："三姨娘你这是说啥呢……"便做羞赧状将事情岔了开去。

但在花屋主人那儿就不一样了。那天吃过午饭大家就要散去当儿，连香忽然发现左焕然很是认真地瞧了她一眼。花屋主人眼光深沉、犀利，连香即便转身离开了，仍感到那双眼睛直勾勾地盯着她的脊梁。

这让她有几天总想起那束如火如炬的目光。

及至有天夜里，连香一个激灵从睡梦里醒来，痴愣怅惘间，她忽然觉得她是期盼有什么事情发生呢。她以为她一直纠结的那件事儿一旦有了一个决断，哪怕是天塌地陷，万劫不复，也总比现时熬煎着、痛苦着要轻松许多。

连香为她的这一想望既兴奋又感到后怕！

花屋的变化则有点儿错愕、微妙：这之前是长工曹二从早到晚盯着、防着少爷南生，这之后却是少爷南生天天觊觎着长工曹二。

而且南生一旦要把他的念头付诸行动，他自己便处在持久的昂奋中了。

一段时间，南生发现每天太阳落山之后，曹二都要来花屋这边跟花屋主人请示或说些什么。自从那回他们三人相厮着从五狼关军营里回来，曹二就不再刻意回避南生了。但曹二一如从前仍住在河畔庵子屋里。曹二明知南生既明就里却不愿搬回花屋来住，大约是不愿刺激了南生；他自己尽可能少地跟他碰面、说话，也就避免了一时的尴尬、难堪。

曹二来花屋说事是因为近来几天，国民兵团不断地朝左家花屋抽调雇工、家丁。原来鲍队长见花屋主人既已允诺他了，便朝长工头儿曹二和家丁头儿拴牢颐指气使，说要谁便要谁，说要几个就是几个，好像花屋的雇工家丁都是他的人了。

"胡长官的队伍怕是最后一拨经过五狼关了……"

曹二对花屋主人说这话时，左焕然陷在书房太师椅里一动不动，表情木然而又沉静。

还有就是书房下面，在花屋中庭连接东西花园的甬道那头，才刚看见过曹二身影的花屋少爷，这一刻也凝神伫立不肯轻易离去。

曹二说："听说杨军长也不会在五狼关驻扎太久。他们不停地扩充国民兵团的势力，是拆东墙补西墙哩！"

又说："前天姓鲍的跑来朝咱要人，是因为自卫分队在九里沟里头多设了一道关卡。今天这家伙又是要人又是要枪，说是二道梁子的岗楼，被不明来头的几个人一窝儿端了。"

左家花屋的细微变故，是在长工曹二和花屋主人的舌尖上发生的。但是用心的少爷南生，也从一旁看出了几分端倪。花屋的家丁是越来越少了，花屋的雇工几乎都到山隘垭口放哨去了。

不过长工头儿曹二还在，家丁头儿拴牢还在。另外还有为数不多的几个雇工和家丁分别由他们调遣。

南生借故要去花屋外面走走。南生跟立在朝门下的拴牢说："我和少奶奶去河边走走看看。"

拴牢说："少爷少奶奶慢走。"

南生说："你就不怕我拐过弯儿一个人跑了？"

拴牢说："拴牢不敢胡乱猜疑。"

稍顿又说："少爷跑与不跑，那是曹二他们操心的事情，拴牢这里只管花屋围墙的安全。"

意即你少爷有曹二盯着，你能跑到哪儿去呢！

南生偕连香在河湾转了一圈，回来就把庵子屋到花屋这边的步数、庵子屋门窗的方向、庵子屋四周都有什么沟沟坎坎，全都刻在了心里。当年他和爹爹他们被关在庵子屋里，他是惊恐着、愤怒着抑或迷茫着，加之不曾留心与时过境迁，他已不再记得它的样子和具体状况了。

南生谋划着曹二哪天黄昏再到花屋里来，他便先曹二一步潜藏到庵子屋里去。他也许要在那儿窝上大半天时光，也许只是一顿饭或者一支烟的工夫，总之天黑以后，当曹二糊里糊涂从外面进来，等他来不及点着那盏微弱的油灯，他便从背后一刀结果了他的性命！

少年南生自认为这是个不错的打算。只是这天曹二又一回进了花屋主人书房，南生这里也携了篾刀出了花屋朝门，远远地却看见石屋那儿有一个人影出出进进，到跟前才知道那人是短工石头。

何况在花屋院坝那儿，还有家丁拴牢的一双眼睛一直在懒洋洋地看他。

南生无奈只好折转身去。

终于有一天，连香从丫鬟麻雀嘴里听说：再过两天就是曹二母亲的周年忌日，曹二征得花屋主人同意，明日拂晓就赶至五狼关天成恩字号，然后搭顺车好回山外大曹村祭母。

夜里连香不经意将此消息说与南生，不料南生当下就兴奋起来。

南生抓紧了连香一双手："你说的可是真的？"

紧跟着又问："你说的是真的不是？"

连香不作回答，却知道接下来南生要做什么了。

连香说："南生，我有点儿害怕！"跟着钻进南生怀里，周身不停地颤抖。

南生抱紧了连香，连香还说："南生，我害怕……"

这个早晨这个深山庄园注定是要起点儿波澜。连香到拂晓才打了一个眯瞪，醒来后便发现身旁的南生不见了踪影。再去摸衣箱上的棉被，那把掩藏多日的篾刀也不知哪儿去了。

连香心里虚空，周身又冷颤得厉害，一时顾不得梳理鬓发就跑了出去。

天亮前的花屋还处在朦胧的雾霭之中。连香在中庭高大的石阶上伫立片刻，她估摸南生早已出了花屋地界，接下来还是把前后庭院和东西花园搜寻了一遍。连香一路碎步跑着，一路断断续续地啜泣："南生，南生……"明知这是徒劳之举，末了仍为无望的结果失落、战栗了一回。

连香还跑上阁楼，强眨泪眼往上河湾那儿张望，但收入眼帘的，只是连片的雾障和朦胧的山影。

连香不敢奢望南生能如其所愿杀了长工曹二，也不敢想象曹二会反手伤了她的南生。她是期盼着南生能平平安安地回来，抑或能平平安安地逃走也是不错的选择。而且这愿望愈是强烈、明晰，她的心愈是被恐惧和绝望填充着了。

有一阵，孤单无助的连香来到三太太屋前，指望着三太太这时候能打开屋门出来，轻轻地将她揽进怀里，跟她说许多温热绵软的话语。但连香只是抹了一会儿眼泪就又走离开了。

也曾去叩花屋主人的门扉，一只手都抓住书房门环儿了，又想起此前南生的一再叮咛、告诫，而且是厉声的、威严的告诫，便放弃由公爹来做她的主心骨了。

末了还是她自己说漏了嘴巴走漏了风声。

天色才刚显亮那刻，老王头起身去厨堂做事，经过中庭时，忽然发现少奶奶一个人孤零零在那边石阶上坐着。

少奶奶的落寞和愁苦让老王头大吃一惊。

老王头惊呼："孩子你咋一个人在这儿坐着？少爷呢，少爷他到哪里去了？"

连香抬起头来，泪眼婆娑着说："少爷呢，少爷呢……"

忽然就尖锐、凄厉地喊道："少爷他截杀曹二去了！"

还要扑进老王头怀里，把恐惧、担心和委屈一时哭个干干净净。

左家花屋很快就响动起来了。先是老王头大声呼叫麻雀、毛女。麻雀和毛女来了，他留下她俩照看连香，又赶紧去找康管家，一路上都惊诧着、嘟囔着："出事了，出事了，左家花屋这回要出大事了！"

康管家随后就去书房向花屋主人报告。这里麻雀和毛女除了照顾连香，又将情况告知三太太和跟脚来到的二太太与大太太，只一会儿工夫，左家花屋的主仆差不多都聚在中院天井里了。

众人将目光全都聚集在花屋主人一个人身上，一会儿七言八语又都朝他出主意，说点子。

末了账房宁先生说："让拴牢带上石头一路去撵，说不定能撵上他们把两个人隔离开来？"

拴牢接话茬儿喊道："我这就去，我立马换了鞋子就去！"却被左焕然一摇手臂阻止住了。

左焕然说："天要下雨，河要涨水，该发生的，怕是谁也拦挡不了，就是拦挡怕也来不及了。"

又抬高声音说："咱们大家就在这儿候着、看着，看他少爷和曹二今儿个能演一出什么戏来！"

一帮人于是就耐心守候在庭院中央。这之前连香被麻雀、毛女搀扶着回屋子歇息了，不料麻雀和毛女前脚才一离开，她后脚又急急地跟了出来。

连香还执意要去朝门外面等候，大伙一时劝阻不了，于是也都尾随着她来到朝门外的院坝上头，背衬花屋一排儿立成一道奇异风景。

在他们面前，白云山峰一如从前巍峨高耸，洵河流水激流奔涌，整个川道空旷而且寂寥。

没人言语，没人走动，没人轻易敢大声咳嗽一声。

一个早晨过去，就好像走过了一千年之久。

后来——后来长工曹二和少爷南生就在洵河那边出现了。他们起初于柳树有密有疏的枝绦间露出身影，先是沿着堤岸踉跄而行，再经索桥晃晃悠悠，及至来到河水北岸往院坝这边走来时，两人的身影和面目才渐渐清晰起来。

所有人的眼睛都睁得圆大圆大，所有人的心都扑通扑通跳着。

花屋人如果没有看错，走在前面的南生是被曹二拧着胳臂推着走的。大家为此大为震惊。但让他们更加惊异的是到了跟前，被挟持的南生毫发未损，推搡他的曹二却扑通一声跌卧在了湿泥地上。

南生很快就被人扶进了花屋朝门。浑身是血的曹二这时候挣扎着跪起半个身子，他开始平息喘息与激动，再朝花屋主人和大家叙说事情的来龙去脉。

曹二说他是临近镇街时遭遇少爷截杀的。那阵儿天还未亮，他刚拐过上垭口那个硬拐弯儿，一个黑影忽然从斜刺里扑过来朝他刺了一刀。那一刀没刺中要害刺在了他的前胯骨上。他是感到撕心裂肺般的一阵疼痛，又因为事发突然，他一时竟毫无反应毫无反抗。

曹二说待他看清是少爷刺杀他时，少爷的第二刀又刺过来了。这一回他仍然一动不动，不动是因为刺客是少爷而不是别的强人，这让他始料不及大为震惊！他睁大眼睛看着少爷，及至刀尖戳破肚皮有鲜血喷涌出来，他才一把抓住少爷手腕，迫使他不能拔出刀来再度行刺。

曹二说随后他们便纠缠撕扯起来。说到底他是常年历练的长工头儿，说到底他要比少爷高出半个脑袋，结果他不仅夺过了那把带血的刀子，还把要跟他拼命的少爷死死地摁在了山崖壁上。

曹二跟大伙感叹说："我那阵没多想就要把他杀咧！想想看杀了他也是顺情顺理的事儿。"

"可是我没动少爷一根毫毛！"曹二提高嗓门说道，"我知道他南生少爷是左先生的宝贝疙瘩，是先生和左家花屋一家人的希望，你曹二今日赌气杀了他，你明日要先生咋么活呀！"

这个早晨雾霭散去天空和流水更加明丽。太阳升高以后仍血红血红地照耀着大地、河川。不久那枚太阳和花屋主仆都看到了，曹二一阵匍匐爬到左焕然脚下，先直立再屈腿复又跪伏于地，并一连朝他磕了三个响头。

曹二说："先生呀，曹二我今天把少爷交还给你和左家花屋了，从此咱们主仆二人恩情两清，曹二我这就回大曹村为老娘守孝呀，跟老婆抓养儿女过日子呀！"

说完挣扎着挺立起来，拧转身就要走离开去。

左焕然叮嘱宁先生赶紧给曹二包扎疗伤，曹二背身一挥手道："一点儿皮肉伤，不打紧的，不打紧的……"

长工曹二鲜血淋漓地走了。左焕然恨不能"执子之手"，"送子涉淇"，一时间心血奔涌，溃然坐卧于地。

所有人都为这一情景震撼着、激动着了。

第二十二章

经过一个难熬的夏天和一个抑郁的秋天，冬日的萧瑟和干冷说来也就来了。

洵河水已是十分瘦浅。裸露的鹅卵石被一处一处的薄冰托着。风乍起，岸边柳树的枯绦和滩湾苇荡的花絮伴着呼啸竞相摇曳。偶或才有野鸭和鸬鹚飞起，其影孤寂，其音也哀。

白云山峰从早到晚都被一片散淡的雾霭覆笼着，便是午时，刺目的太阳已经当头照耀了，山头的树木仍是朦朦胧胧，混沌一片。一旁的翡翠岭和屋后的蝴蝶岭倒是清楚、坦然，但是一个夏天的葳蕤景象没了，一个秋天的斑斓色彩没了，其面容和精神难免都萎蔫、憔悴了许多。

早前收获过的水田因残留有枯枝败叶，照例是黑一坨黄一坨的，且干硬丑陋，一览无余。偶尔的一段土坎，尚有一朵两朵野菊顶着霜花顽固地开放着。田塍和田间小路上，耕者和牲畜已了无踪迹；有谁将枣刺柴火堆聚引燃了烤火取暖，遗下的黑灰仍有青烟袅袅蒸腾。

大路上的行人也是日见稀少了。从乡间往五狼关镇街方向去的，多是籴米粜粮的、买卖家畜的、携孺小去打牙祭的；从镇街那边下来往山南方向去的，则是羁旅者或商家、挑夫。有时也有军人的摩托或烈马呼啸奔腾而过，但稍纵即逝，空留一阵难得的惊异、喧嚣。

左家花屋兀自矗立在北山坡岭下面。没有了稼禾的遮掩，没有了浓荫的障目，冬日里的庄园巍峨而又冷寂。

在过去的那个夏天和秋天，左焕然龟缩花屋已是很少出门了。自打长工曹二离开以后，左家上下忽然发现，花屋主人的言语比以往明显少了许多。照例是鸡啼而起，照例是沐星诵读；白日里眼见得也听康管家说事，看宁先生拨盘子算账，有时还去厨屋老王头那儿过问一下一家人的一日饮食，但是到了黄昏暮落时分，却是早早地将自己关进书房，轻易不肯露面不肯走动了。

到了静夜，十里河川天籁寂然，夜色空蒙，唯左家花屋飞檐树影间，一豆灯光微弱而又璀璨。

一段时间，左焕然自己不苟言笑足不出户，却指派康管家和账房宁先生去外面打探风声。厨堂老王头每去镇街采买食料，返回时都要带回天成恩或天成铭捎来的这个或那个消息。

先是说杨军长和岑团长的队伍拔寨起营往四川那边逃了。杨军长和岑团长兵强马壮，辎重也多；天擦黑时还看见有士兵在文昌阁广场走动在姜河口水边濯衣，谁知一个早上醒来，忒大的一支队伍竟然无影无踪了。

杨军长的队伍一旦开拔撤走，国民兵团空留其名，仅有县城两个支队和五狼关一个支队还强行撑着，其余都作鸟兽散各自回了各家。

乘隙而入的是郝子俭的"俭字军"。郝子俭的两个营在山口小谷台被王胡子他们的战士击溃，郝子俭带残兵退至五狼关后，就不再南逃追随胡长官了。不久有消息传出，郝子俭暗地里刻意收缴国民兵团的武器弹药，诱惑和收买其中年轻力壮者，打算一旦蓄势成熟，便要把五狼关乃至县城洗劫一空，然后登上白云山头，据寨为王过他的逍遥、自在光景。

又听说县城那边耿其昌也打他自家主意了。耿其昌久在官场心眼活泛，知落花流水大势既去，遂与心腹密谋于卧房暗室，决定迅疾调整县府各要害职位，由得力属下严控财务、物资和枪支弹药；密函五狼关李元奎镇街巧与俭字军委蛇周旋，保存好地方武装实力；电告木同、姜河、太龙各乡乡长率领部卒往城关靠拢，以加强县城防务。又亲笔写就投诚书信，加盖县印和本人私章，派员星夜北上交与"王胡子"前锋，一俟王胡子的队伍兵临城下，即开启城门向其缴械投降。

但是耿其昌的谋算被一个人轻而易举就打乱了。五狼关的鲍队长与镇长李元奎因取向不合发生口角，鲍队长不单开枪打死了李元奎，还拉起剩余数十个铁杆保安队员，死心塌地跟俭字军合为一流了。俭字军有了鲍队长的加盟，一时得意忘形，张狂得了得，他们先是将五狼关包括左家花屋"天"字号在内的所有店铺抢掠一空，又连夜攻进县城打砸抢烧，将县长耿其昌捉了掳走，待翌日午时王胡子的部队进了城门，整个县城几乎成了一座空城。

其实这段时间左家花屋不是没有设防。左家的雇工陆续从国民兵团被遣散回来那阵，左焕然把他们全都召到花屋里面，让他们随拴牢拿长枪或大刀日夜守护庭院。他们把仅有的十余杆长枪擦了又擦，把大刀和长把儿斧头在粗石板上磨得霍霍作响。他们还在花屋后坡和庵子屋那儿设了流动岗哨，以便一旦发现异常情况，好让花屋里的武装早做准备，并保护左家老幼顺利撤出并躲进后山围寨里头。

康管家遵从花屋主人安排，着人将曹二原先居住的屋子和前庭阁楼上的空房拾掇了供雇工们歇息，麻雀和毛女得空儿还帮着打扫卫生，端汤送水，之前在花屋这是绝无仅有的事儿。

厨屋老王头则朝花屋主人多要了两个下手，每天做大米饭、杠子馍和大肉烩菜管待这数十个青壮汉子。

花屋主人左焕然除了料理家业和读书，余下时间就常常伫立窗前，白日里看一帮家丁和雇工操练武艺，到夜晚就察看他们轮班儿换岗、巡逻。

如此挨过一天一天，夏日的溽热过去了，秋天的淋雨止住了，到冬里第一场霰子雪悄然落下，洇河岸边那座空置的庵子屋，就被荒草和荆棘遮掩着了。

其间左焕然还接受账房宁先生建议，让人把镇街字号里值钱的东西零零星星捎回藏于花屋地下暗室，因此俭字军洗劫五狼关那天，左家的三个字号都未蒙受太大的财产损失。

又庆幸那个夜晚俭字军急于去攻打县城，没顾上来乡下打劫左家花屋。

这以后，在围烤火炉、等待时局变化的日子里，这一隅虽说还算沉寂、安宁，但是左焕然因无所依托无所事事，心里头反倒比先前虚空、忐忑着了。花屋之外了无实质性消息传来，"王胡子"的大军过境之后又南下西进，此处空留一方焦土与一方百姓，说是有无人管？要管又由谁个来管？坊间的猜测七七八八，人云亦云，想必谁也无可料知。偶或会听闻县长耿其昌一点儿踪影。又传西线战事趋紧正处于胶着状态，子午道上但凡有士兵、辎重经过，都会引发各不相同的猜测、判断。

至于花屋里面，康管家去花屋主人书房，询问是否放了雇工已有好几回了。放不放雇工回庵子屋和大田里去，也就是左家花屋要不要继续全天候全武力防守，康管家一时没了主意，花屋主人左焕然一时亦无一个明断。另外还有太太们的提心吊胆、丫鬟的小心翼翼和佣工的噤若寒蝉。又见三太太急匆匆来讲，说是少爷南生大约晓得王胡子他们又打回来了，一日里兴奋得了得；先不说大白天坐卧不宁有所期盼，便是夜里睡觉都不肯脱了衣物鞋袜。左焕然是何等阅历何等城府，听闻后面目上尚且平静、沉稳，而内心却是噌噌地跳动着了。

左焕然为此饭无滋味夜难成寐。忽一日一人一马从县城方向疾驰而来，那马儿扬鬃蹀蹄，打老远腾起一团尘雾时，有人眼明脚快就报与花屋主人了。左焕然于迎客、送客之后得到一纸任命一项通知，要他以本县维持会副会长身份，于翌日一早即赴县城参会，与各界贤达和军管会代表共商支前和民生大计。那打马快报当属"王胡子"部下无疑。左焕然如堕五里雾中，一时惊醒之后，仍不堪冲击不得其详。他是手捧了书札手搭了凉棚，醉眼迷蒙着看送信人在上河湾垭口消失了，这才一步一忙、一步一琢磨地走回花屋里来。

左家花屋倒是因此恢复了几分生气和几分活力。

第二天一早，左焕然匆匆洗漱，匆匆用完早点，即步出花屋去赴县城的"维持会"会议。

康管家使人早就备好鹦哥轿了，这刻一轿四夫就静候在花屋朝门一侧。左焕然走近轿子时候，却说："把它抬回轿房里去吧，从今往后，这东西于我左希圣有用无用，我这一时半会儿还真的说不明白。"

康管家多少理会花屋主人的心思，讪笑说："那就再坐一回！就这一回，总不至于不能成行吧？"

左焕然依然不依，一旁的宁先生这时候插话说："坐上吧焕然，这一路说远不是很远，说近也不是很近，你就权当你是赶点儿开会去呀！"

左家的轿子离开花屋之后，一路上都颤颤悠悠不肯停歇。冬日的河川寂寥而又阔远。偶或有行者伫立路旁为轿子让道。大田里也有人直了腰身往这儿默默探看。左焕然撩开绣锦帘儿，也是一路地看这看那，想了这事又想那事，内心的滋味自是十分微妙、复杂。

一行人攀上二道梁子，时间已近正午。看着县城就在脚下山坳里卧着，左焕然便执意下了轿子，打发轿夫四人抬空轿返回花屋去了。

左焕然只身走进城关大门时候，往日的硝烟虽已散去，但是街衢间断垣残壁依然，空气中硝烟和焦煳味儿依然。俭字军逃跑时不仅掠走了县长和全城大量财物，还把县府和周边的民房付之一炬，大火燃烧了三天三夜才渐渐熄灭。

与此形成强烈反差的，是王胡子的队伍四处张贴的标语和各界人士悬挂的欢迎横幅，一律花花绿绿，鲜艳夺目。

左焕然几经寻觅打问，终于在县河那边的净业寺看见了维持会的标牌。

净业寺山门牌楼下站着两个持枪士兵，往里去门殿明柱前也站着两个持枪士兵。左焕然亮出信函通知刚进山门，一个身着学生装的后生从门殿高台上飞奔下来，连呼左先生来了，左先生来了，到跟前便搀扶了左焕然手臂，还要一级一级送他上那石阶。

左焕然并不认识这个后生，后经那后生自我介绍，才知道他曾是太乙中学首届班的学员，这如今是冯剑南政委的通信员，跟随冯政委已有两年时间了。

后生说："那年先生在台上诵读《太乙书院碑记》，我就立在台下前排中间，先生的威仪风采和学识卓见，令学生铭刻于心，永久不敢忘怀！"

又附在左焕然耳旁说："冯政委知先生德才兼备，深孚众望，力主先生为维持会副会长首任人选。其他副会长大多也是本县知名人士……"

说话间来到寺院南侧的一间寮房，由后生将左焕然引见给冯剑南政委。

不承想冯政委就是曾经造访过左家花屋的博士学生。

左焕然惊叫一声："哎呀，你就是……"

冯政委亦欢呼道："左先生好呀，咱们今天又见面了！"遂扶了左焕然手臂在桌前条凳上坐了，又让那后生去屋内端了大碗茶水过来。

交谈中得知，冯政委原是西北大学博士学生不假，但来左家花屋那回，他还是王胡子手下一个年轻的教导员。

冯政委掏心窝跟左焕然说话："承蒙左先生关照，那次完成任务返回省城后，我就被提拔到团里做副团长了，不久又当了团的政委。"

又说："这回随大部队西进来到宁县这里，上级指示我留下来组织维持会，待后面县政府成立之后，我就要正式转到地方上工作了。"

这天冯政委特意留左焕然在自己屋里吃饭，饭菜虽说简单，又是通信员从灶房那儿打来的，但冯政委的热忱和一己私情，让左焕然心里暖暖地有点儿感动。

午后大家在寺院大殿里开会。参加者有原县府上层人士和工商界、文教界以及乡镇代表十数人之多。左焕然看见原议会议长许德庵来了，议员章琼楼、廖万举和郑劝虎也来了。都是熟面孔相见，大家隔着桌子相互点头、相互笑笑算是打过了招呼，神情谨慎而又矜持。

会议由许德庵主持，冯政委作主题讲话。冯政委的开场白简短而又热烈，几句话就把现场气氛弄活跃了。

冯政委说："我很荣幸能请到大家来参加今天这个会议！各位都是本县有头有脸的人物，成立维持会若是不请列位担纲，便是我冯某人胸无韬略，不会布局。既然是我请列位来了，如若有谁不愿出山，一样还是我冯某人无能。无能就要责罚，责罚就不给饭吃，所以我这里拜托各位了：冯某不才，尚能饭否？"

冯政委赋予维持会的职责和主要任务是维持社会秩序，筹备粮草，组织向导和人力担架支持西征部队继续向前挺进，同时还要找寻和劝导那些散落民间的武装人员回来缴械投诚，动员工商户和各处店铺旋即开门营业，为筹备"宁县和平解放庆祝大会"做全面准备。

议员高三石因与王胡子他们暗里往来既久，被任命做了维持会会长。副会长则由许德庵和左焕然担任。

左焕然承担的具体任务是返回五狼关，负责催促五狼关和下河川一带的征粮、购猪和人力担架事宜。

冯政委恭维左焕然说："左先生德高望重，感召力强，如此玉成一番事业，想必不会有多大困难！"

许德庵从旁附和道："这个自然，这个自然！"

左焕然微微一笑算作应答。冯政委的信任对他来说多少还是有点儿受用，只是此前既存的几分犹疑、顾忌仍缠绕于心，使他不能忘却以尽欢颜。

不过随后发生的一件事情终于让他释然了。

那时候冯政委讲话既毕，许德庵已安排新任会长高三石和大家即席表态发言了，从寺院山门外面忽然传来一阵惊呼、嘈杂，像是有什么危急事件突然发生，引大家一时惊异甚至有点儿惶恐。随后就有士兵跑进大殿报告，说是县长耿其昌于斜峪里摆脱俭字军挟持，按事先预定地点，汇集木同和太龙两乡国民兵团和乡公所一部分武装人员，往县城向冯政委投诚来了，适才是哨兵与其前锋隔河喊话，这一刻耿县长差不多已到了山门跟前。

冯政委立即率众人迎出门殿，与打头走来的耿其昌紧紧握手。耿其昌当众朝冯政委交出了他的"倍克尼"手枪，其所率一百六十余人，共缴出步枪二百七十八支、短枪二十九把、轻机枪八挺、电话机二十一部。山门里的士兵朝天鸣枪以示庆贺。

那天的维持会会议延至第二天继续进行。跟头天里有所变动的是，耿其昌受冯政委指定亦成了维持会副会长人选。午间用餐喝酒时候，眼见得冯政委跟耿其昌频频举杯，其意恳切，其情也真，左焕然从一旁用心观之，一时竟物我两忘，沉浸其中不能自拔。

耿其昌私下还和左焕然碰酒。耿其昌耳语花屋主人说："有道是君子坦荡荡，小人长戚戚！今天下生变，顺之者存，逆之者亡，祈焕然兄明察之，权衡之！"

左焕然回应耿其昌说："贤弟身为一县之长，尚能博冯君礼遇，粲然转身；况乎贩夫走卒，乡野匹夫，希圣自此安然，自此安然矣……"

左焕然和耿其昌借酒力所言，都是一时的真切感受。

县城里的会议才一结束，左焕然就徒步返回了五狼关。数十里山路下来，至花屋已然是汗流浃背、疲惫不堪。但是左焕然不掩满脸的轻松和满心的愉快。跟朝门家丁打招呼时，他的声音不觉提高了许多。到庭院见女儿惜秋一个人在屋阶上面踢毽子玩耍，他是远远地张开臂膀让惜秋扑进怀里，一边抱她在原地转圈，一边还拿他的额头顶着她的额头逗乐。

花屋主人的眉目一旦舒展开来，整个花屋的天空立地就晴朗着了。

最兴奋最活跃的自然要数三太太了。三太太跟大太太和一旁的麻雀、毛女说："走的时候看把先生愁的！这下当了副会长，转过身说不定就是副县长了……"

背影里还悄悄儿跟连香说："你公爹这回若是真的当了县长，我就跟他到城里做官太太呀！"

三太太单是嘴上说了不算，天未擦黑就偷着把左焕然拽进自己屋里要他搂她抱她。左焕然也不拒绝，虽是冬里天气，俩人都穿着厚重的衣物，却是仓促着在火盆跟前亲热了一回。夜里缩在温暖的被衾里面，三太太拿手指做了梳齿，为左焕然不停地梳理两鬓发丝，把她温热的脸颊贴住了他的胸脯跟他说这说那，情切处，还要将他牵上她的身子再温存一番。

只是沉睡一宿醒来，才知道花屋主人早就起身往镇街去了。

左焕然先找到商会马会长又叫来孙秘书。左焕然跟他们俩人说："李元奎让姓鲍的杀了，镇街多处让俭字军抢了，这如今五狼关和前几日的县城一样，也是镇公所空无一人，街道市面关门闭户，镇里镇外一片混乱。目下维持会的首要任务就是恢复社会秩序……"

左焕然提议由马会长代行李元奎的镇长角色，因其年事既高，所作所为都由孙秘书出面担当。左焕然还给孙秘书出了主意，要他张贴告示，鸣锣安民，大张旗鼓地宣传、动作起来。

马会长和孙秘书基于花屋主人情面，稍作推辞都满口应承下来。

头两天，在五狼关前街背巷和老石桥的这头那头，早晚都有一面铜锣震天价地敲响着，跟锣声间接而起的，是孙秘书呼吁工商户卸开门板的急切吆喝。文昌阁广场和关帝庙前的告示牌也竖立稳妥了，起初只有零星的几个身影，渐渐地就有人扎堆儿在那儿围观，或一字一句复读，或交头接耳谈论。

这当儿左焕然先是去了盐店街亲家屋里，说是眼目下最当紧的是顾及吃喝，问崔省三能不能先把盐铺开了，也好给其他商户做个样子出来。

左焕然说："亲家公呀，你这盐巴这时候比我天成铭、天成恩货架上的珠宝、药材金贵多了！你这里生意一动，人头一多，别的铺子跟着就动起来了……"

崔省三说："成，成，我听左先生的！"

又说："鲍队长和俭字军狗日的逃跑时没抢我几包盐巴，左先生你看你看，多数都还在墙拐角堆着呢！"

左焕然回到乡下花屋，又张罗自家字号在镇街开门复业。

那阵儿刀枪一响店门关张，天成铭的邹经理和天成恩的王经理都跑回邻县老家了，天成合的小武子是大太太在汉口乡下老家的表亲，因兵荒马乱和路途遥远不能成行，这段时间仍滞留在左家花屋里头。左焕然不管远的近的，两天后把他们都召到中院厅堂，又叫来康管家和账房宁先生一块儿说话议事。

头天里大家都是拥护左焕然的开业主张。账房宁先生虽说言语不多，议事时也没见他有别的不同说法。可是这天午后大家从暗室往外面搬挪东西时，宁先生却是立在一旁，拿他冷漠的眼睛怪怪地瞅看。末了宁先生跟康管家说："你先不要急着叫雇工们装车，我去东家那儿说几句话就来。"

宁先生到左焕然书房不遇，又在东西花园和前院大厅找了，正着急时，忽然看见花屋主人立在朝门廊柱跟前，正跟家丁拴牢说着什么。

宁先生疾步走上前去，正色跟拴牢说："拴牢你先忙你的事去，我跟先生有几句话要讲。"

拴牢才一离开，宁先生便说："焕然你听我的，镇街上咱要恢复店面，我看只开天成恩一个也就是了，天成铭和天成合当下不开也罢。"

左焕然盯住宁先生等他再说。

宁先生说："焕然你知道眼下时局变了，咱买卖各种药材尚可，这些都是山里常见常销的东西；若再经营金银首饰和水烟啥的，是不是有点张扬、惹眼了？"

左焕然沉思既久，琢磨说："老宁我明白你话里头的意思，只是冯政委和会长高三石那儿，我已经满口答应人家了；出尔反尔，或者是敷衍塞责，这在我左焕然这儿是断断不可为的！"

当下决定三个店面还是同时开张。基于宁先生的担心和提醒，天成铭和天成合可缩减规模，举凡有可能招致非议的东西一律先不上架；必要时还可与天成恩合为经营，尽量顾及百姓的寻常生活和日月所求。

宁先生点头说："如此也好，如此也好！"急着就要去康管家他们那儿传话、安排。

左焕然叮嘱他说："值钱的东西不装车了也罢，可是明日开张时候，请柬、横额、花篮、炮铳等一样儿都不能少……"

之后七八天时间，花屋里的佣工差不多都被左焕然派出去收粮购猪了。收来的稻谷不用入仓，直接将盛粮的口袋码在院坝中央，只待足够多的时候，由商会孙秘书派来的牛车拉到镇街米行里加工，再送到县城冯政委的队伍上去。生猪则是谁出卖谁宰杀，留下头蹄下水自己享用，猪身架也码在院坝一隅，因是冬日寒冷时节，没必要急着腌制成咸肉或者熏成腊肉。

起初的收购不尽如人意，原因是佃农们夏秋里头都被征做国民兵了，家家户户耽误了田野劳作不说，又逢着连绵阴雨，所以收获的粮食除过租子、口粮已剩余不多。回来的人将情况和难处跟花屋主人讲了，左焕然二话不说便要动用自家粮仓，说是这个时候咱不打头谁来打头，咱这里一粒不落将余粮捐了，就不怕乡党爷们不节衣缩食替我这个副会长分忧了。

这一回又是宁先生站出来反对了。宁先生吃饭时挑明摆响说道："焕然你这是不顾一大家有几十张饭口呢！你知道今年收成不好，你把咱那些家底全抖搂掉了，到来年春二三月闹起了粮荒，你就是再有钱只怕也籴不来一斗稻米。"

又说："我听人说，有佃户在背影里议论，说是王胡子的大军一到，明年他们就不给你缴租子了，有的还说要把田块分了划到他们名下呢！"

左焕然说："老宁你这是只知其一不知其二，只算小账不算大账。

前面字号开业时我多少听了你的，可这次咋说也不能再改主意了！"

左焕然不光开仓捐出了所有稻谷，还让老王头把厨屋悬在木梁上的近百斤腊肉卸下来送给冯政委他们。

受花屋主人感染，镇街"隆盛和"捐猪油二十五斤，"怡心堂"捐止血散二百二十五副，韭菜滩的梁贵喜因为不曾养猪，就把自家唯一的一匹曳车骡子捐了出来。

五狼关和下河川共筹运大米两万三千余斤，猪三十八头，约计大肉六千余斤，柴五万斤，草六万斤，担架一批二百余副。

主体粮草运往县城那天，左焕然亲自护送粮车上了二道梁子。才开始康管家和宁先生不依，康管家还强调说："焕然你现时不肯坐轿子了，县城离咱这儿说远不远，说近不近，只怕是打个往返回来，你有些吃不消吧？"

左焕然不以为然，朗笑说："我不走路，我骑骡子，我就骑梁贵喜捐献的这匹乖觉骡子！"

左焕然翻身上了骡子脊背，都年过半百的人了，一时不让人搀扶也罢，还执意要打头走在粮车前面；一人一骡虽说不及高头大马威武，却也趾高气扬，威风凛凛，牵引现场数十人齐声欢呼、叫好。

维持会大约维持了月把时间，新的县府便宣告成立了。冯政委这时候成了冯县长。庆祝大会召开之日，也是维持会宣布解散之时。冯县长把大伙聚在一起请酒。冯县长讲话时说："维持会成立得好，做出的成绩更是有目共睹！各位殚精竭虑、昼夜辛劳为部队筹办粮草，解决了我们战士的吃穿用度等等问题。我们虽然能打仗，能打胜仗，但如果没有大家的支持行不行呢？！"

冯县长还专门跑过来跟左焕然碰杯："左先生呀，这一回筹集粮草，就数你动作最快，成绩最大，末了你还为庆祝大会的事儿操心、出力，你这是树立了一个合作共事的前例，回头我必须向上级报告给你请功请求嘉奖才是……"

酒宴结束左焕然从县城回到花屋以后，有几天都没听到新政府有啥新的动静，便琢磨镇街字号里的经营要不要扩展；今年水田歉收，冬里又少见下雪，得提早安排岭头坡脑旱地作物的水肥以应对来年的粮荒；眨眼又是年关了，外埠字号里的经理陆续会回来陈述业绩，一家人的日常生活亦须用心打理。一段时间，左焕然于午后太阳晴暖时候，会叫来康管家和账房宁先生，其间甚至还叫过厨堂老王头、家丁拴牢和雇工石头，他掰着手指头跟他们说事，日子就好像在这指尖上一天一天地滑了过去。

有天午后来花屋造访的孙秘书带来一条重要消息，说是冯县长的独立团在换防之前，先要把白云山包围了拿下，把盘踞山寨的郝子俭和鲍队长捉了。鲍队长当年杀害王胡子的官兵太多，血债累累，罪大恶极，冯县长决意要捉了鲍队长并拿他枭首示众。孙秘书此话既出，包括花屋主人在内，大家都跑到东花园假山上去，隔着一蓬树冠瞅看云雾里的那个山峰，虽不见枪炮轰鸣，却好像都听到了枪炮的持续炸响。

隔一日确是攻打白云山了。那边交战双方才对峙着，胶着着，这边包括五狼关镇街和下河川的河湾沟梁，缉捕人和枪毙人已然是悄悄儿铺展开了。

说辞是一个一个传进了左家花屋。

住镇街半边街的朱大个子，因协助鲍队长活埋了王胡子的三个和谈代表（其中一个还是现任国家元首的亲侄儿），被冯县长派来的人第一个绑缚走了。朱大个子反复辩解说："我当时啥啥儿也没干，就是挖坑时在一旁站着看了一会儿热闹。"朱大个子的解释还算管用，后来他只在西安服了十年徒刑就被放回来了。

四亩地陈耕地的儿子狗子也捡回了一条性命。办案人说："狗子你割了你爹耳朵拿去镇公所领赏，这话几年来有人信有人不信，今儿个你老实交代，你拿给鲍队长的到底是谁的耳朵？"

狗子说："那俩耳朵要不是俺爹的耳朵，鲍队长能猴急把我的耳朵割了？你看我现在就靠这耳朵根根听你说话哩，你不大声喊叫，我都听不清你说的是啥。"

办案人还是不信，狗子急了，顺手在院角摸起一把镢头就去溪岸边挖他爹坟茔，一边挖一边拖着哭腔喊叫："我给你挖，我给你挖！挖开了你看，挖开了你看！"还说："我和我爹一共折了四只耳朵，可连人家一块银圆也没拿上，你们不可怜我不说，还要办我坐牢……"如此哭着闹着，终于免去了牢狱之灾。

四亩地的魏金榜和九里沟的大猫、二猫兄弟，却是实实在在地被枪毙了。被抓走待判决的还有十几个人。

这厢里七零八落地在缉捕有血债之人，那边围攻白云山的战事渐渐也有了着落。郝子俭和鲍队长凭借险峻地形拼死抵抗。独立团先是强攻了三天，又断其后山水路围困了三天。到第七天午时，冯县长从柞水炮团调来了三门迫击炮，三门火炮同时填弹，同时发射，不待山头烟雾散去，士兵们呼啦一片就冲了上去。

厨屋老王头从镇街买东西回来，跟左焕然悄悄儿说："听说独立团攻上山头以后，鲍队长拼命抵抗不肯缴械投降，结果被快枪一连打了好几梭子，整个胸膛都成了筛子眼儿了。"

又说："那个冯县长本来想要活口的。冯县长一听鲍队长被打死了，气得把带兵连长狠狠骂了一顿。"

左焕然缩在太师椅里，神情黯淡，一言不发。老王头知道花屋主人心思，赶紧打住不再多说。

隔两天又是老王头跑来报告，说是有人当街议论，如果左家花屋的长工曹二被捉住了，那些愤怒的士兵要以血还血，以牙还牙，会用同样的法子把曹二拿石头砸了埋了。

老王头说："焕然呀，这个话我原本不想讲的，可我一路琢磨下来，觉得还是给你说了为好。"

恐惧的气氛于是很快就笼罩了左家花屋。

有几天，左家花屋知道没人会在夜里来捉拿长工曹二，便是要捉，他们也会选在白日并大张旗鼓地到来，更何况曹二离开花屋已有小半年了。但还是天未黑严就早早关了朝门。又把护院家丁撤到花屋内里以免张扬。从黄昏到夜半，从夜半再到翌日拂晓，这一隅都灯火不明，鸦雀无声。

便是白天，也很少看见花屋里有人出来随意走动。

不过这天夜半时分，小西风嗖嗖吹着，天上的星星稀疏而又冷清，一个黑影避开巡哨家丁翻过围墙，从东花园假山背后直奔花屋主人书房。

黑影脚步轻盈，动作迅疾。左家花屋没谁发现庭院里有什么异常。

左焕然打开屋门时惊得呆了。之前左焕然从未因故失态，丢魂落魄，可是这一回才刚打开屋门立地就惊得呆了。

门外头站着的竟是长工曹二！

左焕然细声惊呼道："曹二怎么是你……你这阵跑回来干啥来了？"

俩人甫一坐定，左焕然仍问曹二回花屋干什么来了。

曹二说："他们去大曹村逮我，前后堵了我的庄基，我从后院钻进邻家猪圈，跟猪一块窝了一天，到天黑才跑出了村子。"

又说："我本来可以跑得远远儿的，跑到天边边去，谅他谁想逮我也不是那么容易。可我思来想去还是进山回咱花屋这边来了。我不放心先生，我怕先生脾气硬偏不会变通，万一有个闪失啥的，我曹二就是到死心里也不安然。"

左焕然持久不语，只把曹二一只手紧紧攥在自己手里。

曹二说："先生你还是趁早逃走吧，他们今儿个能去大曹村抓我，到明天肯定也会来花屋抓先生的。"

左焕然黯然说："我想不至于此！之前他们让我当了维持会的副会长，随后又说我筹集粮草有功，我这是真心实意地追随他们，难道他们还要杀我不成……"嘴上如此讲，心里却是虚空得厉害。

但是曹二认定他们主仆都难逃一劫。

曹二说："我来时路过山口姑妈家，我跟我的表哥来运商量好了，先生出山以后，由他护送先生先过渭河那边去。来运表哥在渭北原上有不少贴心朋友，先生在那儿先躲一躲再谋一条活路。"

"那你呢？"左焕然也操心着曹二的去向、处境。

曹二说："先生走后我就去五狼关自首。他们饶我一命也罢，不饶也罢，总之咱们那年活埋王胡子的团长那事，我一个人把它一尻子坐咧！"

曹二说的是山外头的土话，不过左焕然不光听明白了，一时间还热血沸腾，热泪涌流不已。

第二十三章

这个夜晚，左焕然和曹二一主一仆围着火盆做竟夜长谈。他们两人都知时之将至、去日无多了，兼之一个忠贞不贰，一个披肝沥胆，遂于木炭明灭和夜鸟啼啭中求得一段儿宁静，成就一回永难忘却的茶炉夜话。

多是花屋主人娓娓言说，长工曹二悉心地倾听、感悟。

徐缓时，会拿火钳轻轻儿拨弄盆中木炭，红的是火，白的是灰，拨出的是无尽的思绪和温暖的情意。

情急时，则手之舞之，足之蹈之，说不清是火盆烤热了脸颊，还是脸颊烤热了火盆、屋宇。

也拿嗞嗞作响的水壶沏了茶汁，茶是苦茶，心思也苦，若是一时语塞便双手捂了茶盅轻轻儿啜饮。

末了还要扼腕作别，念及往昔岁月和当下的生离死别，免不了相拥而泣，抱头痛哭，直哭得声音嘶哑，涕泪四溢，簌簌然如秋雨淋沥。

左焕然说：

"打小我读《论语》《孟子》《大学》《中庸》，还有'诗、书、礼、易、春秋'，也就是人们常说的四书五经，作经义策论之文，撰'试帖诗'，这在我是迫不得已而为之，但在爷爷心下，他是要我桂榜金榜题名，走出大山，去外面做经邦济国、青史留名的大事情，你看咱家朝门上'五王出国'四个欧体大字，说的就是这个意思。可惜那年慈禧太后和光绪帝一纸敕命把科举考试废了。消息传来，爷爷的沮丧和失落自不必说，单是在我这儿，从此却是迷上了孟子学说，视孟子的一切言论为至理箴言。孟子追求人生的至大、至刚、至美，以及他善养浩然之气的精神，对我的影响尤其重要。后来我偏安一隅经营咱这左家花屋，心想此生虽不能做官兼济天下，却一定要追求完满以独善其身。我坚信只要按圣人的教诲做了，我的人生就一定是辉煌的，是别人在在都无法比拟的。"

左焕然说：

"也许从一开始我就错了。我娶回大太太生下瓦片，满以为耕读传家就是我以后不变的生活常态，哪知满月酒刚刚喝过，就发现那孩儿有残破是个痴呆伢子。那时候我无法接受这个事实。有人说这伢子既是个软骨蛋儿，又何妨不将他搁盆里溺了算了。我思忖再三没下这个狠手。可我又不愿四邻八乡在背影里指指戳戳，说左家花屋高宅大院酒肉飘香怎么流年不利，左氏焕然心性高傲事事逞强又情何以堪！于是我就为瓦片专门雇了刘妈，把他们关进后院不许跟外界接触，对谁都说左家花屋没这么一个伢子。如此十个年头过去，十个年头，一年三百六十多天呢，渐渐地，不光花屋里外淡忘了这个事情，就连我自己有时候猛然想起，都觉得那是一场梦幻。我为我的要强的心性，为左家花屋的一点儿面子，忍受了多少煎熬、多少委屈呀！"

左焕然说：

"后来的事情你都知道了。先是处置那几个人时我把少爷南生救了下来，跟着我就把瓦片送到狗熊谷交给黑瞎子养了。做这个事也是心性使然。人说不孝有三，无后为大，我是为了祖宗基业，为行孝于老太太膝下，又连着娶了两房太太，却依然命里无子而徒叹奈何。那天我头一眼看见南生，我就说，这是上天送儿子给左家花屋来了。如此俊朗、如此伶俐的一个伢儿，端的就该为我花屋所有，为我左焕然所有！我为我的发现和念头一连激动了几天，所以就痛下决心将瓦片交与熊瞎子了。我知道有瓦片在我跟前，我就不能把南生当成亲骨肉看待，也不能专心不贰地关心他、呵护他。更何况老太太是那样喜爱南生这个伢儿！那天夜里我背着瓦片去往狗熊谷的时候，我知道刘妈割舍不下。我也割舍不下。所以我在就要离开的那一刹那，又反身回去将瓦片从熊崽堆里抱了回来。"

左焕然说：

"自打瓦片由刘妈带走之后，我以为我就可以把心思全部用在南生身上了。我为他做我愿做的一切事情。我为他做了许多在别人看来难以做到的事情。譬如我手把手教他识字读书，手牵手向世人昭示我对他的爱意；譬如他情窦未开我即为他娶妻完婚，而且娶的是方圆最是漂亮最是聪睿的一个新娘；譬如在他身陷囹圄、性命不保时候，我愿曲折迂回为他求情，心甘情愿替他去蹲岑团长的禁闭，等等，等等。最初一段日子，在我的意念和情思深处，我就是他的亲爹，他就是我的骨血，我以为花屋有了这个少爷，左家的家业一定会兴旺发达，我这一生一定是完满的，灿烂辉煌的。但后来他还是从花屋逃了出去。而且逃了一回还要再逃一回。不仅如此，再后来他还要把你杀了为他死去的爹爹报仇。你知道他的这些个举动叫我有多伤心呀！那一次我跪在老太太灵前，我以为我就是左家的不肖子孙，我愧对我的母亲，愧对列祖列宗的在天之灵！还有就是你离开花屋这段时间，我不光因你不在跟前而失落、心慌，而且只要一想起少爷的离心离德和决意出逃，我感觉我的天都要塌下来了。"

左焕然说：

"这些年来，花屋除了做好自己的事情，也做了不少公益事情，参与了不少公共事体。早先的援助抗日，那是民族大义，有钱出钱，有力出力，在谁都不会袖手旁观。随后的赈灾放饭，虽连年不断，但这是花屋的传统，既然不为笼络人心以求自保，又遑论哗众取宠企图虚名。还有就是观音庙的那个忍朴和尚，不是我左希圣跟他过意不去，是他自己作恶多端，咎由自取。还有接下来的捐资办学，有人说我左焕然是为了一己私利，是为我家少爷在作打算。我说此人此言对亦不对。我承认咱花屋有了南生我才有了兴资办学之心，这叫'老吾老以及人之老，幼吾幼以及人之幼'，事实是后来学校办起来了，我家少爷仍然在花屋由我教他读书，说到底我的作为是基于我的性情，是我秉承亚圣教诲、践行先贤意志、继而追求人生完满的一个体现。至于现在咱们必须面对的那场'剿匪'，则是我这一生最大的一个败笔。那回咱们总共杀掉了王胡子的四个官兵，尽管那是耿县长的一纸通令，严格讲是一场党争和政府行为，可毕竟有四条鲜活的生命毁在了你我手上，这如今你与我都面临杀身之祸，要么坐以待毙，要么亡命天涯，想起来真是痛彻心扉，不寒而栗！"

左焕然说：

"我这一生，经的事多，想法也多，可说来说去，无非是样样都想走在别人前面，样样事儿都想做得尽善尽美，但结果呢？结果就是杨军长、耿县长颁我'忠孝仁爱'牌匾了，结果就是冯县长要把我绑赴刑场了！人说'天有不测风云，人有旦夕祸福'。又说'人有悲欢离合，月有阴晴圆缺'。自古以来，这世界压根就没十全十美的事儿，这一点，不光高隍寺住持慧明师父早有告诫，说是'拼生拼死全节，遍搜历史无双'，就连三太太一个妇道人家也都看出真谛来了。三太太说我心性太高，是说我只顾做事不顾男女间的欢爱、快乐，但她又说世上的事情哪里有个完满，你顾了一头顾不了一头，有些时候有些事情总要落下遗憾，这真是一语中的一语成谶呀！还有就是少爷南生，他来花屋从头到尾没做别的事儿，他还是个孩子；但他心里有个念想，就是你无论怎样待他，你时时关爱他也罢，刻刻防备他也罢，他都要从这花屋里跑出去，一回不成两回，两回不成三回，末了哪怕跟你曹二拼命、被你曹二制伏了仍不甘心，这一点倒是让我从心底里服气他、钦佩他！目下的境况是，我追求完满我遭遇了灭顶之灾，他逃跑不成却盼来了他的企盼！人生无常，人生如是，说来真是一场睡梦……"

左焕然逃亡藏身的那个村子叫疙瘩刘村。疙瘩刘是渭河北岸一个普通村庄，缩在冶峪河拐弯、跟清峪河快要交汇的一坨突兀的台地上面。

左焕然出山时没敢走子午谷。听长工曹二指点，他于拂晓从翡翠岭侧旁的小溪逆流水先向东再向北，一路又不停地翻山越岭，赶黄昏暮落时分正好走出另一个叫"石砭峪"的峪口。

长工曹二按山民装束打扮了花屋主人。他叮咛左焕然出了花屋朝门就不要再想花屋事了；一路上不得跟任何人随便言语；饿了渴了吃随身所带干粮，喝溪涧泉水。曹二还说左先生前脚一走，他估摸先生差不多安顿妥了，他后脚就往五狼关或县城跟新政府自首去呀。

左焕然翻山时被小径旁的棘刺挂破了耳腮。一半干粮好像是在月亮泉那儿弄丢了。正午时他不慎一脚踏空，从溪岸滚了几滚跌入涧底，起身后发现衣裳脏了人却无碍。怕就怕走累了不敢歇息，一停下来，背脊上的热汗很快就会变成冷汗，冰凉而且怪异地难受。

曹二在山口的表哥有点儿瘸腿，人却十分精明、干练。曹二表哥跟左焕然说："我带你去疙瘩刘找朋友袁全，他是河南人，在疙瘩刘给人家当烧窑师傅。你不会说河南话，当地话也说不好，你装哑巴，先躲过这一阵儿再说。"

疙瘩刘有两孔"罐罐窑"，在村前脚底下的河湾处依半堵土崖筑建而成，一孔用于烧砖，一孔用来烧瓦。左焕然才来时候，因是深冬时节，烧瓦的那孔已经熄火，只待窑脑渗水池子蓄满井水渗透三天，使红瓦变色为蓝瓦即可开窑。烧砖的这一孔则燃着熊熊膛火。

袁全当着曹二表哥跟左焕然说："哑巴老哥你听着，我和瘸子兄弟是拜把子弟兄，他既然把你托付给我了，你就是我的亲大哥！我看你细皮嫩肉的，以前好像没吃过多大苦头，在这里你给我拉个下手，看看场子，跑跑腿脚，给雇工和村里传个信呀啥的就是了……"

袁全说话时候，左焕然见曹二表哥不停地瞅看自己，眼目和眉梢甚或还有点儿紧张。左焕然是何等聪敏之人，兼他往日里书不离手，偶或也读药典，知道"哑者，十之九聋"的道理，便拿迟滞眼目回看袁全，装作似懂非懂的样子，惹袁全比比画画，曹二表哥也跟着比比画画，将方才说话的意思又朝他复述一遍。

左焕然点头谢过袁全。不过曹二表哥离开之后，左焕然并没让自己懒着闲着。他是嘴里不说不问，眼里头却是这里那里都有事做。比如不待袁全师傅央使，白天他会将瓦窑窑巷里的余煤一担一担挑到砖窑窑巷里来；夜里起来小解，顺便去瓦窑窑脑察看渗水池漏没漏顶或者淤积堵塞没有，回转来还要看砖窑业已压火的炉膛，是压得太死还是过早燃得旺盛了；到了出窑时候，一厢里要为背砖的雇工烧水熬茶，一厢里还要清点数字，分辨优劣，记下每人每天的劳作业绩，等等，等等。

如此苦是苦了，累是累了，左焕然都能强行撑着，因他明白自己当下的身份、处境；尤其知道白天忙到尽头才会摆脱忧思、恐惧，夜里疲惫至极才能睡得踏实、安生。

但是十天半月过去，忽一日砖窑和瓦窑都出货净尽，窑场上空空荡荡只留左焕然一人看守时，他才晓得异乡这个冬天的漫长和难挨了。

袁全趁着"窝冬"和年关将至要回河南邓县探亲，雇工们领了薪酬也都陆陆续续散去，大约到了来年惊蛰才能折返回来和泥打坯。左焕然头天里一个人立于场地中央打量四周，先是一只野兔腾的一下从砖摞后面蹦了出来，继而头顶倏地又飞过一只黑鸟，都是未及细看便没了影子声息。接着有冷风从北边原垴上忽悠忽悠吹来，窑场土崖边的荆棘与枯草瑟瑟发抖，左焕然的腿脚和脊骨也不由瑟瑟发抖。

左焕然支床睡觉的窑巷，底里迎头就是烟熏火燎、黑黢黢的一面膛壁，导致窑巷里的光线浑浊而且昏暗，进去之后须停伫片刻才能看清眼前的东西。转身再看巷口，那儿却是灿亮一片，河流，苇荡，土崖，原坡，远山，一切都很明晰又十分神秘。尤其到了夜间，那一坨空宇随夜幕降临黑透了也罢，偏是乍明乍暗，扑朔迷离，有野兽或人影突然出现了也未可料知。

好在袁全临走之前特意交代过了。袁全打手势跟左焕然说："我走后你就不要单独再生火了。我跟村里张寡妇说好了你去她那儿吃饭，或者她做好了饭菜，让她家毛蛋给你送过来就是了。张寡妇是我多年的相好。你老哥哪天若是冷清睡不着了，你去她屋里让她给你焐焐脚丫也成……"

袁全为他的即兴幽默哈哈大笑。袁全转身离开时候，一滴清泪却悄悄挂在了左焕然眼角。

袁全说的张寡妇果然热情、利落。头天晌午左焕然去张寡妇屋里吃饭，张寡妇一边在厨屋里操忙，一边跟坐在庭院矮桌跟前的左焕然说话。

张寡妇跟左焕然说："我知道你是个哑巴听不见我说啥咯，可我偏偏儿还要跟你拉呱儿拉呱儿！"

又说："我知道你是袁全那狗东西的朋友的朋友，我伺候你，就当是伺候他哩，你千万不要客气不要难为情啥的！"

张寡妇还对儿子毛蛋说："去，先把这碗蛋汤端给你哑巴爷叫他暖暖身子，记着他不会说话，你甭随便逗他惹他。"

几天里，张寡妇给左焕然擀长面，烙锅盔，摊煎饼，蒸皮子，打搅团，漏鱼儿，冒荞面饸饹，煎韭菜盒子，拌干菜麦饭……把当地特色吃食生着法子做了一圈。左焕然样样儿尝了，样样儿都"说"好吃，多数却是不能饱腹。有天左焕然试探着打了几回手势做了几个动作，张寡妇好不容易弄明白了，才一明白又扑哧一声笑了，说："他哑巴爷你这是想吃大米干饭哩，你想得倒美！我跟你说咱这儿干坡旱原的不出产稻子，要吃得等过年时候，拿三斤苞谷去郭镇集上换一斤白米。"

张寡妇不管左焕然听见没有，明白没有，隔几日却是端了一升白面，不知跟谁家换回来一碗稻米。张寡妇焖过大米饭又炒鸡蛋、洋芋、洋葱，把留给过年才用的小清油瓶儿用了一多半儿，末了还把河南人袁全喝剩的酒瓶摆在桌上，让左焕然实实在在饱餐了一顿。

左焕然无力报答这对母子，大白天他爬窑场那面土崖，把崖边枣刺上残留的野枣儿摘了许多，挑硬的和酸甜一点儿的带给毛蛋。有天晌午他去张寡妇屋里吃饭之前，还在窑场临河一隅，从柿树梢头够下来仅有的几个火晶柿子。

左焕然从背后伸出手掌亮出柿子时候，张寡妇又一回扑哧笑了。张寡妇说："他哑巴爷你不要讨好毛蛋，他跟你沾光吃好的喝好的，是天天过年哩！"

毛蛋跟左焕然已经混得熟了，也说："哑巴爷，俺妈说得好，我跟你是过年哩，是天天过年哩……"

毛蛋跟左焕然混熟以后不久，有天午时左焕然忽然决定不去张寡妇屋里吃饭了，他还打算饿过今天这一顿饭，明日就自己生火弄吃食呀。

之前左焕然被张寡妇的真诚和热情所打动，嘴上不能直言谢意，心里头就时常赞叹，以为河南人袁全狂傲归狂傲，但能屈尊迷上这个寡居女人，必定是为她的某个优长而动心，是水到渠成、天经地义的一桩事儿。又作叹他自己再也不能主政左家花屋了；若搁从前，他是送她钱财也罢，助她持家过生活也罢，抑或帮她把尚且年幼的毛蛋调教得出息了，等等，等等，他觉得怎么报答她都不为过。

又说这个冬天能一直在她屋里用饭，听这个年轻女人说笑，得这个女人和孩儿几许温暖，真是不幸中的一件幸事。

变化的因由是出自街巷里的"老碗会"。疙瘩刘的男人们晌午吃饭喜欢扎堆聊天。张寡妇家和对门那家人居街巷中段，临街的屋檐和砖阶都宽展无碍，一家门口有两块卧石，一家前有一只竖着的碾场碌碡，疙瘩刘的男人面对面顺两边屋阶蹲了，擎着大把儿老碗喝农家稀粥，嚼自腌的咸菜酸菜，谝的却是古今中外、朝野上下和眼目跟前发生的新奇事儿。

这就叫当朝者思野，在野者思朝；执政做官者想的是百姓的油盐酱醋茶，老百姓闲得无聊了，偏要谈论天下大势大事且津津乐道，乐之不疲。

往往是，左焕然跨进张寡妇街门时他们就有人蹲在那儿了，出门时他们大多还在那儿蹲着。他们一边咀嚼一边喷着饭粒喊叫着说话；便是中间时段的高谈阔论和你争我吵，还会顺着屋檐和街门缝隙挤进张寡妇的院子里来。

初始他们还避讳左焕然这个不速之客和外乡之人，随后知其是一哑巴，而哑巴大多又是聋耳，便不再在乎他的出现和往来去留了。

每回出门左焕然都快走出街巷往坡下河湾那儿拐了，还能听到那些人在那儿夸夸其谈，说东道西。

左焕然不用担心他们朝他的背影挤眉弄眼，说是寡妇门前是非多，前面才刚走开了一个，咋的后面跟脚又来了一个？左焕然心想他是落难之人，张寡妇让儿子毛蛋将他叫爷呢，他自己的确也是揣着"爷"的心态端着"爷"的姿势，那他又有什么怕的？便是河南人袁全，那个人高马大的烧窑师傅，听说这回从邓县回来，就要正式入赘走进张寡妇的生活里了。何况张寡妇本人，你看她落落大方，谈笑风生，端的是这街巷里外，原本就没啥油盐酱醋和闲言碎语。

左焕然听到的是郭镇街上也开始公捕人了！

"一溜排儿站了十几个，一律被剃秃了脑袋，说声捆，一眨眼就齐刷刷地被五花大绑咧！"

"光是原先镇公所的就有好几个。原先他们多神气多牛×呀，这阵儿你看那瘪屄样子！"

"后围寨贩烟和赌钱的马宗茂眼儿亮翻后墙跑了，但是跑得了和尚跑不了庙台，赶明日还不是叫人家拿铐子铐了押回来游街判刑……"

左焕然听得头皮发麻心惊肉跳，却是不敢迟疑不敢回头，生怕人家发现他不是聋子也不是哑巴。

回到窑场砖窑窑巷里面，左焕然惶突的心脏仍嗵嗵跳个不停。夜里他坐在冰冷的木板床上，拿棉被将周身紧紧裹了，颤抖着脚心和肩膀思想他的遭际、命运。有时候也想南山里头的左家花屋：大太太，二太太，三太太；早秋，晚秋，惜秋，连香；康管家，宁先生，老王头，长工曹二，家丁拴牢……还有就是挥之不去、永远萦绕于心的那个少爷南生。

第二天午时，左焕然才要把瓦坯棚里的生铁炉子挪到砖窑窑巷里去，正看着一旁瓷瓮里掺杂了鼠屎的苞谷糁子发傻，张寡妇家的毛蛋突然给他送饭来了。

毛蛋拎着的是一个圆鼓鼓的釉色陶瓷罐儿，里面盛着半罐儿酸汤面片；盖子是同一质地同一图案的一个瓷碗，通常是扣在罐子上面的，此刻则翻过来盛着腌制的酱菜，另外有两角锅盔拿布巾苫了，揭开来还冒着缕缕热气和香甜味儿。

毛蛋说："我来时我妈说了，哑巴爷往后不想来家里吃饭也成，我妈做好了叫我顿顿给你送来。"

又说："哑巴爷你趁热快吃，小心天冷一会儿凉了！"

左焕然笑笑地看着毛蛋，他伸出一根手指指一指陶罐，又轻轻儿在俩人眼前一转，意思是说一天只送一回饭菜就可以了。他还"说"他自己要生火炉做饭了，傍晚一顿他熬苞谷糁子。

左焕然吃饭时候，毛蛋就在瓦坯棚里玩耍等着拿空碗空罐儿回去。毛蛋把楦瓦坯的楦子转过一圈又是一圈，待楦子自个儿急速转动起来，他便双手托了下颔，眯着眼睛看楦子转得快了、快了，又渐渐地慢了、慢了，快乐之情溢满眼角、眉梢。

左焕然在心里说："好聪明的孩子哟！可惜我不能开口跟你讲话，

也不能手把手地教你识字……"

接下来一段时间，左焕然缩在渭河北岸这个不起眼的窑场里，静待冬天过去春天来临。到了春暖花开时节，按照预先约定，他将再一次化装出行，目的地就是河南人袁全在邓县乡下老家的小院。袁全说他的那个山村叫疙瘩刘这儿更为僻远、闭塞。村口有一座敞口磨坊，是乞丐、孤儿抑或流浪汉时常过夜的地方。有半年或者一年时间，待左焕然跟左邻右舍熟识以后，将有一个衣着褴褛但眉目姣好的讨饭女人会在磨坊里寄居下来。她是陕西岭南山地左家花屋的三太太。经人撮合之后，她会再次嫁给原本属于她的男人左氏焕然，然后就在那儿伴他生活伴他老其余生！

毛蛋如约每天送一回饭菜过来。左焕然心得其所，一俟袁全从河南地界回来，只说另一种逃亡就要开始了。

这天黄昏无丝毫变天迹象。天黑后西天一隅闪闪眨眨还嵌着几颗星星。但是夜半忽然飘飘摇摇落起了雪花，至拂晓又有风声响起，一阵紧似一阵，一阵比一阵凄厉、揪心，左焕然起身察看时候，窑巷外已然是一个白色世界了。

白日里虽说不再刮大风了，但鹅毛样的雪片一直纷纷扬扬下个不停。晌午时分左焕然试着出去走了几步，终是因为雪已没膝又踅了回来。

这个冬天一直不曾落雪，这一场雪似乎大得出奇，也冷得出奇。

灾难活该就在这个时候发生了。张寡妇家的那个毛蛋，想着今日里他是不会再来送饭的，偏偏左焕然才一转身，那个人儿忽然就在砖窑巷口出现了。

毛蛋显然在齐腰深的雪地里跌倒过，挣扎过。他周身是雪，除头发落满雪花不说，他的眉毛和衣领都粘着凝结过的雪块和雪渣。

那只盛饭的釉色陶罐被他紧紧地抱在怀里。

左焕然猛扑几步过去，大声喊叫说："傻孩子呀，这样大的风雪，你怎么还要送饭来了？"

又把毛蛋拉进窑巷里替他拍打雪渣，再要说话，猛然发觉自己是不该发声，一刹那，一股血气轰的一声就在脑门炸了。

毛蛋也是睁大了惊疑、恐惧的眼睛。稍顿他放下手中陶罐，腿软着，打着趔趄往窑巷外面跑去。

这里左焕然仍在发傻：我怎么随便说话了？我是哑巴，我怎么就能随便说话呢！突然又拿手掌猛拍窑巷膛壁。拍了一下又拍一下，拍了一下又是一下，有几根手指拍得瘀青、肿大了也不觉得疼痛。

左焕然当然知道，这场风雪过后，他的生命就要走到尽头了。

"哑巴爷开口说话了。哑巴爷不是哑巴！"

那毛蛋还是个孩子，你不能阻止他说出他的所见所闻。

村巷里到处都是传播消息的耳朵和嘴巴。

还有就是：这里和南山里头一样，到处都在搜查人、缉捕人。

"一个外乡人，一个烧窑师傅，他会说话，却为何一定要装成一个哑巴呢？"

这个白天连同接下来的一个夜晚，左焕然凝坐枯窑始终都一动不动。事变来得太突然了——此前虽说命悬一线，可毕竟还有几许希望在——忽然间生命之舟就要倾覆，生命之树就要倒塌，这又叫人情何以堪？

感觉是山崩地裂了！感觉是日月混淆了！感觉这世界如眼前风雪一样是一片混沌或空空荡荡，而隐隐作痛、挥之不去的又是一样什么东西？！

哦，哦，也许天黑以后就不再畏惧了，也许天黑过去天再亮时就不再多想了。直面死神，最难熬最难挨的，怕的就是这个白天和这个夜晚。而真正到了那个时刻——是刀架脖颈上了，是暴尸荒野呢，抑或前头还要五花大绑，游街示众——也许就漠然置之、付诸一笑了……

在左焕然逃亡山外的日子里，山里头的左家花屋跟着也发生了一些变故。

县政府来人之前，大家是无头苍蝇，既手足无措又惶惶不可终日。有天太阳升高以后，忽然从县城和五狼关来了十余个穿军装或中山装的人，他们先是把家丁们手里的长枪和大刀悉数没收了，又拿封条封了前院和后院多数房子，留下不多的几间，康管家、宁先生、老王头居于一室，三个太太居于一室，几个小姐随麻雀、毛女居于一室。唯一没打动的是少爷南生和少奶奶连香的屋子。其中一个年岁大一点儿的，好像是他们的一个头儿，还跟南生在背影里说了一些什么。大伙一时间人是挤得紧了，感觉心肉和脑壳也紧巴巴地缩得小了，一日里从早到晚操心外面有啥风声，凡是男人都蹙着眉头，而女人于夜半或拂晓惊醒过来，免不了就有谁嘤嘤地抽泣几声。

隔两天镇街上的字号也被查封了。还把账房宁先生叫去核对账目实物。宁先生回来后躲进账房拨拉他的算盘珠子，响声是在静寂、空旷的庭院间碰撞、流窜，听起来叫人头皮不由得一阵儿一阵儿发麻。

长工曹二是打定了主意去投案自首的。五狼关新上任的镇长拿不定主意，让属下把曹二俩手从背后绑了送县政府审查。曹二跟办案人员说："乱子是我曹二惹下的，你们要杀要剐都成，但这事跟我家左先生没丝毫干系。"

办案人中的一个忽然笑了起来："你姓曹的不就一个长工，你说杀人就能把人杀了？"

曹二说："我说的是实情，是我带头抓的人杀的人！"

办案人说："杀人者有罪，递刀者罪责更大你知道不？"

曹二说："你说的对着哩，问题是左先生没杀人也没递刀！"

"没递刀他跑什么？"办案人这回又笑了，是冷笑，"他能逃跑，就说明是他指使你杀了我们的团长和同志！"

曹二不吱声，隔会儿自己嘟囔说："看来我叫先生跑了是对的，不然先生跟我一样，还真的叫人家逮了绑了。"

办案人说："你这家伙对主人倒是十分地忠诚！"

曹二说的还是早先的老话："我就是我家先生的一条小狗，是狗对主人就该没有二心！"

长工曹二跟办案人员的一番对话后来就悄悄儿传开了。跟这话一块儿传开的还有一些别的说辞：鉴于花屋主人左焕然先生是一方绅士，口碑向来不错，又顺应时势支持了大军西进，新政府原本要让他做政协委员的，不想之后清查、核实坊间流言，才知道他和他的雇工手上也染有命案。又说长工曹二和短工石头几个暂时没被杀头或者判刑，是等着将他们的主子左焕然缉捕了好一块儿公审、示众；对于后者眼下已四处张贴了通缉布告，还派人往邻县和省府求援，以求撒下天罗地网将其及早捉拿归案。

花屋里的男女老幼就这样挨过一日又是一日。

终于有一天，外面又有人传说，左焕然被武装战士从山外押解回来了，而且很快就要召开公捕大会，公审的地点就选在左家花屋的院坝上面。

康管家将这个消息告诉了宁先生，俩人缩在一处悄悄嘀咕的时候，一旁的老王头插话说："还是跟她们几个太太说一声的好，免得她们到了跟前不好接受。"

又感叹说："最好给少爷也说一说，这些年里，左先生在少爷身上真是没少花费心血……"

所有的传言在某个早晨都被证实了。

县政府来人在院坝搭台子时，花屋里的人都知道派的是什么用场，大家龟缩在朝门里头不敢出去，而且一律都敛声屏气，一时间院坝上叮叮哐哐你呼我叫，花屋里却是死寂一片像一座空坟。

那台子就搭在原先左家花屋为少爷完婚时所搭戏台的老地儿上。不同的是，先前的那个是立体的，眼下的这个只是一个平台；先前的那个汽灯高悬，张灯结彩，一派奢华靡丽景象，现在的这个则空空荡荡，颇见冷瑟，叫人不作联想也罢，若是两厢比较，免不了陡生感慨，唏嘘长叹不已。

公审当日五狼关的商户和住户来了。下河川一带，九里沟，四亩地，韭菜滩，还有姜河里和二道梁子，凡在这天能够走动的佃农差不多也都来了。县城里也有停课的学生和闲散的市民早早地赶过来瞅看热闹。其时院坝上人头攒动，人山人海；台上有公务人员把铁皮喇叭的一端捂在嘴上，声嘶力竭朝台下人群宣告注意事项和大会纪律。如此情形持续了许久时间。先是冬天的日头从翡翠岭上升起继而又移动过来。后来缠裹在白云山头的白云和雾霭慢慢地散了。西北风是从洵河上头的山垭口吹起，一路悠悠地鼓荡着河滩的芦苇和花絮。天地和人都在等待一个特殊时刻的到来。

左家花屋除了南生、连香和小姐中的晚秋、惜秋，其余主仆都被传唤到院坝一隅单另站成一团。他们不比院坝上形形色色的各路看客，那些人心性高涨你拥我挤，虽是冬日却都满目兴奋满头热汗。花屋人是身子空落心也空落。几个太太打一开始便瑟瑟发抖，到后来腿脚颤抖几乎不能自立，需相互搀扶才能勉强维持。一帮男人冷眼瞅看眼前一切，一个个看似沉得住气，其实在内心深处，他们比一旁的女人更加地悚惧、惶恐，更加地忧虑、不安！

那一刻真正到来时候，院坝上先是经过一阵儿骚动、混乱，很快又归入一片死寂和可怕的凝滞之中。两辆嘎斯小卡车才在院坝跟前熄火停下，前头一辆便腾腾地跳下十几个荷枪实弹的士兵，他们沿事先划定的通道拐一个硬弯跑步到台子跟前，立定，转身，持枪，然后等距离撒开，前后左右绕台子布了警戒。

第二辆车下来的就是被押解的人犯。他们被抓着膀头和手臂往前艰难行走时，除了前排不多的一些看客，院坝上更多的人都没能看清他们的模样，便都惶惶地等着，待他们上了台子被推到前面，台下的人群才不由发出一片惊异的嘘声、叫声。

往昔的佃户是看见他们的东家左焕然了。在他两旁，还有长工曹二和短工石头等一干七八个人犯。

花屋里的人，从远处约略也看见了左焕然的眉眼。他们中间有人开始嘤嘤地抽噎、哭泣，又隐忍着，隔会儿再拿手指使劲儿抹泪，试图让视线清楚一点儿好多看他们主人几眼。

左焕然仍穿着逃亡时那身棉衣和裹腿毡靴，往日里花屋主人的丰采虽说已丧失殆尽，但面目和表情还算平静，没有十分明显的慌乱和恐惧；跟少数几个瘫软者相比，其身子也不曾瘫软、走形。

左焕然始终都没和身边的曹二说话。事实是这一刻他们只能规规矩矩，不可乱说乱动。他们甚至不曾相互看对方一眼，却都明白你是我的伴儿，我是你的伴儿，如此在去往黄泉的路上便不再寂寞，不再孤单。

左焕然偶或会抬头看天。世间阔远的空宇、高峻的山峰和蜿蜒的河流，以及芸芸众生和往昔记忆，都会牵引他生出几许留恋，几声叹息。

也曾想在黑压压一片人头里面看见他的妻子、女儿，看见康管家、宁先生、老王头以至麻雀、毛女。当然还有少爷南生和新娘子连香。

行刑前的审判其实并不复杂且用时不多：宣读公告，验明正身，五花大绑，悬挂木牌。绑人是从花屋主人开始，当绳索套住这个人的脖颈时，院坝上又一次出现了骚动、唏嘘。然后是缠绑胳膊。然后是反剪双臂。再从胸脯交叉绕到身后。末了当一撮绳头绑紧了猛地一抽，左焕然打弓如虾米一般的身子，立地就被提在空中了。

所有人的心一瞬间也都提在了嗓子眼上。

第二十四章

其实院坝那儿捆绑人犯时候，南生并不在花屋里面。之前他从西花园小偏门出来，由县府一个工作人员陪着去县城见王胡子的一个团长，那个团长受王胡子亲授之命，将带他去往省城甚至更远更远的地方。南生的生活由此将会揭开崭新的一页。

南生现在不叫左南生了，返回去仍叫豆伢子。南生跟来人说："我在老家冲里有没有官名儿，我现在记不清了。后来我到爹的队伍上，秋月姐姐填写名册时，和爹商量叫我陈建邦。"

来人说："好，就叫陈建邦！陈建邦同志，从今日起，你就是咱革命队伍中的一员了，你要向你爹陈副团长学习，要能舍得下这个豪华的庄园，舍得下你的那个漂亮的媳妇……"

南生还叫南生的最后一段时间，他是人在花屋里面，心思却飞出樊篱，飞到外面广阔的天地里去了。他有充足的时间和更多的机会离开花屋，便是抬头挺胸、光明正大地走出朝门，想必也没哪个拦他挡他。花屋自打主人左焕然悄然失踪，又听说长工曹二自投罗网以后，那些背枪的家丁忽然间就成了一种摆设，他们熬煎着日后的出路、生计，嘀嘀咕咕看谁再卖力气再混一碗饭吃。康管家和账房宁先生也是神不守舍，惶惶不可终日。几个太太从前到后总是扎在一堆里说话，即便不说话也要窝在一起相互做个依傍。麻雀和毛女一时伺候不上花屋主人了，太太们心情不好又烦她俩在眼前晃动，她们就委屈地抹拭眼泪，说是要走，不愿待在这儿吃闲饭了，康管家偏是拦着劝着不让离开。花屋里只有老王头一如既往地烧火、濯米、煎炒，不过多数时候是在厨堂里躲着，因此不光是在夜里，就是青天白日这庭院也是静得出奇。

但是南生并不急着走出花屋。先前他拼命逃跑是为了冲破藩篱投奔王胡子去；现在外面已是王胡子他们的世界了，他反倒不那么冲动不那么急切了。

何况这里有他的连香，一个温存、漂亮的姐姐，他知道她是他的妻子、他是她的男人呢。

还有洵河对岸那个山坳，那片杨树林子，那里掩埋着他的日思梦想、永难忘怀的父亲的骨骸。

便是这左家花屋，这高宅大院里的一屋一舍、一草一木，以及每一张熟悉的面孔，他对它们和他们都怀有一种复杂的感情和滋味。

尤其是花屋主人，那个盼他叫他"爹爹"、他一直不曾朝他张口的小老头儿，他对他是既熟悉，又陌生，既倚赖，又斥逐，他和他之间，几年里差不多已是须臾不再离分了，却始终横亘着一团雾障甚或一座巍峨的高山。

那天黄昏南生从大太太窗下经过——那儿现在是三个太太一块儿居住的地方，无意中听到她们在里面低声啜泣、叹息，正犹疑着，忽见康管家从屋门里走了出来。康管家跟南生说："少爷你跟我过来，我有件事儿要跟你讲。"便知方才康管家已向几位太太报告了不好消息。

南生随康管家来到东花园水塘边上，才一站定，康管家就说："有件事我不得不给你说说，你爹前头跑是跑了，不知咋的昨日个又叫人抓回来了。"

康管家注意察看南生的表情变化，见他沉默不语，又说："你爹现时被关在县城新政府的号子里头，听外面人传话说，弄不好要被……"

南生说："那他咋不跑远，跑得远远儿的……"声如游丝，连他自己好像都不曾听见。

南生回到他和连香的屋里，感觉连香也知道那件事了。当晚两人都不多说话。隔一天连香从外面回来，说是三个太太里面，就数三太太最是伤心、最是难过了。三太太原本是要追随公爹去的，待公爹在异地他乡真正落脚以后，她会生着法子去找寻他，纵是吃苦受罪也心甘情愿，可现在她是连这个念想都要落空了。

连香还说康管家跟大伙讲了，这阵儿花屋主仆谁也不要离开花屋一步，谁也不要各揣心思说东道西，就等政府最后处理结果出来，再说自个儿的去留得失，说得大家人心惶惶，又都噤若寒蝉。

这时候连香最操心的当然还是南生。连香把南生一双手抓紧了，还要把半边脸颊贴住南生脸颊。连香说："好弟弟，你的身世我后来慢慢都知道了。这花屋留不住你，我也留不住你，你要走你就走吧，姐姐不会为难你的……"

南生说："姐姐呀，我已经长大成人了，我明白我应该怎么做呢。我就是走了，走得再远，我回头也会回来接你！"

南生还把连香揽进他的怀里，让她的脸腮贴着他的胸膛，把要流的眼泪都流出来。他和连香都觉得他的胸膛已是一个男人的胸膛了。

接下来在等待甚或是企盼的日子里，南生大多都和连香待在一起。有天夜里万籁俱寂，这一隅也十分静谧、温馨，南生还张开臂膀，头一回主动地跟连香亲热了一回，让他在表述一个男人的关爱时，也让连香获得了一个女人的满足和慰藉。翌日早晨由连香提议，南生和连香一块儿去三个太太屋里探望，坐下来跟她们说了一些吃饭穿衣、知冷防寒的闲话，折返时又把小惜秋带到他们这边屋子逗她玩乐。南生自己也去见过康管家和宁先生，像先前一样跟老王头在厨屋里择菜、濯米。连香还熬夜织了两条围巾，由南生送给麻雀和毛女做个纪念。

南生真正离开左家花屋那刻，花屋里除了他和连香，还有晚秋、惜秋两个小姐，其他人都被叫到院坝参加公审大会了。来人催促南生动身时候，南生是难分难舍地看了连香一眼。他在来人严肃的目光里头，把连香叫到自己跟前，用心默默跟她说话，拿指尖轻轻抚过她的眉眼、脸腮。

都走到西花园小偏门那儿了，又回头跟连香招手："回去吧！好好儿照顾晚秋、惜秋，也照顾好你自己……"

走出左家花屋，再绕道走过洶河上的索桥，花屋院坝上的嘈杂渐渐听不见了。南生提出要去那片白杨林子跟爹和爹的士兵话别，来人却是痛快地答应了。白杨树林黄叶飘落枝条硬瘦，其下枯草凄凄荆棘杂陈，一片苍冷悲戚景象。原先埋人的土堆早已不复存在，空余哀草悠悠拂动，有锦鸡和野兔慌张逃窜。

南生找一坨空隙长跪不起。来人看他跟他的亡父涕泪倾诉，有许久了才扶他肩膀催他上路。来人还告诉南生，说是未来不多时日，政府会斥资在这里修建花园陵墓，造纪念碑塔，以青山忠骨和万人瞻仰告慰先烈在天之灵。

接下来他们便往县城方向赶路。其时太阳已高高升起，由白云山和翡翠岭夹持的河口那儿，薄冰已开始消融，有细流在河心轻快流淌，那些未曾融化的冰坨冰溜子，则在日光的照耀下一闪一闪地放光。下河川一带，乃至五狼关那边，冬末的寒气还不曾消退，天和地是一片持久的凛冽、苍茫。

南生他们是在二道梁子底下跟行刑车队相遇着了。两辆嘎斯和一辆吉普迎面下来时候，虽限制着，也小心着，却仍然有些威风八面，不可一世。南生退至路旁草丛里看它们从眼前经过。他知道那个跟他纠结瓜葛、难脱干系的花屋主人就在刑车上面。他是想认真地清楚地看他一眼来着；自打那个拂晓他从花屋里悄然消失，他和他已有大半个冬天不曾见面了。可是头一辆汽车一闪而过，他没看清他是否就在上面，因为今日的囚徒跟往昔的花屋主人已判若两人；又指望接下来的一辆，依然是一闪而过，所有人犯几乎是一样的装束一样的灰头土脸。

南生立在原地看行刑车队绝尘而去，心头涌起的是一种说不清道不明的复杂滋味。那个来人拽他衣袖他是久久地不动。来人不理会他何以如此，南生他自己也不能理会他何以痴愣成了这个样儿。

南生一步一步沿山坡攀爬而上。冬末的日头仍悬在头顶诡谲地往下探看。当他才刚爬上二道梁子，迎风再回望山下，就听行刑的地方，"啪"的一声枪就响了。

1990年8月草于宁陕东江口旅次
2014年3月重写于长安城南乡居
2019年9月于陕西师范大学改毕

图书在版编目（CIP）数据

五狼关 / 刘明琪著 . -- 北京：作家出版社，2021. 7

ISBN 978-7-5212-0796-5

Ⅰ. ①五… Ⅱ. ①刘… Ⅲ. ①长篇小说 - 中国 - 当代
Ⅳ. ①I247.5

中国版本图书馆CIP数据核字（2019）第272843号

五狼关

作　　者：刘明琪
责任编辑：翟婧婧
装帧设计：百丰艺术
出版发行：作家出版社有限公司
社　　址：北京农展馆南里10号　　邮　　编：100125
电话传真：86-10-65067186（发行中心及邮购部）
　　　　　86-10-65004079（总编室）
E-mail:zuojia@zuojia.net.cn
http://www.zuojiachubanshe.com
印　　刷：唐山嘉德印刷有限公司
成品尺寸：152×230
字　　数：306千
印　　张：21
版　　次：2021年7月第1版
印　　次：2021年7月第1次印刷
ISBN　978-7-5212-0796-5
定　　价：45.00元